本书受北京外国语大学双一流引导专项—师资队伍建设
（项目编号：24450102206）资助出版

话语的踪迹
——从文艺理论到文化理论

李世涛 著

中国社会科学出版社

图书在版编目(CIP)数据

话语的踪迹：从文艺理论到文化理论／李世涛著. — 北京：中国社会科学出版社，2023.9
ISBN 978-7-5227-2495-9

Ⅰ.①话⋯　Ⅱ.①李⋯　Ⅲ.①文艺理论②文化理论　Ⅳ.①I0②G0

中国国家版本馆CIP数据核字(2023)第155207号

出 版 人	赵剑英
责任编辑	杨　康
责任校对	王　潇
责任印制	戴　宽

出　　版	中国社会科学出版社
社　　址	北京鼓楼西大街甲158号
邮　　编	100720
网　　址	http://www.csspw.cn
发 行 部	010-84083685
门 市 部	010-84029450
经　　销	新华书店及其他书店
印　　刷	北京明恒达印务有限公司
装　　订	廊坊市广阳区广增装订厂
版　　次	2023年9月第1版
印　　次	2023年9月第1次印刷
开　　本	710×1000　1/16
印　　张	20.25
字　　数	322千字
定　　价	109.00元

凡购买中国社会科学出版社图书，如有质量问题请与本社营销中心联系调换
电话：010-84083683
版权所有　侵权必究

为李世涛《话语的踪迹》序

杜书瀛

李世涛教授可谓我的忘年友，他小我三十来岁，可做学问比我勤奋、刻苦、认真，且涉猎面广。我们相处的时间并不多，但在学问上也有交流；而且逢年过节，也不忘互通电话，或以电子邮件问候。我们的最初交往，始于二十多年前，世涛在搞一个当代百位学者的访谈项目，为当代美学、文艺学留下一些资料。我俩的访谈有四五万字（初稿），发表在《马克思主义美学研究》上；后为纪念改革开放四十年，我又浓缩为三万言，题为《四十年学界见闻》，发表于《文艺争鸣》；中国文学网、中国社会科学网、中国作家网等多家网站予以转载，扩散面较广。我的许多朋友看后很感兴趣。

自此，我与世涛过往渐渐多起来。

前不久，世涛将新书稿《话语的踪迹——从文艺理论到文化理论》发来，并打来电话，说了很长时间的话，嘱我作序。开始，我有些犹豫乃至惶恐，因为世涛所研究的领域与我很不相同，他的课题、他读的书，有些是我所不熟悉的，难以置喙，怕写不好。但写序的事，有感于世涛的诚恳和多年友情，我还是答应了下来。

我花了半个来月读完了世涛的书稿，受益良多。世涛近些年主攻中西现代性、审美现代性、中国当代文论等方面的研究。这部新著，反映了他近年来在这些领域的研究成果。

该书从"回望"开始——20世纪中国艺术理论中的"再现说"、"表现说"、文艺与上层建筑关系的讨论、20世纪西方诗学的语言追求、西方女性主义文学批评；接着论述和评介西方新马克思主义文艺理论（以詹姆逊和伯曼为例），论述中国朱光潜的当代美学研究和钱中文的文艺理论研究；然后则进入西方现代性问题的阐发——我认为作者在这个问题上特别用力，从阿里

1

夫·德里克的"全球现代性"理论,到马歇尔·伯曼论西方现代性的分期,到阿格尼丝·赫勒对现代人精神状况的剖析,再到詹姆逊以意识形态为视角对现代性理论的批判和伯曼借浮士德的故事对发展主义的批判……世涛评述得有声有色,头头是道。

书稿中有关当代中国学者的部分我较熟悉,譬如朱光潜先生和钱中文先生,世涛能够抓住他们在学术上的特殊贡献和思想个性,论述得很有特色。

我的获益,特别表现在从中了解了许多过去较少接触的西方学者的著作和学术思想。譬如美国学者弗雷德里克·詹姆逊、马歇尔·伯曼、阿里夫·德里克,英国学者齐格蒙特·鲍曼、佩里·安德森,加拿大学者查尔斯·泰勒,匈牙利学者阿格尼丝·赫勒等。特别是匈牙利这位马克思主义女学者阿格尼丝·赫勒,她曾是卢卡奇的助手,四年前才去世,享年九十岁;她作为布达佩斯学派的代表性理论家,出版了40余部著作,获得过德国的"莱辛奖"和"汉娜·阿伦特政治哲学奖""松宁奖",享有崇高的学术地位。她对于现代人精神状况的分析,精辟深刻,足以服人。我很佩服。

改革开放之后,西方的学术思想大量涌入中国,有的人害怕,但有识者认为是好事。一个与世隔绝的民族是不能得到顺利发展和前进的。中国历史上,外来思想的传入曾起过很好的作用。吴宓在1919年12月14日的日记中记录过他的好友陈寅恪当年在哈佛的一段话:

> 汉、晋以还,佛教输入,而以唐为盛。唐之文治武功,交通西域,佛教流布,实为世界文明史上,大可研究者。佛教于性理之学,独有深造,足救中国之缺失,而为常人所欢迎。惟其中之规律,多不合于中国之风俗习惯,如祀祖、娶妻等。故昌黎等攻辟之。然辟之而另无以济其乏,则终难遏之。于是佛教大盛。宋儒若程若朱,皆深通佛教者。既喜其义理之高明详尽,足以救中国之缺失,而又忧其用夷变夏也。乃求得两全之法,避其名而居其实,取其珠而还其椟。采佛理之精粹,以之注解四书五经,名为阐明古学,实则吸收异教,声言尊孔辟佛,实则佛之义理,已浸渍濡染,与儒教之宗传,合而为一。此先儒爱国济世之苦心,至可尊敬而曲谅之者也。故佛教实有功于中国甚大……(吴宓女儿吴学昭整

理注释《吴宓日记：1917—1924》，生活·读书·新知三联书店1998年版）

陈寅恪当年的话，很对。拒绝有价值的西方思想传入是愚蠢的。

当然，西方学者是从他们所看到西方状况所作的理论思考，是否符合中国的现实和国情，还要另说；而且他们的理论背景和理论立场也与我们有许多距离，他们的理论观点是否完全合理，也还要考虑，我们且不可盲目接受，照单全收。《诗经·小雅·鹤鸣》云："他山之石，可以攻玉。"这话是不错的，然而，并不是无论什么样的"他山之石"，都能百分之百适合"攻"你家的这块"玉"。不能笼统言之，要具体问题具体分析。但是，我们却可以从他们的理论中得到启发，作为参考，结合中国的情况，作出自己的判断，丰富自己的理论思想。

世涛要我写序，虽然难为了我，但给了我一个重新学习或曰学术补课的机会。我在多个场合或一些文章中说过，我要终身做学生。你看，世界如此之大，如此复杂，如此多样，我不知道的东西太多，知识盲点和思想盲点，到处皆是，所以必须不断学，随时学；向年长一辈学，向同辈学，向年轻一辈学；学一辈子。

今后愿从比我年轻一些的学者那里学到更多东西。

2023 年 4 月 12 日

目录

第一编　回望20世纪中西方文艺理论 / 1

20世纪中国艺术理论中的"再现说" / 1

20世纪中国文艺理论中的"表现说" / 15

上层建筑视域中的文艺
　　——中国当代文论界关于文艺与上层建筑关系的讨论 / 26

危机中的文学理论之重建
　　——问题意识与文学理论的危机 / 42

超越语言
　　——20世纪西方诗学的语言追求 / 53

行进中的沉思
　　——西方女性主义文学批评述评 / 63

第二编　新马克思主义文艺理论 / 72

詹姆逊马克思主义研究的身份问题 / 72

从紧张、对立中寻求融合、统一
　　——伯曼对现代主义与马克思主义的关系的探索 / 88

在反思中拓展、开掘
　　——2013年中国西方马克思主义文论研究综述 / 103

第三编　朱光潜的当代美学研究 / 122

"译后记"
　　——朱光潜独具匠心的述学文体 / 122

朱光潜当代美学研究的转向
　　——基于"译后记"的考察 / 141
朱光潜马克思主义理论和美学的翻译研究活动 / 157

第四编　钱中文文学理论研究 / 176
　　钱中文文学理论研究述评 / 176
　　钱中文的"审美反映论"论析 / 194
　　理性危机中的重建
　　　　——钱中文的"新理性精神文论" / 205

第五编　西方现代性研究 / 224
　　从全球化、现代性到全球现代性
　　　　——阿里夫·德里克的"全球现代性"理论 / 224
　　伯曼论西方现代性的分期
　　　　——基于体验的角度 / 241
　　现代性的类型
　　　　——以体验为视角 / 253
　　现代性与人的精神世界
　　　　——阿格尼丝·赫勒视野中现代人的精神状况 / 268

第六编　西方现代性批判 / 279
　　詹姆逊现代性理论批判
　　　　——以意识形态为视角 / 279
　　浮士德的幽灵
　　　　——发展主义意识形态的批判 / 295
　　消费社会的认同危机及其重建 / 303

后　记 / 315

· 第一编　回望20世纪中西方文艺理论 ·

20世纪中国艺术理论中的"再现说"

在中、西方文艺理论史中,"再现说"有着悠久的历史,也是探讨艺术本质的最重要的视角,对它的理解不仅规定了人们对艺术的起源、本质的理解,而且影响到艺术的发展。

"再现说"源于"模仿说",这个理论主要着眼于艺术与世界之间的关系,重视世界对艺术的决定作用。中国古代典籍《易经》在描述语言起源时曾说过:"古者包牺氏之王天下也,仰则观象于天,俯则观法于地,观鸟兽之文与地之宜,近取诸身,远取诸物,于是始作八卦,以通神明之德,以类万物之情。"这实际上也说明了再现之于产生包括绘画等在内的众多艺术的动因和实际作用。早在两千四百多年前,古希腊哲学家赫拉克利特就说过:"自然是由联合对立物造成最初的和谐,而不是由联合同类的东西。艺术也是这样造成和谐的,显然是由于模仿自然。绘画在画面上混合着白色和黑色、黄色和红色的部分,从而造成与原物相似的形象。音乐混合不同音调的高音和低音、长音和短音,从而造成一个和谐的曲调。书法混合元音和辅音,从而构成整个这种艺术。"[①] 之后的德谟克利特将包括艺术在内的人类的许多活动的起源都归结为模仿。亚里士多德吸收了前辈的思想,将模仿提到理论的高度并对后世产生了巨大影响。他把艺术的起源归结为人的模仿的天性,并对"模仿说"作了规定:艺术模仿根据世界的客观规律(可然律或必然律)去揭示事物的"普遍性"和"必然性",同时还要针对模仿对象的特点以创造

[①] 北京大学哲学系外国哲学史教研室编译:《古希腊罗马哲学》,商务印书馆1982年版,第19页。

出与对象相似，而又比原物更美或更丑的形象。"模仿说"有悠久的历史，也是西方最早的文艺观。"模仿说"只是对于艺术的最初的解释，以后逐渐发展为"镜子说""再现说"和"反映论"。从艺术发生学的角度看，模仿与艺术有着难以割舍的联系；从艺术创作的角度看，再现是艺术创作的重要途径。这些都说明了"再现说"之所以被视为艺术本质的重要原因。

一

从1949年前的艺术理论来看，虽然都承认艺术是对现实的再现或反映，但持"再现说"的各种理论之间还是有些差异的。"五四"时期，随着俄国、东欧和北欧的现实主义文学和理论的传入，以及文艺反传统、直面现实的深入，再现说得以发展。文学研究会的重要理论家茅盾就说过："文学应该反映社会的现象。"[①] 之后，反映论就逐渐发展并成熟起来。随着"左翼"文艺的发展，马克思主义文艺理论的传播和苏联"拉普"派的"唯物辩证法"的影响，20世纪30年代的反映论有了新的特点。瞿秋白就认为："一切阶级的文艺都不但反映着生活，而且还在影响着生活；文艺现象是……意识形态的表现，是上层建筑中最高的一层……他虽然结算起来始终也是被生产力的状态和阶级关系所规定，——可是艺术能够回转去影响社会生活，在相当的程度之内促进或者阻碍阶级斗争的发展。"[②] 在突出艺术社会功能的时候，片面地夸大了艺术对政治和阶级斗争的作用，要求艺术反映阶级本质，忽视了艺术自身的特点和要求。冯雪峰还指出了另一种机械的反映论："所谓反映，即如镜子反映人形，不过把这种生活照出来，如此而已。美的照出来是美，丑的照出来是丑，不掩饰丑，同时也不抹杀美，此之谓反映。"[③] 艺术再现就成了对描写对象的照搬、复制，艺术的目的就是描写出最接近描写对象的形象，形象与模仿对象的相似与否，以及相似的程度，就成了衡量艺术的标准。这

---

① 茅盾：《〈中国新文学大系·小说一集〉导言》，《茅盾全集》第20卷，人民文学出版社1990年版，第455页。

② 瞿秋白：《文艺的自由和文学家的不自由》，《瞿秋白文集》（文学编）第3卷，人民文学出版社1985年版，第58—59页。

③ 冯雪峰：《文艺和政论》，《雪峰文集》第2卷，人民文学出版社1983年版，第194—195页。

样的"再现说"必然遭到艺术理论的反对。

1942年,毛泽东发表了对这个问题的看法:"一切种类的文学艺术的源泉究竟是从何而来的呢?作为观念形态的文艺作品,都是一定的社会生活在人类头脑中的反映的产物。革命的文艺,则是人民生活在革命作家头脑中的反映的产物。"① 而且,从文艺与社会生活的比较来看,"虽然两者都是美,但是文艺作品中反映出来的生活却可以而且应该比普通的实际生活更高,更强烈,更有集中性,更典型,更理想,因此就更带普遍性。"② 毛泽东不但强调了艺术的再现本质,而且强调了积极的、能动的反映。他对反映论的界定既注意了社会生活之于艺术的决定作用,也注意到发挥艺术家的主观能动性,是辩证的,也在一定程度上起到了推动艺术发展的作用。但应该看到,他的反映论产生于特定的历史时期,着眼于发挥艺术对政治的作用,从某种程度上弱化了艺术自身的要求。之后,反映论就在中国艺术中占据了主导位置,并具有了指导意义。

主张"艺术是现实生活的反映"的冯雪峰认为,"我们所看重的是艺术的形象必须反映着客观现实和实践的历史的真实,而艺术是只有在客观真理,主观实践,和艺术创造达到高度统一的时候才能获得生命,这是从艺术创造的过程上也能得到说明的"③。冯雪峰强调的社会生活是从历史发展而来的,是由人积极参与的主观与客观统一起来的动态的实践,而且,艺术还要把反映生活的历史规律、生活的客观真理与艺术形象的创造结合起来。这样的反映,从历史与现实的联系中挖掘生活的广度和深度,也注意调动艺术家创造的主动性。因此,其反映论重视艺术的认识功能和艺术创作主体的能动性。而且,他是在与现实主义的联系中谈反映论的,实际上是针对那种局限于描写现象的、表面的现实主义艺术,又指导了当时的现实主义艺术的发展。

胡风是在与"体验现实主义"的联系中来理解艺术反映生活的。一方面,

---

① 毛泽东:《在延安文艺座谈会上的讲话》,《毛泽东论文艺》(增订本),人民文学出版社1992年版,第48页。

② 毛泽东:《在延安文艺座谈会上的讲话》,《毛泽东论文艺》(增订本),人民文学出版社1992年版,第49页。

③ 冯雪峰:《论形象》,《雪峰文集》第2卷,人民文学出版社1983年版,第54页。

社会生活决定了艺术的内容和形式："文艺底内容是从实际生活取来，它底内容以及表现那内容的形式都是被实际生活决定的。"① 另一方面，艺术要高于生活，即"说文艺是生活底反映，并不是说文艺象一面镜子，平面地没有差别地反映生活底一切细节。能够说出生活里的进步的趋势，能够说出在万花撩乱的生活里面看到或感觉到的贯穿着过去现在以及未来的脉络者，才是有真实性的作品。所以，文艺并不是生活底复写，文艺作品所表现的东西须得是作家从生活里提炼出来，和作家底主观活动起了化学作用以后的结果。文艺不是生活底奴隶，不是向眼前的生活屈服，它必须站在比生活更高的地方，能够有把生活向前推进的力量"②。也就是说，艺术要超越现象，从复杂的现象中寻找出生活变化的脉络，从而反映出生活的真实和生活中存在的客观规律，以作品内在的思想力量去推动社会的进步。因此，艺术不能成为生活的奴隶，艺术反映不能拘泥于现实的生活和生活中的事实，不能是"镜子式"地对现实的记录、复制和照搬。为此，就要充分发挥创作主体的主观能动性，主体要与客体搏斗、融合、相克相生，既需要通过感性的体验、感受，又需要通过理性的分析、推理来获取对生活真实、客观真理的认识和掌握，以获取真正反映生活的典型，再通过艺术的形式将内容传达出来。

胡风强调现实生活对艺术的决定作用，但更强调艺术家的主观能动性、主观与客观的相互融合。因此，他的反映论不仅避免了"再现说"常常忽视主体的机械论倾向，还特别地强调了主体的作用，应该说，深化、发展了反映论和现实主义理论。实际上，冯雪峰和胡风对反映论的理解既推动了该理论的发展，又有很强的现实针对性。他反对对反映论的机械化、简单化、庸俗化的理解；反对照搬复制现实，满足于再现生活的表面现象，以及由此导致的虚假、肤浅和公式化。但非常可惜的是，在相当长的时期内，他们对反映论的解释一直处于边缘，没能占据主导地位，对理论、创作的影响都是很有限的。

蔡仪也主张反映论，他对反映论的理解则结合了艺术的认识功能："艺术

---

① 胡风：《文学与生活》，《胡风评论集》上，人民文学出版社1984年版，第275页。
② 胡风：《文学与生活》，《胡风评论集》上，人民文学出版社1984年版，第300页。

是通过作者的意识而反映的现实的本质，不是单纯的现实的现象，换句话说，是作者对于现实的本质、真理的一种认识和表现。"① 他特别强调艺术反映生活的本质，并借此把现实典型化，以达到艺术认识的目的。但艺术的认识有自己的特点，即"艺术的认识的特质，就是主要地通过智性再归于感性以反映客观现实的一般于个别之中"②。在此，他提出了艺术创作以感性为主，但也离不开理智，通过个别显示出一般。这也是很符合艺术创造的。为此，他坚决反对复制现实："有些艺术家高呼摹仿自然，以为艺术只要单纯地忠实地摹仿现实便够了，这显然是种错误的见解。"③ 蔡仪的反映论是建立在认识论的基础之上的，突出地强调了艺术的认识作用，相应地他也很重视艺术家对生活本质的发现和表现。应该承认，艺术有认识作用，但艺术认识作用的发挥要建立在审美的基础上，否则就消解了艺术存在的必要。但由于他忽视了艺术的审美属性，所以，他对艺术反映的审美性质，以及艺术家的审美发现、心灵感受、偶然性的心理因素，都缺乏必要的重视。这主要是认识论的哲学基础所致，也在某种程度上显示了反映论的缺陷。

二

建立在认识论基础上的反映论对本质、认识作用的强调，一直被视为最具合法性的艺术理论，并在1949年后的相当长的时期内影响了中国艺术理论和艺术实践，革命现实主义与革命浪漫主义相结合的"两结合"更是将其推向了极端："它要求革命作家，在马克思主义世界观的指导下，既具有实事求是的科学精神，又具有为之奋斗的革命理想；既要从现实出发，充分认识它的现状和特点，又要从现实的革命发展中善于预测未来，从而推动现实的前进。"④ 具体而言，就是作家要"用马克思主义世界观作指导，站在共产主义理想的高度，对现实生活进行深入的观察和研究，洞察现实的革命发展，热情地歌颂符合理想的新事物，无情地揭露与理想相敌对的旧事物，创造出根

---

① 蔡仪：《新艺术论》，群益出版社1950年版，第7页。
② 蔡仪：《新艺术论》，群益出版社1950年版，第48页。
③ 蔡仪：《新艺术论》，群益出版社1950年版，第8页。
④ 蔡仪主编：《文学概论》，人民文学出版社1981年版，第262页。

源于现实又为理想所照耀的典型形象,以社会主义、共产主义精神教育人民、鼓舞人民,推动人民为实现革命理想而奋斗"①。最终,对反映论的强调发展到了完全无视艺术特点的程度。值得注意的是,钱谷融和朱光潜都在极为特殊的条件下探索了反映论。钱谷融在肯定反映论的前提下,大胆地提出,不能把反映现实当作文学直接的、首要的任务,特别是不能仅仅把描写人作为反映现实的工具和手段。为了克服误读反映论导致的反文学、概念化的弊端,他提出了关注人的思路:"人和人的生活,本来是无法加以割裂的,但是,这中间有主次之分。人是生活的主人,是社会现实的主人,抓住了人,也就抓住了生活,抓住了社会现实。反过来,你假如把反映社会现实,揭示生活本质,作为你创作的目标,那么你不但写不出真正的人来,所反映的现实也将是零碎的,不完整的;而所谓生活本质,也很难揭示出来了。"②但在当时的政治气氛中,这一思想被作为"人性论"的典型来批判,其合理性被完全抹杀。20世纪60年代,朱光潜在批判周谷城的情感艺术论时就提出,反映是"客观世界在人头脑里的反映,是一种能动的反映,在这里面要发挥人的主观能动性,人的意识(包括思想和感情)当然要起作用,所以反映现实并不排除表现思想情感"③。朱光潜强调反映论对思想感情的表现,是在允许的范围内,试图吸收情感等因素,以纠正反映论的偏颇。

新时期以来,随着政治上的"拨乱反正"和艺术创作的繁荣,人们以开放、自由的心态来探讨反映论,甚至出现了要求抛弃"再现说"的声音。反映论在艺术理论中长期占据主导地位,作为对这种状况的反弹,其地位的削弱是必然的。结果是引起了一些艺术理论家对反映论的反思,加上一些坚持反映论的理论家的探索,共同深化了反映论的发展。

马奇虽然是在传统的框架内来谈论反映的,但他强调了艺术反映的独特性和对象,而这又是为之前的艺术理论所忽视的:艺术反映是"综合的反映,这种综合的反映,又不是全部生活的记录,而是通过人在整个社会生活中的

---

① 蔡仪主编:《文学概论》,人民文学出版社1981年版,第262—263页。
② 钱谷融:《论"文学是人学"》,《文艺月报》(上海)1957年第5期。
③ 朱光潜:《表现主义与反映论的基本分歧》,《朱光潜美学文集》第3卷,上海文艺出版社1983年版,第424页。

行为动作、思想感情、人与人的各方面的关系，反映出社会生活的图景"①。因此，"艺术要说出思想，就必须忠于事实，科学说明现象的本质，艺术摆出来本质的现象，最充分地显露本质的现象"②。他也重视反映社会生活，但他更强调把艺术描写的重心放在人的思想感情和行动上，通过人反映出社会生活。而且，他强调艺术要反映表现了本质的现象、事实，这实际上强化了艺术的特点，是个进步。反映论的哲学基础是认识论，但反映论通常只注重反映本质，结果常常是抽象的说教、理念有余，而形象、情感不足，甚至只是对琐碎现象的罗列。马奇对反映论的解释有助于克服传统反映论的缺陷，是有积极意义的。在艺术反映的对象上，他强调"艺术的对象是人的整体，是个别的具体的活生生的人，是人的社会关系的总和，人的各方面的关系，各方面的生活，不是特定范围的生活"③。他把人作为艺术反映的对象，也有助于纠正以往的反映论忽视人的偏颇。

20世纪80年代初，随着以"朦胧诗"等有着浓厚现代主义色彩的文艺的出现，艺术开始重视自我表现。应该说，在正常的情感被压抑、文学几乎与情感绝缘的不正常的状态下，这种反拨是非常有必要的，非常合理的，但有些矫枉过正，这势必影响到对文艺的表现性质的认识。由此，出现了"表现自我"与"反映生活"的争论，对再现说、反映论的反思也随即展开，并最终发展为主体论与反映论的争论。

刘光耀认为，反映论是机械论，文艺是"反映"，但它首先是对生活的反映、创造。其区别在于："前者是对现实的客观的'摹写'，揭示的是现实自身的本来面貌，后者是对现实的主观的评价，揭示的是人的主体需要和感受与现实的关系；前者表现为理性、理智的认识，后者表现为感性、感情的发抒；前者对于现实用的是历史主义的标准，力求揭示现实的本质和规律，后者对于现实用的是人道主义的标准，力求淋漓尽致地表现人性。"④ 他并且希望反映论"寿终正寝"。他重视艺术的创造作用无疑是正确的，但对反映论的

---

① 马奇：《略论什么是艺术》，《郑州大学学报》（哲学社会科学版）1981年第3期。
② 马奇：《略论什么是艺术》，《郑州大学学报》（哲学社会科学版）1981年第3期。
③ 马奇：《略论什么是艺术》，《郑州大学学报》（哲学社会科学版）1981年第3期。
④ 刘光耀：《"文艺反映社会生活的本质和规律"评析》，《当代文艺思潮》1985年第4期。

理解仍有不当甚至错误的地方，全盘否定反映论也是有失公允的。孙津在讨论现实主义时涉及了反映论对艺术活动特殊性的忽视："'文艺是现实生活的反映'这一命题，从认识论讲，是以反映的普遍性取代文艺活动本身的特殊认识形态，从而又是在根本意义上取消文艺活动的自身存在。这两方面，是现在讲的现实主义在理论基础上的失当。"① 朱持将孙津的观点具体化了："艺术反映理论以认识论的反映论为哲学基础，在认识范围里理解艺术特性；那么，对主观方面、创造主体活动的把握，从量上来说，必然是不完整的，比如，艺术的感性活动就不属于一般认识范畴。其次，从质上来说，也必然是不充分的。"② 而且，反映论还遏制了创造，"在认识领域，主体只允许'发现'，而没有任何'创造'的权利……主观若不是与客观相一致，主观的东西若不是客体正确的反映形式，那就只有'负'的价值和消极的意义"③。对反映论做了较为系统反思的是刘再复，他指出了机械反映论的弊端是"没有解决实现能动反映的内在机制"；"没有解决实现能动反映的多向可能性"；"机械反映论只注意了自然赋予客体的固有属性，而往往忽视了人赋予客体的价值属性"；"机械反映论在强调客体的客观性时，忽视了客体的主观性，而在说明人的时候，又只注意了主体的主观性，忽视了主体的客观性"。④ 他的主体性理论产生了很大的影响，确实指出了反映论的某些局限、偏颇和症结，以及对文艺发展的不良影响，他的主体性文艺理论也引发了争议。不同意刘再复那样解释反映论的陈涌则认为："我们平常说的文艺应该真实地反映现实生活，并不否认作家、艺术家的主观能动性。艺术对生活的反映，本来也和一切意识形态的反映一样，不可能不是经过人的头脑的主观反映。任何文学艺术都同时包含着客观方面和主观方面。"⑤ 当时文艺理论界更倾向于接受主体性的文艺理论。

---

① 孙津：《松动一下现实主义》，《青年评论家》1985年4月10日。
② 朱持：《审美观照方式与"丑"的艺术美——关于"化丑为美"问题的考察》，《文艺理论研究》1984年第3期。
③ 朱持：《审美观照方式与"丑"的艺术美——关于"化丑为美"问题的考察》，《文艺理论研究》1984年第3期。
④ 刘再复：《论文学的主体性》，《文学评论》1985年第6期。
⑤ 陈涌：《文艺学方法论问题》，《红旗》1986年第8期。

之后，有论者尝试从不同角度重新阐释反映论。钱中文的探索引入心理现实、审美心理现实的中介，以审美反映代替了反映论，标举审美反映的丰富性（即"最具体的和最主观的是最丰富的"），这样"反映论原理在这里不是被贬低了，而是具体化了，审美化了，从而也就对象化了"①。他对审美反映的强调无疑丰富和深化了对反映论的理解。王元骧则是通过挖掘反映的本义来理解反映论的："人的一切心理的东西都是客观现实的反映，而人的心理并不只限于认识这样一种单一的活动；从横向联系来看，除了认识之外，还有情感和意志。从纵向联系来看，除了意识之外，还有无意识。这些内容无一例外地都是客观现实在人们头脑中的反映。"② 这样，他不仅强调了认知之外的情感和意志，还结合文艺创作分析了艺术反映的心理机制，对于更全面地认识反映论是有积极意义的。王若水则主张用实践论来代替反映论，并引发了不同的讨论。他认为，列宁的反映论是"直观反映论"，并得出了结论："情感、欲望、意志这些东西，既不能说是认识，也不能说是反映（就反映即摹写的意义来说），因此，把精神和物质的关系仅仅概括为认识和被认识，反映和被反映的关系是很片面的，仅仅从认识的角度来研究人的精神也是不够的。"③ 一方面，有论者不同意王若水对列宁反映论的解释④；另一方面，杨春时认为，王若水批判了反映论，但又肯定了物质本体论，是不彻底的，仍然"没有摆脱传统哲学体系的束缚"。对文学而言，"而要恢复文学批判现实的战斗功能，只能依靠主体性的复归。作家只有凭借主体自我意识，才能以艺术的真实性来揭示现实的本质（而不是'反映'现实）"⑤。实际上，杨春时是以存在论来反对王若水的不彻底性，当时也引发了一些争议。这里需要补充的是徐亮从艺术本体论的视角对再现说的悖论的揭示。他认为，再现论

---

① 钱中文：《最具体的和最主观的是最丰富的——审美反映的创造性本质》，《文艺理论研究》1986年第4期。
② 王元骧：《反映论原理与文学本质问题》，《文艺理论与批评》1988年第1期。
③ 王若水：《现实主义和反映论问题》，《文汇报》1988年7月12日。
④ 参见赵璧如《有关反映论的几个理论问题》，《文艺理论与批评》1989年第5期；陈涌《也论现实主义和反映论问题》，《文艺理论与批评》1989年第1期。
⑤ 杨春时：《也谈文学主体性与反映论问题——与王若水同志商榷》，《文汇报》1988年8月23日。

的实质是"在艺术中复制现实",但再现所需的媒介,"具体形态(它的材料和由材料构成的符号)根本无法用来复制现实,比如一个苹果或橙子。从各类艺术的具体特点来看,艺术也都不能使人联想到客观事物的。……因此即使对于艺术的各具体的类来说,再现现实也不符合事实"①。而且,"'现'本身就是有观点的,总是某个人在'现'。再现论通过'现'这个概念,道出了被这个理论自身所遗忘的事实,而这个事实一旦'现'出来,就构成对再现论理论要求的否定"②。现代科学已经证明,绝对的客观、中立是不可能的,艺术再现更是如此。他的看法并不能从根本上否认再现的作用,但至少可以启发我们注意艺术家的"前理解"对再现过程的影响。

进入20世纪90年代后,陆一帆关于反映论的论述引发了理论界对这个问题的集中探讨。陆一帆认为:"文艺是现实的反映,但不是直接的而是间接的反映,即通过社会心理去反映现实。文艺直接反映现实的观点,不是马克思主义的观点。马克思主义认为文艺是一种社会意识形态,意识形态是社会存在的反映,但不是直接的反映而是间接的反映。"③侧重点的不同导致了不同类型的艺术:"侧重反映社会情感的是表情艺术,侧重反映社会映象的是再现艺术,侧重反映社会理想的是浪漫主义艺术,现代派艺术侧重反映人们异化的情感和感受。"④文艺反映的特点决定了与其他意识形态的区别:"社会心理是各种意识形态的直接源泉。文艺反映社会心理有其特点,在形式上是用形象去反映,在内容上是整体的反映,这就构成了文艺与其他意识形态的区别。"⑤陆一帆重视社会心理对艺术反映的作用,是正确的。但他对文艺类型的划分,把社会心理视为艺术的直接源泉,都有不当之处。申家仁指出了其主要问题:"社会心理是文艺反映生活的中介,但不宜提'直接反映'和两

---

① 徐亮:《再现,表现,还是显现?——关于艺术本体论的一个探讨》,《文艺研究》1987年第5期。
② 徐亮:《再现,表现,还是显现?——关于艺术本体论的一个探讨》,《文艺研究》1987年第5期。
③ 陆一帆:《关于文艺本质问题的思考提纲》,《学术研究》1991年第5期。
④ 陆一帆:《关于文艺本质问题的思考提纲》,《学术研究》1991年第5期。
⑤ 陆一帆:《关于文艺本质问题的思考提纲》,《学术研究》1991年第5期。

个源泉。"① 柯汉琳不同意两个源泉的区分,并区别了"直接产物"与"直接反映":"'直接产物'与'直接反映'是两个不同的概念,……同样,马克思认为随着社会的发展,意识形态与物质存在条件的联系'愈来愈被一些中间环节弄模糊了',也不是要说明文艺不再作为社会生活的直接反映,因为马克思这里所说的是物质与文艺存在条件、经济基础的关系,而不是文艺与社会生活的关系;退一步说,文艺不直接反映经济基础也不等于文艺不直接反映生活,'经济基础'与'社会生活'不是同一概念,而《提纲》却把它们等同起来,这就造成理论偏误。"② 尹康庄从社会心理滞后性的角度指出了陆一帆的局限:"社会心理的一个显著特点是滞后性。认为社会心理是文艺的直接源泉或曰文艺直接反映的是社会心理,不仅损害了对文艺现实性的理解,还无从观照文艺的超越性。而优秀的文艺创作无不是在真实地反映了现实的基础上,又合乎逻辑地展示出生活的未来发展。"③ 随后,陆一帆又撰文进行了反驳。④ 陆一帆还区别了现实和社会心理:"第一,现实是第一性的,未渗透人的意识,社会心理是现实的反映,是第二性的。第二,现实只有一个,是社会各群体共同认识的对象。社会心理虽然是现实的反映,但是不同阶级则有不同的社会心理,有的甚至完全相反。"⑤ 因此,艺术反映现实时,以个人心理为中介与以社会心理为中介是不同的。而且以个人心理为中介反映现实还有两个缺陷:"不能反映广大人民的思想感情";"不能保证文艺形象的真实性"。⑥ 普列汉诺夫早就强调过社会心理之于艺术反映的意义,艺术反映社会生活也确实离不开社会心理。在这次讨论中,中国文艺理论界首次集中地探讨了社会心理问题,也澄清了一些问题,但有些提法也不尽妥当。

---

① 申家仁:《社会心理是文艺反映生活的中介 但不宜提"直接反映"和两个源泉》,《学术研究》1991年第5期。
② 柯汉琳:《"直接产物"不同于"直接反映""源泉"没有"直接"与"唯一"的区分》,《学术研究》1991年第5期。
③ 尹康庄:《"源"与"流"怎能混淆》,《广州日报》1991年9月26日。
④ 参见陆一帆《再论社会心理是文艺反映现实的中介》,《学术研究》1992年第2期。
⑤ 陆一帆:《三论社会心理是文艺反映现实的中介》,《中山大学学报》(社会科学版)1992年第3期。
⑥ 陆一帆:《三论社会心理是文艺反映现实的中介》,《中山大学学报》(社会科学版)1992年第3期。

随着反思反映论的深入,对反映论的整体把握也更为系统、客观和科学。何国瑞肯定了反映论的优点:"在艺术与现实的关系上,一般来说,'再现论'是坚持唯物主义、反对唯心主义的。"① 他认为"再现论"对文艺学、美学做出了重大贡献,同时也指出了反映论的不足:"'再现论'过分强调客体在艺术中的地位和作用,贬低主体、主观因素,认为艺术作品永远低于它的描写对象,把艺术只看成是一种认识客观世界的形式。这就带有机械性和片面性了。"② 何国瑞公允地评价了艺术再现说的得失。吴中杰肯定了再现论的合理性,也指出了其局限性的种种表现:"一般说来,再现论抓住文艺是现实的反映这一基本点,要求文艺忠于现实,师法自然,这无疑是正确的。它强调对现实的理性的认识,真实地摹写,也是合理的。但历史上的再现论有许多局限。"③ 他还肯定了反映论对再现论的发展:"马克思主义的能动的反映论文艺观,就总体而言,是再现论文艺观的继承,但它对主观能动性方面,比历来的再现论者都要重视。"④

三

20世纪70年代末以后,艺术理论界关于表现与再现相对立的说法很流行。通常的说法是,表现是写意,中国重视表现;再现是写实,西方重视再现。但在当时就有不同的意见。杜书瀛在探讨艺术特征时指出:"不论重再现的艺术,还是重表现的艺术,虽各有侧重,却都是再现与表现的统一。只强调艺术的再现性,而忽视其表现性;或者只强调艺术的表现性,而忽视其再现性,都是片面的。"⑤ 刘纲纪则直接说明了以表现、再现概括中西方艺术的错误之处:"我们可不可以说西方美学只讲再现,中国美学只讲表现呢?我认为不能这样说。在我看来,任何艺术都是再现与表现的统一,而表现归根到底也是对现实的反映,不是艺术家头脑中主观自生的东西。"⑥ 但他最终还是

---

① 何国瑞主编:《艺术生产原理》,人民文学出版社1989年版,第6页。
② 何国瑞主编:《艺术生产原理》,人民文学出版社1989年版,第7页。
③ 吴中杰:《文艺学导论》,江苏文艺出版社1988年版,第22页。
④ 吴中杰:《文艺学导论》,江苏文艺出版社1988年版,第23页。
⑤ 杜书瀛:《艺术特征三题》,《西北大学学报》(社会科学版)1981年第3期。
⑥ 刘纲纪:《中西美学比较方法论的几个问题》,《文艺研究》1985年第1期。

把艺术归结为反映。

只是到了20世纪80年代后期，从表现与再现结合的视角来把握艺术本质的理论才多了起来，艺术是表现与再现相互统一的观点也逐渐为多数人接受，这也影响到对"再现说"的解释。李心峰就把二者的对立归结为艺术类型学的分歧，并主张以艺术生产将二者统一起来："艺术本质问题上体现出来的再现与表现的现代矛盾应该得到超越和克服。而对它的超越，只能用理性的方法，以艺术生产为凝结点，在对艺术本质的系统的、整体的透视中才能完成。应该说，在艺术的本质构成中，不存在再现与表现的绝然对立。再现与表现的矛盾与差异，不是艺术本质的问题，只是艺术中的类型学的分歧。"①艺术生产是个动态的、立体的过程，能够将主观与客观、情感与理智、表现与再现、心灵与世界等因素统一起来，这为探索艺术本质开辟了新的思路，也为探讨"再现说"提供了新的视角。从这个视角出发，在研究"再现说"时，一定要研究"表现说"，从二者的联系和互补中研究具体的艺术实践，以及评价它在艺术理论史中的得失。

在20世纪中国艺术理论史中可以找出一条完整的"再现说"的线索，事实上，"再现说"基本主导了20世纪中国的艺术理论与艺术实践，但在这派理论中，具体的观点也有较大的差异。事实上，在许多具体的流派或作家的创作中，也都有既赞同艺术是表现，也赞同艺术是再现的现象。这说明，艺术创作同时包含了表现和再现的因素，而且二者缺一不可。但"再现说"经常突出反映、认识、再现，贬低表现、情感，实际上是一种非此即彼式的思维方式，这种思维虚构了表现和再现的对立。这造成了观念和理论上的误区：或在理论上各执一端，把艺术本质理解为再现，在理解艺术流派、创作方法、作家的创作或作品时，把再现作为解释它们的唯一标准，并由此导致了解释或理解的片面和狭隘；或把中、西（或东、西）方艺术分别概括为表现型的、再现型的，从而把丰富而复杂的艺术现象整齐划一，造成了理解或解释中西方艺术的简单化倾向，这种倾向也影响到理论研究和对艺术现象具体的分析。只有那些从艺术实践出发的艺术家，或注重创作经验的理论家，才可能突破

---

① 李心峰：《现代艺术学导论》，广西教育出版社1995年版，第119页。

这些束缚，更接近真正的艺术实践。因此，总结艺术理论发展史的经验教训，我们应该从二者结合的角度来看待艺术理论的"再现说"。

在整体上评价20世纪中国艺术理论史中"再现说"的得失时，我们还应该注意每个历史时期它所强调的重点、它的突破和局限。实际上，这常常是由特定历史时期的社会和文化状况所决定的，而20世纪中国动荡的社会和政治更加重了对艺术的要求，甚至是过分的要求，这对于作为主导艺术理论的"再现说"更是如此。因此，还要进行剥离，以明确哪些是"再现说"的应有之意，哪些是"再现说"不得已的权宜之计（或策略）。这是我们评价每一个具体观点时应注意的。

原载《河南大学学报》（社会科学版）2005年第1期

20世纪中国文艺理论中的"表现说"

"表现说"是人们在探讨文学艺术创作时形成的观念，逐渐成了人们探讨艺术本质的重要视角，对它的不同理解不仅规定了对艺术本质的理解，而且还影响到具体的艺术实践。

在中西方文艺史中，20世纪是一个文艺飞速发展、艺术观念迅速更新、艺术思潮频繁更替的世纪，这为艺术理论的发展提供了空前的机遇和挑战。同样，这种背景也为人们探讨再现与表现这个问题带来了契机。综观中西方艺术理论（特别是西方现代主义艺术理论）对这个问题的探讨，都有很丰富的成果。对于中国社会来说，20世纪是中国传统的社会结构遭受打击，被迫重新调整、铸造的世纪；对于20世纪的中国文化来说，是中国的传统文化受到挑战，中西方文明不断冲撞，中国文化不断走出封闭状态，逐步走向世界、融入世界的过程。在这个过程中，视野开阔了，观念更新了，中国的艺术（包括艺术理论）以比较的眼光来正视自身的局限，借鉴、吸收西方的资源，推陈出新，取得了一定的成绩。在这个过程中，中国的艺术理论面对艺术实践，积极地吸收国外的理论资源，虽然不乏教条式的机械套用，也走过了一段曲折的道路，但总体上讲，是有成绩的。同样，对艺术"表现说"的认识也是如此。

通常来说，艺术"表现说"更强调艺术家对于创作的决定作用，其内容包括：艺术家的主观方面，如情绪、情感、想象，以及艺术表现的内容是自我、情感、理想等。艺术表现理论在我国有着悠久的历史，《尚书·尧典》就有"诗言志"的说法，并将其解释为"在心为志，发言为诗"。应该指出的是，由于从整体而言儒家更为强调艺术的教化作用，因此，艺术自由抒发感情的维度受到一定程度的抑制。但应该看到，由于中国古典的抒情文艺非常发达，因此，在中国传统的艺术理论中，"表现说"的影响很大。但是，到了20世纪，特别是五四运动从根本上动摇了儒家思想对人们精神的影响，客观上为艺术发挥抒情功能提供了条件。但从20世纪中国艺术理论的发展来看，由于社会的动荡，社会要求艺术更多地为自己服务，这样，对艺术的表现本质的强调往往受到政治的影响，这也使艺术理论界对艺术"表现说"的认识变得复杂。因此，对艺术理论中的"表现说"的认识，也要注意其具体的社会、历史和文化语境。

一

在中国20世纪的文艺理论史中，"创造社"的理论家第一次大规模地主张以表现来看待艺术的本质。"创造社"的旗手成仿吾最初就很重视文艺的表现："诗的作用只在由不可捕捉的东西，于抽象的东西具体化，而他的方法只在运用我们的想象，表现我们的感情。"① 他甚至据此来贬低再现："文艺的标语，到底是'表现'而不是'描写'，描写只不过是文学家的末技。"② 郭沫若更是结合创作，从理论上肯定了表现："文艺的本质是主观的，表现的，而不是没我的，模仿的。"③ "创造社"片面地夸大了表现，只是成仿吾的"表现"较为复杂。有论者指出，其"表现""既涵盖了富有深度和生命情绪的写实，又包括了部分积极浪漫主义，具有超越于两者的深刻含义。同时，成仿吾视野中的主客观也并非截然分开"④。此外，成仿吾虽然坚持自我表现，但又要求文艺"批评人生"，有明显的二元论倾向。这与郭沫若所说的"大我""小我"有共通之处。这决定了他们难以遁入"纯艺术论"的狭小圈子，他们后来的创作也证明了这一点。他们的理论还强调情绪，排斥理智。因此，从总体上讲，"创造社"的艺术理论是以二元对立的思维方式来看待再现与表现的对立，机械而片面地夸大了艺术的表现因素，贬低甚至于取消了再现在创作中的作用，这种解释是不利于科学地认识艺术的再现与表现因素的。但

---

① 成仿吾：《〈呐喊〉的评论》，《创造季刊》1924年第2期。
② 成仿吾：《〈呐喊〉的评论》，《创造季刊》1924年第2期。
③ 郭沫若：《文学的本质》，《学艺》1925年第1号。
④ 黄曼君主编：《中国20世纪文学理论批评史》上册，中国文联出版社2002年版，第237—238页。

也应该看到其特定的原因,他们对创作中表现的主观因素的探索是有价值的。

在主张表现的艺术理论中,也各有侧重。提倡"人的文学"的代表人物周作人也逐渐转向了自我表现:"文艺以自己表现为主体,以感染人们为作用,是个人的而亦为人类的,所以文艺的条件是自己表现,其余思想与技术上的派别,都在其次……"① 张泽厚则强调艺术要表现社会情感:"所谓艺术,不过是感情社会化的一种方法。"② "艺术是一种集团的'感情的社会化'。"③ 认为艺术为"人类底意识之具体表现"的向培良对艺术表现有深刻而全面的认识。首先,艺术表现的情感始于情绪,但并不是仅仅为了自己,而是具有人类性。即"既然承认艺术是表现,便会知道艺术必从情绪出发。表现必非止于自我表现的发泄,也可以说,表现必非是为自己的。表现者,根本负着一种任务,即供给可以认识之资。……故表现者,须基于人与人之间的认识才能成立,没有认识,即失其所以为表现的意义"④。其次,为了克服本能反应的情绪,也使转瞬即逝的情绪固定下来,作者需要确切地了解自己的情绪,才能把情绪表现为艺术品。所以,艺术表现还需要认识、理智的介入。再次,艺术表现是主客观的融合:"以情绪为艺术内容所自成,即从自我与绝对外界的情境之关系去掘发内容,于是产生主观与客观的融会。"⑤ 最后,艺术表现虽然也需要理智的介入,但主要是依靠情绪、情感等感性因素:"艺术内容,虽存在于主观与客观之融会,但仍不能不从感觉出发。但感觉不独有很重的主观性,并且有很大的流动性。当其融入艺术内容时,无疑地需要超越此主观性与流动性。"⑥ 他从自我与人类、主观与客观、情感与理智的统一来把握艺术表现,不仅有效地总结了艺术创作实践,而且符合艺术辩证法,克服了片面强调艺术表现的偏颇。胡秋原则强调艺术表现也应该包含对思想的形象表现:"所谓艺术只表现人类底情感,同样也是不对的。不,它不独表现人们的情感,也表现思想;不,它不是抽象地,而是藉活动的形象而

---

① 周作人:《自己的园地》,北新书局1935年版,第5页。
② 张泽厚:《艺术学大纲》,光华书局1933年版,第36页。
③ 张泽厚:《艺术学大纲》,光华书局1933年版,第40页。
④ 向培良:《艺术通论》,商务印书馆1940年版,第37页。
⑤ 向培良:《艺术通论》,商务印书馆1940年版,第40页。
⑥ 向培良:《艺术通论》,商务印书馆1940年版,第41页。

表现。艺术最主要的特质即在乎此。"① 精通各门艺术的丰子恺认为,并不是任何情感都是艺术表现的对象,艺术应该发现、表现美的情感:"艺术是美的感情的发现。美的感情起于艺术家的心中,因美欲而变成艺术冲动,表现而为客观的艺术品。这经过叫做创作。"② 实际上,"表现说"常因盲目提倡表现情感导致情感的粗糙和泛滥,他的观点对于克服这种倾向是有积极意义的。

1942年,毛泽东发表了《在延安文艺座谈会上的讲话》,他强调了艺术对生活的积极的、能动的反映,在当时起到了推动文艺发展的作用。但应该看到,他的艺术理论产生于特定的历史时期,主要着眼于发挥艺术的宣传作用、文艺对政治的作用,从某种程度上弱化了艺术自身的。之后,反映论就在中国艺术中占据主导位置,并具有了指导的意义。这在一定程度上抑制了"表现说"的影响,也影响了艺术理论对艺术表现的探索。

二

1949年后,现实主义被规定为艺术创作的主要方法,一直被视为最具合法性的艺术理论,并在1949年后的相当长的时期内影响了中国的艺术理论和艺术实践。这也使艺术表现情感的观念受到了压抑。而且,写人情、人性的主张经常被定性为阶级调和论和"人性论"而受到批判。这样,表现被定性为小资产阶级情调,表现自我则成了个人主义。因此,探讨和研究"表现说"便显得不合潮流,艺术理论"表现说"也难有发展。

值得注意的是,20世纪60年代,周谷城非常重视艺术对情感的表现。他连续发表了《史学与美学》《礼乐新解》等文章,提出了"艺术表现情感"的系统理论:情感是艺术的源泉,情感通过物质的表现形式便成了艺术,情感使艺术发挥其作用,"一切艺术品务必表现情感"③。但这套理论被视为"人性论"而遭到批判,影响了学术的探讨。有趣的是,朱光潜在批判周谷城

---

① 胡秋原:《艺术之本质——朴列汗诺夫关于艺术性质的若干主要命题》,《文学艺术论集》上册,(台湾)学术出版社1979年版,第37页。
② 丰子恺:《艺术修养基础》,(香港)文化供应社1949年版,第41页。
③ 周谷城:《艺术创作的历史地位》,《新建设》1962年第12期。

的情感艺术论时提出，反映不是被动的，"而是客观世界在人头脑里的反映，是一种能动的反映，在这里面要发挥人的主观能动性，人的意识（包括思想和感情）当然要起作用，所以反映现实并不排除表现思想情感"①。朱光潜强调反映论对思想感情的表现，是在允许的范围内，试图吸收情感等因素，以纠正反映论的偏颇。

后来，现实主义的创作方法被发展成了革命现实主义与革命浪漫主义"两结合"的艺术创作方法。但是，"两结合"最终发展到了完全无视艺术特点的程度。只有在"两结合"的艺术创作中，才能够表现感情。但这种感情是有规定的：要表现"大我"、对理想的憧憬和集体主义精神。在今天看来，这种情感的虚假性、虚幻性和粉饰现实的特点都是显而易见的，这种不正常的状况一直持续到改革开放初期。

三

新时期以来，随着政治上的"拨乱反正"和艺术创作的繁荣，人们开始以开放、自由的心态来探讨反映论。随着一大批注重表现的艺术作品的出现，艺术理论中的"表现说"逐渐占了上风，并且把表现与再现对立起来，甚至出现了要求抛弃"再现说"的声音。

20世纪80年代初，"朦胧诗"等有着浓厚现代主义色彩的文艺作品出现，艺术开始重视自我表现，三个"崛起"把文艺的自我表现的性质系统化、理论化了。② 其中，孙绍振赋予自我表现以极为重要的地位："他们不屑于作时代精神的号筒，也不屑于表现自我精神感情以外的丰功伟绩"，"不是直接去赞美生活，而是追求生活溶解在心灵中的秘密"③。应该说，在正常的情感被压抑、文学几乎与情感绝缘的不正常的状态下，这种反拨是非常有必要的，非常合理的，但有些矫枉过正，这势必影响到对文艺的表现性质的认识。由

---

① 朱光潜：《表现主义与反映论的基本分歧》，《朱光潜美学文集》第3卷，上海文艺出版社1983年版，第424页。
② 参见谢冕《在新的崛起面前》，《光明日报》1980年5月7日；孙绍振《新的美学原则在崛起》，《诗刊》1981年第3期；徐敬亚《崛起的诗群》，《当代文艺思潮》1983年第1期。
③ 孙绍振：《新的美学原则在崛起》，《诗刊》1981年第3期。

此，出现了"表现自我"与"反映生活"的争论，对再现说、反映论的反思也随即展开。

新时期，伴随着对再现、模仿的反省又开始了对"表现说"的重新认识。夏中义对模仿说提出了批评，进而指出："文艺所直接表现的并不是社会生活的原型，而是艺术家对社会生活的感受、印象、评价及其理想，生活素材在其中不过是充当了表现作者主观意识的某种变形载体罢了。因而，艺术的本质乃是客观生活和作家自我表现的结合体。"① 周来祥分析了艺术的构成要素："从认识论看是感性与理性的统一，是感性中理性内容的表现；从心理学看，是理智（物的本质）和意志（人的目的要求）的结合，因而也可以说是认识的内容和心理的形式的统一。"② 而认识、情感又是必不可少的因素："艺术包含着认识内容，但不只是认识"；"艺术以情感为特质，但又不只是情感"。③ 要从情感与认识、感性与理性的统一来看待艺术。王元骧则尝试直接以情感来界定艺术的本质："只有当我们承认情感是现实关系的反映，就其性质来说，也是人们对现实的一种认识的前提下，把它视为文学艺术的基本特性，那才是正确的。"④ 而且，"艺术所表现的是在认识过程中产生、以人们对对象性质与自身需要之间的关系的认识为基础的情感"⑤。这样，艺术表现说就演变为"情感说"。但有论者质疑"情感说"，即"情感说"不能解释情感的产生和表现，而且"还会导致艺术唯心主义"。

刘光耀认为，反映论是机械论，文艺是"反映"，但它首先是对生活的反映、创造。其区别在于："前者是对现实的客观的'摹写'，揭示的是现实自身的本来面貌，后者是对现实的主观的评价，揭示的是人的主体需要和感受与现实的关系；前者表现为理性、理智的认识，后者表现为感性、感情的发抒；前者对于现实用的是历史主义的标准，力求揭示现实的本质和规律，后者对于现实用的是人道主义的标准，力求淋漓尽致地表现人性。"⑥ 他并且希

---

① 夏中义：《生活　心灵　文艺》，《江淮论坛》1981年第3期。
② 周来祥：《审美情感与艺术本质》，《文史哲》1981年第3期。
③ 周来祥：《审美情感与艺术本质》，《文史哲》1981年第3期。
④ 王元骧：《情感——文学艺术的基本特性》，《文学评论》1983年第5期。
⑤ 王元骧：《情感——文学艺术的基本特性》，《文学评论》1983年第5期。
⑥ 刘光耀：《"文艺反映社会生活的本质和规律"评析》，《当代文艺思潮》1985年第4期。

望反映论"寿终正寝"。他重视艺术的创造作用无疑是正确的，但对反映论的理解也有不当甚至错误的地方，全盘否定反映论也是有失公允的。对反映论做了较为系统反思的是刘再复，他的主体性理论产生了很大的影响，他的主体性文艺理论吸收了"表现说"的许多观点，强调发挥作家的主观能动性。

徐亮则从艺术本体论的角度认识"表现说"的局限，认为艺术表现说克服了再现说的缺陷："更深入地涉及了艺术的本质。它把被再现论遗忘的部分显示出来，也恢复了情感（特别是个人情感）的应有的地位。"① 但"表现说"也有其自身难以克服的局限，应该从艺术本体论中寻找艺术的本质："表现论太局限于自我的自在状态，它把感情束缚于狭小的自我领域，以至对于宽广的大千世界不能采取一种坦然的进入态度。看来应当从表现论那儿解放自我，解放情感，使自我和情感到更为广大的世界中去生存，并使之成为世界的一部分。"② 应该说，徐亮确实抓住了艺术"表现说"的局限。

此外，有论者从宏观的角度，客观地分析了艺术"表现说"的得失，也有助于深化我们的认识。何国瑞结合中国艺术指出了艺术"表现说"的优点和意义："'表现论'从心理学的角度加强了对艺术的主观能动性方面的阐发，在一定程度上纠正和弥补了'再现论'的机械唯物论的偏颇。'表现论'强调艺术的伦理实践价值，认为艺术是'治心'之具的观点，是具有客观真理性的。它创立和丰富的关于'意境'的理论，过去曾经、今后还将对艺术创作起良好的指导作用。"③ 同时指出了其缺陷："第一，是它的唯心主义倾向。"④ "第二，忽视艺术传达的重要性。……这种贬低、乃至取消技巧的观点，把艺术完全当成了一种即兴活动，乃至随意的胡来。"⑤ 应该说，这个结论是客观、公允的，而且考虑到了艺术的理论与实践。但他只结合了中国的艺术实践来说明该理论，实际上，西方的艺术对表现的探索也是很丰富的。

---

① 徐亮：《再现，表现，还是显现？——关于艺术本体论的一个探讨》，《文艺研究》1987年第5期。
② 徐亮：《再现，表现，还是显现？——关于艺术本体论的一个探讨》，《文艺研究》1987年第5期。
③ 何国瑞主编：《艺术生产原理》，人民文学出版社1989年版，第9页。
④ 何国瑞主编：《艺术生产原理》，人民文学出版社1989年版，第9页。
⑤ 何国瑞主编：《艺术生产原理》，人民文学出版社1989年版，第10页。

因此，似有不全面之嫌。李心峰则针对否定艺术再现、反映本质的做法，指出了应该全面而辩证地看待艺术及艺术本质："在艺术的本质中，完全抹煞了再现性、反映性，显然是从一个极端走到了另一个极端。艺术活动作为人的一种特殊的精神性活动，同所有的精神性活动一样，都存在一个精神与现实、意识与存在的关系问题，都具有反映的属性，这是一种客观的事实，完全无视这一点，仅用主观表现来规定艺术，无论对这种表现怎样界说，正像只用模仿、再现规定艺术一样，都是无法圆满解决艺术本质问题的。"① 艺术表现与"表现说"在艺术实践和艺术理论中都有重要的作用，充分认识这种作用，恢复艺术"表现说"的合法地位是必要的。但在一段时期内，人们反感于对反映论的庸俗化解释，却走向了另一个极端，即常常以肯定表现、"表现说"来贬低、否定或取消再现、"再现说"，这种非此即彼式的思维对于艺术理论的研究和艺术实践都是非常不利的。李心峰指出的这种现象是非常普遍的，也是我们认识艺术"表现说"时应该注意的。

四

在20世纪中国艺术理论中，还有一种从表现与再现之间的关系的视角来阐释"表现说"的，这经历了一个从对立到互补的过程。在70年代末80年代初，艺术理论界关于表现与再现相互对立的说法很流行。通常的说法是，表现是写意，中国重视表现；再现是写实，西方重视再现。但在当时就有不同的意见，只是到了80年代后期，从表现与再现结合的视角来理解表现说、把握艺术的本质，才多了起来，"艺术是表现与再现的统一"也逐渐成为主流观点。但当时也有学者反对这种区分，杜书瀛在探讨艺术特征时指出："不论重再现的艺术，还是重表现的艺术，虽各有侧重，却都是再现与表现的统一。只强调艺术的再现性，而忽视其表现性；或者只强调艺术的表现性，而忽视其再现性，都是片面的。"② 重视研究审美现象的王朝闻从区分标准的相对性角度谈了再现与表现的统一："前者着重反映的客观性特征，后者着重反映的

---

① 李心峰：《现代艺术学导论》，广西教育出版社1995年版，第90页。
② 杜书瀛：《艺术特征三题》，《西北大学学报》（社会科学版）1981年第3期。

主观性特征。但是这种区别只有相对性,因为某一艺术形象既有再现的性质也有表现的性质。倘若把再现理解为对于反映对象完全被动的机械的模仿或复制,它就不属于艺术的反映。不论艺术形象与反映对象在形式方面接近到什么程度,只有当它相应地表现了艺术家对现实的主观感受,我们才承认它为艺术。与再现相对应的表现,内涵比较侧重于形象对艺术家的主观态度的体现。"① 而且,艺术欣赏中也存在对立统一的关系。究其根源是:"客观对象与我对它们的感受有复杂性。当这种复杂性在艺术中得到有选择的反映时候,也就形成了表现与再现的对立统一。"② 刘纲纪则直接说明了以表现、再现概括中西方艺术的错误之处:"我们可不可以说西方美学只讲再现,中国美学只讲表现呢?我认为不能这样说。在我看来,任何艺术都是再现与表现的统一,而表现归根到底也是对现实的反映,不是艺术家头脑中主观自生的东西。"③ 但他把艺术最终归结为反映。黄海澄认为,艺术是以形象反映生活、表现思想情感的、美的意识形式。④ 因此,再现说与表现说分别说明了艺术本质的一个侧面,但都是片面的,都犯了以偏概全的错误。当时,这些见解都为科学、全面地理解"表现说"奠定了良好的基础。

通常人们认为,18世纪启蒙运动前,西方艺术和艺术理论的主流是"模仿自然",但以18世纪兴起的浪漫主义思潮为标志,西方艺术和艺术理论的主流变为"表现自我"。但到了20世纪,已有理论家对此提出了不同看法,如美国文艺理论家克令格尔在其《批评理论》中以"摹仿与表现理论的虚假对立"为标题指出,从模仿到表现的转变并不是革命性的变化,这种变化只是意味着把模仿的重心由外部事物转向了诗人的内在世界,诗歌仍然主要依赖于"外在于自身的某种内容,诗歌自身的形式本体依然未能确立,它的从属地位依旧没有改变"⑤。克令格尔虽然是站在形式主义立场来看待模仿与表现之间的关系的,但他揭示的这种现象在中国文艺理论中也很有针对性,对

---

① 王朝闻:《审美谈》,人民出版社1984年版,第317页。
② 王朝闻:《审美谈》,人民出版社1984年版,第320页。
③ 刘纲纪:《中西美学比较方法论的几个问题》,《文艺研究》1985年第1期。
④ 黄海澄:《简论艺术的本质》,《文艺理论研究》1982年第4期。
⑤ 参见童庆炳主编《文学理论要略》,人民文学出版社1995年版,第145页。

二者之间"虚假对立"关系的揭示无疑指出了我们的错误,并有助于我们纠正以往在理论上和具体的文艺分析中所出现的错误。

20世纪80年代末以后,艺术理论界逐渐接受了表现与再现存在互补性这一观点,虽然都主张艺术的再现与表现相统一,但其角度却不尽相同。有论者认为,这两种说法都说明了艺术本质的一个方面,但都有缺点,即忽视了"艺术是艺术家借助于某种感性媒介物进行构形(formative),从而创造出一个新的意象世界的活动"。因此,"艺术不是任何一种自然情感的自发流溢,而是将情感纳入一个明确的艺术结构,从而把它符号化为一个'意象'。正因为艺术是一个符号化的'意象'结构,一个目的性结构,所以它也决不可能是对一个现成的被给定的实在的单纯复写。它不是对实在的模仿,而是对实在的发现。不仅如此,它还是我们存在的这个世界的建设性的创造"[1]。这个观点吸收了西方现代美学思想,注重艺术对世界的发现、创造,有助于重新发掘这些为我们所忽视的艺术的特征。李心峰则是把二者的对立归结为艺术类型学的分歧,并主张以艺术生产将二者的对立统一起来:"艺术本质问题上体现出来的再现与表现的现代矛盾应该得到超越和克服。而对它的超越,只能用理性的方法,以艺术生产为凝结点,在对艺术本质的系统的、整体的透视中才能完成。应该说,在艺术的本质构成中,不存在再现与表现的绝然对立。再现与表现的矛盾与差异,不是艺术本质的问题,只是艺术中的类型学的分歧。"[2] 艺术生产是个动态的、立体的过程,能够将主观与客观、情感与理智、表现与再现、心灵与世界等因素统一起来,这为探索艺术本质开辟了新的思路。

事实上,在中西方艺术理论史中都可以找出一条主张表现与再现相统一的线索,而且即使在许多具体的流派或作家的创作中,也都有既赞同艺术是表现,也赞同艺术是再现的现象。这说明,艺术应该是表现和再现的有机统一。对于大多数艺术家的创作而言,二者缺一不可,以往人们有意突出一方而压抑另一方,这实际上是一种二元对立、非此即彼的思维,在这种思维的

---

[1] 叶朗主编:《现代美学体系》,北京大学出版社1999年版,第94—95页。
[2] 李心峰:《现代艺术学导论》,广西教育出版社1995年版,第119页。

影响下，构造了表现和再现的虚假对立。这造成了很大的误区：在理论上各执一端，把艺术本质理解为表现；在理解艺术流派、创作方法、作家的创作或作品时，把表现作为解释它们的唯一标准，并由此导致了解释或理解的片面和狭隘；把中西方或东西方艺术分别概括为表现型的、再现型的，从而简化了丰富而复杂的艺术现象，造成了理解中西方艺术的简单化倾向，影响了对艺术现象的正确理解。这在以前的理论研究和艺术分析中都有表现，也影响到理论研究和艺术实践。

我们认为，在理解20世纪中国艺术理论中的"表现说"时，既要看到各个历史时期对它的独特阐释，以及这种阐释的意义、局限和合理性；也要看到这种阐释对它的误读、曲解，甚至牵强的理解。并且要把这些分析放到当时具体的社会、历史和文化的语境中，寻找造成这种结果的原因，特别是特定历史条件下，社会、政治因素对艺术或艺术理论的影响。对"表现说"的全面理解，还要考虑到对"再现说"的理解以及对二者之间关系的理解，也只有采用辩证的、具体分析的方式来理解其关系，才有助于解释二者在艺术现象中的复杂的表现和关系，才可能揭示艺术创造的奥秘。为此，必须反对那种把二者割裂开来的形而上学式的机械论。20世纪中国艺术理论对"表现说"的探讨，不但展示了理论本身的丰富性，深化和丰富了我们对它的理解，而且也为我们发展21世纪艺术理论奠定了坚实基础。因此，更需要我们认真检视其得失。

原载《阴山学刊》2005年第3期

上层建筑视域中的文艺

——中国当代文论界关于文艺与上层建筑关系的讨论

马克思主义的历史唯物主义在分析社会结构时提出了上层建筑的概念,并涉及了它与文艺的关系,以马克思主义为指导原则的中国当代文论必然应该说明二者之间的关系。加之,中国当代文论长期受苏联的影响,中国当代文艺学就此展开了持续近半个世纪的讨论,梳理并研究这些讨论的得失也是中国当代文艺学学术史所无法回避的问题。本文针对这些讨论的语境梳理并尝试分析其得失。需要说明的是,文论界对文艺与上层建筑关系的讨论,不可避免地涉及文艺与意识形态的关系,有时这两种讨论是交叉进行的。因此,在了解文论界对文艺与上层建筑关系的讨论时,有时也必须涉及文艺与意识形态的关系。

一 20世纪五六十年代关于文艺与上层建筑关系的讨论

关于文艺与意识形态关系的研究,可以追溯到20世纪年20年代。早期马克思主义理论家李大钊在《我的马克思主义观》等多篇文章中都谈到了文艺与意识形态的关系。其中,在《马克思的历史哲学与理恺尔的历史哲学》中,李大钊论述了文艺在社会结构中的位置:"马克思的历史观,普通称为唯物历史观。……喻之建筑,社会亦有基础与上层。基础是经济的构造,即经济的关系,马氏称之为物质的或人类的社会的存在。上层是法制、政治、宗教、艺术、哲学等,马氏称之为观念的形态,或人类的意识。"[①] 值得注意的是,李大钊就是把文艺作为上层建筑的意识形态来看待的,而且,这个观点

---

① 李大钊:《马克思的历史哲学与理恺尔的历史哲学》,《向着新的理想社会——李大钊文选》,远东出版社1995年版,第295页。

对此后的马克思主义文艺理论产生了深远的影响。之后，萧楚女和"创造社"的成仿吾、冯乃超、李初梨都有过类似的表述。30年代，瞿秋白依据列宁的相关论述对这个问题进行了更为明确的表述："乌梁诺夫（指列宁——引者注）认为艺术反映实质，艺术是一种特别的上层建筑，一种特别的意识形态，它反映实质而且影响实质：意识是实质'镜子里的形象'，实质并不受意识的'组织'，而是实质自己在'组织'意识；然而意识并不是消极的，它的确会影响到实质方面去；阶级是在改变着世界而认识世界。"① 把文艺作为上层建筑、意识形态已经成为中国马克思主义文艺理论看待文艺的基本视角，这个成果也被直接吸收到毛泽东的《在延安文艺座谈会上的讲话》（以下简称《讲话》）中："作为观念形态的文艺作品，都是一定的社会生活在人类头脑中的反映的产物。"② 这个基本观点成为中国共产党理解和指导文艺的重要理论依据，也是中国马克思主义文艺理论、当代文艺理论理解文艺本质的基本观点。其中，《讲话》对文艺与上层建筑关系的解释也影响深远。

20世纪50年代，中苏关系密切，因此，还应该考虑苏联文论界对这个问题的理解，其中，大学文论教材对中国文论界的影响尤为深刻。季摩菲耶夫《文学原理》是苏联高等教育部指定的大学语文系、师院语文系使用的唯一的文学理论教材，这部著作把文艺视为一种上层建筑，并做了具体的阐述。1954年春到1955年夏，苏联的依·萨·毕达可夫应邀到北京大学中文系为研究生和全国的中青年教师进修班开设"文艺学引论"的课程，毕达可夫在讲稿中也强调了文艺是上层建筑的一部分。苏联学者瓦·斯卡尔仁斯卡娅在中国人民大学哲学系授课时指出，在马克思主义的视野中，文艺具有这些规定性，"马克思列宁主义美学按照辩证唯物主义和历史唯物主义的规律确定：第一，艺术是产生于存在的特殊的社会意识形态，是一种思想活动。第二，艺术按照社会运动的一般规律发展。第三，艺术是认识和反映客观现实的一种特殊方法。第四，艺术有巨大的社会改造意义。它在阶级斗争和社会发展中

---

① 瞿秋白：《论弗里契》，《瞿秋白文集》（文学编）第2卷，人民文学出版社1986年版，第270页。

② 毛泽东：《毛泽东论文艺》（增订本），人民文学出版社1992年版，第48页。

起着积极的作用。"① 这些观念不同程度地影响了中国文论界。尽管如此，我国也大都是从上层建筑、社会意识形态的角度来看待文艺的，我国文论界与苏联文论界对文艺本质的解释大致相同。

20世纪60年代，在高教部的领导下，文艺理论界编写了两部文学理论教材，即蔡仪主编的《文学概论》和以群主编的《文学的基本原理》。其中，《文学的基本原理》是把文学作为"一种社会意识形态"看待的，这部教材还详细地阐发了上层建筑及其与文艺的关系："所谓上层建筑，是指在一定经济基础上形成的政治、法律制度，以及与之相互适应的社会意识形态。人类社会的一切精神活动的产物，包括政治、法的观点以及宗教、道德、哲学和文学艺术等等，统称之为社会意识形态。文学属于社会意识形态，而社会意识形态又是上层建筑的一个部分；上层建筑最终为经济基础所决定，而又反转来为基础服务，对基础发生反作用。"② 具体而言，文艺与经济基础、上层建筑的其他部门的关系主要表现为："首先，作为社会意识形态之一的文学，是在一定的社会经济基础上形成和发展起来的，它的产生和发展归根到底是受着经济基础的决定和制约的。"③ "其次，作为社会意识形态之一的文学一经产生，它就具有自身的发展规律，而不是仅仅作为经济基础的'消极的结果'。一方面，它对经济基础、对政治产生积极的影响，另一方面，各种社会意识形态又互相影响。"④《文学概论》最早出版于1979年，但教材的编写主要是在20世纪60年代进行的，教材的文学本质观也基本上代表了60年代学界的基本认识，即"文学是反映社会生活的特殊的意识形态"⑤。同时，该教材对上层建筑及其与文艺关系的解释与《文学概论》基本一致，这两部教材对文艺本质的理解大致相同。

因此，就基本倾向来说，在20世纪五六十年代，我国文论界基本上是把文艺作为社会的上层建筑来看待的。

---

① [苏]瓦·斯卡尔仁斯卡娅：《马克思列宁主义美学》，潘文学等译，中国人民大学出版社1957年版，第247页。
② 以群主编：《文学的基本原理》，上海文艺出版社1980年版，第23页。
③ 以群主编：《文学的基本原理》，上海文艺出版社1980年版，第23页。
④ 以群主编：《文学的基本原理》，上海文艺出版社1980年版，第27页。
⑤ 蔡仪主编：《文学概论》，人民文学出版社1981年版，第1页。

二 新时期文论界对文艺与上层建筑关系的讨论

新时期以来，发生了两次关于文艺与上层建筑关系的讨论，这些讨论涉及了马克思主义的历史唯物主义原理以及马克思主义对文艺在社会结构中的位置的理解，也成为理解文艺与上层建筑关系的关键。

（一）关于文艺是否属于上层建筑的讨论

新时期以来，首次涉及文艺与上层建筑关系问题的讨论，是从讨论文艺是否属于上层建筑开始的。讨论缘于朱光潜质疑文艺属于上层建筑的观点"艺术是意识形态但非上层建筑"，这个观点连续地出现在他在新时期伊始所发表的两篇论文《研究美学史的观点和方法》（《文学评论》1978 年第 4 期）、《上层建筑和意识形态之间关系的质疑》（《华中师院学报》1979 年第 1 期）和《西方美学史》重版（1979）序言这些论著中。

这次讨论也受到了苏联对这个问题讨论的影响，因此，这里有必要介绍一下苏联对这个问题的讨论。在 20 世纪 50 年代，苏联曾就这个问题展开过讨论，其导火索是斯大林的《马克思主义和语言学问题》的发表。在这篇文章中，斯大林对历史唯物主义的理解，为重新理解经济基础、上层建筑、意识形态之间的关系提供了新的可能，他指出："基础是社会发展的一定阶段上的社会经济制度。上层建筑是社会的对于政治、法律、宗教、艺术、哲学的观点，以及同这些观点相适应的政治、法律等设施。"① 这样，上层建筑中的意识形态便消失了，这与马克思主义的论述存在一定的距离，上层建筑与意识形态的关系再次成为讨论的焦点。在讨论这篇文章时，特罗菲莫夫承袭了斯大林的思路，并落实到文艺上，即文艺中既包含着上层建筑的因素，也就是作品的大部分思想；又包含着诸如客观真理、审美价值等非上层建筑的因素，它们比上层建筑的存在更为长久。这个判断为否定文艺的上层建筑性质奠定了基础。之后，特罗菲莫夫继续从斯大林那里寻找理论的支持，在他看来，马克思主义只把文艺纳入了意识形态范畴，并没有把文艺纳入上层建筑范畴，上层建筑仅仅包括政治和法律。事实上，他已经彻底地

---

① ［苏］斯大林：《马克思主义和语言学问题》，人民出版社 1971 年版，第 1 页。

否定了文艺的上层建筑属性。他的这些观点有一些支持者，但也遭到了多数讨论者的批判。后来，《哲学问题》编辑部的综述文章《论艺术在社会生活中的地位和作用》在总结这次讨论时指出，文艺既属于上层建筑，又属于意识形态，这是马列主义的基本观点。在这次讨论中，尽管有学者试图否定文艺的上层建筑属性，但是，文艺的意识形态属性或文艺是一种社会意识形态则没有异议。实际上，把上层建筑视为文艺的本质，并以此来概括文艺与上层建筑的关系并不科学，但是，文艺是不可能完全脱离上层建筑的，这也是我们应该从讨论中获得的启示。而且，这次讨论很快就对中国学界产生了一定的影响：中国学界在50年代初期也展开了对上层建筑、意识形态等问题的讨论，某些结论也受到苏联的影响；《论艺术在社会生活中的地位和作用》被翻译为中文后发表于《学习译丛》，又被收入《苏联文学艺术论文集》（学习杂志出版社1953年版），对当时中国的讨论产生了一定的影响，其影响甚至延续到新时期。

朱光潜在重新学习马列著作的过程中，也受到了苏联讨论的影响，他重新解释了上层建筑与意识形态之间的关系。在《上层建筑与意识形态之间关系的质疑》中，朱光潜认为，马克思主义经典作家对意识形态与上层建筑关系的理解存在分歧：马克思、列宁讲的上层建筑不包括意识形态在内；在恩格斯的早期著作（即《反杜林论》）中，上层建筑偶尔也包括意识形态；斯大林提出的"上层建筑包括意识形态在内"混淆了上层建筑与意识形态，甚至在二者之间画等号、抹杀了其差别。因此，他认为，马克思的看法是正确的，意识形态不属于上层建筑，只有政治、法律机构才是上层建筑；意识形态与上层建筑是有差别的，不能以意识形态代替上层建筑。斯大林还认为，"上层建筑同生产、同人的生产活动没有直接联系。上层建筑是通过经济的中介、通过基础的中介同生产仅仅有间接的联系……上层建筑活动的范围是狭窄的和有限的"①。朱光潜以此为根据说明斯大林的观点是错误的，提出了支持其结论的四个理由，并坚决反对把意识形态等同于上层建筑，并取代上层建筑的做法。具体到文艺，文艺是一种意识形态，但它并非上层建筑。同时，

---

① ［苏］斯大林：《马克思主义和语言学问题》，人民出版社1971年版，第7页。

他也承认,他与特罗菲莫夫的观点不谋而合,他并不认同《论艺术在社会生活中的地位和作用》一文对特罗菲莫夫的批评。①

以朱光潜的文章为导火索,学术界就文艺与上层建筑、意识形态的关系展开了讨论,《哲学研究》《文学评论》等刊物发表了相关的讨论文章。此外,其他一些刊物也刊登了讨论这个议题的文章,如姜东赋的《略说"社会意识形态不在上层建筑之外"及其他——朱光潜〈西方美学史〉"序论"读后》(《天津师范学院学报》(自然科学版)1979年第3期)、吕德申的《有关历史唯物主义的一点理解——与朱光潜先生商榷》(《北京大学学报》(哲学社会科学版)1980年第1期),等等。就这些讨论而言,问题主要集中于两个方面:意识形态与上层建筑关系、文艺是否属于上层建筑。我们先来看第一个问题。吴元迈最先质疑了朱光潜的论述:马克思、恩格斯、列宁和斯大林对于意识形态与上层建筑关系的论述是一致的,他们的著述中不存在朱光潜所讲的分歧,更不存在斯大林与马克思、恩格斯的对立;在马克思主义经典作家的著述中,意识形态都没有被排除于上层建筑,马克思、恩格斯、斯大林都是如此;在《反杜林论》《社会主义从空想到科学的发展》和1980年9月21(—22)日给约·布洛赫的信中,恩格斯所讲的上层建筑都是包含意识形态的,恩格斯的看法是前后一致的,绝不是偶尔才让上层建筑包括意识形态的;朱光潜反对斯大林的四个理由都是不能成立的,他所反对的观点(即以意识形态代替上层建筑,或在二者之间画等号)非斯大林的观点。基于这些认识,吴元迈得出结论:"意识形态属于上层建筑是不容置疑的。"就文艺而言,他反对特罗菲莫夫所持的文艺非上层建筑的观点,基本认同《论艺术在社会生活中的地位和作用》一文对特罗菲莫夫的批评,并坚持认为:文艺既是一种社会意识形态,又是上层建筑。②刘让言也持类似的观点:"马克思主义从来都是把文学艺术当作上层建筑的,文学艺术非上层建筑论者否认文学艺术的上层建筑性质,有人并把这种错误的观点说成马克思、恩格斯或

---

① 朱光潜:《上层建筑和意识形态之间关系的质疑》,《国内哲学动态》1979年第7期。
② 吴元迈:《也谈上层建筑与意识形态的关系——与朱光潜先生商榷》,《哲学研究》1979年第9期。

列宁的观点，这种说法是缺少科学根据的。"① 客观地说，吴元迈的这种观点有较多的支持者，但是，在一些具体问题上仍存在不少分歧。之后，张薪泽质疑了吴元迈的观点，实际上是为朱光潜辩护。在他看来，理解马克思主义关于上层建筑与意识形态的关系，应该着眼于以下几点：第一，马克思与斯大林对于上层建筑与意识形态关系的认识是有区别、不一致的："在马克思那里，法律的和政治的上层建筑竖立在经济基础之上，意识形态与这个经济基础相适应，即法律的和政治的上层建筑同意识形态都以特定的社会经济结构为现实基础；在斯大林那里，明确规定上层建筑包括意识形态和法律的、政治的机构，而且社会的政治、法律机构是与社会的意识形态相适应。"② 第二，意识形态与生产没有直接的联系，但是，斯大林在分析上层建筑时却说，上层建筑与生产没有直接联系。因此，他显然排除了政治和法律设施，把上层建筑与意识形态等同了。朱光潜引用斯大林的话及其四个理由，能够支持其论点。第三，马克思、恩格斯在严格意义上论及上层建筑与意识形态的关系时，上层建筑不包括意识形态；在一般论及二者关系时，上层建筑则包括了意识形态。因此，上层建筑只包括了一部分而不是全部的意识形态："上层建筑包括政治的法律的设施和意识形态。但是作为上层建筑的意识形态，并不是同基础相适应的全部意识形态，它只是其中与基础的性质相适应的那一部分意识形态，也即是与耸立在基础之上的政治和法律的上层建筑相适应的那一部分意识形态。与基础的性质，与基础的政治的法律的上层建筑不相适应的意识形态，决不是这个基础的上层建筑。"③ 也就是说，有必要把意识形态区分为上层建筑的意识形态、一般的意识形态。第四，应该分析不同意识形态的具体情况："因为作为上层建筑的意识形态随其基础被消灭之后，它不过只失去了上层建筑的地位。这时适合新基础性质的意识形态，随着新的上层建筑的确立便得到了上层建筑的地位。失去上层建筑地位的意识形态，由于

---

① 刘让言：《论文学艺术的社会本质——文学艺术与基础和上层建筑的关系》，《兰州大学学报》1981 年第 2 期。
② 张薪泽：《〈也谈上层建筑与意识形态的关系〉一文质疑》，《哲学研究》1980 年第 5 期。
③ 张薪泽：《〈也谈上层建筑与意识形态的关系〉一文质疑》，《哲学研究》1980 年第 5 期。

它的相对独立性,此时完全可以作为一般的社会意识形态而继续存在下去。"① 应该说,张薪泽对意识形态的区分是合理的,避免了笼统地谈论意识形态,启发我们具体分析意识形态的实际作用,但他没有说明艺术与上层建筑的关系。

我们再来看第二个问题:文艺是否属于上层建筑? 客观地说,在这次讨论中,多数学者都主张文艺属于上层建筑。但是,即便如此,由于他们对上层建筑、意识形态及其关系的认识存在差别,这些差别必然影响他们对文艺上层建筑属性的解释,并进一步影响到对文艺本质的认识。蔡厚示认为,文艺具有上层建筑属性,但它是特殊的上层建筑:"文学在上层建筑中有它的特殊性,而且包含了某些非上层建筑性质的成分。"② 他还分析了其特殊性的具体表现:第一,文学不同于自然科学、语言,其不同在于"它反映生产力水平的改变不是直接和立刻发生的,而是在基础改变以后,通过基础中的各种改变来反映的"③。第二,作为上层建筑,文学不同于政治、法律等观念和制度,宗教、哲学等意识形态是"更高地悬浮于空中的思想领域",文艺尤其如此。第三,文学离不开语言,既然语言不属于上层建筑的范畴,文学就必然具有非上层建筑的因素。第四,旧的基础消失了,但是,过去的文艺遗产并不是都消失了,新、旧文艺之间还存在借鉴、继承的关系,许多经典作品、典型人物、典型形象还具有超越特定时代的永恒魅力。④ 刘让言则肯定文艺属于上层建筑,文艺与其他上层建筑具有共性、普遍性、一般性:"文学艺术是上层建筑的意识形态,我们不同意对马克思主义的上层建筑原理作任何任意的不科学的解释,把文学艺术排除在上层建筑的范畴之外。但是,我们也不同意把这一问题作简单化和庸俗化的理解。庸俗社会学把社会物质生活条件、经济因素看成社会发展的唯一决定性的因素,看作是政治、法律、哲学、文学艺术等一切意识形态产生和发展的唯一能动的原因。"⑤ 同时,他也肯定了

---

① 张薪泽:《〈也谈上层建筑与意识形态的关系〉一文质疑》,《哲学研究》1980 年第 5 期。
② 蔡厚示:《作为上层建筑的文学之特殊性》,《文学评论》1980 年第 4 期。
③ 蔡厚示:《作为上层建筑的文学之特殊性》,《文学评论》1980 年第 4 期。
④ 蔡厚示:《作为上层建筑的文学之特殊性》,《文学评论》1980 年第 4 期。
⑤ 刘让言:《论文学艺术的社会本质——文学艺术与基础和上层建筑的关系》,《兰州大学学报》1981 年第 2 期。

文艺作为上层建筑的特殊性、个别性："作为一种特殊的上层建筑意识形态的文学艺术，它本身是包含有非上层建筑因素的，尽管这种非上层建筑因素在文学艺术作品中并不是主要的和起决定作用性质的因素。"① 具体说来，文艺面对和表现的是整体的现实生活，自然不能把丰富而复杂的文艺作品归结为阶级关系、经济关系，或把它们与阶级关系、经济关系联系起来。而且，从文艺作品看，有的作品明显或较为明显地反映了阶级关系、经济关系，这些作品与上层建筑、基础的联系较为密切。但是，还存在其他的情况：有的作品反映的阶级关系、经济关系并不明显，有的作品甚至没有反映阶级关系、经济关系，如景物诗、咏物诗、山水画、花鸟画，在这些作品中，我们很难发现它们与基础、上层建筑的联系，也难以判断其上层建筑属性。此外，某些文艺的形式（诸如有些体裁等），艺术的技术手段（如摄像），文艺描写的手段、技巧都属于非上层建筑的因素，并不具备上层建筑的属性。

此外，这次讨论还涉及自然科学和语言是社会意识形态还是社会意识形式的问题。也就是说，是否存在意识形态与意识形式的区分。多数人都承认，应该肯定自然科学和语言不属于经济基础的上层建筑。多数讨论者都认为，应该承认艺术作品与艺术观点是有区别的，但是，它们并不是对立的，更不能依据这种"区别"来判定艺术观点是上层建筑的、艺术是非上层建筑的。

客观地说，从相关的讨论文章看，占主导地位或多数人的意见是，文艺既是一种社会意识形态，又属于上层建筑。应该指出的是，这次讨论取得了一定的成果，也是值得肯定的：第一，虽然这次讨论主要围绕"文艺是否属于上层建筑"这个问题展开，但是，讨论者都有意无意地认同文艺是一种社会意识形态，也可以说，这个观点已经成为讨论的共识或前提，并成为这次讨论的重要收获，这也是我们应该关注这次讨论的主要原因。第二，应该区分上层建筑，即一般的上层建筑与特殊的上层建筑；物质的上层建筑与观念的上层建筑；建立在经济基础上的政治、法律等的机构、设施与政治、法律、道德、哲学、艺术、宗教等社会意识形态。第三，要分析上层建筑的阶级性：

---

① 刘让言：《论文学艺术的社会本质——文学艺术与基础和上层建筑的关系》，《兰州大学学报》1981年第2期。

"在任何阶级社会中,无论是经济基础或上层建筑,都是对抗性质的;阶级社会的上层建筑既包含着统治阶级的思想,也包括着被统治阶级的思想;尽管前者是捍卫和巩固经济基础的,后者是对经济基础起着破坏的作用的,但它们同是建立在这一社会经济基础上的上层建筑的组成因素。"① 这样看来,统治阶级的文艺和被统治阶级的文艺都是特定经济基础之上的上层建筑的组成部分,但二者服务的对象不同,而且,它们分别处于支配和被支配的不同地位。第四,作为特殊的上层建筑,文艺含有非上层建筑的因素。

讨论者都坦率地说明了自己对意识形态与上层建筑关系的看法,客观上深化了大家对马克思主义的认识,促进了讨论者对意识形态与上层建筑关系的理解,对文艺与意识形态、上层建筑关系的理解,对文艺在社会结构中的位置的理解,从而有助于推进对文艺本质的认识。

(二)关于文艺在社会结构中的位置及其超越性的讨论

鲁枢元与曾镇南等学者关于文艺在社会结构中的位置及文艺超越性的论争,是新时期涉及文艺与上层建筑关系问题的第二次讨论。这次讨论在新的背景下重新提出了文艺在社会结构中的位置,可以说,这次讨论承接了朱光潜提出的话题,但是,后来的讨论主题偏离了讨论者的初衷,主要是围绕文艺与意识形态的关系展开的。这次讨论的背景和大致过程是这样的,鲁枢元在1986年10月18日《文艺报》发表了《论新时期文学的"向内转"》,这篇文章引起了激烈的争论。编辑部为了缓和气氛,特邀请鲁枢元再写一篇辩驳性的文章,鲁枢元就在1987年7月11日《文艺报》发表了《大地和云霓——关于文学本体的思考》,此文又引发了新的争论。曾镇南在《文艺争鸣》1988年第1期发表了《文学,作为上层建筑的悬浮物——就〈大地和云霓〉一文与鲁枢元同志商榷》批评了鲁枢元,鲁枢元又在1988年3月25日《文论报》发表了反批评的文章《思维模式的歧异——谈曾镇南对我的批评》。之后,作为讨论主要阵地的《文艺争鸣》又刊发曾镇南的反批评文章《支离破碎的思维——评鲁枢元对我的反批评》(《文艺争鸣》1988年第6

---

① 刘让言:《论文学艺术的社会本质——文学艺术与基础和上层建筑的关系》,《兰州大学学报》1981年第2期。

期），以及李思孝等多位学者的讨论文章。①

在《大地和云霓——关于文学本体的思考》中，鲁枢元依据他对马列主义经典著作的解读，以比喻的方式指出了文艺在社会中的位置："从马克思主义的经典著作中，我们可以得出这样的结论：文学艺术与哲学、宗教一样，是高高地飘浮在人类社会历史活动空间之上的东西，是人类精神上空飘浮着的云，它和人类社会经济政治生活的关系，就像是天上的云霞虹霓与大地的关系一样。"② 同时，他还强调了社会生活与文艺的关系："文学艺术这片云霓虽说是高高地飘浮在人类精神生活的空中，但它并没有背离人类赖以立足的物质生活的大地。"③ 有鉴于此，应该从文艺与社会生活的这种关系出发去认识文艺的本体，即"精神之花注定是要扎根于社会物质生活的土壤之中的。但是我们又不能不注视到，在整个人类社会构架中，文学艺术正因为高高地悬浮于上空，像天上的云彩一样，所以文学艺术这类意识形态才有可能更充分地显示出人类精神的灵幻性、微妙性、丰富性、流动性、独创性。这里谈的并非文学艺术风格问题。……如果我们的文学艺术不能腾飞到人类精神生活的上空，那么我们的文学艺术作为人类的精神活动产品，其品位质地就是不够格的"④。同样，他也是从这样的角度来看待文艺现象、对待文艺创作的。这篇文章发表后，引发了激烈的讨论，其中，鲁枢元与曾镇南的争论尤为激烈。鲁枢元与曾镇南的分歧主要表现在两方面。第一，他们对上层建筑的解释不同：鲁枢元从比喻的角度来对待经济基础与上层建筑的关系，并从空间的层次上认识各种意识形态的位置；曾镇南认为，经济基础与上层建筑这对科学范畴主要用来说明社会物质关系与社会思想之间的因果联系，它们说明了思想、意识形态的"非自在性、非自因性"，并指导人们从物质生活中去理解意识形态、寻找其根源。由此看来，鲁枢元没有研究清楚上层建筑的真正含义，以机械的空间区分代替了对意识形态的科学研究，结果夸大、神话了

---

① 关于这次讨论的详情请参阅鲁枢元《文学的内向性——我对"新时期文学'向内转'讨论"的反省》，《中州学刊》1997年第5期。
② 鲁枢元：《大地和云霓——关于文学本体的思考》，《文艺报》1987年7月11日。
③ 鲁枢元：《大地和云霓——关于文学本体的思考》，《文艺报》1987年7月11日。
④ 鲁枢元：《大地和云霓——关于文学本体的思考》，《文艺报》1987年7月11日。

意识形态。第二，对"高高地悬浮于空中的思想领域"有不同的解释：鲁枢元强调，从空间上看，文艺与哲学、宗教一样，它们的位置在政治、法律、道德之上，其位置决定了文艺的超越性更强，也更灵活。曾镇南认为，不能像鲁枢元那样直观地、从空间意义上理解这句话，而应该从意识形态与物质生活的关系方面来理解，即这句话说明了这些特殊的意识形态与产生它们的物质生活之间的"距离之远、中介之多、联系之隐蔽"的复杂关系。这样，从文学作为上层建筑中更高的悬浮物的性质出发，就应该承认文艺的"非自在性、非自因性"，并肯定其以形象反映社会存在和社会心理的意识形态特殊性。而且，关于对"更高地悬浮于空中的意识形态的领域"①的认识对于指导创作的意义不大，其主要价值在于文艺研究。② 在这次讨论中，鲁枢元强调了文艺的超越性（"精神活动的高层次性"），其目的是清理机械论、工具论等"左"的文艺观的不良影响，并倡导文艺创作要遵循其规律和特点，其正确性、必要性和价值都是应该肯定的（如果考虑到当时文艺创作和理论的状况，就更显示了其意义）。尽管这篇文章并没有直接说文艺是否属于上层建筑，但是，表述的模糊（尽管他并不否认文艺与社会物质生活的联系）和非严格学术论文式的报纸文体导致不少学者都认为他是借强调文艺的超越性来否认文艺的上层建筑属性，他把文艺置于上层建筑之上，并要文艺脱离现实生活。

多数讨论者都主要是从文艺与上层建筑的关系介入这次争论的。除曾镇南外，李思孝和陈辽也都是这样认为的。李思孝认为，鲁枢元对马克思主义的经济基础等问题的理解有偏颇，致使他得出了一些不符合马克思主义的结论。在他看来，应当这样看待文艺与上层建筑的关系："无论从哪一方面看，文艺作为上层建筑是无可怀疑的，它要受到经济基础的制约，也是理所当然的。"③ 陈辽对此稍做修正："文艺这一特殊的意识形态，是一种上层建筑现

---

① 《马克思恩格斯选集》第4卷，人民出版社1995年版，第703页。
② 曾镇南：《文学，作为上层建筑的悬浮物……——就〈大地与云霓〉一文与鲁枢元同志商榷》，《文艺争鸣》1988年第1期。
③ 李思孝：《没有基础的空中楼阁——兼评〈大地和云霓〉及其他》，《文艺争鸣》1988年第4期。

象，而不是简单的上层建筑。"① 就前者而言，文艺受到经济基础的决定和制约；就后者而言，旧时代的优秀文艺并不因经济基础的消失而消失。当然，鲁枢元也不乏支持者。傅树声指出，鲁枢元又把朱光潜的观点向前推了一步（即文艺越远离经济基础，就越自由、越有可能获得精神产品的品质），并肯定了这次讨论。他综合朱光潜及其反对者的观点，得出了这样的结论："社会意识形态并不等于或属于上层建筑。"但是，还应该考虑到其特殊性："一般地说，社会意识形态并不是上层建筑，但是，统治阶级的意识形态取得上层建筑的地位后，为维护或巩固其经济基础发挥作用，表现出既是社会意识形态，又是在上层建筑的地位上发挥作用这样一种双重性质。"② 对于文艺来说，文艺是社会意识形态，但并不等于或属于上层建筑；文艺不会随经济基础、上层建筑和社会制度的崩溃而消失，相反，优秀的文艺仍然会保留下来继续发挥其作用；在社会主义革命胜利后，社会主义文艺发展成为社会主义经济基础的上层建筑，发挥着经济基础和上层建筑两方面的作用。

在这两次讨论中，学者对文艺是上层建筑的表述发生了一些变化：文艺具有上层建筑的属性、文艺是特殊的上层建筑、文艺属于观念性的上层建筑或文艺具有非上层建筑性。但是，大多数学者仍然认为，文艺是一种社会意识形态。这两次讨论都涉及了对意识形态与上层建筑关系的看法，客观上深化了讨论者对马克思主义的认识，促进了对文艺、意识形态、上层建筑之间关系的理解，并有助于认识文艺的本质。

三　20世纪90年代以来关于文艺与上层建筑关系的主要观点

20世纪90年代之后，尽管文论界对文艺与上层建筑关系的讨论不是很多，但是，二者之间的关系仍然是文艺理论必须面对和回答的问题。

文论界基本上仍然遵照马克思主义的历史唯物主义的思路，强调从社会结构角度看待文艺与上层建筑、意识形态的关系。马克思主义文艺理论认为，文艺是一种社会现象，它是人类社会的一种特殊的实践活动，也是社会结构

---

① 陈辽：《文艺是上层建筑现象》，《文艺争鸣》1988年第4期。
② 傅树声：《文艺是上层建筑吗？——就〈大地和云霓〉的讨论致〈文艺争鸣〉编辑部》，《文艺争鸣》1988年第6期。

的有机组成部分。因此，应该从社会结构的整体来把握文学现象。在马克思看来，生产力发展的状况决定了一定时期社会的发展水平，与特定的生产力发展水平相适应的生产关系的总和构成了经济基础，它是社会得以存在和发展的物质基础。在它的上面，则"耸立着由各种不同的、表现独特的情感、幻想、思想方式和人生观构成的整个上层建筑"①。社会结构由经济基础与上层建筑两个层面构成，上层建筑受经济基础的决定、制约和影响，它主要包括两个层面：一是政治、法律制度，二是哲学、宗教、文学、艺术等社会意识形态。经济基础决定上层建筑，上层建筑对经济基础具有反作用。对于文学等意识形态而言，与政治与法律制度比较起来，它们应被列入"更高地悬浮于空中的意识形态的领域"。其中，童庆炳主编的《文学理论教程》对文艺与上层建筑关系的表述就很有代表性，其关系位置如下图所示。②

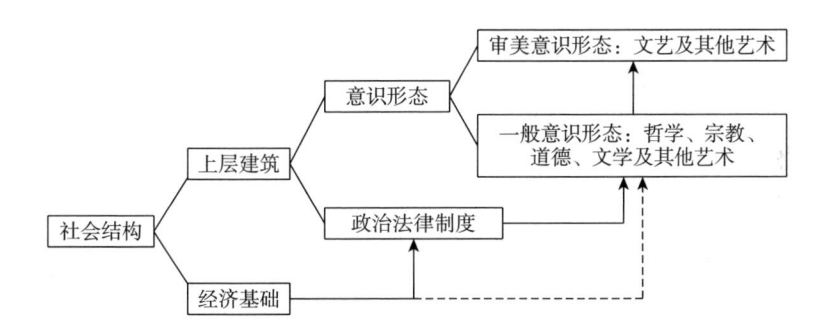

```
                          ┌── 意识形态 ──┬── 审美意识形态：文艺及其他艺术
              ┌── 上层建筑 ─┤            └── 一般意识形态：哲学、宗教、
社会结构 ─────┤            │                道德、文学及其他艺术
              │            └── 政治法律制度
              └── 经济基础
```

鉴于文艺在社会结构中的特殊位置，可以如是看待文艺：作为意识形态，文艺一方面要受到经济基础的决定作用，换言之，不能离开经济基础或经济因素去孤立地看待文艺现象，但要反对唯经济决定论或庸俗经济学；另一方面，文艺与经济基础的联系不是直接的，经济基础对它的决定作用需要通过上层建筑中的政治、法律制度这些中介环节才能实现，这样，有助于阐释文艺的复杂性，及其与经济基础、上层建筑中的政治与法律制度之间的复杂联系，避免将复杂的文艺现象简单化。而且，作为特殊的意识形态，文艺有其鲜明的审美特征，它要比一般的意识形态更远离经济基础，这就是其更具独

---

① 《马克思恩格斯选集》第1卷，人民出版社1995年版，第611页。
② 童庆炳主编：《文学理论教程》，高等教育出版社1992年版，第74页。

立性、自足性和超越性的原因。因此，从文艺在社会结构中的位置来看，它要比一般的意识形态距经济基础更远，还要受到这些意识形态的影响，因而其受经济基础作用的中介环节将更多，所受到的作用将更为间接。正因为如此，文艺才有了更大的自主性，其自律性才显得更为明显，但这种自主性和自律性不能离开其上层建筑、意识形态的根本属性。否则，便可能偏离或否定历史唯物主义，也将背离马克思关于文艺的基本看法。应该说，这样的看法依据马克思主义的历史唯物主义原理，把社会的各种因素按照经济基础、上层建筑、意识形态进行了分类，并划入了相应的位置。这样，有助于清楚地认识文艺在整个社会结构中的位置。而且，根据这样的划分理解文艺，既坚持了文艺的唯物主义基础，又有助于认识文艺的中介性和复杂性（特别是它与经济基础、上层建筑诸因素的联系），还利于认识文艺的相对自足性和超越性。

进入新时期以来，仅仅关于文艺与上层建筑关系的讨论基本没有，但是，仍有学术讨论涉及文艺与上层建筑之间的关系，这就是始于2003年，在2005年、2006年达到高潮的关于"文学是不是审美意识形态"的讨论。[①] 尽管双方对于文艺是否属于"审美意识形态"的观点存在巨大的分歧，但是，在文艺属于上层建筑的问题上基本没有什么分歧，也没有就此展开过讨论，由此可以反映出学界对这个问题的看法比较一致。

文艺与上层建筑之间的关系是复杂的，由于我们简单化地看待这个问题，结果，中国当代文论走了不少弯路：既导致了认识上的简单化、片面性，又对文艺创作产生了不良的影响。因此，中国当代文艺学理应总结这段历史的得失。实际上，无论如何，这些讨论都丰富了我们对马克思主义和文艺的认

---

① 参见单小曦《"文学的审美意识形态论"质疑——与童庆炳先生商榷》，《文艺争鸣》2003年第1期；陈雪虎《如何理解"审美意识形态论"——答单小曦的质疑》，《文艺争鸣》2003年第2期；周忠厚《关于审美意识形态的几点思考》，《河北师范大学学报》（哲学社会科学版）2003年第6期。2006年4月7—8日，北京大学中文系等单位联合召开了"文艺意识形态学学术研讨会"，会后，出版了李志宏主编《文艺意识形态学说论争集》，吉林大学出版社2006年版。北京师范大学文艺学研究中心于2009年6月6日召开了"文学与审美意识形态研讨会"，会议论文汇编为《文学审美意识形态论》，中国社会科学出版社2008年版。关于这次讨论的过程可参见邢建昌、徐剑《关于文学"审美意识形态"论争的梳理和反思》，《中国人民大学复印报刊资料·文艺理论》2008年第8期。

识，促进了我们对文艺、意识形态、上层建筑及其关系的理解，并推进了我们对文艺本质的认识。而且，鉴于这个问题在理论与实践方面的复杂性，如何科学地处理其关系，正确地认识这些分歧，仍然是文论界面临的挑战，也是当代文论需要继续探讨的课题。

原载《新疆艺术学院学报》2010 年第 5 期

危机中的文学理论之重建

——问题意识与文学理论的危机

近年来，学术界对文学理论发展态势的讨论基本没有间断过，尽管不乏学者对文学理论的发展前景持乐观和自信的态度，但更多的学者都承认文学理论的萧条、沉寂和不景气，甚至对其发展不无忧心忡忡、无所适从的焦虑感，以至"文学理论危机"的呼声四起。2004年2月11日的《中华读书报》以"文学理论死了？"为总标题刊发了高建平、金惠敏和刘方喜三位学者的文章，他们的讨论凸显了这个问题的严重性和迫切性。高建平先生颇有意味地概括："这些文学理论研究者在研究一切，就是不研究文学理论。或者，这些人在读各种各样的书，就是不读文学理论方面的书。"① 这极真实地描述了一部分文论研究者的实际状态，这个不失为文论危机的另一种表述使我们感到了真正的危机，更使我们感到了探讨这个问题的紧迫性。三位先生的大作在前，笔者对许多观点甚为激赏，受惠甚多，现冒昧从问题意识入手，试图为文学理论的危机寻找出路，当作对这个话题的延伸，还望方家明鉴。

谈论文学理论的危机，首先应该检视危机的具体表现。其实，文学理论危机的表现不外乎以下几方面：文学理论与文学实践脱节，难以对创作和批评产生重要作用，更谈不上有什么社会影响；文学理论的建设不够，没有建构出有思想深度的理论体系；对中国文论史的研究不够，难以有效地把传统文论的资源转化文论建设的因素；缺乏对国外文论的深入研究，满足于对国外文论的简单介绍、随意嫁接和机械套用，出现了新名词不断涌现、新命题满天飞等现象，但就是缺乏对具体的文学实践的分析和研究，结果是得出的

---

① 高建平：《文学理论有明天吗？》，《中华读书报》2004年2月11日。

结论与文学的实际相距甚远，于文学实践无补；文学理论研究队伍萎缩，文论的专业研究人员纷纷转行，人数锐减，即使勉强仍以研究文论为业的研究人员也频繁地改换专业，向其他专业靠拢；文学理论的研究论著呈急剧上升之势，但学术泡沫却越来越多，对其的怨气也越来越大；文学理论教材越出越多，却难以满足教学的需要，教师感到难教，学生又不愿意学。

一

"危机论"的出现绝不是偶然的，它反映了我们对文学理论期待的落空，其潜台词是对于20世纪80年代的文学理论和文学批评繁荣景象的憧憬。遥想那时的文学理论，我们看到的不仅仅是各种理论话语的引进，更多的是诸多学者的热情而真诚的投入，文学理论对现实世界、文学创作、文学批评的关注和直接介入，各种文学理论观点彼此间的真诚交流、交锋。当时的文学理论家与批评家、作家共识极多，甚至是理论家振臂一呼，应者云集的时代。文学理论与现实之间的联系如此之紧密，以至文学理论能够非常自然地完成对社会和文学的双重任务，既成功地承担了社会改革和思想解放排头兵的使命，也有效地实现了自己指导文学创作和文学批评的任务，当然，许多理论命题也是直接来源于当时如火如荼的文学创作和文学批评的。文学理论与文学实践的这种自然交融状态使当时的理论命题都具有很强的针对性："文学是人学"是对文学蔑视人的创作和理论的直接反驳；对文学的内部规律和外部规律的区分，"文学是语言的艺术"和"文学是形象思维"等命题则直接反对了之前的那种忽视文学自身的特点和规律的倾向；对反映论的反思，对人的主体性的呼唤，都蕴含了对创作者能动性的强调；甚至文艺心理学、美学等学科的兴起也都体现了时代对理论的要求。适应现实的要求为文学理论的发展提供了动力，以至我们现在都不得不惊叹当时的文学理论能够把这些功能如此和谐而全面地发挥出来，这也是当时的文学理论具有生命力的根本原因。

但当时的繁荣仿佛是20世纪文学理论最后的惊鸿一瞥，之后便风光不再了。我们应该肯定当时文学理论为推动文学发展所做的巨大贡献和取得的实效，但我们还应该看到其由关注当时文学所导致的理论的"盲视"，即着眼于一时的需求,对之前的文学观念和理论命题进行矫枉过正式的反拨。结果,文学理论适应了当时的文学发展,并对一些自觉不自觉的文学要求摇旗呐喊,却为以后文学理论的发展留下了隐患。翻检 80 年代的文学观念,我们发现,一些极为武断的命题特别多,诸如文学就是自我表现、"怎么写比写什么更重要"之类的文学观比比皆是。虽然这种观念对于纠正文学脱离个体的倾向是有积极意义的,但把它作为放之四海而皆准的命题则是不妥当的。究其原因,就是抓住一点,不及其余,对此前的文学观念、思维方式和创作方法完全采取了非此即彼的思维方式。结果,文学理论极力排斥社会内容,这种理论的兴起又促使文学一直沿着"向内转"的方向走,失去了与社会现实的密切联系,为以后文学走向封闭、狭小的世界埋下了伏笔。贺照田先生一语中的:"遗憾的只是当时的文学批评、文学理论界的主流取向,没能因势把这一内在历史势能转换成一种既内含真实历史课题,又超越一般惯性反应的思考的动力,而却主要是在构造现在与过去历史的二元对立,然后全力在离弃前三十年的政治、美学禁忌的方向上运动。"[①] 实际上,文学与社会之间的联系是客观存在的,是否定不了的,关键是要真正地处理好它们之间的关系,而不是从理论上排斥它。之后的文学理论应该对文学的这种倾向进行恰当的纠正,并积极反思自己的偏颇。但当时的文学理论缺乏这方面的反思,一直延续到 90 年代,只是当注重文学社会维度的后殖民理论、文化研究传入我国的时候,我们才意识到以前理论的缺陷。在探讨文学理论危机的时候,我们应该意识到不仅仅是现在的文学理论出了问题,80 年代的文学理论已经为今天的危机做好了铺垫。这样讲,并不是为今天的理论界开脱责任,把今天的危机都归咎于过去,而是我们为了达到克服危机的目的所应做的必要反思。当然,我们应该说明的是,这只是今天文学理论危机的原因之一。

二

在追问造成文学理论危机的原因的时候,把所有的责任都推到过去是不

[①] 贺照田:《时势抑或人事:简论当下文学困境的历史与观念成因》,《开放时代》2003 年第 3 期。

负责任的，也是不敢正视现实的表现，我们还是应该在现在的文学理论中找主要原因，以找出危机的症结和克服危机的途径。综观文学理论的危机，笔者认为，这些危机恐怕与批评家与理论家缺乏问题意识密切相关，强化问题意识也是克服危机的重要方式。

有鉴于此，笔者着重从以下四个方面来看待文学理论的危机，并为克服危机寻找出路。

第一，强化问题意识和现实关怀。

文学实践是与社会密切相关的精神创造活动，因此，关注现实是以文学为研究对象的工作性质对文学理论家的必然要求，也是文学理论家义不容辞的责任。文学理论家不但要深入了解社会的发展状况、人们的生存境况、各阶层的精神需求，还需要有深切体验。要达到这个目标，仅凭书本是远远不够的。既然缺乏对现实的深切关怀和体认，那么，更谈不上直面现实问题的勇气和探索现实问题的耐心。

随着中国社会的转型，改革带来的各种问题也逐渐浮出水面。社会分层的加剧，利益分配、重组过程中出现的失调、不公，社会整体道德水准的下滑都因其严重性，而受到人们的关注，它们也时刻影响并改变着人的精神世界。任何有责任感的批评家和理论家都不能无视社会的这种巨大变革，对此做出理性的评判，并关注社会变革中人的精神世界，有助于促进社会和人的精神的良性发展。但一些批评家和理论家对此却丧失了热情，表现出极大的冷漠，在重大的现实问题和理论问题上，缺乏人文学者应有的价值立场、是非观和道德观，态度暧昧、随波逐流。更有甚者还推波助澜，为各种偏颇的、不良的现象叫好、呐喊。这种态度和价值取向消解了理论的现实关怀，理论也就失去了与现实的有机联系，更谈不上从现实中汲取营养。这样，理论自然就成了无源之水、无本之木，其枯竭是迟早的事情。也许这就是现在的理论界与20世纪80年代的理论界的重大差别，这也是文学理论面临危机的主要原因。

目前，在全球化的浪潮中，"中国问题"显得更为复杂。经济全球化与文化全球化、全球化与民族化、本土问题与国际问题、传统与现代、冲突与协作等问题，都复杂地交织在一起，回答这些问题是每一位人文学者都面临的挑战。从文学角度切入并解决好这些问题，是时代赋予文学理论的任务。实际上，现实对文学理论家提出了更高的要求，原来的知识积累、知识结构已很难适应现实的需要，为了实现文学理论与社会之间的良性互动，知识和认识上的提高势在必行。此外，现实关怀在今天显得尤为重要和迫切，葛兰西倡导的"有机知识分子"仍有其现实意义。目前，在人的价值观趋于多元的情况下，亟待文学理论家承担社会批判的职责，充分发挥引导社会价值和人的精神健全发展的作用。

因此，文学理论家一方面要提高自己的修养，提升自己的精神境界；另一方面要从现实中汲取营养，把自己的终极关怀与现实关怀结合起来，并将其到具体的文学实践上。这样，不但有助于真正地发挥知识分子的作用，还有利于重建文学理论与社会之间的良性互动，使理论具有现实感。在这方面，19世纪俄罗斯同行的经验确实值得我们认真借鉴。

第二，加强文学理论与文学实践之间的有机联系。

文学批评、文学理论的实践性都很强，但目前文学研究脱离文学实践的现象却尤为严重。有些批评家不重视阅读文学作品，仅凭阅读时得到的一点印象就突发宏论，评者云山雾罩，读者不知所云。有些理论家热衷于玩概念游戏、演绎抽象命题、挖空心思地命名和建构体系，动辄便是新术语、新命题或新体系。

实际上，文学理论的突破不在于建构空洞的理论体系，而在于从具体的文学现象出发，总结出有针对性的范畴和理论命题，再将其放到文学实践中检验，从而升华为具有普遍指导意义的范畴和理论命题，这在中外文艺理论发展史上都有普遍意义。但我们的有些理论家严重脱离实际，满足于自说自话、闭门造车和孤芳自赏。虽然有时提出了一些问题，但也只是浅尝辄止，对研究对象缺乏深入的探索。

目前，社会生活急剧变化，文学以及人们的文学观念也随之发生了变化，传统的文学观念已经很难适应时代的要求；传统的文学样式正积极地吸纳新的表现形式，以适应读者的需求；新兴的文学样式如网络文学、摄影文学方兴未艾，特别是图像对日常生活的塑造，都极大地改变了人们的审美趣味、阅读习惯。适应时代变化对文学及文学观念的要求是批评家和理论家面临的时代课题。一方面，传统的文学理论已很难适应现实，社会与文学状况的巨大变化使新的问题不断涌现，但传统的文学批评和文学理论或者不能回答这些问题，或者需要做些调整，以解释复杂而丰富多彩的文学现象，这也是文学理论必须变革以适应时代发展和社会需要的必然选择。另一方面，文学批评和文学理论必须从变革着的文学实践出发，探讨新现象、新问题，总结当代文学的经验得失，以利于促进文学的良性发展，并满足社会对文学的需求。只有建立在文学实践基础上的概念、范畴、命题、体系才是有用的。现在，人们生活的重心已经发生了很大的变化，人们对文学的需求更偏重于娱乐和情感方面。在巨大的感官冲击下，如何营造人的精神家园；如何提升人的精神境界，提高人的生活质量？文学批评和文学理论应该以专业为依托，为21世纪人文精神的重建发挥自己独特的作用。

第三，以文学理论学者的学院意识为契机，寻求重建文学理论的真问题。

前面讲了立足于现实的文艺理论建设，实际上，还存在文学理论建设的另一个维度和可能，这就是学院式的建设。

文学理论源于文学创作和文学批评的实践，当文学经验凝固下来，转化为范畴、概念和命题，并得到检验、丰富和发展的时候，这些理论也就获得了超越一时之作用的特殊功能。我国古代文学理论经典著作《文心雕龙》是这方面的典型例子。因此，通过研究以往的文学理论同样可以发展出有价值的文学理论，这就需要对以往的文学创作、文学批评、文学理论史有深入的研究，通过结合文学实践的理论发掘研究出新的文学理论。正是在这种意义上，刘方喜说："文学理论作为一门理论学科，并不完全依附于所谓当下文学经验，它还有着自身内在的发展、运作规律或规则。"[1] 事实上，《谈艺录》和《管锥编》中的许多理论命题都是钱锺书先生苦心发掘文艺规律、文艺经验的结晶。在肯定文论建设的这个途径时，应该说明的是，这种方式尤为适合对文学批评史和传统文学的研究，其结论对当代文学理论的价值尚需进一步检验。而且，这样的研究尽管可以不依赖于当下的文学经验，但需要以丰富的文学感觉和鉴赏经验为前提，还必须具备丰富的知识和贯通知识的能力。

---

[1] 刘方喜：《重建"学院精神"：文论危机的另一种回应》，《中华读书报》2004年2月11日。

当然，这样的理论建设并不排斥当下的文学经验，而且是多多益善。这样，知识积累和知识增值就成为文学理论进一步发展的要求和指标，这为文学理论发展提供了机会，即"知识化的沉积层太过薄弱不能说不是以往文学理论研究的一个重要不足——而这种不足恰恰为文学理论的进一步发展留出了较大的空间"[①]。从文学理论研究的实际情况看，还有另一种情况，就是产生过深远影响的文艺理论并不一定是专治文艺理论的成果，柏拉图、亚里士多德、黑格尔、康德和海德格尔等人的理论都是如此。究其原因，就是这些理论主要以其哲学力量影响了文艺观念，进而对具体的文艺实践产生影响。实际上，这些哲学家在建构其理论体系的时候，对包括文艺在内的各个领域都有一定的认识，有的哲学家还有丰富的文艺经验和高超的鉴赏力，这些因素都会影响到其哲学体系的建构。应该看到，这些理论建设多为哲学家所为，但也有些这种类型的文学理论家。这涉及文学理论的另一种含义，即由反思、沉思文学本质、本体而获得的文学理论。金惠敏先生看到了文学理论的这种特殊功能："文学理论一旦其作为独立的、自组织的和有生命的文本，她就有权力向她之外的现实讲话，并与之对话。"[②] 结构主义理论、后结构主义理论、后现代理论、后殖民理论等20世纪西方文学理论都将这方面的功能发挥得淋漓尽致，这些理论在我国的"旅行"也都对我国的文学、文化实践和文学理论的发展起到了重要作用。他还把文学理论的发展寄希望于此功能的充分发挥："文学理论的当代复兴肯定也有赖于将自身提升为一种哲学，并找出其与现实的紧张关系，在此关系中一展身手。"[③] 但应该看到，我们在充分肯定理论的这种作用的前提下，还要认真地辨析这些理论，并重视对这些理论的消化、吸收和转化，做好文学理论的知识增值和积累，以服务于文学理论的发展。

在尊重文学理论建设的这个向度的时候，我们还应该看到，这也对文学理论家提出了挑战和要求。前者要求学院派的文学理论家不但要有好的文学感觉、欣赏能力和鉴别能力，还要有理论眼光和足够的文学理论修养，为自

---

① 刘方喜：《重建"学院精神"：文论危机的另一种回应》，《中华读书报》2004年2月11日。
② 金惠敏：《文学理论"帝国化"与元文学的可能》，《中华读书报》2004年2月11日。
③ 金惠敏：《文学理论"帝国化"与元文学的可能》，《中华读书报》2004年2月11日。

己从复杂的现象中把握文艺规律、去伪存真做好铺垫；后者对理论家的素质提出了较高的要求，不但要具备文学和文学理论的功底，还要有较高的哲学修养和其他文化修养。此外，还需要有追求知识的耐心和勇气，要敢于忍受研究的寂寞，甚至这个要求更为重要，缺乏持之以恒的决心和毅力，这个方向的理论建设同样会沦为空谈。

第四，强化文学理论的独立意识，使文论从与国外理论的攀比和作为时尚的附庸中解脱出来。

借鉴国外的理论资源为我所用，并发出我们自己的声音是发展文学理论的应有之义。但有些文学理论家只是热衷于与国际学术接轨，两眼紧盯国际学术界的热门话题，对国际学术界的变化亦步亦趋，致使我们的文学批评和文学理论成了国际学术变化的晴雨表。外国人说什么，我们就跟着说什么，但不考虑我们的实际。可是，语境改变了，我们津津乐道的并不是我们自己的问题。结果，在激情的理论转译中，属于我们自己的问题却悄悄地溜走了。他们或照搬国外的新名词；或用国外的理论来分析我们的文学现象，但往往并不能解决问题，甚至无视常识，得出一些似是而非的结论。英美"新批评"有悠久的发展历史，在文本细读方面，有丰富的经验可供我们借鉴，但由于没有被充分地消化，结果没能起到应有的作用：除了吸收了一些新名词外，其他方面的成效似乎不大，更谈不上深深地扎下根来。后殖民批评、文化研究与我们文化的关联更密切些，但也都有类似的问题。这些理论的现实意义更值得我们关注和深入探究。对于后殖民批评而言，我们需要关注强势文化对我们的压迫，但更应该关注我们文化自身的发展和提高。借鉴国外的先进文化，以取得竞争的有利位置，不能因为受到文化压迫就止步不前，放弃吸收国外的文学理论。为此，我们应该转换视角，积极吸收外来文化资源，把文化的发展放在战略的地位予以重视。同样，文化研究也不能只停留在表面，仅仅满足于对国外文化研究的介绍和转述，应当从我国文化、文学的实际情况出发，探究文化、文学与我们之间存在的复杂关系。为此，需要从文化运作的机制入手，揭示文化运作背后的经济、政治的支配关系，发挥文化研究的优势，并落实到对具体文本和文学现象的研究上。文化研究为我们提供了观照复杂的文化、文学现象的理论，但仍然需要与本土的文化、文学现实相结合，而且后者更为迫切。否则，就可能流于对国外文化研究理论的简单介绍和移植。

在接受国外文学理论时，一方面，我们不能不惊叹于我们的接受速度之快；另一方面，我们又不得不承认我们接受的肤浅。前几年的后现代批评如火如荼，面对蜂拥而来的后现代批评，我们也仿佛置于后现代的社会。但事情却远非后现代批评家想象的那么简单。后现代批评的潮流刚过，学术界对现代性的话题又是一拥而上，而且难以看到其中的关联，其原因恐怕与缺乏鲜明的学术立场和问题意识密切相关。"失语症"形象地表达了我们处境的尴尬。诚然，我们也确实学到了不少有益的东西，但不可否认的是，盲目追逐热点也妨碍了我们对真问题的探索。文艺批评与理论必须立足于现实，从我们自己的问题出发，即使与国际学术界对话，也要找到共同的理论话题作为对话的基础，通过积极吸收国外的文化资源，从而逐步推进我们的文化建设。否则，如果只是追逐新潮，进行新名词轰炸，既谈不上知识增长，更无法真正解决问题。

谈到时尚对文学理论的侵蚀，不能不面对媒体和市场对文论独立性的瓦解。近几年，文艺界"酷评"如潮，作秀式的批评，为追求轰动效应而故作惊人之语的批评，用名人、死人开涮的批评比比皆是。一会儿是排行榜，一会儿是"悼词"，一会儿又是"诺贝尔文学奖"。媒体稍有风吹草动，文艺批评界、理论界就闻风而动，翩翩起舞，令人眼花缭乱，不知所云。在商业利润的驱使下，批评者协同媒体进行着廉价而肉麻的吹捧，与媒体共舞，有的批评家、理论家甚至热衷于当嘉宾、上镜头。

在这种背景下，对鲁迅的反攻倒算便在所难免了。借助媒体的炒作，一些批评家对鲁迅进行了重新评价，他们倒也风光了一阵，出尽了风头，可这种批评流行过后，很少有人去理会其学理依据和学术意义。批评界、理论界对"女性文学"的态度更耐人寻味。随着女性文学对女性意识的全方位的、多层次的开掘，创作主体意识的增强、创作视角的转变当然都是女性解放和文学发展的福祉，而且在文学低迷的今天，女性文学展现出来的活力也不时地给人以希望。但由此也带来了危机，诸如展示欲望、以刺激感官的"下半身"写作招徕读者、片面追逐写作的雕虫小技，等等。但有些批评家、理论家缺乏对主要理论问题的关注，倡导随心所欲的享乐主义和游戏人生的态度。媒体界、时尚界热衷于报道作家的长相、私生活和绯闻，大肆渲染离奇、刺激的故事情节。批评界、理论界与媒体界、时尚界互相配合，不但无助于女性文学的发展，还促使女性文学的视野更为狭小。他们缺乏人文学者应有的价值立场，其批评也与真正意义上的文学批评相距甚远。

经过媒体的炒作，文学批评往往与服装表演一样，成为时尚变化的脚注，甚至对时尚起到了推波助澜的作用。批评成了空泛的时尚点评，使人们流于对现象的感受，却缺少对真问题的思考与求解。批评也无助于提高人们的想象力和感知能力，甚至导致了它们的衰退。这样的批评无助于人们对作品的理解，只能使人陷入更大的茫然，导致人们质疑批评的合理性，甚至否认批评存在的必要性。这样的批评既不能正确地引导读者，也很难提高作家的水平。由于脱离文本的空洞批评未对作品进行客观而认真的分析，所以作家们对批评采取了敬而远之的态度，结果文学批评处于非常尴尬的境地。此外，一些文学批评家、理论家置历史与事实于不顾，以片面的深刻自诩，信口说出一些不负责任的"宏论"，也可以看到其背后的时尚因素。

实际上，文学批评和理论时尚化不仅仅是浮躁心态在作怪，它的背后是文化的市场化和商业化，这已经严重地影响到正常的文学批评和理论建设，对此我们需要警惕和认真反省。

三

究其实质，以上四个解决问题的途径都可以归结为强化批评家和理论家的问题意识。批评家和理论家必须克服自己的浮躁心态，确立自己作为人文知识分子应有的立场，并使自己沉下去，在文学实践中努力寻找问题及解决问题的答案。一方面，文学理论界应该关注我们的文学实践，看作家的精神、具体的文学创作、读者的接受都出了什么问题，正确地引导文学向良性发展。另一方面，对研究对象要有准确的定位，要站在一定的立场上，分析其得失，不能盲目地推崇或排斥，要批判地接受，使真正有用的东西能为我所用。要认真梳理外国文艺学的知识谱系，进行知识上的清理，真正掌握其发展脉络，以促进文艺学的知识增长，不能只成为外国理论家的传声筒或外国流派的代言人。对于传统的文艺理论，我们应该把它作为建设新的文学理论的重要资源，看哪些东西有助于克服我们精神上的困境，哪些东西能够指导我们的创作，要区别文化精神与具体的文学概念、范畴、命题对我们文学理论建设的不同意义。最重要的还是要立足于当下的文学实践，从中生发出文艺学的元问题与学科知识增长点。

相对于一路凯歌的20世纪80年代和引进国外理论成风的90年代，现在的文学理论确实出现了危机，但绝不是文学理论的末路和不归路，这样的状态倒为我们提供了进一步反思文学理论的契机。诚如高先生所言："文学终结论会强化我们对文学在历史发展过程中的性质的认识，而不是一次判决。"①面对如此悠久的文学传统、如此多的人口和如此大的需求、如此大的教学队伍和专业研究队伍，我相信文学理论会继续存在。但如何使文学理论在我们的手里焕发出活力，不至于再颓靡下去，则是我们必须直面的问题。我寄希望于问题意识，但愿它能帮助我们化解，甚至克服我们时代的文学理论的困境。

原载《深圳大学学报》（社会科学版）2004年第6期

---

① 高建平：《文学理论有明天吗?》，《中华读书报》2004年2月11日。

超越语言

——20 世纪西方诗学的语言追求

在西方 20 世纪诗学的诸多变革中，文学语言观的变革最大，最具革命性意义。语言表达的局限由来已久，但 20 世纪语言与人的存在之间的关系愈加密切，语言在诗学中的地位凸显出来，语言观的变革引起了现代诗学观念的根本变化。现代文学的语言实践为诗学的发展提供了理论背景和动力，二者之间的相互影响提高了语言的表现力。

一 传统语言观的挑战

"语言是透明的"是西方传统的语言神话。它表现了人对语言自身表现力的乐观，又表现了人对运用语言能力的自信。它植根于西方形而上的传统思维，人们惯用理性看待事物。他们先有一种假设：思想形式是基于外部的某个参照系而存在的。从假定的外部存在寻找其本质，那么语言便成了传达内容的媒介。这种区分使得在内容与语言的对立中，内容居于优先地位，语言成了传达内容的工具，它既与内容分离，又从外部制约内容。语言的本质便成了表现思想的形式。

20 世纪初，人们运用语言的信心发生了根本性的动摇。人们意识到困境首先在于语言本身的局限性：语言与其语境不可分离，语境的变化会导致语言失去意义；语言（尤其是现代语言）与感觉、心理、情绪等体验之间存在某种距离。其表现在以下方面：首先，语言表达的时间性和描述对象存在的三维状态导致了描述的不连贯性；使用语言时，语言体系自身和描述对象两个参照系导致了表达和意指的分离而产生了语言表现力的局限。其次，语言表达者难以找到具有统一性的语言，极难表达出事物的原本状态。再次，许多内容是语言无法传达的。语言的局限性自古存在,但它在20世纪初期人们的文学实践中显得更加突出。语言的困境导致现代诗学和现代文学共同回归到语言艺术的本身,希望通过努力达到超越语言的目的。

二 传统语言观的转折:俄国形式主义和新批评

俄国形式主义诗学率先对语言的表现力进行了富有成效的探索。他们把文学的本质界定为文学性,同时还提出了克服语言在日常运用中"自动化"倾向的陌生化原则,借此体现他们的文学观:"那种被称为艺术的东西之存在,就是为了唤回人对生活的感受,使人感觉到事物,使石头作为石头被感受。艺术的目的就是把对事物的感觉作为视象,而不是作为认识提供出来;艺术的手法是事物的'反常化'手法,和予其复杂化形式的手法,它增加了感受的难度和时延,因为艺术中的接受过程是以自身为目的,所以它理应延长;艺术是一种体验事之方式,而被创造物在艺术中已无足轻重。"[①] 为此,它极为重视诗歌语言的创新。由于诗歌语言可以包容没有句法的日常语,它的形式手段(韵、韵律)作用于普通词,使声音结构产生新鲜感,而新鲜感借助节奏音响对日常生活语的破坏而得到。诗有使声音"停滞"或"受阻"的作用(如新韵律);韵律要在词语组合的句法和韵律双重原则下建立起张力,导致诗语言和日常语言的差异;诗歌又可以使派生成的附加意义具有活力。以此,借助比喻、象征等修辞手段;或运用外来语,冷僻字、词、典故,或采用特殊的结构使司空见惯的东西获得类似初始的感觉。

为了克服艺术手法在使用中产生的自动化倾向,他们还倡导用变异的方法使艺术手法继续产生陌生化的效果;或使新的作品用诙谐的模仿克服自动化的结果,从而感到手段的作用;或从文学和非文学的边缘及通俗体裁中的技巧中吸取表现方法。艺术手法的作用由它在作品中的功能决定,它只有在由各种关联构成的文本中占主导地位才能表现出文学性。被突出的因素总是通过对背景进行变形和破坏得到的,技巧的运用构成了文学的内容。与处于

---

① [俄]维克托·什克洛夫斯基等:《俄国形式主义文论选》,方珊等译,生活·读书·新知三联书店1989年版,第15页。

主导地位的技巧相比,现实就成了素材,艺术手段使素材构成了文学,而且在使用时,陈旧的手段失去功效时也会变成素材的一部分。传统文学中外部世界的神圣地位遭到了削弱。

"新批评"更是努力发掘语言的潜力。他们的语言观表现了极大的反叛性:我们语言的结构不同于世界的结构,我们离不开我们的语言系统,语言是我们与世界之间的障碍。但他们的批评实践及其对语言的探索远没有其语言观坚定。在理论上认为知识是经验的产物,强调词是用来"显示"事物的,词的意义由事物决定;虽然语言与现实不同,但语言反映现实,他们注重从语言实践本身发挥语言的作用。他们把文学语言界定为有感染功能的语言,其特征在于能把各种冲动通过恰当的形式调和为和谐的整体,文学语言的功用在于它调和冲突的能力。这种功用是借助"反讽"实现的,"反讽"就是表面说某物,实则讲相反的事物,引起人们不同的感情冲动并得到满足。这克服了仅仅把它作为修辞手法的局限,并使之成为诗歌的总特征,且使文学被赋予了复杂模糊的性质。情感需要借助"客观对应物"来传达,它使情感"客观化"地存在于作品中,即"用艺术形式表现情感的唯一方法是寻找一个'客观对应物';换句话说,是用一系列实物、场景,一连串事件来表现某种特定的情感;要做到最终形式必然是感觉经验的外部事实一旦出现,便能立即唤起那种情感"①。具体的"客观对应物"能够唤起读者类似于作者的感情和心理。

维姆萨特(William K. Wimsatt Jr., 1907—1975)从词的"象征性"入手,认为象征符号是自身能够显示出事物特征的符号,与此相区别的是,约定俗成的符号成了非象征性符号。词语中除象声词外的大部分都是象征性符号,象征性符号存在于诗的格律结构、修辞手段及词的组合中。他认为诗语言中各种不同的语音、格律、句法和语义的平行结构象征着有关成分之间意义上的联系,从而强化了两种不同成分之间的相似性。阿伦·退特(Allen Tate, 1888—1979)从"张力"论出发,认为它产生于诗歌语言的"内涵"和"外延"形成的对峙,"张力"得到平衡,诗作才算成功。梵·康奥纳扩

---

① [英] T. S. 艾略特:《艾略特诗学文集》,王恩衷编译,国际文化出版公司1989年版,第13页。

大了"张力"的适用范围,指认它存在于"诗歌节奏与散文节奏之间,节奏格律的形式与非形式之间;个别与一般之间;具体与抽象之间;比喻的两方之间;反讽的两层意义之间;散文风格与诗歌风格之间"①。克林斯·布鲁克斯(Cleanth Brooks,1906—1994)强调诗歌的"一致性",即通过使结构对立的意义和谐地结合起来,通过对字面意义组成的词的客观意义进行客观的组织,以增加对世界和自身的体验。通过比较,隐喻使事物处于直接对立的语境,从而能明白对方的意义。

俄国形式主义的理论和英美"新批评派"率先认识到语言的巨大局限,而且都从语言运用的角度出发,努力发掘语言的潜力、表现力。值得强调的是,它们抛弃了只重视作品现实内容的传统观念,特别重视作品的艺术技巧和语言创新,他们倡导超越语言观念,主张充分发挥语言潜能,这成为传统文学语言观被打破后的转折。某些观念成为后来理论发展的先声,极大地影响和启发了以后的诗学理论,也使语言问题在现代诗学中得到强化。

三 传统语言观的瓦解:结构主义与解构主义

结构主义的产生和发展主要吸收了费迪南·德·索绪尔(Ferdinand de Saussure,1857—1913)《普通语言学教程》的基本观点和研究方法。在索绪尔看来,语言是由任意的和差异的符号形成的系统。符号与其指示的现实事物没有必然的联系,应该从语言的组合和关联关系形成的认识序列出发研究语言在特定时期的符号系统和功能,语言学研究的对象是语言产生意义的过程和结构。

结构主义诗学把语言看成由音韵和词汇句法构成的封闭的符号系统。符号的意义取决于习惯、关系和系统。在语言的独立系统中,人的言语行为受到无形的语言系统的控制,文学成了语言扩展和延伸的产物,文学也有以语言为基础的结构法则。在文学中,单个语言系统可以产生意义,而不是讲话者的主观愿望为他的言语赋予意义。作家和作品都受文学律的制约,写作成了预先存在的文学经作者显示出来的方式。作品特殊的内在结构和外在语言

---

① 转引自胡经之、张首映《西方二十世纪文论史》,中国社会科学出版社1988年版,第153页。

的方式共同决定了作品的价值,这从根本上否定了把作者和现实作为文学内容的观念,"我在言说"成为不可能,由此实现了语言观念的根本性变化。由于文学的特殊性在于由语言的非间接性而表现的非媒介性质,文学就成了先于意义存在的结构体系,语言就成了作品的内容。正如罗兰·巴特(Roland Barthes,1915—1980)所言:"语言是文学的生命(Being),是文学生存的世界;文学的全部内容都包括在书写活动之中,再也不是在什么'思考'、'描写'、'叙述'、'感觉'之类的活动之中了。"[①] 他们注重对由各种关联因素组成特定关系的结构进行研究,并且揭示出意义的生成方式。文学的符号关系都指向作品本身的意义和文化背景,符号成为系统中的信息点。"语言从来也不是纯净的,字词具有一种神秘地延伸到新意指环境中去的第二记忆。"[②] 由于结构的预先存在,意义优于语言的观念也不攻自破,这使得语言只是表达内容的媒介的观念也不能成立,但文学与现实的联系只能由符号系统的必然外露中产生。

结构主义理论也对产生意义的方式予以极大的关注。在叙述理论中,托多洛夫通过对大量作品分析得出了"名词、动词、形容词是构成主题和序列的基本成分"的叙述原则。巴特认为,叙述动作按自身的规律构成不依赖作者意图的自定体系。此外,在文学接受中对文本创造性批评的肯定,坚持了文本意义的多重性,而且剔除作者意图使歧义变成多重意义,再由这种多义的文本把一种可能转化为现实。这些努力体现了反叛"工具论"语言观的突破。

通过模式认识内部结构的结构主义方法,仍是一种理性形式,是对经验世界的总结,在与现实的对比中显出了其局限性。对其客观性和静止的结构的反对直接导致了解构主义。

在巴特看来,语言存在于社会文化结构中的特点决定了它不可能成为透明的媒介,语言符号既指示某种意义又指向自身存在,这种双重性使客观、

[①] 转引自[英]安纳·杰弗森、[英]戴维·罗比等《西方现代文学理论概述与比较》,陈昭全等译,湖南文艺出版社1986年版,第98页。

[②] [法]罗兰·巴特:《符号学原理:结构主义文学理论文选》,李幼蒸译,生活·读书·新知三联书店1988年版,第71页。

中立的符号系统不可能存在，文学评论的工具性及对象的客观性都受到怀疑，从而作为开放的、能动的过程的作品存在方式代替了自足的结构。他极为重视"创造性"的作品，它们的存在是写作自身，"创造性"作品的语言体现出文学本身的特点。这样，文学作品就形成了有读者积极投入才能存在的开放的过程，文本的能指应处于变动中，语符构成的文本没有中心，没有范围，能指间相互交错构成互文，文本成为不受作者意图支配的能指的散播和所指延搁的游戏，读者由此得到阅读文本的愉悦。

雅克·拉康（Jacques Lacan，1901—1981）借助精神分析揭示了语言表达的困境。他认为梦的变幻是能指的滑动，它不可能总是直接地表达某种欲望的意义。他用转喻和隐喻代替了弗洛伊德在释梦时所用的替代和凝聚概念，人永远无法完全把握转喻；人用隐喻表达某些欲念必然会伴随着某些被压抑的欲念的丧失。潜意识中能指永远不能对应于某一所指，而语言也难以表达欲念和冲动。这样语言行为难以客观、真实、充分地表达自己，在能指的各种关系中，读者通过替代满足自己的欲望。为此，须打破语言谬误的局限，通过自身对作品产生影响。

以雅克·德里达（Jacques Derrida，1930—2004）为代表的解构主义，完全打破了静止而客观的作品结构。他反对思维上的那种靠外在参照系认识事物的"词义向心说"，反对从事物外找它的"本源和基础"，从某种意义上讲，形而上思维决定了语言注定成为隶属于其外在的某种观念和意图的传播媒介。在以形而上思维为基础的二元对立概念中，都有类似的预设：各种意义是作为形式的内容而存在的，都独立于其表现媒介而存在，语言是作为传播某种观念的工具处于从属地位的。他也反对"语音中心主义"，"语音中心主义"认为语言的本质是语言与讲话，将"在场"的言语置于写作的优先地位，从言语内部消解了它的优先地位。他用写作来克服思维的谬误，视写作为形成某个组合体的过程和方式，从而写作成了语言的本源和产生语言的过程。"写作"不可能是决定"在场"的意图或再现的"讲"和"写"。这样的结果是"写作在它的非音响性时刻所出卖的是生活本身。它立即威胁呼吸、精神和作为精神与其自身的关系的历史。这是它们的终极，它们的死亡，它们的瘫痪。通过把呼吸缩短，在文字的反复中使精神创造死亡或停滞……

（写作）是在存在过程中的死亡和区别的原则"①。传统作品中独立的意义终于失去其地位，一切都要在写作中产生。

德里达反对索绪尔认为的能指和所指相对应的观念。能指之间以及能指与所指之间的对应关系被打破了，这样语言符号就丧失了稳定性。由于能指须借助与别的能指的差异来确定自己，能指间的区别可无限地延伸，意义的产生也就成了能指的无穷替换，结果语言中不可能存在明确的意义，追寻的意义成为能指的"无底洞"。在产生意义过程中，"différance"（异延）的作用使意义的出现得以延缓。从时间上看，"异延"意味着符号永远是差异的延伸，能指的意指活动永远不是"在场"的，而是延搁的产物。从空间上看，"异延"意味着符号间相互包容。在语言系统中，意义在能指间滑动，不能被固定在某个能指上，能指与所指之间无法弥合，符号陷入了差异的无尽的链条中。人要讲的意思总不能完全或立即地存在于言语中，人永远不知道自己讲什么，也无法使别人知道自己所讲的内容。文本成为多重意义的游戏和没有中心地带的"撒播"。读者看到的是相互依赖又相互破坏的各因素间的关系，而且把自己的创造性及文化、社会背景固定在一种所指制约之下。由于文学作品都具有自我破坏功能，批评应该显示出自我矛盾性，在模糊的文本中，读者创造性地借助"语言的历险"参与意义的出现过程。至此，我们看到了结构主义经营的静止、客观的结构被打破了。从潜意识到有意识的语言，能指与所指间的对应关系发生分离，这种言语主体要表达出自己的意义就成了梦想。传统的作家与作品、作品与现实，作者和读者、作品与读者间的关系都被颠覆了，由此作者、读者可在更大的文本空间中更加自由地参与作品的生成。

四 现代文学的语言探索

现代文学对于克服语言局限的自觉意识甚至是先于现代诗学的，它产生于直接具体的语言运用中。早期"象征派"诗人波德莱尔把宇宙万物视为散

---

① ［法］雅克·德里达：《论语法学》，转引自易丹《从存在到毁灭：对二十世纪西方文学理论的反思》，花山文艺出版社1989年版，第142—143页。

发信息的"象征的森林"而与内心感应相通，借助物象来显示精神的变化。"象征派"三诗人竭力使感觉与大自然相融合，追求影像、音乐所产生的暗示。即能指被赋予色彩、感觉和音响等丰富的因素和暗示，语言的能指得以充分发挥。后期"象征派"则将哲学、神话、宗教内容频频引入诗歌，使单一所指获得了丰富的能指。但神话结构的套用、典故的堆砌使所指负荷了过多的能指，在体现着增大审美难度从而延长审美时间的美学追求的同时，极端的语言实验也导致了对召唤本真体验的削弱。"意象派"从匡正语言能指负荷过多造成对实在的遮掩出发，以直接处理事物来对待存在："直接的语言是诗，因为它运用意象。间接的语言是散文，因为它用的是死去的，变成了一种修辞手法的意象。"[①] 未来主义则从建立自足的诗语言出发，要求诗语言摆脱日常语言，借助蒙太奇、电报的方式，使乐谱、数字入诗，建立起了作为克服日常语自动关系的独立的诗语言。意识流和超现实主义借助主体意识的流淌达到表意的连贯和丰富：意识流借助飘忽的瞬间感管印象把存在于人的意识中的内在精神生活表现出来；超现实主义的"下意识"写作通过不受逻辑和经验束缚的方式，利用句之间、词之间的纯偶然和随意的组合产生令人惊异的意义，以期实现对本真体验的传达。作家们的探索或受创作观的影响，或出于对某种使用语言方式的热衷，但他们也受到现代诗学语言观的巨大影响，其自觉的语言意识和语言实验与极端化都给现代文学语言的创新以巨大的推动。

现代诗学对超越语言的努力，在语言观的嬗变中得到明显的体现。俄国形式主义的"陌生化原则"，"新批评派"对语言自身潜能的张扬，结构主义对作品意义的怀疑和对叙述功能的发掘，解构主义对于由解构而导致的意义模糊而含混的认可，现象学视语言为意向结构（即在人的精神中形成的被体验的现实）和把作品理解为"未定点"结构，从各个角度展示了语言的局限和意义的多样与模糊，显示了对语言局限性的清醒认识，使传统理论构造起来的关于语言的神话都化为乌有，并在对语言的极大关注中极力提高语言的

[①] 转引自［美］雷内·韦勒克《现代文学批评史：1750—1950 第五卷》，章安祺、杨恒达译，中国人民大学出版社1991年版，第219页。

能指功能，使文学的极端语言实验得到诗学的认可和支持，也使读者得以更加自由地参与作品的创造。

西方现代诗学中居神圣地位的意义遭到了削弱。既然认为，"文艺成为生活的寓言理由是有意回避任何论断，因为生活本身也是不作任何论断的"（施尔德·施海默），那只好以新的感知方式来组合世界，并进行艺术实验了。既然文本成了能指与所指永远不能确定的差异的延续，那文本的创造只能在更大的自由下展开。在后现代主义小说中，艺术由互不关联的独立性片段组成，主人公丧失了中心地位而沦为不受逻辑制约的消极而单面的无性格的符号。零碎的自断结构方式和缺乏逻辑的不确定的情节共同构成了扑朔迷离的文本迷宫，由此体现出他们的作品本质观："作品的本质是提供混乱的表象，摧毁读者的阅读快感，将他们置于困惑"（阿兰·罗伯－格里耶）。他们试图回归特殊的事物，由语言自身的不完整性来发挥语言的潜能，从而提示人在这个多变世界中的地位，使艺术与人的体验充分联系。许多后现代小说使其他领域的东西占据文本，使读者能够感知到现代生活的零碎而杂乱的气氛，体现贯注其中的作者意义、情绪，再借自己的创造和想象来完成作品。现代戏剧充分发挥由语言、姿势及视听觉形成的综合词汇的作用，语言成为非对话的、未贯穿全剧的逻辑联系和意象。演员的躯体语言代替了传统的对话，造成了意义的极大含混及文本的空白。后现代主义对传统的瓦解造成了文化历史观的解体，世界成了由偶然、断裂、支离破碎的片段组成的非真实幻影，这样艺术也无须再执着于虚假的真实。他们反对用假的真实来粉饰现实，在叙述中直接提示其虚构性。历史内容在文化中的消失使人成为现实。人只能经验现实、服从体验。与此相适应，人们就用非表征的语言来描述人对存在的体验。后现代主义文本的特征及其对读者积极参与文本创造的要求都为充分发挥语言作用提供了极大可能。

五 现代诗学语言探索的启示

现代诗学中语言观的根本变革，给我们以极大的启示。由于我们长期地把语言视为反映思想的工具，无意中抬高了创作者和现实对作品意义的决定地位，忽视了文学赖以存在的语言的作用，忽视了文学及语言在认识过程中的作用。而现代诗学中语言观的根本变革使人们认识到语言在生成作品意义中的作用，这对于我们深入理解文学的诸要素是有意义的。

现代诗学为我们确立了现代艺术语言的真正地位。文艺语言一方面将体验和生命激情凝固下来，一方面又通过对它的否定使自己处于不断变化和发展中，显示了语言的生成性本质。艺术语言是种更为直接、深层的东西。它以特有的召唤力将人带到生命激情的体验中，使存在敞开。现代艺术以其语言的多样和模糊性显示了对超越日常语言的追求，以期用新的语言给人一个自由奔放的世界。透过对现代艺术语言不断探索的历程，我们可以看到人们对借助新形式实现艺术创新的孜孜追求。

现代诗学完全否定了语言与意义，以及人的认识与现实、人与语言的固定关系。作品和作品意义的生成都成了没有中心而无限延伸的过程，人作为历史的存在总要受社会—历史文化背景的制约。我们的语言经无数人的使用形成了一整套严密而完整的规则和语言习惯，它渗透于人们的日常行为中，我们时时受制于它。同时，语言作为文明的成果，又积淀了文化、历史和心理的潜能，这些因素使人受到无形的深层影响。现代诗学中某些语言观虽然表现极端，可它的策略性是非常明显的，我们可以透过迷雾看到语言沟通的可能性。在特定的语境中，人还是能把握特定语言的过程和意义的。语境不同导致了意义的复杂和多样，但人总是与特定的语境相联系的，语言的多义也不应成为言语双方完全无法理喻的明证。因此我们应当承认我们的"囚徒"处境，但在语言的运用中寻找超越语言的种种途径以达到对"囚牢"外世界的感知和理喻，这才是我们的对策。诗学也别无选择！

原载《北京科技大学学报》（哲学社会科学版）2000年第3期

行进中的沉思

——西方女性主义文学批评述评

随着女权主义运动的发展，20世纪60年代，西方文学领域中女性主义文学批评应运而生。作为女权主义运动的一部分，它极大地推进了女权主义运动的文化发展和整个女权主义运动的深入发展。它曾经作为文学实践活动占据批评重镇，对促进女性文学和当代西方文学理论的发展都发挥了重大作用，它至今仍然扮演着非常重要的角色。由于时间跨度大，流派繁杂，所以并没有统一的理论体系。本文试图对其发展和理论形态做一番梳理，以期能对它有总体的把握。

一 女性主义文学批评的目标

女性主义批评作为女权主义运动的重要组成部分，从某种意义上看它有着充当女权主义运动文化急先锋的作用。它抨击了西方父权制文化的"男性中心论"，揭露了整个文化系统中的性别歧视现象，并从学术上瓦解了男性支配文化的预设和偏见，承担了政治和文化的双重职能。同时，又重视女性意识，推动了女性的成长。当然，这些都是建立在对于女性文学活动的研究和阐发基础之上的。

女性主义文学批评的含义是广泛的，它包括对单个文本的分析，对妇女文学整体的研究（注重妇女文学传统）和对女性主义文学批评的理论建设。女性主义文学理论家面临的是对于文学功能的界定，它不仅要服务于文学自身，还承担着有助力妇女觉醒和发展的历史使命。女权主义文学批评是建立在这样的预设之上的："不仅文学来源于社会状态，并反映社会状态，而且批评这项活动,通过阐释文本也能够分析并改变这样的状态。"① 从这样的前提出发,她们认为,"为了赢得女权主义的认可,文学必须发挥下述一种或几种功能:(1) 作为妇女的论坛;(2) 有助于取得文化上的雌雄同体;(3) 提供角色典范;(4) 增进姊妹关系;(5) 增进觉悟的提高"②。为了达到这些目的,她们更注重从批评中去努力。她们发掘了被排斥于文学史之外的女作家并重新确定其地位;重写文学史,建构妇女文学传统;从文学中发现女性受压迫的事实;关注女性文学的写作和接受,同时关注女作家的困境,试图从理论上建构女性文学批评的理论模式;等等,从而形成了规模较大的文学批评实践活动。

二 女性主义的文学批评实践

女性主义文学批评面临着对"女性文学"的界定,它涉及对"女性"的理解,并参照女权主义运动的特点对"女性"的含义进行认识,这经历了一个发展的过程。最初侧重从与男性平等的角度来看女性,强调女性的某些通过努力可以获得的与男性相抗衡的方面;后来发展到侧重于女性自身的独特性方面;再后是反对先验的男女二分法,倾向于男女双性同体,发挥女性的优势。这种观念的变化引起了对女性文学的不同界定:女人写出来的东西便是女性文学(弗吉尼亚·伍尔夫);只有作品的性别是女性才能称其为女性文学(埃尔曼);忠实于妇女经验但没有被男性观念过滤过的作品(埃伦·摩根);女性文学文本要改变女人的话被别人说的局面,不能是对男性文本的模仿(伊格金·顿);还有的强调女性文学避免向男性文学的特征靠近以确保女性文学的品格。虽然各有侧重,但对于女性经验意识的强调是共通的。

女性主义文学批评非常重视对于妇女文学传统的研究及重写妇女文学史。她们挖掘出了大量被埋没的女性作家,同时重新评价了历史上的一些著名女作家和一些被冷落的作品,对于被男性批评所歪曲的作品的价值予以修正,

---

① [美]桑德拉·吉尔伯特、[美]苏珊·格巴:《镜与妖:对女权主义批评的反思》,载[美]拉尔夫·科恩主编《文学理论的未来》,程锡麟等译,中国社会科学出版社1993年版,第182页。
② [美]桑德拉·吉尔伯特、[美]苏珊·格巴:《镜与妖:对女权主义批评的反思》,载[美]拉尔夫·科恩主编《文学理论的未来》,程锡麟等译,中国社会科学出版社1993年版,第184页。

从而建立起完整的女性文学的轮廓。伊莱恩·肖沃尔特（Elaine Showalter）把女性文学分为女人气—女性主义者—女性三个阶段。在第一个阶段（1840—1880），女性作家追求借助写作来取得同男性作家近似的成就，女性作家忽视自己的特点，于无形中接受了男性的偏见；在第二个阶段（1880—1920），女性作家意识到自己被扭曲、丑化，作品中要求突破性别歧视和文化压迫的困境；在第三个阶段（1920 至今），女性作家的女性意识提高，能从更真实的女性体验和经验出发，既反对无视女性性别的态度，又反对那种单纯对抗男性的过激做法，形成了具有真正女性意识的女性主义文学。她们真正从女性的角度认真地研究文学各要素。伍尔夫强调要有女作家自己的房间，保障有利于她们创作的物质和精神条件。法国女性主义文学提出了"身体写作"，注重写女性的欲望、体验和感受，注重女性接受时特有的情景、文本交流等，同时注重研究各种文体与女性文学的关系。她们承认小说对于女性作家的意义，小说是文学叙事的重要、杰出的形式，它关注女性价值和男性价值在思想观念、意识领域内的竞争，是重新综合女性价值的极佳场所。① 她们对于男性作家独占小说文体的合法性提出了怀疑，同时对于书信、日记、随笔这些宜于女性写作的边缘性文体予以重视。她们还从女权主义立场出发反对男性批评对歧视女性文本的肯定，反对男性批评对作品的歪曲评论，也反对那些男性批评把文本中的性别因素进行压制的做法。英国评论界对艾米莉·勃朗特的批评，伍尔夫的《奥兰多》没有《达洛维夫人》受重视，都被女性主义文学批评所发现。

综观前期的女性文学批评，大都集中于女性思想意识的发掘上，在从自己的角度解读文本的过程中强化了女性主义文学的种种设想，但仍处于批评的草创阶段，自觉追求理论建设的意识还不强。而且，由于女性主义文学本身的复杂性和批评家各不相同的国度、理论背景，难以有统一的理论和主张。但初期的文学批评实践有力地冲击了西方父权制的文化体系，揭示了男性批评的性别歧视，强化了女性意识，为理论建设奠定了基础。

---

① ［英］玛丽·伊格尔顿编：《女权主义文学理论》，胡敏等译，湖南文艺出版社 1989 年版，第 160 页。

三 女性主义文学批评的理论建设

女性主义文学批评实践的发展使经验主义的方法难以适应,迫切需要自己的理论。理论建设面临的首要任务便是确定女性作家和女性文本,但"要给女性的创作实践下定义是不可能的,而且永远不可能。因为这种实践永远不可能被理论化、被封闭起来、被规范化——而这并不意味着它不存在"①。她们由修正式的阅读阐释转变为对女性文学的研究,论题涉及作家的创造性的心理动力,女性文学作品的历史、主题、风格和结构,以及女性文学传统的演变和规律,从而为建立理论提供了可能的前提。她们由创作角度切入,提出了创作理论的四种模式:生物学的、语言学的、精神分析学的和文化学的,从不同角度对女性作家和女性文本下定义。

生物学模式从生理角度切入创作,极端肯定性别差异,认为女性的肉体特征是女性写作的源泉,文本不可避免地有肉体的印记。她们不承认生理上的"缺失"的属性。有的从隐喻层面接受生理差异而导致的创作差异。在西方的父权制文化体系中,笔成为隐喻意义上的阳物,它承担了创造和生殖的使命,女人的创作被视为妊娠和分娩。她们认为,应该严肃地对待这种隐喻,并由此考虑生理上的差异与写作的关系。这种模式强调肉体作为意象源泉的重要性:"越感受到肉体,也就越文思泉涌"(西苏)②。埃莱娜·西苏(Hélène Cixous,1938—)把写作看成一种生产和再生产的载体,通过写作行为克服对女性的压抑,使她得以接近本原力量,同时使其处于抑制状态的身体得以恢复生机,从而把写作实践与躯体、欲望相联系,即"妇女必须通过她们的身体来写作,她们必须创造无法攻破的语言,这语言将摧毁隔阂、等级、花言巧语和清规戒律"③。女作家不仅能感受到独特的社会体验,而且体内奔流不息的生命冲动也能成就她。还有批评借助描写批评家的身体来体

---

① [法] 埃莱娜·西苏:《美杜莎的笑声》,载张京媛主编《当代女性主义文学批评》,张京媛等译,北京大学出版社1992年版,第197页。
② [美] 伊莱恩·肖沃尔特:《荒原中的女权主义批评》,载王逢振等编《最新西方文论选》,王逢振等译,漓江出版社1991年版,第263页。
③ [法] 埃莱娜·西苏:《美杜莎的笑声》,载张京媛主编《当代女性主义文学批评》,张京媛等译,北京大学出版社1992年版,第201页。

现这种实践，常以自白的口气吐露隐情，使批评新颖。生物学模式力图借助性别特征来界定女性文学，其浓厚的经验色彩代替了许多正面建树，特别是表达仍有模糊费解的缺陷。事实上，过分强调女性的性别特征也易于建立起"女性性别中心论"，陷入了与男性父权文化相似的怪圈。但它从女性的性别特征角度来理解作家的经验和意象的创造，是有意义的。

语言学模式着重于研究语言同写作实践的关系，它关心的是，男女使用的语言的真正差别，能否真正建立起属于女人的语言，自己的阅读和写作是否都有性别歧视的印记。女人所使用的语言作为父权制文化的组成部分必然打上性别歧视的烙印，女性作家的选择只能是对其进行改造。大多数作家反对那种性别歧视的语言和抽象的语言，认为需要找到适合女性表达的语言，传统的话语形式本身有男性意识形态的印记，这种语言对女性造成了压迫。法国的女权主义者倡导以革命的语言体系来解放女性。尚戴尔·夏瓦伏在《语言的肌体》中将生物学模式与新语言体系相联系，它们的中介是肉体："为了使书重新和肉体和快感建立联系，我们必须使写作非理智化……而这种语言发展下去不会退化、干涸，不会回到不近人欲的学究气——为我们所不屑的陈腐的奴性十足的话语。……女性的语言在本质上必须炽热地、科学地、诗意地、政治地对待人生，以使之立于不败之地。"① 然而，这种设想体现了建立女性语言的两难处境。若创造置于历史和文化之外的女性语言，为女性独用，那它是无法在男性统治的学术界产生作用的，更谈不上动摇其地位了。也许建构新的语言体系并使其渗入男性话语内部去解构更有价值，但建立新的语言体系的条件又不具备。其一，新的语言体系没有母语，而没有母语建立新体系是不可能的。其二，英美语言学家认为，"绝无证据说明两性具有发展结构上互相有别的语言体系的机制"②。这显示了建立新的语言体系的"乌托邦"梦想。我们承认男女语言的差别，但这种差别主要不是由于男女分别使用自己的语言造成的，而应从生理、心理、风格和语境等方面考虑。但语言学模式毕竟

---

① ［美］伊莱恩·肖沃尔特：《荒原中的女权主义批评》，载王逢振等编《最新西方文论选》，王逢振等译，漓江出版社1991年版，第267页。
② ［美］伊莱恩·肖沃尔特：《荒原中的女权主义批评》，载王逢振等编《最新西方文论选》，王逢振等译，漓江出版社1991年版，第269页。

提出了构想，揭示了语言运用中的性别歧视现象，反对语言的压抑性因素，从而鼓舞女性忠实于自己的经验，使自己的心灵和肉体都能在语言中得到表达，这无疑促进了女性文学的发展，对提高女作家自觉地运用语言无疑有极大的吸引力。

精神分析模式的女性主义批评把作家的性别和心理同写作实践相联系，而心理是由身体、语言的发展适应社会的角色而形成的，借助弗洛伊德和拉康的理论，通过对其改造使之成为女性中心的理论。"阉割情节"和"缺失"都成为视阳物为优越的特权的表征，从而导致女性因其处于心理的劣势而置于受抑制的境地。对此，考拉·卡普伦解释说："作为能指的阳物在语言中占据中心的、至关重要的地位。因为，假如说语言体现了文化的父权法则，那么语言的基本意义就是性差别和主体意识赖以形成的反复发生的过程……"①女性主义文学批评致力于同精神分析学的女性劣势论的抗争，吉尔伯特（Sandra Gilbert）和古芭（Susan Gubar）在《阁楼上的疯女人》中受到了精神分析学影响，把女性作家界定为被社会文化排斥的受压抑的局外人，女性的写作本质是出于对自己的既定身份角色的烦恼、怨恨、痛苦，并提出了一个普遍性的命题："女艺术家感到孤寂。她对男性前辈的隔膜伴生了对姐妹先驱和后来人的企盼。她急切地渴求女听众，又畏惧着男读者的敌意。她受制于文化，怯于自我表现，慑于艺术的男性家长权威，对女子创作的不正当、不合体亦有忧心忡忡。凡此种种'卑贱低下'的表现都标志着女作家在勉力寻求艺术上的自我定义，并使女作家塑造自我的奋斗有别于男性同行的奋斗。"②还有的采用别的精神分析学说。南茜·乔道罗改造了传统的分化理论，认为分化产生于儿童和母亲之间，分化的同时形成了儿童的性身份意识，女孩以肯定的方式确定了自己的身份意识，所以女性对女性身份的困惑产生于男性的文化霸权。伊丽莎白·艾伯尔吸收了分化理论，提出了女性创造力源泉的母女同构关系，对母亲的认同使女性之间有相互凝聚的心理动力，它决定了

---

① ［美］伊莱恩·肖沃尔特：《荒原中的女权主义批评》，载王逢振等编《最新西方文论选》，王逢振等译，漓江出版社1991年版，第271页。
② ［美］伊莱恩·肖沃尔特：《荒原中的女权主义批评》，载王逢振等编《最新西方文论选》，王逢振等译，漓江出版社1991年版，第271页。

人物及作家之间、作家与作家之间的关系,从而决定了女性写作及其变迁有自己的特征。精神分析模式确实有助于理解女作家的创作心理动力和创作心理,它也有利于单个的文本分析,并由此角度出发揭示了女性文学的某些特征。但是,这种模式没有顾及经济、种族等因素对女性文学的影响,因此需要从广阔的背景去考虑。

女性文化模式的女性主义批评理论吸收了前几种批评的思想,把考察对象置于社会环境的因素中,强调女性作家的差别,这种差别是由性别、阶级、种族、历史等重大因素决定的,同时把女性文化视为文化整体的集体经验,它具有超时空的凝聚力。许多论者从女性文化的模式和总体文化的关系中寻找女性文化的特性。勒那认为,女人是社会整体文化中的存在物,她们过着双重生活,既是总体文化的创造者,也是女性文化的创造者。牛津大学的人类学家阿登那夫妇的理论富有影响力,他们提出,女性是社会中的失声的集团,其现实生活和文化的领域与男性主宰集团的关系既重合又不相容。基于此,他们提出了"野地"的概念。从空间上看,"野地"代表了无男人之地;从经验上看,它是女性所独有的某些生活方式;从思想意识上看,它是在文化中失声的,为女性所独有的,无法通过男性主宰话语表达的东西。女性主义批评家大都把"野地"视为女性艺术、批评和理论的真正领地,女性文学活动的任务是挖掘失声的"野地",使女子意识中象征的成分变成可见的。法国女性主义批评视"野地"为女性独具的特性,希望在"野地"中使用革命的语言体系,以语言表达被压抑的欲望。有许多论者认为,不存在真正的"野地",妇女的创作是"双重说话",她们体现出了在文化创造中的"失声"和"主宰"的双重角色,她们同时在两种传统内实践,是"主流中的潜流"(艾伦·莫尔)。女性的文学领地应如玛艾拉·杰伦所言:"使人想起交互影响的毗邻地。这个更有流动感的意象之要义不在于表现领土,而是勾画出分界线。说实在的,女人的领土尽可以被想象成一段绵长的疆界,而独立自主对于女人与其说意味着另立国度,不如说是通向大海的自由。"[①] 而实际上女性

---

① [美] 伊莱恩·肖沃尔特:《荒原中的女权主义批评》,载王逢振等编《最新西方文论选》,王逢振等译,漓江出版社1991年版,第278页。

写作只有离开男性主宰文学传统的相对自由，她们不可能完全脱离男性文化、文学的主宰。同时，女性文学的研究只能在复杂的文化关系中进行。还有更复杂的方面，一种主宰集团可以造成别的集团的失声，应从具体的情况来看待失声情况。因此，对于文化模式的批评来讲，首先必须"标出女子文学属性的确切文化方位，描述穿过个别女作家文化田地的诸种力"①。同时，女性批评还应考虑到种种文化变量。文化模式吸收了前三种模式的优点，并在更为复杂的文化历史语境中去看待妇女文学。它从阅读方面启发我们把单个文本作为"主宰"和"失声"的故事来分析，同时抓住性别特征和女性文学传统，并结合其他因素。这种理论无疑为推动女性文学研究提供了更广阔的前景，但具体的批评操作还需进一步探究。

四　女性主义文学批评的两难处境

女性主义文学批评的发展史预示了今后发展的某些特征：一方面它在欧美批评界的地位无疑表明其旺盛的生命力；另一方面它面临的困难也是难以忽视的。这种悖论只有从它自身的文化语境中找原因。

女权主义运动的发展和女性文学的发展都为女性主义文学批评的发展奠定了基础，这种背景无疑会推动批评的发展。而且，女性主义文学批评从开始实践时便没有统一的理论和组织，但各自侧重某些方面，分别从阶级论、精神分析学、生物学和语言学中吸收营养，这种整合的特征使它从总体上能以开放的态度来对待别的批评，从而克服那种封闭式批评，使它在与别的批评的对话和交流中发展自己。

女性主义文学批评发展至今的窘境也显示了自身难以克服的矛盾。它自身的复杂和僵持是否预示着真正科学的女性主义文学批评难以建立起来？法国解构主义的女性批评认为，有效的女性主义只能是否定的女性主义。既然女性无任何确定性，那就反对任何先验的女性本质，要利用女性所代表的逻各斯断层来抵制男性文化支配权。如果这样，女性主义文学批评理论建设的

---

① ［美］伊莱恩·肖沃尔特：《荒原中的女权主义批评》，载王逢振等编《最新西方文论选》，王逢振等译，漓江出版社1991年版，第279页。

基础就瓦解了，更谈不上理论建设了，这样就需要将经验主义的女性主义和解构的女性主义相结合，需要将女性经验理论化，避免陷入本质论的陷阱。这可能需要多方面的整合，从社会、文化、历史、女性自身、女性批评和女性文学的发展等方面来综合考虑，同时尽量地以开放、多元的方法来解决女性主义文学批评和女权主义运动发展中提出的问题，这是无可奈何的选择。正因如此，它需要在不断反省、修正的过程中求得发展。

原载《中华女子学院学报》1995 年第 4 期

・第二编　新马克思主义文艺理论・

詹姆逊马克思主义研究的身份问题

在当代西方理论家中，弗里德里克・詹姆逊（Fredric Jameson，1934—　）的身份是比较复杂的，这与他知识渊博、广泛涉足多个研究领域不无关系。如果全面评价詹姆逊的学术研究，必然会涉及其研究的性质问题。大多数学者都认为他的研究属于广义的马克思主义，这样的定性是必要的，也是基本符合实际的。但是，在判断詹姆逊马克思主义研究的身份问题上，却出现了种种分歧。因此，这个定性远远不能揭示詹姆逊的学术研究的复杂性。为了科学地评价詹姆逊的学术研究，有必要把这个结论继续向前推进。如果我们把他的研究细化，结合他对许多具体问题的研究，就可能还原他的研究的实际，进而把握其复杂性。本文在国内外研究的基础上，尝试提出对这个问题的新看法。

一　定位詹姆逊研究身份的困惑

当我们面对詹姆逊丰厚的学术成果时，我们首先可能感受到的是詹姆逊学术研究的复杂性，其复杂性导致了其身份界定的困难。这既可以从詹姆逊的自我认同中表现出来，又可以从其他人的判断中表现出来。为了使讨论更具体，这里举出几类有代表性的例子。

詹姆逊的研究属于西方马克思主义。不但詹姆逊认可这个界定，而且这种界定在国内外学术界都很普遍，国内许多哲学、美学研究资料选编和论著大都采用了这种观点。西方马克思主义理论家佩里・安德森（Perry Anderson，1938—　）洞察到詹姆逊与西方马克思主义的复杂关系："如果说，在这些方面，詹姆逊的著作像西方马克思主义的夸张性的终曲，那么，它还以另一种方式超越了这个传统，这具有非常重要的意义。"① 尽管如此，安德森仍然把詹姆逊视为西方马克思主义的理论家，在安德森看来，"从80年代初期开始，他（詹姆逊——引者注）对后现代主义进行了理论的概括，他的作品在西方马克思主义的伟大知识积淀中具有一定的地位。确实，我们能够说，西方马克思主义传统正是在他那里达到了顶峰。……西方马克思主义的各种工具和主题在他这里得到了难以想象的综合"②。实际上，安德森主要是在西方马克思主义的知识传统中看待詹姆逊的研究的，并发掘了卢卡奇、阿多诺、本雅明、萨特、布洛赫、霍克海默、列斐伏尔、阿尔都塞、马尔库塞等西方马克思主义理论家对詹姆逊的深刻影响，以及他对西方马克思主义理论的吸收与创造性运用。王逢振先生早在20世纪80年代中期就明确地把詹姆逊作为西方马克思主义文艺批评家。③ 在陆梅林先生选编的《西方马克思主义美学文选》中，王逢振先生仍然把詹姆逊作为西方马克思主义理论家看待。④ 朱立元先生主编的《现代西方美学史》同样把詹姆逊作为后期西方马克思主义理论家的代表。⑤

詹姆逊的研究属于"晚期马克思主义"。国内学者张一兵先生是这种观点的代表。他认为，在20世纪60年代末，作为一种理论思潮的西方马克思主义在其历史逻辑上已经终结，之后便出现了包括生态学马克思主义与女权主义在内的后现代马克思主义，以德鲁兹、鲍德里亚和晚期德里达为代表的后马克思思潮，以詹姆逊、伊格尔顿和德里克为代表的"晚期马克思主义"。就"晚期马克思主义"者来说，他们"依然坚持着马克思哲学最基本的原则和最根本的观点，特别是坚持以生产方式为核心的历史唯物主义分析框架，并将

---

① Perry Anderson, *The Origins of Postmodernity*, London: Verso, 1998, p.74.
② Perry Anderson, *The Origins of Postmodernity*, London: Verso, 1998, p.71.
③ 王逢振：《杰出的西方马克思主义批评家：弗雷德里克·詹姆逊》，《外国文学》1987年第10期。
④ 陆梅林选编：《西方马克思主义美学文选》，漓江出版社1988年版，第743—763页。
⑤ 朱立元主编：《现代西方美学史》，上海文艺出版社1993年版，第1024—1030页。

其指认为理论运作中最重要的方法论基础和原则"①。同时，这些"晚期马克思主义"理论家认为，目前的资本主义是"晚期资本主义"或全球资本主义，并没有发生实质性的改变。张一兵先生还认为，后马克思思潮已经脱离了马克思主义的基本点，并不是马克思主义。② 实际上，他已经断定，詹姆逊的研究不属于西方马克思主义和后现代马克思主义，也不属于狭义的后马克思主义，但仍然属于广义的马克思主义的范畴。

詹姆逊的研究属于"后现代马克思主义"。美国学者乔纳森·克拉克、道格拉斯·凯尔纳和斯蒂文·贝斯特是持这种观点的代表。在乔纳森·克拉克看来，后现代主义反对宏观的、整体性的和普适性的理论，转向微观政治研究，并极为重视多样性、断裂、碎片、偶然性和不确定性。在詹姆逊的研究中，我们可以看到这类叙事、他对类似东西的分析及其受到的后现代主义的影响，但是，并不能因此就把詹姆逊的研究归入后现代主义。其原因是，"詹姆逊是一位系统论者，尽管其分析涉及完全不同的各类叙事，然而他是将这些叙事置于马克思主义的总体系统之中进行分析的"③。而且，詹姆逊已经不再执着于无产阶级与资产阶级的划分，并开始重视各种新社会运动的作用。其"对变化多样的社会运动的关注，已经从现代马克思主义对无产阶级和资产阶级之间的划分迁移开来。对于詹姆逊而言，这是根本性的问题，因为他是将整体性的马克思主义观念同后现代碎片联系在一起的"④。因此，应该把詹姆逊的研究界定为"后现代马克思主义"。尽管立足点不尽相同，但凯尔纳和贝斯特也是把詹姆逊的研究作为后现代马克思主义看待的，其著作《后现代理论——批判性的质疑》中就有这样的标题："杰姆逊的后现代马克思主

---

① 张一兵：《何为晚期马克思主义?》，《南京大学学报》（哲学·人文科学·社会科学版）2004年第5期。
② 张一兵：《后马克思思潮不是马克思主义》，《南京大学学报》（哲学·人文科学·社会科学版）2003年第2期。
③ ［美］乔纳森·克拉克、王晓路：《詹姆逊的后现代马克思主义》，载王逢振主编《詹姆逊文集：新马克思主义》，中国人民大学出版社2004年版，第371页。
④ ［美］乔纳森·克拉克、王晓路：《詹姆逊的后现代马克思主义》，载王逢振主编《詹姆逊文集：新马克思主义》，中国人民大学出版社2004年版，第372页。

义",并进行了极为详细的分析。① 应该注意的是,这本书研究的是后现代主义理论,他只是把詹姆逊的后现代理论研究概括为后现代马克思主义,并没有对詹姆逊的整个研究做这样的概括,其判断和概括当然有其合理性。

詹姆逊的研究属于后马克思主义或"后现代马克思主义"。周穗明先生是这种观点的代表。周先生认为,应该把詹姆逊作为美国的后马克思主义者或后现代主义的马克思主义者。这个判断基于他对"后马克思主义"的理解,即所谓"后马克思主义"(post–Marxism),一般是指在20世纪70年代末由于"欧洲共产主义"的失败所引发的"马克思主义危机"之后,流行于80年代西方发达国家的一种非马克思主义性质的新马克思主义思潮。从广义上讲,苏联解体后的20世纪90年代以来,西方和东欧的许多新马克思主义流派都被纳入"后马克思主义"的范畴。以最狭义而言,"后马克思主义"特指直接以这一称谓冠名的英国的拉克劳和墨菲的理论。② 周穗明对后马克思主义作了广义的理解,后马克思主义和"后现代马克思主义"的意思大致相同,其实质都不是马克思主义。

仅从以上几种观点,我们就可以发现詹姆逊的学术研究的复杂性及其身份界定的混乱:詹姆逊多次强调自己继承了西方马克思主义传统,并属于这个阵营,也有不少人把他的研究视为西方马克思主义;有人认为他没有坚持马克思主义,是后现代主义者;有人认为他重视、坚持马克思主义,是不折不扣的马克思主义者;虽然他多次批判过后马克思主义,但还是有人把他视为后马克思主义者;还有人认为他是后现代马克思主义者。尽管如此,多数学者都承认他的研究属于广义的马克思主义,应该说,詹姆逊确实坚持了马克思主义的基本原则,马克思主义也是其最重要的理论资源和阐释工具,这种定性比较符合詹姆逊学术研究的实际,也是我们研究的一个重要起点。同时,也应该承认,这些结论令人困惑,也说明了对詹姆逊的研究身份进行科学界定的艰难性、必要性和紧迫性。

---

① [美]道格拉斯·凯尔纳、[美]斯蒂文·贝斯特:《后现代理论——批判性的质疑》,张志斌译,中央编译出版社1999年版,第238—251页。
② 周穗明:《后马克思主义关于当代西方阶级与社会结构变迁的理论述评(上)》,《国外社会科学》2005年第1期。

二 詹姆逊马克思主义研究的实际

面对这些矛盾的看法,我们会追问:詹姆逊马克思主义研究的身份究竟是什么呢?从表面上看,这些界定充满了矛盾甚至对立。但我们能否以此为起点,在充分吸收这些不同定位的合理性的基础上,得出科学的、与其实际比较接近的结论?实际上,界定的不同源于标准或着眼点的不同。詹姆逊的马克思主义研究的面很宽,基本涉及了马克思主义的各个论域,而且存在前后结论的矛盾,这些因素都增加了判断的难度;从研究者的角度看,研究的角度、侧重点的不同,加上个人的有意无意的偏好,得出的结论就可能存在很大的差异,如果仅仅满足于这样的结论,其偏颇也是显而易见的。而且,詹姆逊马克思主义研究的身份界定问题不仅仅涉及了对其身份的判定,还与国内外学术界对马克思、恩格斯之后的马克思主义的理解有关,这更增加了研究这个问题的难度。

为了使我们的结论更为契合詹姆逊马克思主义研究的实际,有必要增强研究的客观性、科学性,减少主观随意性,并克服单一视角对其研究的丰富性的遮蔽,以便全面、准确地界定他的马克思主义研究的身份。为此,我们这里拟采用多视角的策略,增强衡量标准的客观性、科学性和全面性,从而确保结论的有效性。因此,我们确定的研究视角包括詹姆逊如何理解和对待经典马克思主义,詹姆逊如何理解和对待西方马克思主义,詹姆逊如何理解和对待后马克思主义,詹姆逊的马克思主义观和马克思主义研究的实际,詹姆逊的自我定位和认同。希望在澄清这些问题的基础上,科学地为其马克思主义研究的身份定位。为此,我们将在下面逐一分析并试图回答这些问题。

第一,詹姆逊如何理解和对待经典马克思主义。在詹姆逊对经典马克思主义的研究中,我们能够发现其主要倾向。他一直肯定历史唯物主义,不但高度地评价了其阐释问题的能力,而且经常把它作为研究各种问题的具体方法和分析问题的框架,并努力身体力行地运用、坚持和发展这种理论。他在前期的研究中,由于受到西方马克思主义的影响,曾经不恰当地否定了恩格斯、斯大林等经典马克思主义者建立起来的辩证唯物主义和自然辩证法,不承认自然界存在辩证法和自然变化的目的性,并且把辩证唯物主义与马克思主义割裂、对立起来。他只是在后来才部分地纠正了这方面的错误,之后詹姆逊重新肯定了辩证唯物主义、历史唯物主义和科学社会主义三者之间的有机联系和不可分割性,强调了辩证唯物主义、马克思主义与社会主义的三位一体,基本上回归了经典的马克思主义,并树立起了比较全面的、系统的、科学的马克思主义观。詹姆逊还强调了激进式的革命与马克思主义的联系,以及革命之于社会主义、共产主义实践和左翼政治运动的重要意义。从詹姆逊对经典马克思主义的研究来看,他使用的基本分析框架和理论资源都来源于马克思主义,并坚持和发展了马克思主义。尽管他的研究存在误读、偏离,也曾经有过曲折,但这些缺陷都是他在继承、发展、创新马克思主义的过程中所出现的失误和偏差,他也已经修正了部分的错误,只是有的观点尚需进一步观察和验证。因此,从詹姆逊对待经典马克思主义的态度来看,他基本上没有偏离经典马克思主义的思想传统。既然如此,也就不应该把他完全归入后现代主义等非马克思主义的阵营。

第二,詹姆逊如何理解和对待西方马克思主义。詹姆逊受西方马克思主义的影响是非常大的,他非常敬佩卢卡奇、萨特、阿尔都塞,并深受其影响。从其研究重心从经济、政治向文化、美学的转移,他对辩证唯物主义的否定和对"多元决定论"的肯定,都可以发现西方马克思主义对他的影响。当然,有些影响是错误的,他后来也纠正了其中一些错误。詹姆逊不但认同西方马克思主义,而且把自己视为西方马克思主义阵营的一员。1985年,他在北京大学讲学,谈及辩证法时曾经指出:"西方马克思主义传统的大部分(我把我自己归为这一类),认为在自然、存在与人类历史中并没有相同的规律。"① 也就是说,当时他确定无疑地把自己归入了西方马克思主义阵营,迄今为止也没有读到过他改变这种看法的文字。而且,国内外相当多的学者都把他作为西方马克思主义理论家。

但是,张一兵等学者认为,第二次世界大战后,马克思主义已经发生了很大的变化,很难沿用"西方马克思主义"的概念来概括马克思主义的最新发展,而且作为一种思潮的"西方马克思主义"已经解体,与此相伴的是后马克思思

---

① [美]杰姆逊:《后现代主义与文化理论》,北京大学出版社1997年版,第89页。

潮、晚期马克思主义的出现。从这种意义上讲，詹姆逊不属于西方马克思主义阵营，而属于晚期马克思主义阵营。这里的后马克思主义是一种抽象的、概括式的概念，它包括后现代马克思主义、话语马克思主义等有很大差别甚至不同形式的多种马克思主义。如果这样界定后马克思主义，詹姆逊的研究当然属于后马克思主义，但它究竟属于后马克思主义中的具体哪一种呢？这一问题仍需进一步回答，否则仍然说不清其马克思主义研究的身份。应该清楚的是，这里所说的"后马克思主义"不是我们今天所说的以巴里·辛德斯（Barry Hindess）、保罗·希斯特（Paul Hirst）、欧内斯托·拉克劳（Ernesto Laclau）、尚塔尔·墨菲（Chantal Mouffe）等为代表的狭义的后马克思主义，而是指后现代马克思主义。

如果我们从狭义上看待西方马克思主义，可以把卢卡奇、萨特、葛兰西、阿尔都塞等理论家和法兰克福学派的理论家视为比较典型的西方马克思主义者，而詹姆逊在20世纪80年代中期以前的研究显然与他们有很大的相似性，我们可以把这个时期的詹姆逊作为西方马克思主义理论家。但是，从思潮的意义上讲，特别是20世纪中后期以后，更为纯粹的西方马克思主义已经解体了。就詹姆逊的研究而言，随着他介入国际性的后现代主义讨论，他在很多方面都偏离了西方马克思主义的主题，也借鉴了包括后现代主义理论在内的许多理论资源。从思想脉络方面讲，20世纪80年代中期后的詹姆逊的马克思主义研究与西方马克思主义之间存在很大的差异：他们关注问题的地域存在美洲与欧洲的不同；詹姆逊所处的时代与西方马克思主义所处的时代大为不同，时代环境已经发生很大的变化，他们面临的问题和问题意识也大为不同；詹姆逊马克思主义研究的理论资源增加了许多新的因素。因此，西方马克思主义已经很难概括20世纪80年代中期以后的詹姆逊的研究了。而且，即使詹姆逊本人也承认后现代马克思主义与西方马克思主义之间的重大差别："如果辩证唯物主义是现实主义的，而西方马克思主义是现代主义的，那么是否可以有一种后现代形式的马克思主义，或者如法国哲学家勒费弗尔所说，是空间的而不是时间的马克思主义？"① 也就是说，随着后现代主义社会的来临，

---

① ［美］詹姆逊、王振逢：《什么是辩证法》，《西北师大学报》（社会科学版）2005年第5期。

空间急剧扩张，其影响更为深刻，其作用也更大，并且具有压倒时间的趋势。这样，认识和处理空间问题就成为马克思主义（或者说后现代马克思主义）的时代课题，而作为现代主义表现的西方马克思主义所面临的、所要处理的主要问题则是时间问题。尽管詹姆逊以此理解后现代马克思主义，但关注空间问题也是他的马克思主义研究的重点。实际上，詹姆逊对空间问题的关注是超乎寻常的，在这方面，他几乎可以与列斐伏尔（又译为勒费弗尔）、后现代主义地理学家哈维比肩。综上所述，我们应该区别对待詹姆逊不同时期的马克思主义研究，不能笼统地、不加分析地把他作为西方马克思主义理论家。

第三，詹姆逊如何理解和对待后马克思主义。这里所说的后马克思主义指的是狭义上的后马克思主义，即以辛德斯、希斯特、拉克劳、墨菲等为代表的后马克思主义。虽然詹姆逊同情并借鉴了后马克思主义的一些观点，但从整体上讲，他是反对后马克思主义的，并多次批评过他们的观点。在20世纪90年代后期，他指出后马克思主义的实质是修正主义，后马克思主义经常以宣告马克思主义消亡的策略来否定其意义："后马克思主义是在资本主义遭受一个结构性变革这样确定的时刻出现的。很明显，'后马克思主义'这个术语对于各种宣称马克思主义消亡的言论来说，是很合适的，尽管马克思主义曾经当作思想模式、社会主义类型和历史运动的范型。"① 而且，他在同一篇文章中还肯定了革命、社会主义、共产主义，以及马克思主义在分析资本主义（当然也包括后期资本主义）社会的问题、促进"左"翼政治运动中所发挥的作用，实际上已经否定了后马克思主义。因此，不能把他作为后马克思主义者。而且，他也从没有把自己归入后马克思主义者之列，更不要说承认别人送给他的这顶"桂冠"了。

第四，詹姆逊如何理解和对待后现代主义。后现代主义是詹姆逊的重要研究领域，虽然他借鉴了不少后现代主义的研究成果，但他基本上是以马克思主义为指导来研究后现代主义的，并以马克思主义为重要的理论资源介入

---

① 转引自曾枝盛《詹姆逊的后马克思主义身份问题》，《南京大学学报》（哲学·人文科学·社会科学版）2006年第2期。

了国际性的后现代主义讨论，甚至还与一些极端的后现代主义者展开过激烈的争论；詹姆逊对自己总结出来的后现代主义文化的诸多特征并不认同，甚至在许多方面是持批判态度的，相反，他倒认同现代主义的文化；他实际上也拒斥了后现代主义的许多理论、观念和方法，并没有沦为彻底的后现代主义者。也就是说，虽然詹姆逊受到了后现代主义的一些影响，但从主导倾向看，他并没有完全地、彻底地接受后现代主义。正如凯尔纳和贝斯特所认为的那样，詹姆逊与其他后现代主义理论家"存在重大差别"，他"拒斥几乎为所有后结构主义者共同倡导的反马克思主义思潮，并且反对他们对总体化方法的废弃"①。虽然詹姆逊研究的问题是后期资本主义社会的问题，也可以称之为后现代社会、后工业社会或消费资本主义社会的问题，但他仍然坚持宏大叙事、总体化、整体观念和社会规划，这些倾向或与马克思主义有一定的相似性，或本身就属于马克思主义的范畴。而且，他的主要理论资源和分析框架仍然来自马克思主义。进一步讲，如果着眼于詹姆逊研究后现代主义的具体方法和结论进行判断，我们就可以发现：马克思主义在詹姆逊的后现代主义研究中起到了重要的指导作用。如果离开了马克思主义的历史唯物主义的分析框架、观点和方法，詹姆逊关于后现代主义的基本观点——后现代主义是晚期资本主义社会的文化逻辑——不仅不可能产生，而且是难以理解的。因此，我们不应该根据詹姆逊研究过、借鉴过后现代主义的思想，就判断他是后现代主义者；同样，从他的后现代主义研究的实际看，也不能断定他是后现代主义者。

第五，詹姆逊马克思主义研究的实际。就詹姆逊与马克思主义的关系而言，在他的前期研究中，他坚持马克思主义的基本原理，吸收了马克思主义的研究方法和具体观点，把它们运用到文学理论研究中，并增加了许多具体的中介因素，促进了马克思主义理论与文学实际的结合，丰富和发展了马克思主义；在詹姆逊的后期研究中，他直接运用马克思主义分析了全球化、现代性、乌托邦等问题，增强了马克思主义在这些领域的话语权，拓展了马克

---

① ［美］道格拉斯·凯尔纳、［美］斯蒂文·贝斯特：《后现代理论——批判性的质疑》，张志斌译，中央编译出版社1999年版，第241页。

思主义的研究领域。从詹姆逊马克思主义研究的实际看,大致存在几类情况:在历史唯物主义、社会主义等重要的理论问题上,他能够立足于马克思主义的立场,赞同、坚持经典马克思主义的基本观点,并与之保持一致;由于受到其他学术思想的影响,他对诸如辩证唯物主义等马克思主义基本理论的理解,存在背离或违背经典马克思主义的问题,但他及时地发现并纠正了错误,回归经典马克思主义的立场;由于受到其他思想的影响或基于现实变化的考虑,他不赞同马克思主义的某些具体观点,但这些局部的、具体的问题对于他从整体上掌握、运用马克思主义并无大碍;在进行学术研究者时候,他基本上能够以马克思主义的立场、基本观点、方法来分析和解决问题,虽然在某些具体问题上偏离了马克思主义,但从总体上、主导倾向上讲,马克思主义仍然是他最重要的理论资源;他研究的问题涉及了晚期资本主义社会的政治、经济、文化的方方面面,他的学术研究跨越了多个领域,但我们能够从这些具体的研究中发现其基本的立场、方法,这是我们从总体上判断其马克思主义研究的身份的重要依据,而不能因为枝节问题抹杀了其研究的一致性,也不能仅仅依据研究对象为他定性。譬如仅仅依据他研究过后现代主义,就把他作为后现代主义者。事实上,马克思主义正是詹姆逊学术研究的基本立场和主要方法。而且,我们还应该看到,詹姆逊对马克思主义的前景是深信不疑的:"马克思主义的框架仍然是理解新的历史内容所必需的,此时需要扩展而不是调整马克思主义的框架。"[1]

第六,詹姆逊的自我定位和认同。詹姆逊多次明确表示赞赏历史唯物主义,纠正了其错误后又强调辩证唯物主义的重要性,以及辩证唯物主义、社会主义和马克思主义是不可分割的;詹姆逊比较认可西方马克思主义者的身份,多次指出他属于西方马克思主义阵营中的一员;尽管他也吸收过一些后马克思主义的观点,但他多次、系统地批评过后马克思主义,并不认可别人强加于他的后马克思主义者的身份。在判定詹姆逊的马克思主义研究的身份时,我们有必要参考他的自我定位和认同,以便更准确地为他定性。

---

[1] Douglas Kellner, ed., *Postmodernism/Jameson/Critique*, Washington: Maisonneuve Press, 1989, p. 54.

三 与一种身份定位的商榷

关于詹姆逊马克思主义研究的身份，曾枝盛先生的结论克服了一些研究因高度概括而导致的片面性，其结论细致、独到，尤其值得我们重视。曾枝盛先生把詹姆逊的研究界定为"左"翼后马克思主义，从多方面考察了詹姆逊的马克思主义研究与后马克思主义、后现代主义之间的复杂关系，并进行了更细致的区分："（1）詹姆逊属于后现代理论家之列；（2）詹姆逊属于后马克思主义者之列；（3）詹姆逊与其他后现代理论家和后马克思主义者明显不同或有重大差别。因此，我们把詹姆逊列为左翼后马克思主义者之列。"①因此，詹姆逊既属于又不完全属于后现代主义阵营、后马克思主义阵营，而属于"左"翼后马克思主义阵营。这个界定为我们观察和研究詹姆逊的马克思主义研究的身份提供了很好的思路和参考，值得肯定。但是，我不能苟同他的某些观点，下面我将逐一讨论我们的分歧。

第一，这个判断没有足够重视詹姆逊与西方马克思主义的联系。前期的詹姆逊不但研究过大量的西方马克思主义的理论家和理论议题，而且受其影响很深，特别是对诸如辩证唯物主义这样的马克思主义的理解，就完全接受了西方马克思主义的观点。我们可据此认为，詹姆逊前期的研究属于西方马克思主义。在20世纪90年代中后期，虽然他在重视文化、哲学、美学研究，脱离实际的政治斗争等方面与西方马克思主义比较一致，但是，以他对辩证唯物主义的重新认识为标志，他在许多重要方面都偏离（甚至反对）了西方马克思主义，与西方马克思主义保持了相当大的距离，我们不能脱离其研究的实际而贸然把他这时的研究定性为西方马克思主义。因此，我们可以得出结论：詹姆逊前期的研究属于西方马克思主义；严格地讲，在20世纪90年代中后期以后，詹姆逊的研究不属于西方马克思主义。此外，詹姆逊也多次把其研究界定为西方马克思主义，因此这个结论与他的自我定位、认同也比较一致。

---

① 曾枝盛：《詹姆逊的后马克思主义身份问题》，《南京大学学报》（哲学·人文科学·社会科学版）2006年第2期。

第二，这个判断把詹姆逊界定为后现代主义者，既抹杀了詹姆逊的研究与后现代主义的距离，又混淆了马克思主义与后现代主义的界限，是需要商榷的。

后现代主义只是詹姆逊的一个研究对象和领域，就像我们不能仅仅根据他研究过现代性就断定他为现代主义者一样，我们也不能判定他为后现代主义者，他不但没有完全认同后现代主义，而且流露出对后现代主义的不满情绪，曾经理性地批判过极端的后现代主义。因此，詹姆逊不是后现代主义者。詹姆逊是从马克思主义的视角介入后现代主义研究的，并以此具有了鲜明的理论特色。而且，虽然他的研究对象是后现代主义，也吸收了后现代主义理论的思想资源，但其立足点和最基本的理论资源仍然是马克思主义。因此，如果仅就其后现代主义研究而论，他不是后现代主义者，但我们可以称他的研究为后现代马克思主义。但如果推而广之，用这个结论来概括詹姆逊的整个研究或马克思主义研究，则是不妥当的。应该承认，后现代主义与马克思主义在许多基本方面是彼此矛盾、互相排斥的，把它们组合起来确实有些不恰当，但"后现代马克思主义"的概括比较符合詹姆逊的后现代主义研究的实际，我们姑且接受这种界定。

第三，这个判断把詹姆逊马克思主义研究的身份界定为后马克思主义，是我们难以接受的，而且，他对判断标准的理解也值得商榷。英国马克思主义理论家戴维·麦克莱伦（David Mclellan）有个著名的定义，即"后马克思主义"是一种"试图将马克思主义的社会主义同后现代主义思想结合起来的思潮"①。这是其狭义上的后马克思主义的定义。曾枝盛先生依据戴维·麦克莱伦的界定，把詹姆逊的身份确定为后马克思主义者。如果我们不加分析，仅仅根据字面的表述，当然可能得出这样的结论。但是，如果我们仔细分析麦克莱伦的定义，就可以发现，麦克莱伦所说的后马克思主义应该主要指以拉克劳、墨菲等为代表的狭义上的后马克思主义，这些后马克思主义理论家推崇社会主义，但又广泛地借鉴了反本质主义、构成论等后现代主义理论，

---

① ［英］戴维·麦克莱伦：《当代西方马克思主义流派》，段忠桥译，《北京大学学报》（哲学社会科学版）1997年第1期。

以及后结构主义和话语理论等理论资源。实际上，这些理论高悬了一个社会主义的目标，但其基本理论资源主要是后现代主义，其基本立场和许多具体观点都与马克思主义有很大的距离，甚至相左；詹姆逊也推崇马克思主义、社会主义，但他对狭义的后马克思主义所借鉴的非马克思主义资源的吸收是很有限的，而且保持了一定的距离和批判的态度。美国当代马克思主义社会理论家也承认詹姆逊与后马克思主义者在对待马克思主义态度上的截然不同的选择：后马克思主义基本上拒绝了马克思主义；但詹姆逊则把马克思主义视为其最重要的资源："杰姆逊坚持认为马克思主义优于所有的挑战者，并试图汲取后结构主义和后现代理论最好的洞见来更新当代马克思主义理论。"① 根据我的理解，如果依据这个定义并仔细分析其实际含义，我们不能像曾枝盛先生那样把詹姆逊作为后马克思主义者，恰恰相反，我们应该把詹姆逊排除于后马克思主义阵营。这样，我们不能仅仅根据戴维·麦克莱伦的定义就草率地把詹姆逊划分到后马克思主义的阵营。实际上，即使把麦克莱伦的后马克思主义理解为以拉克劳、墨菲等为代表的狭义的后马克思主义，詹姆逊的马克思主义研究与这样的后马克思主义也相距甚远，而且他还批判过这样的马克思主义。因此，无论如何都很难把詹姆逊归入麦克莱伦所说的狭义的后马克思主义阵营。

第四，这个判断对狭义、广义的后马克思主义的界定都过于宽泛。曾枝盛先生认为，可以从广义与狭义的角度来理解后马克思主义。广义的"后马克思主义"指"马克思之后的马克思主义"，它的三个组成部分别为：马克思、恩格斯之后的各种马克思主义，19世纪末20世纪初以伯恩斯坦、考茨基为代表的"第二国际"的"马克思主义"，以列宁、斯大林为代表的"东方马克思主义"和"西方马克思主义"；二战后的"非正统"的马克思主义；苏联东欧剧变后出现的马克思主义。狭义的"后马克思主义"主要指后现代主义的衍生物，它产生于20世纪70年代，确切地说，它指的是后资本主义时期或晚期资本主义时代的马克思主义。具体地说，后马克思主义的"后"

---

① ［美］道格拉斯·凯尔纳、［美］斯蒂文·贝斯特：《后现代理论——批判性的质疑》，张志斌译，中央编译出版社1999年版，第237页。

指跨入了不同于以往的新的时期或阶段。后马克思主义可分为早期和后期：前者重视后现代主义的影响，强调了它与经典马克思主义的断裂，但它仅仅提出了问题的框架，实质性的建树并不多；后者以解构主义为基础，强调"无中心""多元化""民主化""反逻各斯中心主义"等，从多方面质疑马克思主义的合法性，甚至要抛弃马克思主义，在体系、思想资源和具体主张等方面都有显著的特点。狭义的后马克思主义主要包括：以雅克·德里达为代表的"解构主义的马克思主义"（或"后结构主义的马克思主义"）；以詹姆逊为代表的"文化批判的马克思主义"；以哈贝马斯、里科尔为代表的"后解释学的马克思主义"；以拉克劳和墨菲为代表的"激进政治的后马克思主义"。他还把狭义的"后马克思主义"分为"左""中""右"三派：以詹姆逊、索亚、曼德尔等人为代表的"左"派"后马克思主义"，该派仍然重视总体性、宏大叙事和社会规划等马克思主义传统，并从后马克思主义中寻求理论资源，以服务于其发展马克思主义的目的；"右"派后马克思主义以拉克劳和墨菲为代表，该派以社会现实所发生的变化为根据，指认马克思列宁主义的过时，还从苏联东欧社会主义的失败中得出了马克思主义失效的结论，并由此主张"修改""修正"甚至"抛弃"马克思主义；中间派"后马克思主义"以德里达、哈贝马斯为代表，该派徘徊于"左""右"两派之间，以矛盾的态度对待资本主义、社会主义和马克思主义，对它们既有批评又有辩护，他们重新阅读了马克思主义，而且是解构式的、"为我所用"式的阅读，基本上是一种脱离现实的、学术研究性质的马克思主义。① 这个界定为我们观察和研究后马克思主义提供了一个很好的角度，具有一定的启发意义和参考价值，但需要商榷之处甚多。

　　实际上，曾枝盛先生是把20世纪70年代以后坚持了马克思主义传统的理论（坚持马克思主义的基本原理，并以此作为基本的理论资源和阐释工具）、后马克思主义理论、同情马克思主义（或马克思主义的同路人）理论都汇集于后马克思主义的大旗之下，但忽视了三者间的重大差别。事实上，它们之间存在明确的区分标准，即是否坚持（或真正地坚持）了马克思主义的

---

① 曾枝盛：《"后马克思主义"的定义域》，《学术研究》2004年第7期。

基本观点。就他所列举的这些理论而言，有的只是打着马克思主义的旗号，实质上并没有运用马克思主义；有的只是偶尔使用马克思主义的语汇、概念作为点缀；有的只是从个别观点上借鉴了马克思主义，但对于马克思主义的基本观念则弃之不顾。而且，把里科尔、德里达都归入后马克思主义阵营，也是值得商榷的。这样看来，其广义的、狭义的后马克思主义定义都太宽泛，其不当之处是非常明显的。为此，我们这里把后马克思主义界定为主要以拉克劳和墨菲为代表的具有类似的思想特征的马克思主义，并以此分析詹姆逊与后马克思主义的关系。实际上，这种界定也比较符合詹姆逊对后马克思主义的理解。

第五，詹姆逊属于"左"翼后马克思主义阵营的判断无法恰当地说明后现代主义与后马克思主义之间的关系。后现代主义与后马克思主义的联系非常密切，但应该清楚的是，它们之间的区别也是非常明显的、不容忽视的：后现代主义（特别是极端的后现代主义）彻底地否认社会进步，基本拒绝所有的总体观、系统化、宏大叙事、政治解放和社会规划，与无政府主义如出一辙；但后马克思主义有其明确的政治理想、社会规划，有意地追求政治解放、激进民主和社会进步，甚至也不完全拒绝宏大叙事和总体化。英国学者P. 雷诺兹（Paul Reynolds）恰当地指出了二者的区别："后马克思主义是激进多元论政治、民主政治以及认同政治、社会分工政治的异质扩散和传播，而不是阶级、后结构主义、后现代主义对宏大理论和社会规划的拒斥。"[①] 因此，后马克思主义并没有沦为彻底的、极端的后现代主义，更不能与它们等同起来。但是，曾枝盛先生把詹姆逊同时作为后马克思主义者和后现代主义者看待，恰好忽视了二者的区别，也难以有效地说明詹姆逊马克思主义研究的身份。

第六，我们注意到，20世纪90年代中后期的詹姆逊，除了研究马克思主义、西方马克思主义、后现代主义外，还研究了全球化、现代性、乌托邦、资本主义、后马克思主义等后现代社会中的许多问题，跨越了文学、艺术、

[①] ［英］P. 雷诺兹：《后马克思主义是超越马克思主义的激进的政治理论和实践吗?》，张明仓译，《世界哲学》2002年第6期。

美学、哲学、社会学等多个专业，综合地吸收了后现代主义、解构主义、话语理论、西方马克思主义、后马克思主义等丰富的理论资源，能够兼容并蓄、为我所用，并创造性地发展出一种具有包容性、富有阐释力的马克思主义。他吸收了多种理论资源，有时没能很好地调和这些理论之间的矛盾，表现出浓厚的折中色彩，甚至还损伤了他所运用的马克思主义资源。尽管如此，他的立足点在于马克思主义，最重要的理论资源也来源于马克思主义，他在许多基本问题上仍然坚持了马克思主义，并没有滑入其他思想的泥淖。因此，他后期的研究是综合的创新，其主导倾向仍然是马克思主义。因此，我们同意张一兵先生的概括，把他归入晚期马克思主义，而不是后马克思主义阵营，后者坚持的并不是真正的马克思主义。

综上所述，论者在吸收了国内外学界的成果的基础上（包括受惠于曾枝盛先生的启发），也有意避开了曾枝盛先生结论的一些不妥之处，尝试重新界定了詹姆逊马克思主义研究的身份。笔者认为，合适的结论应该是，詹姆逊的学术研究的性质属于马克思主义，对其身份可以作以下界定：第一，詹姆逊的前期研究属于西方马克思主义，严格地讲，詹姆逊的后期研究不属于西方马克思主义，或者说，已经偏离了西方马克思主义；第二，詹姆逊不是严格意义上的后现代主义理论家，但他的后现代主义研究可以概括为后现代马克思主义；第三，詹姆逊不属于后马克思主义者，他是晚期马克思主义理论家，他的研究坚持了马克思主义的基本原则。

原载《中国文学批评》2017年第3期，《中国人民大学复印报刊资料·文艺理论》2017年第11期、《中国社会科学文摘》2018年第1期转载

从紧张、对立中寻求融合、统一

——伯曼对现代主义与马克思主义的关系的探索

提起现代主义和马克思主义的关系,可能多数人的印象是二者风马牛不相及,或者二者之间存在一种紧张、对立的关系。之所以如此,大概是因为我们接触了大量这样的观念,这种定位影响太大了,几乎成为我们的集体无意识,以至我们都不太可能去质疑、挑战这种观念。无论是国外文论界,还是我国文论界,都存在这样的看法。思想"右倾"的国外文论学者排斥马克思主义,自然认为现代主义和马克思主义是对立的。国外有的思想"左倾"文论学者极力贬低现代主义,也认为二者是对立的。举例来说,著名马克思主义美学家格奥尔格·卢卡奇(Georg Lukács)通过批判表现主义(卡夫卡、斯特林堡)和以乔伊斯为代表的意识流文学,进而从整体上否定了现代主义。卢卡奇认为,现代主义文艺拒绝总体、总体化,导致了主观、客观的分裂,不能反映客观的现实生活的整体、本质,只能反映碎片的、断裂的、琐碎的现象,仅仅通过直觉描绘神秘的、畸形的、病态的现象,即"它不是基于客观现实的本质,而是基于某些猥琐的、无节度的、寄生和个人主义的爱好和需求"[①]。结果,现代主义不能实现外在客观现实和内心世界、内容和形式的统一,现代主义文艺是"颓废"的、"非人"的、"反人道"的,与现实主义、马克思主义都是对立的。当然,在卢卡奇与现代主义之争中,支持卢卡奇的学者寥寥无几。众所周知,苏联文论界极为排斥、贬低现代主义,习惯于从对立的角度看二者的关系,这对我国文论界的影响也很大,我国同样不

[①] [匈]卢卡契:《卢卡契文学论文集》(一),王少君、晓莎译,中国社会科学出版社1980年版,第450页。

能幸免，其影响在20世纪80年代的那次影响巨大的"现代派"讨论中仍然可见。新时期伊始，敏感的新潮电影导演张暖忻和评论家李陀充分肯定了摆脱戏剧冲突的结构方式、长镜头等现代电影语言变革的重要性，针对意大利新现实主义、法国"新浪潮"等现代主义电影的语言探索，强调了电影语言的现代化及其之于电影现代化的巨大意义，并号召中国电影界积极借鉴、学习现代主义。但是，作者仍然主要从现代主义与马克思主义对立的角度，纠结于其"落后"的意识形态："它在思想上、艺术上就都很消极、颓废，充满资本主义世界不可调和的矛盾的烙印。"① 这样，作者无意识地转换了学习的重点，要求中国电影界重点学习现代主义电影在写实、纪实方面的创新，却抛弃了现代主义在抽象、表现、形而上方面探索的创新之处。实际上，后者才是最重要的。如果没有现代主义价值观、创作观方面的重大变革，前者就丧失了根基，成为无源之水、无本之木，甚至不可能产生。老作家徐迟为了给中国发展现代主义文艺寻求合法性，可能出于某种策略的考虑，大胆地提出："应当有马克思主义的现代主义，我们要用马克思主义来研究现代主义。"② 此论一出，就引发了学界的种种质疑和反对。例如，理迪就在权威的《文艺报》撰文指出，现代派是资产阶级的意识形态，在本质上完全不同于马克思主义，二者的思想体系、世界观根本不同，不能把二者并列而论，现代派也不适合中国的国情，应当被否定。既然如此，就必须反对"马克思主义的现代主义"的提法："提倡'马克思主义的现代主义'，实际上还不过是提倡西方现代主义文艺罢了。"③ 此后，关于二者的讨论在相当长时期基本上被搁置了，中国文论界通常把二者视为完全对立的两极。

不过，惯性总有被打破的时候。美国社会学家马歇尔·伯曼（Marshall Berman, 1940—2013）在研究现代性的时候，尝试克服人们的思维惯性，不仅仅正视二者的紧张、对立、差别，而且努力寻找马克思主义与现代主义的共性、共通性，并试图将二者相融合。尽管他的研究有误读，甚至不乏错误，但仍然颇具启发性，引人注目，启示我们思考马克思主义与现代主义、西方

---

① 张暖忻、李陀：《谈电影语言的现代化》，《电影艺术》1979年第3期。
② 徐迟：《现代化与现代派》，《外国文学研究》1982年第1期。
③ 理迪：《〈现代化与现代派〉一文质疑》，《文艺报》1982年第11期。

文化的联系。应该指出的是，伯曼研究现代主义与马克思主义的关系，虽然他只选取了马克思的著作（很少涉及其他的马克思主义理论家的著述），但鉴于马克思著作在马克思主义历史上的重要地位，通过研究马克思的著作可以在一定程度上揭示出现代主义与马克思主义的关系。

通常，人们根据二元论划分了经济、社会的现代化与文艺、文化的现代主义，毫不犹豫地把马克思作为现代化的理论家（毫无疑问，马克思已经被社会学界视为现代最重要的社会学家之一），而否定他的现代主义者的身份。但是，必须承认一个事实，即现代社会已经把资本主义、现代主义整合起来，彼此之间相互渗透，你中有我、我中有你，绝不是彼此完全隔绝的。伯曼通过分析发掘了作为现代主义者的马克思，并试图根据马克思主义理解现代主义，以实现马克思主义与现代主义的融合。需要说明的是，伯曼所说的现代化、现代性、现代主义都有特定的含义，现代化主要指社会的现代进程；现代性主要指现代人对现代生活的体验，现代主义主要指人们在体验现代生活中进行的审美的创作活动，包括现代体验意义上的文艺、审美等，其中，现代主义文艺、审美是其最重要的组成部分。与多数文论家相比，伯曼对现代主义的理解较为宽泛。伯曼关注的马克思主义主要指马克思对现代社会、现代人的论述，尤其是马克思主义的人本主义内容。这些基本方面也构成伯曼行文的基础。可以说，伯曼已经摆脱了狭隘的意识形态的局限，他的研究是由现代性研究的热潮引发的，或者说，是以现代性研究的范式来重新阐释这个问题的。

一　马克思的现代主义的面向

现代社会使资本主义、现代主义、马克思主义交织在一起，使马克思主义和现代主义获得了很多的共性：处于大致相同的时代、空间，面对大致相同的问题，其问题意识也有很多相似之处；面对、体验、把握的是相同的现代经验，都深刻地洞察到现代生活的挑战与机遇，尤其是其矛盾性、阴暗面、风险、危险、进步、机会和巨大潜能；都不满足现代社会的现状，批判其表面的各种问题和深层的矛盾根源，并试图超越现代的局限。

马克思论述的重心虽然在社会现代化，但他仍然具有现代主义的视野，他对现代社会的矛盾和悖论的准确把握都是空前的,其深刻性足以超过任何现代主义派别。首先,资产阶级是一种悖论性的存在。资产阶级最初是以一种进步的面孔和巨大的正能量登上历史舞台的,具有空前的主体性、能动性、创造性,以及巨大的潜能和力量,它的出现有其必然性和合理性,也取得了空前的历史成就。同时,资产阶级也有巨大的、令人震惊的破坏力,而且,这种破坏是内在的、内化性的,已经融入资本主义,成为其有机组成部分和前进的必要前提,"创造性破坏"也由此成为其重要的标志之一。结果,致使社会缺乏必要的约束,盲目地、疯狂地、无节制地发展,并不可避免地出现了社会的、伦理的、道德的、信仰的、精神方面的各种危机和深渊,甚至社会有可能最终失控。更为可怕的是,资产阶级为了维持既有的地位和利益,还想方设法地压制其他阶级和社会的生机、活力、潜力,竭力成为维护资本主义秩序的卫道士。这样,尽管它的优点和成就都很突出,但仍然改变不了它没落和消亡的命运,必然会断送自身前途,这种趋势是不可逆转的,也就是说,"最终将埋葬资产阶级的,却正是他(马克思——引者注)所赞扬的资产阶级的那些优点"①。其次,包括资本主义在内的现代社会的发展充满了悖论。资本主义空前地解放了束缚生产力、生产关系和人发展的各种消极因素,并取得了巨大的成就,但是其发展方式却是有悖于人性的、畸形的,注定要破坏人的有机整体性、完整性和全面发展,结果必然导致人的异化、人性的扭曲,其代价是极为惨重的。再次,现代社会是一个悖论性的社会。大多数现代人都渴望生活安定、平稳,追求社会稳定、发展,反对生活和社会的紊乱、动荡,统治者也希望建立良好的社会秩序,希望自己的统治能够长久,但是,现代世界、生活的基础却是自由,自由构成了现代人生活和现代社会运行的动力、机制和常态。"自由作为基础也就意味着一切都没有基础",这种悖论导致了现代世界的特殊性:"它基于一个原理,这个原理从原则上讲并不是任何东西的根据;它建立在一个普遍价值或观念上,这个普遍价值或观念从原则上使基础变得无效。"② 而且,自由的基础还导致了现代社会的悖论,

---

① [美]马歇尔·伯曼:《一切坚固的东西都烟消云散了——现代性体验》,徐大建、张辑译,商务印书馆2003年版,第121页。
② [匈]阿格尼丝·赫勒:《现代性理论》,李瑞华译,商务印书馆2005年版,第27页。

即变化一方面意味着不稳定、紊乱、混乱、动荡,另一方面却有助于人的发展和社会的稳定发展:"我们的生活受到了一个不仅是变化而且是危机和无序都对其有好处的统治阶级的控制。'不停的动荡,永远的不确定和骚动不安',但非颠倒这个社会,实际上起到了巩固它的作用。大灾难转化成了有利可图的重新发展和更新的机会;分裂起到了一种发动的作用,从而成为整合的力量。"① 最后,现代社会改变了人与人之间的关系、人与自我的关系,以资本主义最为典型。在资本主义社会中,资本为了最大限度地追逐利润,最终必然要撕去笼罩在人身上的种种温情面纱,把人与人之间的关系变成赤裸裸的金钱关系、利益关系、交换关系、商品关系,人的价值也沦为消费价值、商品价值、使用价值和交换价值,还原了人在资本主义世界中的本来的、真实的、现实的面目,其残酷足以令人震惊、绝望,这也是虚无主义产生的原因之一。但矛盾的是,面对动荡纷扰、迅速重组、变化不定的社会、集体和集团,自我会在不同的地方呈现出不同的面孔和极大的不确定性,社会甚至可能瓦解自我的统一性,很难找到、确定真正的自我。此外,资本主义也摧毁了现代专业人士、知识分子的权威形象与耀眼光环,剥夺了他们虚幻的自我认同,并使他们沦落为一种靠出卖智力为生的商品(甚至廉价的商品)、资产阶级雇用的劳动大军及其储备、与赤贫的无产阶级相似的一个阶层。与其传统形象相矛盾的是,为了生存,他们甚至需要把激进的思想观念、革命性的思想作为商品出售。同时,他们与资产阶级构成了一种相互依存、相互斗争的关系:一方面,资本主义的发展离不开知识分子,资本主义要求不断的、激进的变革和发展,为了吸收新的思想资源、动力实现可持续发展,它既需要支持自己的知识、思想、观念,又能够允许质疑、反对资本主义的思想观念和行动在一定程度上存在,并从中吸取发展的营养,甚至还能够以其巨大的吸收力把抨击、反对自己的力量转化为新的发展动力,从而把敌对者转化为盟友。另一方面,从思想观念和行动上质疑、批判和反抗资本主义是知识分子(尤其是无产阶级的知

---

① [美]马歇尔·伯曼:《一切坚固的东西都烟消云散了——现代性体验》,徐大建、张辑译,商务印书馆2003年版,第122—123页。

识分子）的存在方式、存在价值，但资本主义社会又是其赖以生存的环境，他们也不得不在一定程度上依赖资本主义体制，并从这个体制中获得一定的生存空间，有时甚至只能从批判中得到微薄的生活资本。同时，在现代的氛围中，激进的知识分子，以及作为知识分子的产品的思想观念，可能也摆脱不了与其他现象类似的命运："他们的观念和运动有化作一种现代烟云的危险，尽管这种现代烟云会消解他们正在努力加以克服的资产阶级秩序。在这种气候下给自己罩上光环，就是试图用否认危险的办法来摧毁危险。"① 马克思对现代知识分子的"除魅"，使我们看到了他们从社会云端跌入谷底的残酷、惨状，有助于促使人们认识其真实处境，克服其无意识的虚幻性和"绝对自由"的幻觉。

现代主义的基本主题贯穿了马克思的主要著作，马克思对这些主题的剖析是洞幽烛微、入木三分的："现代的力量和活力的光辉、现代的分崩离析和虚无主义的破坏力、这两者之间的密切关系；陷入了一个所有各种事实和价值都在其中旋转、爆炸、分解、重组的旋涡的感觉；有关什么是基本的、什么是有价值的、乃至什么是真实的东西的一种基本不确定；以及最激进的希望在遭到根本的否定时的闪光。"② 具体表现在以下几个方面。

第一，马克思深刻地洞察到现代事物的矛盾性、反讽性、丰富的可能性、辩证运动，及其自身包含的反面属性，完全可以与尼采、克尔凯郭尔等现代主义大师比肩而立，其中，《共产党宣言》堪称典范。《共产党宣言》中有一段大家耳熟能详的经典："生产的不断变革，一切社会状况不停的动荡，永远的不安定和变动，这就是资产阶级时代不同于过去一切时代的地方。一切固定的僵化的关系以及与之相适应的素被尊崇的观念和见解都被消除了，一切新形成的关系等不到固定下来就陈旧了。一切等级的和固定的东西都烟消云散了，一切神圣的东西都被亵渎了。人们终于不得不用冷静的眼光来看他们

---

① ［美］马歇尔·伯曼：《一切坚固的东西都烟消云散了——现代性体验》，徐大建、张辑译，商务印书馆2003年版，第152页。
② ［美］马歇尔·伯曼：《一切坚固的东西都烟消云散了——现代性体验》，徐大建、张辑译，商务印书馆2003年版，第155页。

的生活地位、他们的相互关系。"① 这段话包含了异常丰富的信息，对现代世界、社会、生活、阶级和人的把握都是不同寻常的：发展成为现代社会最重要的主题、常态和永恒的定律；不断而迅速发展的科技和生产势如破竹、无坚不摧，并导致了现代社会和生活的飞速发展、变化无常、动荡不安；社会的发展削弱了传统的权威性，也使许多神圣的信仰、价值和观念，高贵的礼仪，高尚的伦理道德、人格修养，崇高的事物，失去了至高无上的地位，甚至变得一钱不值，沦为嘲讽的对象；人丧失了其应有的尊严，甚至斯文扫地；尽管大多数人都惧怕危机、灾难、破坏，但它们却反而提供了更多的机会、机遇、条件，并有助于人类社会的更新和发展，而且，为了成长、发展，就必须适应变化、追求变化，否则，一味追求稳定则可能导致停滞不前、退步、窒息、死亡；尽管统治者都希望并追求稳定、秩序，像躲避瘟疫一样躲避变化、无序、无常、混乱，但这些东西在一定程度上、在一定范围内存在（处于可控状态，不至于颠覆其政权）客观上却有利于统治者的统治；现代社会的发展，是一个摧毁一切坚固的东西并使之烟消云散的过程，人既是现代化的主体、这个过程的主体，又是现代化的客体、这个过程的客体，人必将享受作为主体、客体的机会、机遇、兴趣、快乐，并遭遇各种挑战、风险、教训、无奈、辛酸、痛苦。伯曼极为赞赏并肯定了《共产党宣言》达到了现代主义的最高度，尤为激赏其无与伦比的深刻性："把《共产党宣言》看作未来一个世纪的现代主义运动和宣言的原型。《共产党宣言》表达了现代主义文化中某些最深刻的洞见，同时也将现代主义文化中某些最深刻的内在矛盾戏剧化了。"② 尤其是《共产党宣言》对现代生活秘密的出色的洞悉、把握："一方面是永不满足的欲望和冲动、不断的革命、无限的发展、一切生活领域中不断的创造和更新；另一方面则是虚无主义、永不满足的破坏、生活的碎裂和吞没、黑暗的中心、恐怖。马克思表明了，资产阶级经济的内驱力和压力是怎样把这两类人的可能性注入到每一个现代人的生活之中的。……马克思使我们进入了这种生活过程的深处，于是我们感到自己有了一种放大了我们

---

① 《马克思恩格斯选集》第 1 卷，人民出版社 1995 年版，第 275 页。
② ［美］马歇尔·伯曼：《一切坚固的东西都烟消云散了——现代性体验》，徐大建、张辑译，商务印书馆 2003 年版，第 115 页。

整个存在的生气勃勃的能量——同时被那些时时威胁要毁灭我们的震惊与大笑所抓住。"①

第二，《资本论》描绘的共产主义图景及其人学思想超越了现代性，并深化了现代性的相关主题："这种共产主义的图景无疑具有现代性，其现代性首先在于它所具有的个人主义性质，但更多的是在于它的发展的理想，将发展的理想视为良好生活的形式。"② 实际上，马克思始终致力于批判异化的发展、张扬发展的理想：《1844年经济学哲学手稿》批判了异化劳动导致的畸形发展；《德意志意识形态》呼唤"个人自身的全部能力的发展"；《共产党宣言》希望建立一个联合体，"在那里，每个人的自由发展是一切人的自由发展的条件"③。马克思强调了一种健康的、全面的、能够兼容个人与集体的理想的发展模式，这种发展既充分尊重每个人的权利、特长、自由、潜能，又强调每个人的义务、责任、协作，并克服了极端个人主义的、被市场绑架了的发展的片面性和畸形化，进而最终超越了资本主义的发展形态。

第三，《共产党宣言》《资本论》等著作深刻地揭示了资产阶级的虚无主义的根源。随着现代社会的来临，虚无主义开始泛滥。现代主义大师陀思妥耶夫斯基把产生欧洲虚无主义的原因归结为科学、理性主义，并把矛头指向它们。在尼采看来，虚无主义可以表述为"上帝之死""最高价值的贬值"，也就是说，人类不再需要信仰、永恒的灵魂等终极关怀，认识也不再需要终极的追求。相应地，最高价值被贬为交换价值，进而作为使用价值得以消费。尼采进一步区分了积极的虚无主义和消极的虚无主义，并肯定了前者，呼唤"超人"来应对消极虚无主义的挑战。马克思超越了简单的道德控诉，肯定了积极的虚无主义，并站在历史唯物主义的立场挖掘了虚无主义的社会根源。究其原因，虚无主义是资本主义引发的价值观扭曲的表现，它深深地植根于资本主义的社会结构中："现代虚无主义被化入了日常的资产阶级经济秩序的

---

① [美]马歇尔·伯曼：《一切坚固的东西都烟消云散了——现代性体验》，徐大建、张辑译，商务印书馆2003年版，第131页。
② [美]马歇尔·伯曼：《一切坚固的东西都烟消云散了——现代性体验》，徐大建、张辑译，商务印书馆2003年版，第126页。
③ 《马克思恩格斯选集》第1卷，人民出版社1995年版，第294页。

机制之中——这种秩序将人的价值不多也不少地等同于市场价格，并且迫使我们尽可能地抬高自己的价格，从而扩张我们自己。"① 实际上，马克思已经揭示出，现代虚无主义的根源在于没有道德的自由贸易原则："它（指资本主义——引者注）把人的尊严变成了交换价值，用一种没有良心的贸易自由代替了无数特许的和自力挣得的自由。"② 这就是说，在现代社会生活中，市场的重要性压倒一切，资本无孔不入、势如破竹、摧毁一切，金钱的法则或逻辑支配了一切，从信仰、精神、价值到政治、经济、社会的各个领域，无一例外，甚至侵犯到个体的无意识领域，导致了哈贝马斯所说的"生活世界的殖民化"。只要具备经济价值或潜在的商业价值，就是有价值的，就值得去做，就可以去做，而不必考虑个性、人格、道德、精神、正义等因素。事实上，这些因素并没有消失，只是经过了交换价值的过滤，并转化为交换价值，再改头换面，以商品的形式出现罢了。换言之，金钱就是资本主义社会中的通行证，只要能够经过金钱的考验、换取金钱，就可以做任何事情。这就是虚无主义的根源，也是资本主义能够制造超乎寻常的欲望和破坏力的秘密。实际上，即使资产阶级标榜的自由贸易原则也是大打折扣的，经常被垄断、政治、政府干预等因素所破坏，这就更加重了资本主义和西方现代社会的虚无主义。

而且，伯曼通过分析得出了结论，马克思的语言、形象、修辞、文体、表述也都具有浓厚的现代主义色彩，而且马克思还关注、拓展、深化了现代主义的基本主题。这样看来，马克思毫无疑问是一个当之无愧的现代主义者，而且是一个深刻的现代主义者。

二 以马克思主义的方式阐释现代主义

现代主义以独特的方式理解、把握现代社会生活，它关注并放大了现代社会生活、现代人的阴暗面，并形成了新的意识形态，造成了新的遮蔽，而且它无力也不能说清楚许多问题。就此而言，马克思主义能够以其深刻性弥

---

① ［美］马歇尔·伯曼：《一切坚固的东西都烟消云散了——现代性体验》，徐大建、张辑译，商务印书馆2003年版，第143页。
② 《马克思恩格斯选集》第1卷，人民出版社1995年版，第275页。

补现代主义的不足，帮助我们理解现代主义自身难以解释的问题："现代主义的思想，虽然能够清楚地说明每个人和每件事的黑暗一面，却表明它自己也存在一些被压抑了的黑暗角落，而马克思能够对它们做出新的说明。"① 而且，现代主义将现代社会生活阴暗的原因归结为科学、理性、人性、文化、异化等，而不能从更深的层面寻求原因、解决问题。现代主义还孤立地、片面地、绝对地看待这些原因。这些缺陷使现代主义很难找到社会生活阴暗的真正原因。但是，马克思主义恰恰能够弥补现代主义的不足。为此，应该用马克思主义的方式理解现代主义。

马克思主义的现代化视野能够克服现代主义的缺陷，有助于我们从新的角度全面地认识现代主义，发现、关注各种问题，尤其是现代社会生活的问题。更为重要的是，马克思主义的政治经济学的批判视野有助于我们认识现代主义的根源，科学地把握现代主义文化和孕育它的资产阶级的经济、政治、社会之间的互动关系。现代主义与其存在的社会现实之间存在一种同构和对抗的关系，马克思主义能够辩证地、深刻地洞悉其复杂的关系："现代主义特有的力量、洞见和焦虑是如何来源于现代经济生活的动力和压力的：来自它的永无休止永不满足的成长和进步的压力；来自它对人的欲望的扩张，使之越过地方的、民族的和道德的界限；来自它要求人们不仅剥削利用同胞而且剥削利用他们自己；来自它的所有各种价值在世界市场的大动乱中的反复无常和无穷变形；来自它无情地摧毁自己不能利用的每件事和每个人——不仅对前现代世界造成了严重的破坏，而且也对它自身和它自己的现代世界造成了严重的破坏——以及来自它利用危机和混乱使之成为进一步发展的跳板、用它自己的自我破坏来滋养自己的能力。"② 在这种意义上讲，马克思主义确实能够弥补现代主义的不足，对于我们理解现代主义的复杂性、社会根源及其与社会之间的关系，都是大有益处的。

---

① ［美］马歇尔·伯曼：《一切坚固的东西都烟消云散了——现代性体验》，徐大建、张辑译，商务印书馆2003年版，第116页。

② ［美］马歇尔·伯曼：《一切坚固的东西都烟消云散了——现代性体验》，徐大建、张辑译，商务印书馆2003年版，第155—156页。

三 从现代主义视角透视马克思主义

马克思的判断——"一切等级的和固定的东西都烟消云散了"①——准确地概括了现代世界、现代事物的基本状态与发展趋势。就资本主义社会而言，它的许多要素都是变化的、不稳定的、不确定的。既然如此，资本主义的生产关系、生活方式、社会制度就不可能永恒不变、永远存在；资本主义社会中的人更是如此，其欲望、感觉、情感、思想观念、行为方式变化得更快，并与社会的变化形成了互动的关系。这样，就很难有什么东西能够长期存在并长久地发挥其作用。而且，资本主义对利润、资本积累、剩余价值、片面发展的恶性追求必然加剧社会的变化和不稳定性，并深远地影响到其发展趋势："资产阶级社会越是激烈地刺激其成员去成长或死亡，其成员就越可能因成长而厌烦这个社会本身，而他们越是到最后激烈地将这个社会视为他们成长的累赘，他们就越会坚决地以它强迫他们去追求的新生活的名义来与它斗争。于是，资本主义将被它自己炽热的活力所融化。"②

对于伯曼来说，马克思的这个描述、概括，既适用于资本主义社会，也在很大程度上适用于社会主义社会与共产主义社会，后者甚至比资本主义社会更具变动性，更不稳定。既然同为现代社会、现代世界的组成部分，社会主义社会的各种要素必然被变化的常态和趋势所主宰，也同样处于永久的变动、不确定、不稳定之中，并且难以逃避与资本主义社会类似的命运。作为社会主义最高发展阶段的共产主义社会也会如此："我们可以看到，马克思所见的近在眼前的那种现实，即便真能到来，也许还很遥远；我们可以看到，即便它真的到来了，它也可能是一个转瞬即逝的、过渡性的插曲，等不到固定下来就陈旧了，刚刚为我们所触及，就将被它带来的那股永远变化和进步的潮流卷走了，让我们无穷无尽地无助地随波逐流。"③ 共产主义社会不但面

---

① 《马克思恩格斯选集》第 1 卷，人民出版社 1995 年版，第 275 页。
② [美] 马歇尔·伯曼：《一切坚固的东西都烟消云散了——现代性体验》，徐大建、张辑译，商务印书馆 2003 年版，第 124 页。
③ [美] 马歇尔·伯曼：《一切坚固的东西都烟消云散了——现代性体验》，徐大建、张辑译，商务印书馆 2003 年版，第 135 页。

临着变化、动荡的威胁，为了保全、稳固自身，也可能采取与资本主义相同的措施，防范与打压异己的、生机勃勃的力量，甚至继续制造新的不平等、矛盾、冲突。

伯曼认为，马克思实际上是把社会主义和共产主义作为一种超越的、充分发展的、合乎人发展的现代性，并希望它克服资本主义现代性的局限。但是马克思对它的期望值太大了，甚至无意中给予了它过多的、过于美好的希望，而不愿或不敢正视它的局限、缺陷、潜在的威胁。这样，在马克思的期待与其非凡的洞察之间、意愿与其目之所得之间，存在明显的紧张，我们透过他的洞见是不难发现这些"伤口"或"深渊"的。正是主要在这个问题上，英国马克思主义文艺理论家佩里·安德森（Perry Anderson）与伯曼产生了分歧，他不同意伯曼的这个判断。具体而言，安德森认为，伯曼所说的现代主义过于宽泛，无所不包，他基本放弃了对现代主义的具体境遇的分析，致使他对现代主义的分析过于抽象化、平面化，他也没有对一般的艺术创作与大众文艺进行必要的区别、分析，而且，他还没有注意到现代主义在发展和分布上的不平衡，他的分析与现代主义的发展情况极为不符。更致命的是，伯曼没有注意、处理好现代主义与革命的关系问题，政治变革、个人体验和艺术的生产并不一致，政治变革可能快些，个人体验、文艺观念和理论、艺术生产可能慢些。同时，伯曼还把革命泛化了，把现代主义与革命相提并论，抹杀了它们的区别。[①] 应该说，安德森的看法大致是正确的，他确实抓住了伯曼把现代主义抽象化、泛化的局限及其导致的错误，以及伯曼对马克思主义的误读，实际上，他们的分歧很具体，他们的争论还吸引英国美学家彼得·奥斯本（Peter Asborne）加入了他们的讨论[②]，限于篇幅，这里不予赘述。

四 实现马克思主义和现代主义的融合

在历史上，现代主义与马克思主义曾经出现过多次主动的、短暂的靠拢与融合，既表现在波德莱尔、马克思、布莱希特、本雅明等现代思想家身上，

---

① Perry Anderson, "Modernity and Revolution", *New Left Review*, 1984, pp. 96 – 113.
② ［英］彼得·奥斯本：《时间的政治》，王志宏译，商务印书馆2004年版，第18—23页。

又表现在未来主义等文艺思潮上，这种融合取得了一定的成果。但是，革命形势的逆转经常会遏制、断送这种融合的趋势，致使现代主义和马克思主义走向分裂，都以正统的面目傲视对方，以至二者关系紧张。结果，正统的马克思主义无视、敌视、反对现代主义；现代主义则以"纯艺术"的名义拒绝历史、社会，并对自己的发现和行为沾沾自喜。

后来，随着现实的发展，特别是政治形势、政治矛盾趋于缓和的时候，现代主义、马克思主义背离的趋势有所改变。在这样的背景下，二者继续重新尝试相互接触、融合。有的马克思主义者致力于克服正统马克思主义的困境，直面现实社会的黑暗面，并积极研究、改造它们，以弥补它在这方面的不足；有的现代主义流派也能够从马克思主义那里吸收营养，有助于扩大其视野，表达它与其社会历史之间的复杂关系。这样的相互阐释（尤其是不同视域的融合）、相互补充也为重新理解二者及其关系开启了新的可能："马克思主义与现代主义的一种融合，将融化马克思主义那过分坚固的主体——或至少可以使它热起来将其融化掉——同时却可以将一种新的坚固性赋予现代主义的艺术和思想，给它的创造注入一种不受怀疑的共鸣和深度。那将把现代主义展现为我们时代的现实主义。"① 这样，现代主义、马克思主义的融合，就取得了一定的成效。为此，应该鼓励并继续进行这样的尝试、融合，并获得更多的成果。

现代主义与马克思主义的关系，是现代性和马克思主义研究中的重要问题，而且，与此相关的许多具体问题也都涉及对这个问题的理解。但是，处理这个问题的难度很大，如果处理不好，可能遭到两方面的夹击。伯曼立足于现代体验的角度，从现代主义和马克思主义融合的思路切入了较为具体的问题，得出了许多有启发意义的结论，对于我们认识二者及其关系都是大有裨益的，尤其是在对某些具体的文学、艺术现象的阐释上。尽管他的融合较为虚幻，有些结论不妥，甚至是错误的，但他提出的问题确实非常重要，应该引起我们重视。而且，不可否认的是，伯曼对现代主义、

---

① ［美］马歇尔·伯曼：《一切坚固的东西都烟消云散了——现代性体验》，徐大建、张辑译，商务印书馆2003年版，第157页。

马克思主义的理解都存在一些偏颇、矫枉过正、错误，致使他的结论有不少的缺陷、错误，并在一定程度上影响了其学术价值。换言之，伯曼试图调和马克思主义和现代主义，他把现代主义泛化、抽象化了，对马克思主义进行了人本主义的解读，或者说，选择了人本主义的马克思主义进行论证，导致了对马克思主义的历史唯物主义、科学社会主义的偏离，尤其是马克思主义的基本的阶级观点和阶级分析方法的缺失，对革命的理解也有偏颇。究其原因，正如英国社会学家阿兰·斯威伍德（Alan Swingewood）洞察到的，伯曼的根本失误在于，他立论的文本"简化"处理了资本主义的《共产党宣言》，而不是马克思主义发展史上更为成熟的《政治经济学批判大纲》和《资本论》，由此导致了其巨大的缺陷："对马克思的现代主义的强调是与马克思著作的整体不相容的，特别是马克思对现代资本主义的历史性质及其'运动法则'的研究，以及他对具体事件表层之下的结构动力的分析，也就是将资本家的'能力'和动力与更长久的决定性力量结合起来。马克思现代性观念的关键不在于论战姿态的《共产党宣言》，而在于把资本主义作为一个社会系统所进行的丰富和复杂的分析。"① 具体而言，《资本论》等著作已经从作为资本主义的商品的劳动力的角度来界定劳动，其交换价值、使用价值的矛盾则引发了资本主义的更"基本"的矛盾。马克思关注的重心已经摆脱了对资本主义的"简化"分析，转移到了"具体的历史社会形态的资本主义"。② 斯威伍德的态度是严肃、严谨、求真、科学的，他的看法可谓客观、中肯、实事求是，揭示了伯曼对马克思主义的历史唯物主义、科学社会主义的基本精神和原则的背离，尤其是他淡化、混淆了社会主义与资本主义社会形态的差别。

因此，对于伯曼的看法，我们仍然需要认真地反思、纠正、批判性地借鉴，正视其缺陷、错误，并以此为契机克服以往研究的局限，并深化对这些问题的研究。现在，我们不应该视现代主义为洪水猛兽，也不应该把

---

① [英] 阿兰·斯威伍德：《文化理论与现代性问题》，黄世权、桂琳译，中国人民大学出版社2013年版，第161页。
② [英] 阿兰·斯威伍德：《文化理论与现代性问题》，黄世权、桂琳译，中国人民大学出版社2013年版，第161—163页。

现代主义和马克思主义绝对、完全对立起来，而应该在马克思主义的指导下切实弄清二者之间的复杂关系，并积极地吸收现代主义的遗产，尤其在以马克思主义为指导的中国文论界、文艺界，这样的研究显得更为迫切、重要。

原载《甘肃社会科学》2019年第6期

在反思中拓展、开掘

——2013年中国西方马克思主义文论研究综述

2013年，与国内其他文论研究领域的沉寂相比，中国的西方马克思主义文论研究显得活跃、深入、生机勃勃，成绩也颇为显著；当然，也存在一定的局限。本文根据2013年中国内地公开出版的报刊、书籍所发表的西方马克思主义文论、美学研究论文和专著，从总论性研究、专题性研究、个案研究三个方面梳理了该年度中国国外马克思主义文论研究的情况，希望有助于了解该年度这个学科的进展，也为未来的发展提供一定的参照。

一 总论性研究

2013年，关于西方马克思主义（以下简称"西马"）文论（包括西方马克思主义）总论性的研究较为薄弱，这方面的研究主要集中于对中国学界"西马"文论研究中存在问题的反思，以及"西马"文论在中国的传播。马建辉针对中国"西马"研究中存在的问题，提出了自己的看法。他认为，我国当前的"西马"研究"取得了很可观的成绩"，但应该客观地把握"西马"，为此，要强化问题意识和反思意识。他对五个问题发表了自己的看法：西方马克思主义存在"家族相似"的现象，也适合用这个概念描述"西马"群落；"幽灵化"的马克思并没有维护、坚持总体意义和本质意义上的马克思，马克思仅仅是一种碎片化的幽灵式存在，马克思的实践性、未来关怀都被淹没于解构主义之中了；马克思的思想应该是其成熟时期的思想，如果从思想的演进方面说，可以区分出"多个马克思"，可以讨论"两个"或"多个马克思"，但讨论时应该把这个问题置入一定的范围，以发展的或动态的眼光看待这些阶段，并注意到它们之间的变革关联和统一性，否则，就必然导致马克思主义理论自身的分裂，甚至出现用"马克思主义"来反对"马克思主义"的现象；"西马"关注或研究的对象是文化，而不是国家和法律问题，这种"文化转向"深刻地影响了中国学界，拓宽了马克思主义研究的领域和范围，但也使我们对马克思主义理论的解读"文化化"了，结果把马克思主义理论狭隘化了；"西马"（晚近"西马"尤甚）大都是以西方现代人本主义为其哲学基础，不少学者开掘《1844年经济学哲学手稿》的人本主义思想，并将其奉为真正的马克思主义，这种观念值得商榷，马克思主义包含了人道主义思想，看待这个问题应该在马克思主义的基本世界观和价值观的范围之内进行；马克思主义当然是方法，但也是世界观、倾向性、实践、价值、信念，而且是统一的，反对把马克思主义中性化、知识化。这些问题不同程度地存在于"西马"及其研究者身上，应该引起我们的重视。[①] 丁国旗梳理了"西马"文艺理论在中国的传播和研究：新时期以前"西马"研究的主要对象是卢卡奇等极少理论家，介绍得多，还谈不上研究；20世纪80年代的译介、研究"是火热的"；20世纪90年代至20世纪末的译介和研究达到了高潮；21世纪以来的"西马"研究也涌现了大量的成果。其中，20世纪90年代初，国内学界以排斥、批判为主，之后，国内对于"西马"的态度有很大的转变，出现了"过热"的现象，甚至出现了马克思主义文论研究的"西方马克思主义化"倾向，导致了马克思主义文艺学和美学的"多元化"。但是，关于经典马克思主义文论的研究却进入了"冷落萧条期"，应该正视这种现象以及"西马"自身所存在的问题。[②] 如果缺乏总论性的研究，就可能影响到我们科学地、深入地、全局性地把握"西马"文论的性质、特点，导致一种"只见树木，不见森林"的结果，对国外马克思主义文论的研究也是如此，希望以后的研究能够克服这种局限。

二 专题性研究

2013年，西方马克思主义文论的专题性研究取得了较大的成绩，研究面

---

① 马建辉：《关于西方马克思主义研究的几个问题》，《文艺理论与批评》2013年第1期。
② 丁国旗：《译介与反思——"西马"研究在中国的命运》，《文艺理论与批评》2013年第1期。

很广，涉及了马克思主义文论的方方面面，并且不乏亮点，有的研究很有新意，有的研究很有深度。其中，关于"西马"的乌托邦思想、符号学的研究，以及英国文化唯物主义的研究都可圈可点。具体的研究情况，下面分而述之。

一是"西马"的现实主义文艺观。朱印海从现实主义的角度介入西方马克思主义文艺理论，诸如卢卡奇坚持现实主义文艺观；布莱希特和马尔库塞强调现实主义文艺要深刻地揭露、批判资本主义及其对人的异化；法兰克福学派重视文艺对资本主义的批判和斗争，该文从现实主义的角度总结了法兰克福学派的贡献，反对把文艺作为逃避现实的精神避难所，反对把文艺作为政治的附庸。①

二是悲剧问题。经典马克思主义文艺理论颇为关注悲剧问题，西方马克思主义继承了这个传统，布莱希特提出的"史诗剧"理论、本雅明的《德国悲剧的起源》、威廉姆斯的《现代悲剧》、伊格尔顿的《甜蜜的暴力——关于悲剧观念》都丰富并深化了马克思主义的悲剧理论。肖琼的博士论文《伊格尔顿悲剧理论研究》选取伊格尔顿的悲剧理论作为研究对象，从意识形态、现代性、革命的角度系统地分析了伊格尔顿的悲剧观念，进而从整体上进行了评价："伊格尔顿的悲剧理论是他始终坚守马克思主义的批判立场而对当前现实做出的反应。……在坚定人类意志力量的富足弹性和本能潜力的基础上，抓住悲剧突变的一瞬，从理论上论证了悲剧所包含的辩证性功能以及悲剧困境所包孕的希望，并将悲剧理论与人们的日常生活及当前的政治运动结合起来。"② 有趣的是，论者还谈及伊格尔顿对中国悲剧的看法及其缺陷。

三是乌托邦思想。在西方马克思主义文论中，乌托邦思想及其研究占有很大的分量，布洛赫、詹姆逊均有专著，马尔库塞等理论家都有许多论著论及这个议题。但与其他议题相比，我国在这方面的研究较为薄弱。但是，在2013年，这种状况有所改变，张艳玲结合马克思主义的乌托邦思想传统，着重研究了美国当代马克思主义思想家的乌托邦思想，她的研究有利于我们从整体上把握西方马克思主义的乌托邦思想。张艳玲把西方马克思主义的乌托

---

① 朱印海：《中西马克思主义现实主义文艺观念的比较分析》，载钱中文主编《中国中外文艺理论研究 2012》，中国社会科学出版社2013年版，第177—180页。
② 肖琼：《伊格尔顿悲剧理论研究》，中国书籍出版社2013年版，第177页。

邦思想传统分为三种类型：以布洛赫为代表的"本体论"，强调乌托邦是人类社会的本质，作为一种客观现象，它始终存在，并有实现的可能；以马尔库塞为代表的"终结论"，马氏认为，现代资本主义导致了马克思主义和传统乌托邦的终结，以理性、博爱为基础的人性是社会主义的本质，人本主义思想将更有效；以哈贝马斯、安德列·高兹（Andre Gorz，1924—2007）为代表的"替代论"，他们指认马克思主义已经无法揭示社会的本质，前者主张以"交往社会的乌托邦"代替"劳动社会的乌托邦"，后者主张以"后工业社会的乌托邦"代替"资本主义工业社会的乌托邦"。① 张艳玲还进行了个案的研究，主要研究了大卫·哈维、马尔库塞、詹姆逊这三位美国马克思主义思想家的乌托邦思想。她以《希望的空间》为重点，分析了哈维的乌托邦思想，哈维把乌托邦分为三种：一是空间形态的乌托邦，即通过安排空间秩序来展望、憧憬社会的前景，其特点是，可以把城市规划方案作为一种乌托邦实践，需要才智超群、道德高尚之士全景式地进行监控，才能够实现乌托邦方案中的秩序；二是社会过程的乌托邦，它以时间为重点，其特点是强调历史发展过程的重要性，但并没有彻底否定空间，也要求发挥空间的基础性作用；三是时空辩证的乌托邦，这种乌托邦充分地综合了前两种乌托邦的优势，要求辩证地处理时空的关系。② 马尔库塞是乌托邦"终结论"的代表人物，张艳玲梳理了马氏的乌托邦思想。在她看来，马氏的乌托邦思想与他对资本主义、社会主义的看法密切相关：他强调现代资本主义导致了人的严重异化，社会主义应该重建人本主义理想的维度，把实现人的价值作为根本目标，他强烈地批判了苏联的社会主义。为了实施乌托邦的方案，他提出了"大拒绝"的方法，即拒绝与当局合作，拒绝参与政治制度的建构，甚至拒斥社会组织的正常更替。既然资本主义终结了传统的乌托邦思想，他顺势提出了"审美乌托邦"，希望用美、艺术为人类提供一个感性、理性、想象相互协调发展的非压抑的社会，最大限度地实现个人的自由和价值。③ 乌托邦思想在詹姆逊的阐释学和后现代主义研究中都有所体现，2005年，詹姆逊还出版了研究乌托邦

---

① 张艳玲：《美国乌托邦文学的流变》，天津大学出版社2013年版，第168—169页。
② 张艳玲：《美国乌托邦文学的流变》，天津大学出版社2013年版，第173—174页。
③ 张艳玲：《美国乌托邦文学的流变》，天津大学出版社2013年版，第174—180页。

的专著《未来考古学》,鉴于此,有必要研究詹姆逊的乌托邦思想。张艳玲结合詹姆逊的文艺阐释学,研究了詹氏的乌托邦思想:首先,意识形态和乌托邦构成了詹姆逊阐释学的双重视域。前者构成了其否定阐释学,要求对乌托邦进行意识形态的分析,后者构成了其肯定阐释学,坚持分析意识形态的乌托邦性。其次,乌托邦具有批判性。乌托邦必须否定现实,只有这样才能体现其价值,否则,就丧失了其意义。最后,后现代主义的乌托邦具有悖论性;一方面,反乌托邦认为当前的现实世界最好,乌托邦在建设新社会中必然具有极权主义性;另一方面,个人的乌托邦却丧失了变革社会的要求。这样,乌托邦与反乌托邦彼此冲突,不可调和,既然现代资本主义无法根除,就只能寄希望于第三世界及其乌托邦了。她还认为,詹氏提出的"民族寓言"理论具有乌托邦性。① 遗憾的是,张氏虽然概述了詹姆逊的乌托邦思想,但《未来考古学》在她的研究中基本是付之阙如的。这种情况也相当普遍,虽然这部著作出版多年,国内的研究却很少、很薄弱。詹姆逊的《未来考古学》承续了之前对乌托邦的关注,他还用大量篇幅讨论了科幻小说的乌托邦性质。黎婵、石坚独辟蹊径,从这部著作出发,挖掘了西方马克思主义的科幻批评(尤其是其乌托邦维度),这样的研究弥补了此前研究的不足。他们认为,西方马克思主义的科幻批评流派是西方马克思主义的重要组成部分,其思想资源是新"左"派思想。它把握了科幻小说对现实说"不"的否定精神,具有阐释学和文类的双重含义。它的乌托邦思想以苏恩文、詹姆逊为代表,还能够追溯到布洛赫,涉及阐释学意义上的乌托邦冲动与乌托邦总体的性质与区别。在乌托邦文类的阐释上,它以"中立化"代替了"理想的社会蓝图"的概念,强调了形式的总体化差异的辩证法。②

四是符号学。近半个世纪以来,符号学在西方得到了长足的发展,其中,西方马克思主义批评理论也从它那里汲取营养,并推动了符号学的发展。张碧集中研究了西方马克思主义批评理论对符号学的批判与借鉴,其批判维度主要体现在以下几个方面:对结构主义符号学的方法的批判;对"共时性"

---

① 张艳玲:《美国乌托邦文学的流变》,天津大学出版社2013年版,第185—186页。
② 黎婵、石坚:《西方马克思主义科幻批评流派的乌托邦视野》,《四川大学学报》(哲学社会科学版)2013年第5期。

认识维度及其派生概念的批判，即符号的表意实践是人的主体对客观现象的概念化过程，因此，不能将符号看作封闭系统的自然衍生物，这样，符号学批评视野应该被延伸到社会、政治、文化和日常生活的现实领域，并历时性地考察社会文化符号的变迁。西方马克思主义批评理论对符号学的借鉴主要表现为积极吸收了结构主义符号学的成果：借鉴了它对符号本质的理解，并把它延伸到对社会文化批判方法模式上；强调社会文化表意产生于变化的社会生产状况之中，灵活地运用它的符号学概念和方法，并抛弃结构主义符号学的生成语境及其形而上学的规定。其中，德拉沃尔佩、戈德曼、阿尔都塞、霍尔等理论家都批判并认可结构主义符号学的共时性方法。符号学的巨大发展及其复杂性，决定了西方马克思主义受到符号学影响的复杂性，詹姆逊、布迪厄对符号学的接受都非常复杂，需要具体分析。[①] 张碧还以斯图亚特·霍尔为例，研究了他的符号学理论的马克思主义性。作为文化研究的重要理论家，斯图亚特·霍尔的符号学理论与实践具有鲜明的马克思主义色彩。张碧研究了他的符号学理论与实践，重点分析了他对结构主义符号学的吸收和扬弃，即他把电视节目区分为"内容"和"形式"，并分析了它们在节目制播的两个阶段（搜集、整理节目的政治信息并改造为话题是电视节目的"形式"；围绕话题产生的辩论话语是电视节目的"内容"）的表现；分析了其符号学理论与实践对结构主义的批判（注重共时性、静态的研究）及其马克思主义倾向，即符号的能指与所指的关系的确定（或意义的生成），并不是取决于符号系统的差异性，而是由社会历史的活动、语境、习俗决定的。她进而分析了霍尔的符号产生意义的三种方式：反映途径、意向性途径、构成主义途径。据此，作者认为，"透析霍尔复杂而精深的人文社会科学思想，对马克思主义批评理论的掘进与文化研究理论的建构无不具有十分重要的意义"[②]。近年来，赵毅衡等中国学者已经意识到并着手建立中国的符号学，而关注并汲取国外的符号学研究成果是建立中国符号学的一项重要工作，希望这些研

---

① 张碧：《西方马克思主义批评理论对符号学的批判与借鉴》，《陕西师范大学学报》（哲学社会科学版）2013 年第 2 期。

② 张碧：《批判立场陈述与多元方法整合——论斯图亚特·霍尔的符号学观及符号学实践》，《社会科学》2013 年第 9 期。

究为建设中国的符号学提供新的经验。

五是现代性的审美救赎理论。西方马克思主义寄希望于审美的救赎,并有大量的论著研究这个问题,但我国的研究却很零散。许勇为研究了西方马克思主义现代性的审美救赎理论,在他看来,西方马克思主义批判美学是对马克思批判理论传统的美学化改造,它对现代资本主义的批判,是一条审美现代性的救赎之路。而且,它自身及其方法都存在明显的缺陷:注重塑造个体内在的精神;方法属于文化批评,而非马克思的政治经济学批评,缺乏实践性;丧失了马克思主义哲学的整体性。因此,它无法推进社会的变革,也无力把社会历史带出现代性的困境。① 我们希望许勇为的研究能引起更多学者的关注。

六是空间转向。西方马克思主义的空间转向颇为引人注目,近年来,哈维等马克思主义学者努力发掘马克思主义的空间研究,取得了一定的成绩,也引发了国内学者的热议。耿波、李东瑶认为,马克思主义的"美学—历史"观念是一种时间美学的建构,因忽视"时间"与"生产"之间的深层逻辑关联而导致了政治上的迷误。马克思主义的空间转向引发了新的政治时代的到来,即都市空间政治,在都市空间中,发生了从时间美学向都市空间美学的嬗变,都市空间美学以同时包含主动—被动内涵的个体为审美主体,同时包含了政治否定和个性解放两方面的审美意蕴。② 姑且不论他们对经典马克思主义的判断是否正确,但有一点是可以肯定的,空间在建构社会中的作用越来越大,空间生产是都市研究的重要内容,国内外的空间研究都必须注意空间生产中蕴含的权利、政治性,关注空间生产的公平、正义,国内的空间研究更要强化这一点,防止把空间生产纯粹物质化、自然化。国内学界对空间理论、马克思主义的空间理论的研究都非常薄弱,这个研究无疑可以引起国内学界对马克思主义空间问题的关注,并把空间问题的研究推向深入。

七是后马克思主义。近年来,后马克思主义深受哲学界马克思主义学科

---

① 许勇为:《现代性批判的审美化之困——西方马克思主义现代性审美救赎理论评析》,《人文杂志》2013年第12期。

② 耿波、李东瑶:《马克思主义的空间转向与都市空间美学》,《社会科学》2013年第4期。

的关注，但文论界对它（尤其是它对于文论建设的意义）的关注却不够。从这个意义上讲，陶水平的研究值得我们重视。陶水平细致地研究了后马克思主义及其对当前文艺研究的意义，他研究了"接合"理论对当代欧美"文化研究"的影响，并着重研究了"接合"理论之于中国文论建设的意义，即把古今、中西、文史哲、理论与实践"接合"（代替"整合""融合"）起来，从而具有"建设性、广泛性、理论性、实践性、可言说性、可操作性"。有鉴于此，他为中国当代的文化建设开出了这样的药方："走向'接合主义'的美学理论、文学理论、文化理论及其批评实践。"①

八是法兰克福学派的文论思想。中国文论界一直关注法兰克福学派，2013年的文论研究仍然如此。谭好哲分析了法兰克福学派对大众文化、文艺、技术的两种价值取向：以霍克海默、阿多诺、马尔库塞为代表的排斥或否定派；以本雅明为代表的肯定派。作者认为，技术与艺术的关系是复杂的，两派分别抓住了问题的一个方面，有其合理性。但是，从根本上讲，媒介技术是中性的、无倾向性的，其倾向性是由政治、经济等因素决定的，不能把工具性的媒介技术与社会的倾向性的媒介技术混淆起来；对技术和艺术的先进与否的判定，除了考虑生产力外，还要考虑其他因素。② 王才勇则梳理了这个学派的现代性批判的主线。他认为，在继承马克思主义方面，法兰克福学派早期、中期的理论家重点关注现代性批判，加上爆发革命的可能性减弱，他们就把批判的重点转移到文化上，借助远离现实的文化形式进行批判，并把审美、艺术作为落脚点。这样，法兰克福学派的现代性批判就主要表现为一种美学批判，集中在审美、艺术领域，这种倾向深刻地影响了西方马克思主义，甚至成为其文论、美学的一条主线。③ 这些研究无疑有助于我们从整体上把握法兰克福学派的文论、美学。

九是英国的文化唯物主义。英国的文化唯物主义是英国马克思主义文论

---

① 陶水平：《后马克思主义与文化研究》，载钱中文主编《中国中外文艺理论研究 2012》，中国社会科学出版社2013年版，第374页。
② 谭好哲：《当代传媒技术条件下的艺术生产——反思法兰克福学派两种不同理论取向》，《中国人民大学学报》2013年第2期。
③ 王才勇：《艺术与文化批判——法兰克福学派美学的题旨与路径》，《学习与探索》2013年第7期。

的重要组成部分,近年来,国内学界对它较为关注。胡小燕关注它对于英国文论的文化转向的影响,她认为,英国马克思主义的文化转向不可避免,但其方式却较为复杂,导致文化与基础/上层建筑模式之间始终存在互补的关系:文化被置于基础/上层建筑模式之中,文学批评从文学的内部批评转向了文学与社会关系的研究。原因在于,战后资本主义的组织方式和价值观渗入工人阶级的日常生活,文化因素成为英国马克思主义理解"阶级"问题的新的立足点。传统与这些因素的结合,使英国文化马克思主义具有下述特点:强调历史的总体性;立足于整体性的基础,强调上层建筑是经济基础的结果,也是其发挥作用的先决条件,意识形态和文化问题在革命中有重要的作用;注意把握上层建筑与经济基础间的辩证关系,例如,葛兰西把"市民社会"这个经济基础的概念,改写为意识形态机构。这样,英国文化马克思主义没有抛弃经济基础与上层建筑的模式,而是使文化与它成为一种互补的关系,并由此克服了还原论、决定论的影响。[①] 段吉方从微观的角度细读了雷蒙·威廉斯的"感觉结构",并由此梳理了英国的"文化唯物主义"。具体而言,威廉斯以"感觉"区别世界观、意识形态,以"感觉结构"表现了对基础、文化、上层建筑之间关系的看法;他的"感觉结构"受戈德曼的"世界观"影响,但又不同于它,后者强调文艺作品与社会集团意识之间的辩证关系,前者强调文学与一定社会生产之间的辩证的而非完全结构的关系,他用"感觉结构"分析文学作品,并把它从社会领域扩大到审美领域;"感觉结构"构建了"文化分析"的方法、"文化唯物主义"美学的范式,在马克思主义美学的立场上恢复了感觉、经验、价值、形式之于意识形态的复杂影响。[②] 文化唯物主义是英国现代文论、马克思主义文论发展的重要一环,很有必要将它的发展脉络、特点梳理清楚,这方面的研究尚有一定的空间,希望出现更深入的成果。

---

① 胡小燕:《论英国马克思主义文化转向的特殊性》,《西北大学学报》(哲学社会科学版)2013年第4期。
② 段吉方:《"感觉结构"与"文化唯物主义"的理论踪迹——雷蒙·威廉斯文化唯物主义美学的理论细读》,《文艺理论研究》2013年第1期。

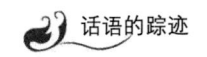

三 个案研究

2013年的西方马克思主义文艺理论的个案研究主要集中于英国的伊格尔顿、美国的詹姆逊、德国的本雅明,实际上,这种状况已经持续了多年。就该年度的研究情况看,既有全面的拓展,又有深度的开掘、质量的提升,某些研究试图与国际学界展开对话,富有探索性,代表了我国文论界的研究水平。而且,有意思的是,以前关注不多的东欧文论家逐渐进入了研究者的视野。但是,也存在选题重复、研究平庸、缺乏新意等缺陷。

第一,伊格尔顿。伊格尔顿是英国当今最活跃的马克思主义文论家,时有论著刊行,并引发广泛关注。中国文论界对他的热情一直不减,2013年仍然如此,该年度的研究主要集中于伊氏批评理论的全局及其新著《马克思为什么是对的》。王涌全面地研究了伊格尔顿的文艺理论,分别梳理了"艺术生产论""审美意识形态"和"理论之后的理论",并做出了实事求是的评价。其"艺术生产论"揭示了艺术的特点与功能,发展了经典马克思主义的艺术生产理论:艺术不仅能够认识、把握现实,而且能够创造、生产现实;艺术生产是精神的生产;艺术与生产的关系必然涉及艺术与意识形态的关系,艺术与现实并不直接相关,而与意识形态直接相关,意识形态指"那些与社会权利的维护和再生产有着某种联系的感觉、评价理解和信仰的模式",它植根于意识形态的"价值结构"。"审美意识形态"是伊格尔顿重要的理论贡献,它揭示了艺术的审美和意识形态的性质:艺术生产是审美意识形态的生产,作者用一定的形式加工意识形态,作品文本就成为意识形态、审美意识形态,解读也是一种意识形态的再生产;艺术是一种审美的意识形态,可以为特定的意识形态服务,也可以抵制特定的意识形态,具有巨大的溶解力,能够溶解政治的、道德的、宗教的内容;"审美意识形态"来自人内心的感性力量,有强大的内化作用,其作用离不开感性。伊格尔顿与时俱进,极为关注当下理论的发展。面对批评理论的衰落,他出版了《理论之后》,总结了当代理论的发展趋向,提出了"后理论时代的理论"的命题,即这样的理论质疑了20世纪80年代以来的理论,不再信奉普遍、客观的真理,滑向了主观真理;它反对统一的、整体性的东西,沉溺于个体的、非规范的东西。伊格尔顿指出了理论衰落的事实，并非认同理论的这种发展趋势，而是为了呼唤理论复兴，呼唤时代对理论的兴趣和需求。① 贾洁也以伊格尔顿的批评理论为研究对象，但选取了批评策略的角度，并总结了伊氏的批评策略：同时使用精英的、民粹的笔法，使自己的写作服务于教育大众的目的；宣传正确的理论、观念，并为一些被遮蔽、误读或歪曲的常识和概念正名；有意打破批评写作、创意写作的鸿沟，或灵活运用，或把它们与学术规范结合起来；强化学术领导权，反对学术霸权。② 蒋继华则从本雅明对伊格尔顿影响的角度切入了伊氏的批评理论：伊格尔顿对文艺本质的理解中强调了文艺的意识形态性、生产性，尤其是技术的决定作用；伊格尔顿在一定程度上接受了本雅明的历史哲学（尤其是碎片化的历史、进步的线性历史）和"星座化"的批评策略；伊格尔顿借鉴了本雅明的语言风格，经常运用调侃、幽默、通俗、非体系化的表述方式。③ 这些研究有助于我们从整体上认识伊格尔顿的文论。此外，随着中国批评界对身体及其话语的兴趣的增强，国内学界开始关注伊格尔顿的身体话语，刘坛茹的文章梳理了伊氏的身体话语。在她看来，伊格尔顿认为，诞生于18世纪的美学实际是一种身体话语，在鲍姆嘉登以后相当长的时期内，其唯物主义并没有得到发展，为此，要挽救其唯物主义，强调审美具有身体的物质性。作为一种意识形态，美学成为专制主义统治的润滑剂和替代品，通过身体感觉的冲动，把主体和同情联系起来，使主体在促成社会和谐的前提下保持独立，也为资产阶级提供了理想的统治模式。审美意识形态具有辩证性，统治阶级渴望审美，但审美又是危险的，可能颠覆权利；女性主义应该把身体经验与经济、阶级意识融合起来；悲剧中痛苦的身体也有生物性、自然性，可能产生解放的、反抗的主体，具有颠覆专制的潜能和力量。他批判了后现代主义的身体观，要保障身体在自然、文化间的张力，回归人本主义的身体，并恢复其抵抗性。④ 2013年的伊格尔顿研究还集中于对其新著《马克思为什

---

① 王涌：《论伊格尔顿的几个理论贡献》，《国外文学》2013年第1期。
② 贾洁：《论特里·伊格尔顿的美学批评策略》，《文艺理论与批评》2013年第2期。
③ 蒋继华：《论伊格尔顿意识形态批评理论的确立——基于伊格尔顿对本雅明解构思想的接受维度》，《文艺理论与批评》2013年第5期。
④ 刘坛茹：《伊格尔顿：身体政治建构的多重文化路径》，《文艺评论》2013年第9期。

么是对的》的研究。在欧美金融危机的背景下，马克思主义对资本主义的批判及其价值再度引发了学界的广泛关注。2011年，英国马克思主义文艺理论家伊格尔顿出版了他的著作《马克思为什么是对的》，清理了西方世界对马克思的误读，探讨了马克思的当代意义，引起了欧美学界对马克思、马克思主义的广泛讨论。当年，新星出版社就迅速推出了该著的中译本，汉语学界也有热烈的讨论。讨论延续至今，在2013年的文论、文化讨论中亦有所反映。穆宝清强调了该著的意义，即深刻地分析了马克思主义对资本主义的批判，有利于西方世界重新认识并重视马克思主义，同时，对"今日中国理论的发展"也有借鉴价值；着重研究了马克思和马克思主义的"人性"一面，即自我实现、获得真正的自由和美、享受丰富而幸福的生活，论证了马克思倡导的社会主义对高尚道德的追求、资本主义对自然和环境的破坏；作者也反思了该著引发的争议、批评，该著的意义得到了许多人的肯定，但也有不少争议、批评，主要是该著理论探索的薄弱或缺失，及其刻意迎合读者的通俗化倾向。① 孙士聪则从"自发的马克思主义"的角度切入讨论，文化马克思主义批判了经济主义在经济层面的局限，但自身却忽视、排斥了经济层面及其影响的研究；《马克思为什么是对的》中的"自发的马克思主义"立意于资本的自我拯救，虽然它重视经济，却在一定程度上忽视了马克思主义的政治诉求。这样，这两种马克思主义仍然具有难以克服的困境，伊格尔顿的困境和焦虑源于英国文化马克思主义的困境。这些研究有新意、深度，论者思维活跃，在一定程度上提升了研究的整体水平。②

第二，詹姆逊。詹姆逊是美国最重要、最活跃的马克思主义文论家，他一直是中国学界关注的"西马"文论的中心人物之一，2013年的詹姆逊研究延续了这个传统，并有所拓展，主要表现在以下几个方面。一是文学阐释学思想。王淑玲概述了詹姆逊的文学阐释学思想，即詹姆逊的文学阐释学立足于马克思主义，批判性地吸收了精神分析学、原型批评、新批评、结构主义、

---

① 穆宝清：《伊格尔顿：重新坚定马克思主义——读〈马克思为什么是对的〉》，《文艺理论与批评》2013年第2期。
② 孙士聪：《文化马克思主义之后——以伊格尔顿"自发的马克思主义"为中心》，《学习与探索》2013年第12期。

接受美学的成果,其中,新批评、结构主义是其两大背景;它穿梭于形式主义的研究和生产方式的历史研究,致力于文学的除伪和非神秘化;它包括了个人、社会、历史三个层面。这样,詹姆逊的文学阐释学就具有了不可磨灭的贡献:重新解释了文学与政治的关系;科学处理了作品的内容与形式的关系;处理好了共时性和历时性的统一;把文本的阐释和历史、政治、意识形态结合起来。论者比较准确、客观、翔实地介绍和评价了詹姆逊的文学阐释学思想,但新意不足。① 巧合的是,2013 年出版了两部研究詹姆逊阐释理论的专著,一部是姚建斌的《走向马克思主义阐释学:詹姆逊的阐释学研究》(北京大学出版社 2013 年版),该著把詹姆逊的阐释理论放在西方阐释学、西方马克思主义的背景下进行研究,研讨了其理论渊源、阐释的总体化原则、阐释策略的历史化、阐释中心的意识形态和乌托邦内容,强调了詹姆逊阐释理论的马克思主义性质。另一部是沈静的《詹姆逊的马克思主义阐释学美学》(人民出版社 2013 年版),该著着眼于詹姆逊的黑格尔式的马克思主义及其对其阐释学美学的影响,系统地研究了詹姆逊的阐释理论体系,强调要分别从政治、社会、生产方式的层次展开对文化实践的阐释,同时,作者也发掘了詹姆逊把马克思主义与后现代主义结合起来,对晚期资本主义社会的阐释,尤其是他对马克思主义的发展。二是后现代文化理论。黎庶乐通过研究詹姆逊的后现代文化批判理论,得出了这样结论:詹姆逊改造、超越了西方马克思主义的美学传统,他以其文化政治学抵制资本逻辑、资本主义的普遍化逻辑及其在全球的蔓延,用乌托邦抵抗全球资本主义的意识形态,进而重建集体性的主体,他的后现代文化批判具有鲜明的美国特色、马克思主义特色。② 三是第三世界文化理论。韩雅丽认为,对第三世界的关注是詹姆逊文化政治策略的重要组成部分,詹姆逊针对第三世界的历史、现实,揭示了第三世界文化的寓言性质和第三世界知识分子作为政治知识分子的角色。詹姆逊把第三世界作为抵制晚期资本主义压制的"飞地"和重要力量,构建了第三世界主义的政治。③ 第四,詹姆逊对阿多诺的接受、扬弃和激活。孙士聪认为,詹

---

① 王淑玲:《詹姆逊文学阐释学思想探析》,《文艺理论与批评》2013 年第 2 期。
② 黎庶乐:《詹姆逊的后现代文化批判理论研究》,《学术研究》2013 年第 7 期。
③ 韩雅丽:《文化理论、知识分子:詹姆逊第三世界理论探微》,《北方论丛》2013 年第 1 期。

姆逊激活了理论政治策略的规划、否定辩证法、晚期资本主义逻辑三者之间的对话。20世纪70年代的"否定辩证法"是"一个巨大的失败",但詹姆逊把它转变为"辩证法的楷模""我们时代的分析家",并深刻地影响了詹姆逊的理论建构。晚期马克思主义时代的"否定辩证法"既希望直面资本主义的新现实,又坚持马克思主义的当下有效性,因此,它可以是"失败"也可以是"楷模",它体现了詹姆逊发掘马克思主义阐释有效性的努力。① 此外,应该提及的是,詹姆逊与中国学界一直有良好的交往和互动,2012年12月,78岁高龄的詹姆逊仍然不辞辛苦地应邀来中国讲学,他在北京大学做了《奇异性美学》②的学术演讲,并出席了北京大学中文系等单位主办的"杰姆逊与中国当代批评理论研讨会"③。之后,他又结合其新著《再现资本》(Representing Capital),在中国社会科学院文学研究所做了主题演讲,其旺盛的精力、渊博的知识、敏锐的理论触觉、灵活自如的批评都令中国学界叹为观止。这几次演讲及其《再现资本》理应给中国学界带来相应的刺激,不过,这在2013年的研究中并没有反映出来,也许是时间有限的原因吧。2013年的詹姆逊研究虽然较为细致、全面,但重复较多,有新意的研究也相当有限,例如,关于他的阐释学、后现代理论的研究。而且,与詹姆逊近年来的论著相比,中国学界的研究相当滞后,对詹氏新理论的进展缺乏相应的研究,原因在于詹氏思维活跃、论著表述艰涩、讨论问题难度大,希望这种状况以后能够有所改变。

第三,阿尔都塞。以前的阿尔都塞研究多集中于其意识形态理论,2013年的研究转向了其戏剧观。田延研究了阿尔都塞的基本戏剧观:戏剧是一种意识形态,它与政治密切相关,表达着某种政治诉求,纯粹的、唯美的戏剧观是资产阶级意识形态的神话,应该抛弃;戏剧应该有政治立场、党性,作为意识形态斗争的战场,以独特的方式承担起意识形态批判的任务,争取无

---

① 孙士聪:《阿多诺:詹姆逊的幽灵——否定辩证法阐释中的晚期马克思主义逻辑》,《文艺研究》2013年第9期。
② [美]弗雷德里克·杰姆逊:《奇异性美学》,蒋晖译,《文艺理论与批评》2013年第1期。
③ 崔柯:《"杰姆逊与中国当代批评理论"学术研讨会综述》,《文艺理论与批评》2013年第1期。

产阶级的文化领导权;戏剧的意识形态批判应该以"去中心化"的戏剧结构为载体,展示真实的辩证法,展现现实力量的运用过程,对资产阶级的"情节剧""祛魅",使观众真正地思考、质疑、批判资产阶级的意识形态。同时,作者也揭示了其戏剧观的唯物主义性和意识形态性。① 胡小燕根据《皮科罗剧团,贝尔多拉西和布莱希特(关于一部唯物主义戏剧的笔记)》总结了阿尔都塞的唯物主义戏剧观的特征,即批判的立场和离心结构(或不对称的结构),但是阿尔都塞怀疑作家和观众的独立性,以及依靠离心结构所产生的美学效果,原因在于其意识形态诉求。② 这些研究弥补了此前研究的不足,有助于我们全面地掌握阿尔都塞的文艺理论。

第四,本雅明。本雅明是西方马克思主义的重要文论家,其文本以晦涩、难懂著称,也一直是国内外学界研究的热点,2013年的文论研究也是如此。2013年本雅明文论的研究主要集中在以下几个方面。一是"灵韵"。王才勇比较了"灵韵"与"人群"关注点的不同,进而揭示了其背后的文化、社会意蕴,即本雅明的"灵韵"关注的是艺术经验,人群关注的是生活经验、都市体验。本雅明通过对各种现代性转向的关注,发现了现代艺术经验背后的社会变迁,以及现代精神的变化。鉴于这些变化的缺陷,本雅明对其进行了批判,其"灵韵"、都市体验都体现了这种思路,后者是现代性的起源,前者使他深刻地揭示了艺术的现代性,对它们的批判使他成为修复现代性的重要的知识分子。③ 王涌通过"灵韵"揭示了本雅明对现代大众文化的认识:本雅明的意义主要集中于他对现代性问题的思考,从表面上看,他的"灵韵"理论揭示的是艺术由传统向现代的转变,但实际上揭示了现代性的大众文化的特点:一体化和程式化。同时,他通过对德意志哀悼剧、波德莱尔、卡夫卡等现代文艺现象的解释,揭示了先锋派固有的特征:形式游离于内容之外。实际上,这些现象揭示了现代性的两种文化形态:不满于现实,进而将另一种理性运用到现实中;认同于现实,由现实给出意义认同。而且,这两种文

---

① 田延:《论阿尔都塞的唯物主义戏剧观》,《文艺评论》2013年第11期。
② 胡小燕:《意识形态与唯物主义艺术创作——论阿尔都塞的戏剧理论》,《人文杂志》2013年第1期。
③ 王才勇:《灵韵,人群与现代性批判——本雅明的现代性经验》,《社会科学》2012年第8期。

化形态各有其建构性、破坏性，这又重新提出了文化自觉的问题。① 张冰则阐释了"灵韵"与进步、艺术终结的复杂关系：体现了"进步"观念的"灵韵"是一种使人安于现状的精神麻醉品，灵光艺术与官方意识形态有共谋的关系，为了反抗现实的黑暗，必须拒绝灵光艺术，呼唤其终结；机械复制的艺术具有革命性和救赎性，希望它能够把人类和艺术从进步观中解救出来。本雅明的艺术终结观虽然和20世纪60年代讨论的艺术终结一样，关注进步对终结的意义，但是，不同于后者对进步不持价值立场的思路，它主要是为了否定进步。② 二是艺术生产。翟传鹏提醒，研究本雅明的"艺术生产"理论时应该注意：技术在艺术生产中具有决定性的作用；机械复制时代的文艺特点是光晕的消失，它导致了心神涣散、震惊效果。基于这些原因，他认为，本雅明是一个注重日常审美体验的"文人"。③ 赵勇对比了本雅明的《作为生产者的作家——1934年4月27日在巴黎法西斯主义研究所的讲演》和毛泽东的《在延安文艺座谈会上的讲话》两个"艺术政治化"的文本，进而阐释了这两个文本的异同：本雅明美化"技术"，重视作为生产者的作家的作用，原因在于，技术能够武装知识分子，并使其完成其阶级斗争、革命事业的使命，为此，应该努力把知识分子吸纳到工人阶级中，以提高大众的反思能力；毛泽东则要求知识分子改造思想，转变阶级立场，与工农兵结合。这样，两个文本在对作家艺术家的定位（"生产者"和"工作者"）、对技术的重视（"技巧"与"语言"）、对物与人的打磨（"功能转变"和"思想改造"）、对革命主体的期望（"工人阶级"和"工农兵大众"）等方面较为相似；但是，两个文本的不同之处也是非常明显的，本雅明重视"物""功能转变"，导致了"知识分子大众""介入文学"；毛泽东重视"人""思想改造"，导致了"知识分子大众化""遵命文学"。④ 除此之外，还有一些从其他角度研究本雅明

---

① 王涌：《现代性、先锋派与大众文化——由本雅明引发的思考》，《文艺理论研究》2013年第6期。
② 张冰：《迎向灵光消逝的时代——本雅明的灵光理论与艺术的终结》，《人文杂志》2013年第12期。
③ 翟传鹏：《本雅明艺术生产思想探赜》，《文艺评论》2013年第1期。
④ 赵勇：《本雅明的"讲演"与毛泽东的〈讲话〉——"艺术政治化"的异中之同与同中之异》，《文学评论》2013年第5期。

文论的成果，这些成果从不同方面拓展了此前的研究。罗如春从审美现代性的角度观照本雅明：本雅明拒绝了线性的机械时间；从他对普鲁斯特时间观的解读中可以看到，他重视过去、理解过去，把过去压缩为空间形式，并以其预示未来，继承了审美现代性的时间论传统；他期待弥赛亚时间，打破了对连续性时间的信仰，强调历史事件与当下的意义，把事物从线性时间中提取出来并辩证地并置起来、相互说明，使其重获新生；本雅明努力打破历史进步机械论的禁锢，打破未来与进步必然联系的意识形态神话，超越因果联系，具有后现代的因素。① 教佳怡着重研究了本雅明的"辩证意象"概念，在本雅明那里，"辩证意象"是认识论、历史观和美学经验的统一：从认识论的角度看，本雅明较为偏爱特殊性，它是一种具象的、碎片化的存在，把具体事物联系起来，克服了历史哲学的抽象性；从历史观来看，"辩证意象"强调破坏、断裂、非同时性的时刻、时刻的并置；从美学经验来看，从时间的视角阐释视觉经验，使当下脱离线性的机械时间，制造出有震惊效果的时间结构，使人瞬间感知到真相。作为"辩证意象"的历史时间指非连续的时间；意象化的时间体验存在于摄影和电影中；共时性的意象作为一种"辩证意象"，体现于城市美学中。② 孙士聪独辟蹊径，从爱情体验的角度研究了《莫斯科日记》，认为它展示了本雅明创作时的生活与思想的纠缠，是其自我的投射。这样，阿斯娅（本雅明的情人）已经成为一个内在的本雅明的源头，诱发了他对现代性批判的哲学思考。在总体物化、"伪经验"流行的时代，本雅明把个体的真实经验作为拯救、超越的最后希望，他终其一生追求的"经验的哲学"在《莫斯科日记》中得到了充分的体现。③ 本雅明思想的艰深、行文的天马行空、行为的独特都吸引了众多的研究者，2013年的研究在一些具体问题上都有所收获，但与往年的重复也较多，预计这种状况还会持续一段时间。

此外，还有一些零散的个案研究值得关注。考德威尔是英国马克思主义

---

① 罗如春：《历史深处的忧郁之眼——论审美现代性时间视阈下的本雅明》，《学术月刊》2013年第2期。
② 教佳怡：《本雅明"辩证意象"概念的美学情境》，《学习与探索》2013年第9期。
③ 孙士聪：《恋爱中的本雅明——〈莫斯科日记〉再阐释》，《文艺理论研究》2013年第6期。

文学批评的开山鼻祖,也是西方马克思主义的先声,在马克思主义文论发展史上具有不可替代的位置。赵国新研究了考德威尔的两部重要著作的主要内容和意义,有助于我们认识他在英国马克思主义文学批评中的地位。《幻象与现实》论述了诗的起源、演变与人类历史之间有明显的对应关系:诗的性质与社会经济活动有关;诗的发展与社会分工同步有关;诗歌的内容反映了社会各阶段的状态,其思想风貌、形式技巧与该社会时期相对应。他在该著中使用了文学社会学的方法,重视考察文学的起源和功能。《传奇与现实主义:英国资产阶级文学研究》则揭示了文学的正—反—合的辩证发展过程,古典主义、浪漫主义的融合产生了现实主义,启发性和机械教条性并举,过于强调经济对文学的影响。这些著作使考德威尔产生了巨大的影响:他提出的艺术的幻想功能影响了布洛赫的艺术的乌托邦功能、马尔库塞的文学解放功能;他提出的文学形式与社会发展阶段的对应关系,影响了戈德曼的发生学结构主义;他对流行文化的批判与法兰克福学派一致。① 李羟以《美学理论》附录中的"初稿导言"为研究对象,从常被人忽视的这篇导言出发,以小见大,揭示了阿多诺美学研究注重批判、否定现实、异质性的思路及其现代意义。② 胡俊研究了本·阿格对文化研究的看法,本·阿格认为,文化研究应该把批判日常生活作为自己的主要任务;文化研究应该直接参与文化政治实践;文化研究应该致力于构建文化批评的公共话语。③ 傅其林以奥地利马克思主义文论家恩斯特·费歇尔(Ernst Fischer)的《艺术的必然性》(*The Necessity of Art*)为例研究了其审美人类学思想,费歇尔把原始时期的劳动作为巫术,并把巫术作为艺术的起源、功能,艺术具有一种融合个人与集体、使个体具有社会性的功能,后来,阶级社会的艺术的功能逐渐发生了变化;艺术的内容决定形式,但艺术的形式仍然具有本质性的意义,原始艺术的形式本质上有巫术的意义,艺术形式主要是艺术的审美特性,它凝聚了内容,表现了社会

---

① 赵国新:《考德威尔》,《外国文学》2013 年第 1 期。
② 李羟:《美学研究的现代问题及其辩证反思之路——阿多诺〈美学理论〉之"初稿导言"解读》,载钱中文主编《中国中外文艺理论研究 2012》,中国社会科学出版社 2013 年版,第 338—353 页。
③ 胡俊:《批判理论的未来在于文化研究与实践意图的结合——论本·阿格的后马克思主义文化批判理论》,《学习与探索》2013 年第 8 期。

经验，是审美与意识形态的有机融合；艺术在资本主义社会中面临着悖论，艺术品成为商品并受到竞争规律的支配，但艺术家却自由到了荒谬的程度，艺术是对现实的否定，是虚幻的反抗，艺术唤醒了人们的自由以及对自由的追求，这也是其价值之所在；社会主义艺术不能最终消灭矛盾，应该面对、批判现实的矛盾，社会主义的艺术市场应该满足人们欣赏的需求，也要强调艺术家的责任。论者认为，费歇尔吸收了人类学、马克思主义实践哲学的成果，从多方面探索了艺术的规律，发展了马克思主义文论，是我们应该继承的遗产，但是，他的审美人类学又面临着诸多的困境，诸如宏大叙事的总体化、历史哲学的进化论、人类中心主义的自大等，这些困境在后现代主义的文化语境中显得更为突出，也是我们应该注意并努力克服的。[①] 应该提及的是，2013年，江西人民出版社出版了董学文主编的《西方文学理论名著提要》，该著概述、评价了西方马克思主义文学理论代表作的一些基本观点，如卢卡契的《现实主义辩》、本雅明的《机械复制时代的艺术作品》、戈尔德曼的《论小说的社会学》、马舍雷的《文学生产理论》、詹姆逊的《语言的牢笼》、伊格尔顿的《马克思主义与文学批评》、马尔库塞的《审美之维》，对于了解、掌握西方马克思主义文学理论有一定的参考价值。

综上所述，2013年中国西方马克思主义文论研究在总论性研究、专题性研究、个案研究中都取得了一定的成绩，研究的广度、深度、新意、质量都有一定程度的提高，也强化了反思意识、问题意识，有的研究填补了空白。但是，也存在低水平重复、研究雷同、缺乏新意等局限，这些局限与研究者的学术素养、研究对象的难度有关，也与当前学术研究缺乏规范、片面追求数量、轻视质量的科研环境有关。无论如何，我们还是希望中国的西方马克思主义文论研究能够保持既有的活力，勇往直前，提升自己的研究境界，同时也带动中国当代文论的发展。

原载《艺术百家》2014年第6期

[①] 傅其林：《艺术的必然性：恩斯特·费歇尔的马克思主义审美人类学思想》，《中外文化与文论》第22期，四川大学出版社2013年版。

· 第三编　朱光潜的当代美学研究 ·

"译后记"

——朱光潜独具匠心的述学文体

朱光潜译完《艺术的社会根源》后撰写了"译后记",由此开启了一种写作的习惯或模式。他译完一部重要的著作后,都会撰写一篇"译后记"附于书后,并把"译后记"发展成了独特、成熟的文体。"译后记"是其学术研究的一种特殊现象,不仅数量较多,还具有重要的、不可替代的学术和知识普及的价值。我们从内容的四个方面介绍了"译后记",分析了结构、特点、风格、意义,反映了其西学(尤其是美学)的翻译、研究活动及其对中国当代美学的独特贡献。

一　马克思主义美学论著

朱光潜在1949年后投入大量精力翻译、研究马列主义美学和文论,取得了很多成果,还运用这些理论建构了基本的美学理论、美学研究体系。他翻译了经典马克思主义、马克思主义美学的不少重要论著,针对翻译中存在的错误,重译了一些代表性著作的片段。其中,他着重翻译了哈拉普的著作《艺术的社会根源》、考德威尔的论文《论美——对资产阶级美学的研究》。

朱光潜在1949年前就开始翻译美籍学者路易·哈拉普(Louis Harap)的马克思主义文论著作《艺术的社会根源》(美国纽约国际出版社1949年版),新文艺出版社(上海)在1951年出版该书的中译本。哈拉普在该书的序言中说明了写作的理念:"这部书想介绍马克思主义的美学中一些为人熟知的原则,并且提出一些问题,以备许多学者和思想家们以集体的努力,作进一步的研究。"① 哈拉普努力把他的理念贯彻于研究和著作的写作过程，他立足于西方艺术的发展历程，研究了诸如希腊戏剧、中世纪建筑、文艺复兴的绘画、现代的小说、电影等每个时代的代表性艺术种类，揭示了社会物质条件是如何决定其内容和形式的，以及艺术存在、发展的依据，满足了特定阶级的观众或读者的需求。而且，作者还分析了资本主义、社会主义社会中的艺术。在资本主义社会中，商业破坏了艺术的纯洁性，严重阻碍了高雅艺术的发展，法西斯主义利用艺术为其罪恶的政治目的服务，摧残了艺术鼓励向善的道德功能，艺术家脱离现实，社会陷于艺术独立的幻觉而不能自拔，这些因素导致了艺术的衰落。尽管如此，作者仍然提出了克服其危机的一个方案，即艺术家要从资产阶级的优秀文艺传统中吸收营养，尽量有所作为、创造。哈拉普还提出了发展社会主义艺术的希望、途径，即克服资本主义艺术的危机，辩证地吸收民族的优良传统，充分利用社会主义工业化所产生的优越的物质、社会条件，满足广大人民的审美需求，创造艺术发展的新时代。我们知道，马克思主义文论、美学擅长有效地揭示文艺的社会根源、社会性。作者在马克思主义的指导下，尝试运用马克思主义文论的具体观点，探索性地研究西方艺术的发展历程。哈拉普努力贯彻马克思主义的精神实质、思路、方法，尤其是历史唯物主义、辩证法、阶级分析的研究方法。朱光潜极为认同作者的这种探索，他在写于1950年10月的《〈艺术的社会根源〉译后记》中高度评价了该书的马列主义研究视角、思路、方法，及其探索的价值。而且，他还充分肯定了该书对于中国文艺界、文论界的现实意义和启发价值："译者译这部书，觉得这是一个愉快的工作，不但从此对马列主义的文艺理论，有较深一点的了解，而且拿作者的问题和看法，来对照我们自己的当前一些文艺问题，也随时得到许多启发。"② 当然，哈拉普也极大地影响了朱光潜1949年后的学术研究。值得注意的是，朱光潜为方便读者掌握全书的要点，特意撰写了"各章提纲"附在书的后面，也顺便介绍了马克思主义文论的一些具体

---

① ［美］路易·哈拉普：《〈艺术的社会根源〉序》，载《朱光潜全集》第11卷，安徽教育出版社1989年版，第296页。
② 朱光潜：《〈艺术的社会根源〉译后记》，《朱光潜全集》第11卷，安徽教育出版社1989年版，第514页。

观点和基本看法，诸如，生产是艺术的基础，艺术是社会分工的产物，艺术与经济发展具有不平衡性，阶级社会的艺术都有阶级性，阶级意识反映生产关系，统治阶级的思想是占据统治地位的思想，应辩证地利用传统，艺术趣味反映阶级需要，艺术具有意识形态性，等等。事实上，这些观点确实触及了马克思主义文论的基本方面。当时，新中国的读者对马克思主义的认识还相当有限。因此，朱光潜的译介对于新中国普及马克思主义美学、文论的意义自不待言，对于翻译了本书并撰写了章节提纲的朱光潜来说，想必有更深的体会。

1958年，朱光潜在《译文》1958年第5期发表了英国马克思主义美学家克里斯托夫·考德威尔（Cristopher Caudwell，1908—1937）的长篇论文《论美——对资产阶级美学的研究》，同时发表了介绍这篇译文的文章《关于考德威尔的〈论美〉》[1]，详细介绍、评析了考德威尔的论文的基本观点、价值、缺点，特别理出了其主要线索，并及时指出了这篇论文对于当时正在进行的美学大讨论的意义。朱光潜从总体上肯定了考德威尔的马克思主义的研究思路及其现实意义："作者对马克思主义是有相当修养的，至少在他的主观愿望上是在企图用马克思主义观点方法去解决艺术和美的问题。如果这篇文章对我们当前的美学讨论有所帮助，这种帮助或许主要在于使我们进一步认识对立面辩证的统一，纠正我们过去割裂主观世界与客观世界的毛病。"[2] 同时，朱光潜还肯定了考德威尔在一些问题上的看法。第一，他把实践或劳动视为人（主体）对环境（客体、现实、自然）所产生的反应，即人根据自己的主观意愿、情感及其掌握的客观世界的必然规律来改造客观世界，结果，同时改变了环境和人自身。第二，他运用马克思主义的辩证法深刻地把握了人与

---

[1] 客观地说，考德威尔的《论美——对资产阶级美学的研究》只是论文，似乎也没有必要为一篇译文专门写个"译后记"，但朱光潜有悖常理地撰写了一篇类似于"译后记"的文章《关于考德威尔的〈论美〉》附在译文后面。究其原因，朱光潜很欣赏考氏的研究思路、研究方法和一些观点，并深受其影响。我们对比他们的研究，发现其相近、相同之处颇多。其中，在美是主客观统一的认识上，更加明显。这样，朱光潜就研究、撰写了这篇在内容和文体上类似于"译后记"的文章，我们这里姑且把它作为译著的"译后记"来讨论。

[2] 朱光潜：《关于考德威尔的〈论美〉》，《朱光潜全集》第14集，中华书局2013年版，第173页。

环境的关系，即人包含着环境的因素，环境也有人的因素，研究人的反应，必须同时考虑到人和环境两方面的因素，而不能把二者孤立起来、顾此失彼，仅仅着眼于人或环境。第三，他对近代资产阶级美学绝境的诊断。在他看来，近代资产阶级美学因为没能处理好这种关系而陷入了绝境：片面强调人、否定环境的"美的快感说"（机械唯物主义）；与前者相反的"美的理念说"（绝对唯心主义）。虽然二者貌似相反，但所犯错误的实质相同，都片面强调一方而否定另一方。第四，他结合艺术、科学来研究美，并把前两者都视为社会过程和劳动过程的产品，它们都是人对环境的反应，包含了主客体之间的关系。人对环境的反应包括认识的指导和本能的推动，蕴含着改变环境的目标，这个目标融合了由认识决定的"可能的"和由本能推动的"可愿望的"，这两种因素则构成了人的意识。意识源于反应与环境的矛盾，引发了主体与环境各自的变化，都包含了情感、认识两种因素。鉴于社会过程和劳动过程的集体性，认识和情感也都不仅仅是个人的。第五，他从认识与情感、科学与艺术、真与美的密切关系中寻求对美的认识。人对环境的反应里渗透着密切关联的认识和情感，科学与艺术、真与美的关系也非常密切。鉴于此，他是这样看待美的："每逢以社会方式认识到的事物之中的情感因素表现出社会性的安排，在这里我们就有了美，也只有在这里我们才能有美。这种安排工作就是艺术。"① 第六，他从人与环境或主体与客体的关系看待自然美、艺术美，即二者都是人对环境或主体对客体的反应，不能局限于人或环境的视角。② 朱光潜对考德威尔肯定之处颇多，如果我们把他与美学大讨论时朱光潜的美学观相比，就可以推知其原因了。一方面，他试图运用马克思主义的辩证法、实践论思想看待美的本质和西方美学研究的困境等问题；另一方面，朱光潜比较赞同他的研究思路、研究方法、具体的观点。其实，这也是朱光潜译介考德威尔的美学思想的原因：一是通过介绍他的研究思路、方法、美学思想传播马克思主义，服务于当时的美学讨论；二是建构自己的美学理论。朱光潜在写于1958年的《美学批判论文集》的"编后记"中也承认了这一

---

① 朱光潜：《关于考德威尔的〈论美〉》，《朱光潜全集》第14集，中华书局2013年版，第171—172页。
② 朱光潜：《关于考德威尔的〈论美〉》，《朱光潜全集》第14集，中华书局2013年版，第171页。

点:"尽管他的见解和我的有些分歧,而在美为主客观统一这个基本论点上则是相同的。我觉得这篇论文颇有启发性,所以把它放在附录里。"①

二 哲学美学著作

朱光潜长期从事心理学美学、经验美学研究,后来在美学大讨论中转而主要研究哲学美学,同时也开始系统地研究西方美学。为此,他翻译、研究了一些重要的哲学美学著作。他翻译了柏拉图的《文艺对话集》、黑格尔的《美学》,为中国学界传播、普及、研究这两位美学家乃至整个西方美学做出了不可替代的贡献。其中,"译后记"无疑是进入他们广博、深奥的美学思想的便捷路径。

柏拉图是古希腊文化的代表人物,在西方哲学、美学、文论史上具有重要地位,是西方文化不能被替代、逾越的奠基人。新中国成立伊始,朱光潜就着手翻译柏拉图的美学论著,他参考柏拉图著作的英文、法文选本,从柏拉图四十多篇对话中挑选了八篇有关美学、文艺的重要对话进行翻译。很快,他编选、翻译的柏拉图的《文艺对话集》就出版了:1954年5月,该书的初版由上海文艺联合出版社出版;1956年11月,上海新文艺出版社出版了第一版;1959年11月,人民文学出版社出版了改订本;1963年9月,人民文学出版社出版了增订本;1980年1月,该著又被人民文学出版社列入"外国文艺理论丛书"重印。该书的后面附有"题解",译者分别对"伊安篇""理想国""斐德若篇""大希庇阿斯篇""会饮篇""斐利布斯篇""法律篇"做了解释,主要介绍了各篇的写作情况、主要内容、阅读时需要具备的相关知识,并简明扼要、实事求是地评价了柏拉图在具体问题研究中的正确和错误之处,很有参考价值。其中,关于《理想国》卷二至卷三、《理想国》卷十、"斐德若篇"的题解,篇幅都较大,介绍极为详细,可以看作学术论文,有利于读者全面、准确地理解每篇的重点,进而把握柏拉图的美学、文艺思想。此外,前两个版本都有朱光潜撰写的《柏拉图〈文艺对话集〉引论》,之后,他又

---

① 朱光潜:《关于考德威尔的〈论美〉》,《朱光潜全集》第14集,中华书局2013年版,第218页。

增补、改写了《引论》（定稿于 1962 年 11 月），将其成果作为附录以"译后记"的形式收入人民文学出版社 1963 年出版的增订本，并延续至今。写于 1951 年的《柏拉图〈文艺对话集〉引论》极为详细地介绍了柏拉图所处的时代，及其《文艺对话集》产生的社会土壤、政治环境、历史背景、文化语境，例如，作为古希腊哲学、美学"双子星"的柏拉图与亚里士多德的美学著作的区别、贡献，公元前 5 世纪的雅典社会，希腊文化的基本情况（包括诗歌、悲剧、哲学、思想与政治斗争），苏格拉底与柏拉图的关系；简要地概括、介绍了柏拉图文艺思想的主要内容，文艺的本质、来源、功用，即模仿说、灵感说，以及注重社会效益的评价标准，并做了画龙点睛式的评价。[①]《柏拉图〈文艺对话集〉译后记——柏拉图的美学思想》比《柏拉图〈文艺对话集〉引论》的篇幅更大，译者详细介绍了柏拉图的生平、著述情况、"对话体"文体的特点及其优缺点、美学（文艺）思想的现实与文化语境、基本的美学思想、美学思想的评价、美学思想的影响，以及这部译著的编选、翻译、注释的情况。[②] 与《柏拉图〈文艺对话集〉引论》相比，"译后记"最大的不同在于，删去了大量与柏拉图及其《文艺对话集》无直接关联的背景介绍，突出并细致分析了柏拉图的美学思想，即文艺与现实世界的关系，文艺的社会功能，说明文艺来源的"灵感说"，还较客观地评析了柏拉图美学思想的贡献、局限，为全面而准确地理解柏拉图的思想（尤其是美学、文艺思想）做出了独特的贡献。我们发现，"题解""引论"和"译后记"反映出一些共同的特点，即都注意从古希腊社会经济政治的实际状况和文化语境入手分析柏拉图的美学思想及其现实根源，重视辨析其唯心主义、唯物主义性质，也注重分析其意识形态性，以及文艺思想、政治立场的"进步方面"和"反动方面"。我们仔细观察、甄别后能够发现，这些是朱光潜 1949 年前的学术文章所缺少或不太明显的特点。这些变化至少能够说明，朱光潜已经有意无意地转变了思路，改变了其原来的学术研究的视角、方法，直接地说，就是他已经有意

[①] 朱光潜：《柏拉图〈文艺对话集〉引论》，《朱光潜美学文集》第 5 卷，上海文艺出版社 1989 年版，第 127—148 页。

[②] 朱光潜：《柏拉图〈文艺对话集〉译后记——柏拉图的美学思想》，《朱光潜全集》第 12 卷，安徽教育出版社 1991 年版，第 283—312 页。

地运用马克思主义的视角、观念、方法进行研究了。他的"题解""引论"和"译后记"的这些特点绝非空穴来风，而是此前从翻译、研究《艺术的社会根源》中得到，以及运用哈拉普的马克思主义研究方法的结果。其中，以"引论"的转变最为突出，因为朱光潜写作此文的时间与翻译《艺术的社会根源》的时间相差无几（也可能有所交叉、重合），估计他在翻译的时候受该著的冲击很大，潜移默化地受到影响，进而影响了其柏拉图研究，并在"译后记"中突出地反映出来。

　　黑格尔是西方哲学大师、德国古典哲学的集大成者，也是自成体系、见地深刻、成就卓著的美学家，他的经典著作《美学》具有世界性的影响。鉴于黑格尔的《美学》在西方美学史上的重要地位，也由于受到一位中央领导的指示，朱光潜在20世纪50年代就开始翻译、研究这部著作。1958年，人民文学出版社出版了朱光潜翻译的黑格尔的《美学》（第一卷）。第二年，他就在1959年8月出版的《哲学研究》（1959年8、9期合刊）中发表了长篇论文《黑格尔美学的基本原理》，详细地介绍了黑格尔基本的美学思想。后来，这篇文章被收入1962年作家出版社出版的《美学问题讨论集》（第五卷）。1961年，他还在《北京大学学报》（人文科学版）中发表了论文《黑格尔美学的评价》，在深入研究的基础上客观、公允地评价了黑格尔美学思想的得失。这些工作对接了他即将开展的《西方美学史》的研究、写作，他在《西方美学史》中专门为黑格尔撰写了一章。黑格尔的思想以博大精深、自成一体、善于抽象思辨著称，加之表述、语言风格的艰深难懂，掌握他的美学思想比较困难，朱光潜的《黑格尔的〈美学〉译后记》则为读者把握黑氏的美学、哲学理论提供了一条捷径和指南。在这篇文章中，朱光潜从黑格尔的哲学思想入手，结合其历史发展观分析了他的辩证法的得失及其运用中存在的问题，尤其是他的辩证法与其特意设置的至高无上的客观唯心主义性质的"绝对"的矛盾，为理解其哲学思想、美学思想及二者的矛盾做好了铺垫。接着，他转入了对《美学》的介绍、分析，这部著作从概念或基本原则出发推导并建立了一个庞大的美学体系，朱光潜抓住这个特点，逐一介绍了全书的关键：著作的结构、美的定义、理性的重要性及其表现；人在改造自然的过程中，其认识和实践活动对自我（主体）、环境（对象）的改变，既实现了自我，导致了人的本质的对象化，又引发了环境（客体）的人化，实践的观点由此萌生、发展。尽管黑格尔的哲学思想属于"手足倒置"的客观唯心主义，但因其立足于历史发展的立场，关注特定时代的一般世界情况和具体的"情致"，重视分析审美、文艺、文化现象及其现实根源，所以，他的许多结论仍然符合审美的实际、客观的事实，也揭示了审美、文艺反映时代的本质；随着理念的演变，艺术的发展经历了三个历史阶段，也出现了与之对应的象征型、古典型、浪漫型三种艺术类型；黑格尔在追求哲学体系和美学体系的自足、独立的时候致使其体系封闭，导致了其唯心史观与唯物史观的对立，进而得出了艺术取代哲学的错误结论；黑格尔重视艺术美、轻视自然美的见解瑕瑜互见；《美学》重视对客观事实、审美现象、艺术现象的解释，注重阐释审美、艺术现象的时代根源和具体环境的影响，有很多关于审美、艺术的真知灼见，取得了一定的成就，具有进步的意义，但是也存在难以克服的基本矛盾和一定的局限，这些都应该从其时代精神、历史背景中寻求原因，其中，经典马克思主义创始人对其矛盾、局限性的揭示，值得认真对待。无须否认，经典马克思主义创始人属于青年黑格尔派，受黑格尔的影响很大（例如，马克思郑重宣布过"我是黑格尔的学生"），他们在继承批判黑格尔、费尔巴哈思想的过程中创立了历史唯物主义和辩证唯物主义。事实上，马克思主义批判地吸收了黑格尔的很多思想，诸如，唯物史观对黑格尔的唯心史观和辩证法的批判、继承，马克思主义的实践论、异化思想、人的全面发展、经济与艺术生产不平衡的思想，马克思主义文论的"典型环境中的典型人物"，以及资本主义时代不利于文艺发展，等等。在朱光潜看来，马克思主义美学、文论的不少观点都能从黑格尔的《美学》中找到源头，学习两者能够相得益彰。换言之，深入研究黑格尔的《美学》及其与马克思主义美学、文论的关系，能够促进我们对马克思主义美学、文论的研究。同样，学习后者能够推进对《美学》的研究，尤其有助于揭示其得失，进而准确、深入地理解之。而且，厘清二者之间的关系，显得尤为迫切、重要。① 朱光潜之所以不

---

① 朱光潜：《黑格尔〈美学〉译后记》，《美学拾穗集》，百花文艺出版社1980年版，第38—39页。

顾生命安危、殚精竭虑、一丝不苟地翻译黑格尔的《美学》，一个原因是黑格尔在西方哲学史上具有崇高的学术地位、《美学》的美学与文论思想具有巨大价值和影响；另一个原因则是希望全面、准确地掌握黑格尔的美学和哲学思想，厘清马克思与黑格尔的关系，以更加深入地研究马克思主义哲学、美学、文论及其思想渊源。

三 实践型的美学著作

研究美学和文论的一个重要目的是掌握文艺及其发展规律、促进文艺创作，西方美学在这方面具有独特的作用。而且，朱光潜有丰富的审美经验，他对关注文艺实践的美学著作更是深得其精髓、情有独钟。他翻译了莱辛的《拉奥孔》、爱克曼的《歌德谈话录》，撰写了富有洞见的"译后记"。"译后记"对著作涉及的文艺规律、创作洞幽烛微，并从审美经验、理论的视角进行了独特而深刻的阐释。

朱光潜很早就开始关注德国美学家莱辛（Gotthold Ephraim Lessing, 1729—1781），大概从20世纪50年代末到60年代初，他就节译了《拉奥孔》的重要章节并撰写了"译后记"，发表于《世界文学》1960年第12期。他意犹未尽，又撰写了研究论文《莱辛的〈拉奥孔〉》，发表于《文艺报》1961年第1期（1961年1月26日）。为了给即将撰写的《西方美学史》做准备，他1965年就译完了《拉奥孔》，也排印了清样，但因"文化大革命"的耽误而没能在当时出版。朱光潜在20世纪60年代出版的《西方美学史》中充分肯定了美学家莱辛在德国从新古典主义时期进入浪漫主义时期所发挥的"重要中枢"作用，尤其是"他的基本立场是反封建反教会的，他的基本观点是唯物主义和现实主义的"①。他还注意到，德国马克思主义理论家梅林在《莱辛的传说》中驳斥了资产阶级学者对莱辛的改造、歪曲，高度评价了莱辛的历史地位，特别是其思想对于无产阶级革命的意义。正是出于这些原因，他在撰写《西方美学史》的过程中抽时间译出了这部巨著。多年之后，朱光潜在1979年出版的《拉奥孔》的"译后记"中介绍了这部著作及其翻译的情况，

---

① 朱光潜：《西方美学史》上卷，人民文学出版社1979年版，第322页。

其中也涉及翻译的动机。第一，莱辛及其《拉奥孔》在政治上的进步倾向。《拉奥孔》是德国古典美学的重要成果，表面上研究诗（语言艺术）与画（造型艺术）的界限，其实是通过其研究倡导建立一种吸收了德国民间文学、英国市民文学和希腊古典文艺资源的德国的民族文学，积极回应了文艺服务于反封建、反基督教会、启蒙运动、新兴资产阶级的时代的政治任务。从精神谱系上讲，莱辛是苏黎世派、温克尔曼的继承者。他们都反对高特舍特移植的为封建统治服务的法国新古典主义文艺，呼唤一种体现着资产阶级的政治理想和审美需求，服务于德意志民族文化、政治统一的文艺。当然，他们的文艺观也存在一定的分歧，莱辛的文艺观更为积极、进步。具体而言，莱辛反对诗画一致说，强调诗与画的差异、冲突，是为了反对斯彭司等人支持的诗画一致说以及新古典主义文艺，也是为了反对苏黎世派所支持的表现自然的描绘体诗歌；反对表现了封建立场、宫廷趣味的寓意画、历史画；反对重视静态、气氛压抑、情绪感伤的抒情诗，倡导以动作情节冲突为基础、反封建、表现新兴市民阶级情感的"市民剧"，推崇行动实践而反对温克尔曼的冥想静观的人生哲学。第二，美学上的重要贡献。他深入、辩证地研究了诗与画的关系，结合历史语境给出了比较正确的答案，他的研究在一定程度上揭示了文艺的规律、特点，能够指导文艺创作，解释许多文艺现象，具有重要的理论价值、现实意义，在德国美学史上有重要的意义。他还结合作品和观众的心理广泛而具体地讨论了悲剧性、喜剧性、可恐怖性、可嫌厌性、崇高、美、丑等美学范畴，尝试总结规律，扩大了审美研究的范围和角度，极具启发性。此外，《拉奥孔》的不少观点也很有启发意义。他的美学摆脱了德国古典美学主观主义传统的影响，基本上是唯物主义、现实主义的，并且具有辩证的因素，但并不彻底，存在旧唯物主义的矛盾、缺陷：自然观属于唯物主义，但社会历史观却属于唯心主义。《拉奥孔》引发了德国美学界的热烈讨论，赞同、质疑、反对、反思的声音此起彼伏，极大地推进了德国古典美学的发展，他也由此成为德国古典美学的奠基人之一。第三，理论联系实际的辩证研究方法。莱辛重视文艺实践，从现象出发研究理论，他对诗画关系的研究就是如此。他认为，二者在题材、媒介、接受者的感官和心理功能、艺术理想方面的差异都很大，不能把画的规则强硬地套用到诗上，而且，诗的表现空间明显要优于画。当然，也应该正视诗与画的相似性、联系，二者都是模仿的艺术，在特定条件下，绘画能够通过选取情节高潮之前的、能够见到前因后果且最有想象力的瞬间来暗示动作情节；诗歌也能够通过化动为静、以美的效果暗示美、化美为媚三种方法用动作情节描绘事物。而且，从莱辛尚未出版的遗稿看，他后来更多、更深入地研究了二者的联系。这样，他在《拉奥孔》中就摆脱了德国的主观主义热衷于抽象推演概念、命题的习惯，能够辩证地、系统地看待问题，提供了"就具体问题进行具体分析的范例"，其研究方法值得肯定。第四，其思想、美学对进步思想家们有巨大影响。莱辛的思想深刻地影响了俄国革命民主主义思想家别林斯基、杜勃罗留波夫、车尔尼雪夫斯基，他们还以莱辛为榜样反对俄国的封建农奴制。而且，马克思在青年时期就认真钻研过《拉奥孔》，做过摘录，并给予了极高的评价，尤其在《关于出版自由的辩论》中充分肯定了莱辛所代表的"没有资格的作家"在扭转德国政治落后局面、创造德国文学方面的功绩，而这种落后、停滞的状况显然与高特舍特之类"有资格的作家"的思想行为存在密切的联系。[①] 换言之，除了《拉奥孔》重要的学术价值外，朱光潜还非常重视它对启蒙思想、革命民主主义、马克思主义的巨大影响，他翻译的一个目的仍然是完整、深刻地理解马列主义。

　　当然，朱光潜也深入分析了《拉奥孔》的局限及其根源。在朱光潜看来，莱辛及其《拉奥孔》的最大局限就是缺少历史发展观。莱辛不能用发展的眼光看待问题，就会无视社会物质变革对于推动社会发展的基础性作用，夸大了精神文化改造社会的力量，进而把反封建反教会的政治斗争局限在思想文化领域，甚至把德国民族文学误认为实现德国统一的主要手段。这在其美学研究上表现为四个方面。其一，脱离社会，孤立地研究文艺。诸如，他仅仅从题材和媒介方面总结诗、画的规律，却无视社会因素与诗规律的关系；局限于分析《荷马史诗》的写作技巧，却不关注希腊社会的影响；满足于分析弥尔顿的失明、荷马的不曾失明导致的《失乐园》与《伊利亚特》的视觉意

[①] 朱光潜：《莱辛〈拉奥孔〉译后记》，《朱光潜美学文集》第5卷，上海文艺出版社1989年版，第239—240页。

象差异，却不顾资本主义与古希腊的社会的、时代的巨大差异。其二，抽象、形而上学地研究文艺。例如他对文艺种类及其区别的研究，实际上，文艺种类不是抽象的、固定不变的，而是随着社会的发展而逐渐产生、变化的，文艺种类之间有区别，某一种文艺在不同的时期也有区别，但不能将区别的标准固定化、永久化。其三，偏执地对待传统。传统大都是进步与落后、精华与糟粕的综合体，不能片面地批判或继承，而应当既批判又继承。但是，莱辛经常以个人意愿代替理性判断。例如，他猛烈抨击近代拉丁古典文艺、新古典主义文艺，却对希腊古典文艺、亚里士多德的《诗学》奉若神明，视之为永久性的标准、典范，并神化其普遍人性。其四，具体观点的矛盾、错误。诸如，他对诗歌等语言艺术的看法是进步的，却保守地看待造型艺术，把绘画的表现对象局限于视觉的感性活动，把丑、崇高等表现对象置于绘画之外；他反对描绘体诗歌，绝对否定了诗歌能够描写动作，结论错误，也不符合西方抒情诗的实际情况；他以绘画代替雕塑、建筑艺术，抹杀了其差别，否定绘画能够表现个性特征。朱光潜还揭示了这些缺陷的社会历史根源，即当时德国政治上的分裂、经济上的落后和资产阶级的软弱，启蒙运动不彻底、先天失调，以及知识分子耽于幻想、深陷主观、热衷思辨、不善行动的缺陷。

朱光潜还在《〈拉奥孔〉译后记》的"附记"中区分了西方理论著作的写作方法：第一种，主要总结研究成果，关注结论，不呈现曲折的探索过程；第二种，展现获得结论所经历的复杂过程，进而得出类似于"生在树上的有根有叶的鲜果"的结论。这两种写作方法的区别是，"前一种让读者看到的只是已成形的多少已固定化的思想，后一种则让读者看到正在进行的活生生的思想"[①]。

朱光潜很早就关注歌德的美学思想，1959 年，他就在 7 月号的《世界文学》上发表了翻译的《歌德谈话录》的重要章节；1963 年，他发表了论文《歌德的美学思想》（《哲学研究》1963 年第 2 期），还在《西方美学史》第十三章专门研究了歌德的美学思想。

[①] 朱光潜：《莱辛〈拉奥孔〉译后记》，《朱光潜美学文集》第 5 卷，上海文艺出版社 1989 年版，第 242 页。

朱光潜关注歌德、翻译《歌德谈话录》、深入研究其文艺思想，有各种原因。首先，朱光潜极为赞同歌德对文艺的基本看法，即创作必须从客观现实而不是从理念或抽象的观念出发，否则，就会丧失其特点，导致抽象说教的"席勒化"；文艺创作应该重视并借助事物的"特征"，通过特殊、个别反映普遍、一般，反之，就不能塑造有感染力的形象，有效地实现文艺的功用；文艺创作方法必须随时代的变化而发展，具体分析了古典主义、浪漫主义、现实主义创作方法的得失，认为应该根据实际需要选择、使用恰当的方法。歌德是一位杰出的诗人、作家、实践型的文论家，这些经验总结、理论概括符合文艺规律，充满了真知灼见，深得朱光潜赞许。其次，朱光潜是从歌德与马克思主义的关系而关注歌德的。他很重视马克思主义经典作家对歌德的评价，尤其欣赏恩格斯关于歌德挣扎于"伟大的诗人"和"世俗庸人"之间的评论："歌德有时非常伟大，有时极为渺小；有时是叛逆的、爱嘲笑的、鄙视世界的天才，有时则是谨小慎微、事事知足、胸襟狭隘的庸人。"[①] 他也赞同恩格斯对格律恩关于歌德的看法——歌德是"真正的人"或"人道主义者"——的驳斥。他运用马克思的文艺与社会物质基础不平衡的理论分析了德国文艺文化繁荣与政治经济落后的原因。他创造性地运用马克思主义关于意识形态与社会经济基础关系的理论，从意识形态的反作用、与德国关系密切的欧洲的社会经济基础、各个时代民族的文化遗产对歌德的影响等角度，令人信服地分析了歌德成为伟大诗人的多重原因。他还肯定了歌德世界观的唯物主义、辩证法因素：歌德深入钻研自然科学，基本上秉持唯物主义的世界观，尽管也受到德国古典哲学的唯心主义的影响；歌德根据其"有机联系观"提出了重视辩证法的研究方法——"综合法"，还吸收了黑格尔的辩证法（同时也反对黑格尔从理念出发的辩证法），具体到文艺，文艺与自然要实现辩证的统一，文艺以自然为基础，但不应该流于自然主义而应该超越自然，成为灌注生气的"第二自然"；文艺要借助"特征"，通过个别、特殊反映出一般、普遍，也就是本质，仅仅满足于任何一方面，都是片面的，都不可取。最后，朱光潜还考虑到歌德的巨大影响力。他是在译完黑格尔的《美学》后

[①] 《马克思恩格斯全集》第4卷，人民出版社1958年版，第256页。

开始翻译《歌德谈话录》的,黑格尔在《美学》中常常提及歌德的创作和理论,而且,歌德对西方近代的文艺创作、文艺思潮、文论、文化都有重要的贡献,其影响巨大,不能等闲视之。通过这些,我们就能够发现朱光潜关注、研究歌德的原因和大致情况了。① 除此之外,朱光潜对歌德的研究还表现在他为《歌德谈话录》所做的注释上。其一,关于哲学发展前途的研究。歌德的谈话涉及黑格尔对哈曼的批判,朱光潜的注释从歌德对知解力和理性的理解出发,提出了自己对未来哲学发展的看法,即独立于具体科学的哲学是否还会继续存在。他依据马克思主义理论,在辨析了西方唯心哲学(包括德国古典哲学)与马克思主义的"理性"概念后认为,二者有本质的区别,哲学的存在依赖于绝对"理性"的有效性。但是,在马克思主义看来,前者必然会失去存在的根基而"垮台",所以,以超验的"理性"为基础的哲学也将同样面临"垮台"的命运。尽管歌德还受康德《纯粹理性批判》的影响,但作为杰出科学家的歌德仍然敏锐地发现,德国哲学的最大问题在于蔑视感觉和知解力,这种东西正是恩格斯所说的"实证科学"的工具,歌德的卓越洞察力还受益于他接受的英国经验主义、法国启蒙运动的影响。朱光潜的研究有助于我们深入地理解歌德的思想,对于认识哲学学科的前途也极具启发意义。② 其二,关于歌德与基督教复杂关系的研究。歌德与基督教的关系比较复杂,从总体上说,歌德是反对基督教的,但其思想、创作与基督教有着复杂的关联,其矛盾也是很明显的。因此,厘清歌德与基督教的关系,有利于我们理解歌德的思想、认识基督教的功过。而且,马克思主义创始人深入研究过宗教,也致力于对基督教的批判,这些工作都很有指导意义。朱光潜在这个篇幅极大的注释中,参照马克思主义的研究成果,揭示了歌德反对基督教的思想、现实原因,歌德与基督教的复杂性、矛盾性,展示了一个西方文化巨人对基督教的深入思考,分析、评价了基督教的是非功过,及其在近代的困境、瓦解。难能可贵的是,他从西方思

---

① 朱光潜:《〈歌德谈话录〉译后记》,《朱光潜全集》第17卷,安徽教育出版社1989年版,第518—539页。

② 朱光潜:《〈歌德谈话录〉译后记》,《朱光潜全集》第17卷,安徽教育出版社1989年版,第436页。

想史的角度准确地揭示了歌德心目中的"上帝","并不是基督教的上帝,而是最高道德准则的体现,理性和自然的化身",进而分析了其原因,揭示了以歌德为代表的西方资产阶级进步思想家的妥协性、改良主义和保守性。① 这些注释基本说明了问题,能够帮助读者深入思考、理解相关的知识,具有很大的参考价值。

四　思想文化类著作

维柯是世界文化史上的思想巨擘、天才,对西方思想、文化、学术、文艺产生了全面而深刻的影响。朱光潜敬佩维柯的成就,长期研究维柯思想,翻译《新科学》,撰写了"译后记"和多篇论文,在汉语学界奠定了维柯研究的基础。

英国著名思想史家以赛亚·伯林（Isaiah Berlin，1909—1997）认为,天才思想家集超乎寻常的敏感、预言能力和巨大的影响力于一身:"他们说过的话,有时会触动属于另一个时代、另一种文化或另一个世界的人的思想或感情的中枢神经。"② 以此标准衡量,维柯当属这样的思想家。维柯在西方文化史上具有崇高的地位,他深刻影响了卢梭、狄德罗等思想家进而推动了法国大革命和欧洲的启蒙运动,也是西方近代社会科学的奠基人、比较文字学的创始人、比较文学的奠基人之一、美学的真正奠基人、最早编纂文学史的尝试者。而且,他首创了阶级斗争学说,创建了对西方学术影响深远的历史学派,倡导"社会科学方面的历史发展观点",这些都极大地影响了马克思主义。

朱光潜在欧洲留学时,美学家克罗齐的影响如日中天,他学习克罗齐时注意到了其老师维柯。此后,他对维柯一直保持着超乎寻常的热情、关注,并深受其影响。朱光潜早在1962年就发表了论文《维柯的美学思想》(《学术月刊》1962年第11期),他的《西方美学史》列有专门介绍维柯美学思想的

---

① 朱光潜:《〈歌德谈话录〉译后记》,《朱光潜全集》第17卷,安徽教育出版社1989年版,第506—507页。
② [英]以赛亚·伯林:《反潮流:观念史论文集》,冯克利译,译林出版社2002年版,第144页。

章节，但对他影响巨大的克罗齐却没能享受到同样的待遇。当然，那时他对维柯的研究还相当有限，主要集中于美学、文艺方面。他在晚年仍然关注维柯，而且，研究的广度、深度都有了巨大的拓展。也可以说，朱光潜晚年最专注的事情，就是对《新科学》的翻译和研究，他把最主要的精力都奉献给了这项事业。为此，他多次拒绝了为《西方美学史》增补四章介绍叔本华、尼采等美学思想的建议，因为他深知这项事业比增补《西方美学史》的意义更大，尽管后者能够弥补时代造成的巨大遗憾、完成平生夙愿，也很重要、迫切。[①] 朱光潜克服重重困难，尤其是不懂意大利文、拉丁文的困难，花费三年时间，从英文版本转译了维柯的《新科学》。为了保障质量，他还耗费大量精力认真校阅译稿，做详细的注释，人民文学出版社终于在他去世的1986年出版了这部译著。1989年，商务印书馆（北京）把《新科学》列入"汉译世界学术名著丛书"再版，影响更大。这些译本为中文学界的维柯研究、普及做出了难以替代的贡献。同时，他的研究工作也迅速跟进，密集发表了包括《维柯的〈新科学〉译后记》[②] 在内的多篇文章。他身体力行、不辞辛苦地做了许多学术普及工作，分别为《中国大百科全书》外国文学卷（1982）、哲学卷（1987）撰写了词条"维柯""《新科学》"；为《西方著名哲学家评传》（山东人民出版社1984年版）撰写了"维柯"部分，并提供了研究维柯的基本参考书目。朱光潜不顾年老体弱，不遗余力地宣传维柯。1983年3月，他

[①] 程代熙：《朱老，我愧对你的嘱托!》，载《朱光潜纪念集》，安徽教育出版社1987年版，第54—55页。

[②] 与其他"译后记"相比，朱光潜写于1983年冬的《维柯的〈新科学〉译后记》（《群言》1985年第1期）却非常简单，只是粗略介绍了他接触维柯、翻译《新科学》的情况，表达了希望以后有更好译本的愿望。但是，由上海文艺出版社编辑郝铭鉴负责整理的《维柯的〈新科学〉评价》（刊于《朱光潜美学文集》第三卷，上海文艺出版社1983年版）却非常详细、严谨，文章很长，分为维柯的生平和时代背景、维柯的代表作《新科学》、维柯对西方哲学的革新、维柯对近代西方文化的影响四部分，也包括了"译后记"的主要内容。其中，第二部分有十个问题，极为翔实地介绍、分析、评价了该著的基本观点，也是掌握其要义的入门钥匙。其实，把这篇文章作为"译后记"倒更合适，其内容、文体特征与以前的"译后记"更契合。需要说明的是，朱光潜正是以这篇文章为基础，增加了新的内容，在香港中文大学做了《维柯的〈新科学〉及其对中西美学的影响》的演讲。后来，与演讲稿同名的著作分别在香港与内地相继出版。21世纪以后，学界重新编辑出版了《朱光潜全集》，全集的第14卷《美学批判论文集 维柯研究》（中华书局2013年版）收录了朱氏研究维柯的绝大多数论著，包括几篇初次刊行的新发现的佚文，有利于全面把握其维柯研究。因此，我们会尽量利用这些研究资料，而不仅仅局限于《维柯的〈新科学〉译后记》。

在香港中文大学举办的第五届"钱宾四先生学术文化讲座"上成功做了《维柯的〈新科学〉及其对中西美学的影响》的演讲,香港出版了演讲稿,极大地推动了内地与香港之间的学术交流。1983年6月,他应中国民盟之邀在"多学科学术讲座"中做了《略谈维柯对美学界的影响》的报告,其文本被收入《美学和中国美术史》(上海知识出版社1984年版)。这些演讲、报告促进了维柯思想的研究、传播和普及。

从表面上看,维柯的《新科学》是一部法学、人类学著作,但实际上是一部奠定西方近代以来社会人文科学基石的思想巨著。《新科学》的影响是全方位的,诸如真理观、诗性智慧、人类历史发展观,对马克思主义也产生了巨大影响。其中,三个方面的影响最大。其一,维柯的一些基本观念。他强调法律起源于共同人性,及其开创的人学;世界经历了神、英雄和人三个时代的变化,由于阶级斗争的重要作用,才发展到人的时代,即"最高的民主政体的人道主义阶段",这也是一种"复归",这种时代变化观体现了其民主倾向、人性论和人道主义;人类是世界、自己的历史的创造者;关于诗性智慧、形象思维的论述。其二,美学、文艺思想的影响。鉴于《新科学》的美学主旨——"新科学实在就是美学"(克罗齐),朱光潜高度评价了维柯的美学研究的巨大意义:"他的首要贡献是替美学带来了历史发展的观点和史与论相结合的方法。"[①] 具体而言,维柯有关神话与文艺的起源、原始诗歌、诗性智慧、想象、形象思维等方面的思想都影响了朱光潜。尤其应注意的是,朱光潜吸收了维柯研究形象思维的基本结论,形成其美学思想的核心。维柯的结论是,以形象思想为基础的抽象思维产生于形象思维之后,但二者相互对立;形象思维是"以己度物的隐喻方式";"人凭形象思维去创造想象性的类概念或典型人物性格"[②]。其三,维柯对马克思主义的影响。朱光潜充分揭示、肯定了维柯最重要的理论贡献,即历史发展观、实践论等思想,也正是这些思想深刻地影响了马克思主义。具体来说,朱光潜高度肯定了维柯的阶级斗争学说、首创的"实践观点"、开创的历史主义学派(称赞其为"历史唯物

---

① 朱光潜:《维柯的美学思想》,《朱光潜全集》第14集,中华书局2013年版,第262页。
② 朱光潜:《维柯的〈新科学〉简介》,《朱光潜全集》第14集,中华书局2013年版,第236—237页。

主义的先驱",甚至研究了这个学派的另一位代表性理论家赫尔德)对马克思主义的巨大影响,还激赏其具体的观点,诸如为马克思所欣赏的"人类历史是由人类自己创造的"——历史唯物主义思想的萌芽,"认识真理凭构造或创造"所蕴含的实践观、结构主义思想,等等。他还洞察到,包括上述观点在内的维柯的基本哲学观和马克思主义比较接近。[①] 而且,他还通过维柯深化了对当时流行的"反映论"的认识:"自从在维柯的《新科学》和马克思主义经典著作两方面下了一点功夫,我比从前更坚信大吹被动的'反映论'对哲学和文艺都没有多大好处。"[②] 由此可见,朱光潜对维柯的关注具有强烈的问题意识,即推动哲学、美学、文论和马克思主义的研究。同时,他还特别深入地研究了维柯与马克思的关系。马克思在《资本论》第十三章的第89号脚注中论及维柯的历史发展观,朱光潜从这个注释出发,结合他对英国学者关于"维柯与马克思主义传统的关系"的不同看法,具体分析了维柯与马克思的历史观的联系与区别。他克服各种困难,甚至说服反对的家人,终于把研究成果作为《新科学》的"译者附记"发表,即发表于《外国美学》1985年第1期的《诸民族所经历的历史过程——〈新科学〉第四卷》。[③] 事实表明,马克思受维柯的影响很大,马克思在《路易·拿破仑政变记》中也说过,人类历史是由人类自己创造的。他的研究揭示了两位巨人出发点的一致性:"这正是马克思在《资本论》里所例证的历史唯物主义的基本出发点,也是维柯的《新科学》里所阐明的历史发展学说的基本出发点。所以,马克思在《资本论》里指出维柯和他自己在出发点上是一致的。"[④] 总之,他翻译、研究《新科学》的一个目的就是科学地理解、掌握马克思主义。

综上所述,朱光潜的"译后记"的内容包括时代背景、作者生平简介、著述情况、基本理论观点及简要评析、理论的影响、编选情况、翻译情况、注释等,有时还介绍译者的阅读感受、心得,方便读者全面、准确地把握译

---

① 朱光潜:《维柯的〈新科学〉及其对中西美学的影响》,中华书局2016年版,第48页。
② 朱光潜:《维柯的〈新科学〉及其对中西美学的影响》,中华书局2016年版,第48页。
③ 郑涌:《夕阳无限好——悼念朱光潜先生》,载《朱光潜纪念集》,安徽教育出版社1987年版,第196—197页。
④ 朱光潜:《对马恩全集23卷〈资本论〉第十三章标明"89"号脚注的说明》,《朱光潜全集》第14集,中华书局2013年版,第316页。

著的基本内容，尤其是重点、难点。"译后记"篇幅大小不等，视原著的内容、重要性、难易程度而定。译者会重点介绍、分析译著基本的思想和理论，提纲挈领地评价其得失。"译后记"言简意赅，其语言朴素、准确、简洁、流畅，可读性强。"译后记"的风格介于严肃的学术论文与通俗的普及文章之间，既准确地介绍译著、理论本身，符合学术规范，又尽量通俗易懂。"译后记"尽管有所差别，但大都使用这种写作模式，属于相同的文体，并极具朱氏特色。

原载《甘肃社会科学》2023年第1期

朱光潜当代美学研究的转向

——基于"译后记"的考察

朱光潜在翻译完美籍学者路易·哈拉普（Louis Harap）的《艺术的社会根源》后撰写了《〈艺术的社会根源〉译后记》，此后，养成了写作"译后记"的习惯。他在翻译柏拉图的《文艺对话集》、黑格尔的《美学》、莱辛的《拉奥孔》、爱克曼的《歌德谈话录》、维柯的《新科学》后，都撰写了相应的"译后记"，介绍他们的美学思想、说明翻译的情况。此外，他还撰写过一篇类似于"译后记"的文章《关于考德威尔的〈论美〉》，与其翻译的英国学者考德威尔的《论美——对资产阶级美学的研究》一并发表。这些"译后记"贯穿了朱光潜学术生涯的后半段，基本反映了他翻译、介绍西方美学的轨迹，也展示了他思考、研究和接受影响的过程。而且，在中国当代美学史上，这种现象绝无仅有。本文以这些"译后记"为线索，研究了朱光潜美学研究的转向，以期在一定程度上反映中国当代美学的发展状况。

一 西方美学文献翻译

1949年以后，朱光潜更加重视西方美学资料的翻译，或者说，他的学术呈现出翻译与研究并重的特点。他以翻译促进研究，以研究带动翻译，两者相得益彰，也由此形成了其独特的学术研究模式。

新中国成立以后，在社会主义、资本主义两大意识形态阵营激烈对抗的形势下，中国学术界长期倒向苏联东欧社会主义国家，尤其强调要向苏联学习，与资本主义国家的联系基本中断，学术交流停止，基本上处于一种封闭、隔绝的状态。这样，西方的文化、学术（特别是人文社科）思想也被视为资产阶级、修正主义的专利遭到批判。在当时的条件下，翻译作为一种可行、便捷的沟通手段，就成为了解西方世界、学术的主要渠道，发挥了独特而重要的作用。就此而论，朱光潜翻译工作的意义就异常重要，不但成为了解西方美学、文艺理论的重要窗口，而且也是建立、发展中国当代美学的重要资源，为美学大讨论、新时期的美学热和中国的西方美学研究奠定了资料的基础，极大地促进了中国当代美学的发展。国际著名比较文学理论家杜威·佛克马（Douwe Fokema，1931—2011）在评价朱光潜对于美学大讨论的意义时指出："重要的是朱光潜在该文（指《我的文艺思想的反动性》——引者注）中真正给出了一些《文艺报》读者一般看不到的信息。"① 推而广之，他的翻译打开了一扇了解西方美学的窗户，对当时的美学大讨论、西方美学研究的贡献，亦可作如是观，甚至意义更大。同时，翻译对于他本人的美学研究也大有裨益。

朱光潜多年在我国香港地区、英国学习，精通英语、法语、德语，用英语写作、出版了《悲剧心理学》；后来，他自学俄语，能够阅读、翻译；还略懂意大利语，具有得天独厚的语言优势。这种优势则是其他美学研究者不具备或与他相距甚远之处。他充分利用这种优势，不但阅读原版论著，直接服务于自己的研究；还对比不同语言的版本，准确地翻译原著，为整个美学界服务。

除了极为特殊的时期，朱光潜的翻译工作基本没有中断过。新中国成立初期，他不太适应新形势，就主要做学术翻译工作。他在参加美学大讨论的过程中，一边关注马克思主义、苏联美学研究的成果，一边继续翻译西方美学资料。1962 年，他接受写作《西方美学史》的任务后，首先做基础性的资料搜集整理工作，花费大量精力进行翻译。这些资料构成了北京大学哲学系美学教研室编的《西方美学家论美与美感》的主体部分，在资料方面为编写《西方美学史》和《美学概论》（王朝闻主编）发挥了重要的作用。他设定了编译西方美学资料的目的："作为《西方美学史》的附编，这个选本主要是按照《西方美学史》的分章，选译各时期的代表作家的代表论著，用意一方面

---

① ［荷］佛克马：《中国文学与苏联影响（1956—1960）》，季进等译，北京大学出版社 2011 年版，第 90 页。

是替《西方美学史》的论点提出根据,一方面是让读者接触到一些第一手资料,以便进行独立研究和思考。"① 我们从他编译资料的初衷就能够看出他的良苦用心,不但要使读者清楚支撑论点的材料,还要由此培养读者的思考、研究能力:"一部教材不仅要传授知识,更重要的是训练独立研究和独立思考的能力,从而造就真正的人材,培养成优良的学风和文风。"② 他翻译了西方美学的基本文献,为编选、翻译西方美学资料做出了巨大的贡献。如他所言,其工作量远远超过了编写《西方美学史》:"编者在工作过程中,在搜集和翻译原始资料方面所花的功夫比起编写本身至少要多两三倍。用意是要史有实据,不要凭空杜撰或撷拾道听途说。"③ 这些成果被集中收入《西方美学史资料翻译(残稿)》(分上、下两册,新版增订本收入《朱光潜全集》第13卷,中华书局2013年出版),成为其学术翻译的重要组成部分。他还以这些翻译为基础,撰写了代表当时中国美学界最高研究水平的《西方美学史》。1964年,朱光潜受商务印书馆之邀选编、翻译《从文艺复兴到十九世纪资产阶级文学家、艺术家有关人道主义、人性论言论选辑》一书,1971年11月出版。④ 他在编译资料过程中撰写了综述的文章,20世纪60年代还在会议上发过言。后来,以发言稿为基础的文章《文艺复兴至十九世纪西方资产阶级文学家艺术家有关人道主义·人性论的言论概述》重新发表。这篇文章以否定为主,政治大批判的火药味很浓,带有明显的时代烙印:"个人主义是博爱主义的手段,博爱主义是挂的羊头,个人主义是卖的狗肉,资产阶级损人利己的剥削制度决定了个人主义成为资产阶级人性中最本质的东西。"⑤ 但难能可贵的是,文章也有客观的介绍、扎实的论证、实事求是的分析,对于普及、理解人道主义,推动新时期的人性、人道主义讨论,都发挥了重要的作用。

---

① 朱光潜:《〈西方美学史资料翻译〉编写凡例》,《西方美学史资料翻译(残稿)》(上、下),中华书局2013年版,第3页。
② 朱光潜:《〈西方美学史〉再版序论》,《西方美学史》(上卷),人民文学出版社1979年版,第3页。
③ 朱光潜:《〈西方美学史〉再版序论》,《西方美学史》(上卷),人民文学出版社1979年版,第2页。
④ 陈兆福:《朱光潜和商务印书馆》,载《朱光潜纪念集》,安徽教育出版社1987年版,第71页。
⑤ 朱光潜:《文艺复兴至十九世纪西方资产阶级文学家艺术家有关人道主义·人性论的言论概述》,《社会科学战线》1978年第3期。

"文化大革命"中，他被剥夺了学术研究、著述、发表的权利，更缺乏研究的基本条件，只能在劳改、学习马列主义、翻译联合国文件资料之余，偷偷翻译点学术著作，黑格尔的《美学》第二卷就是在这个时期译校的。新时期以后，他大量的译文和译著相继发表、出版，呈现出"井喷"的状态，不但数量惊人，而且也有质量保证。

1949年后，朱光潜的翻译成就还集中体现在其六部（九本）译著中。1951年，朱光潜就出版了哈拉普的《艺术的社会根源》的中译本。随即，他编选、翻译了柏拉图的《文艺对话集》，1954年5月该书第一版出版。几乎与此同时，他着手翻译黑格尔的《美学》，1958年中译本第一卷由人民文学出版社出版，1970年开始继续翻译，1981年三卷（四本）全部由商务印书馆出版。1960年，他选译、发表了莱辛的《拉奥孔》的重要章节，1965年全书翻译完毕，1979年该书出版。1959年，他在《世界文学》（7月号）发表了《歌德谈话录》重要章节的译文，译完黑格尔的《美学》后随即继续翻译这部著作，全书在20世纪80年代出版。他从20世纪80年代初期翻译维柯的《新科学》，1986年出版了第一版的中译本。这九本译著是朱光潜翻译的主体，为研究这些美学家提供了最基本的文献。而且，朱光潜之所以译介黑格尔、莱辛、费尔巴哈、歌德、维柯的著作，也是为了厘清他们的思想与马克思主义的关系，即马克思主义经典作家对这些思想的继承、批判、扬弃、发展，以准确地理解马克思主义及其美学、文论。

综观中国当代诸位美学理论家，蔡仪、王朝闻、马奇基本没有翻译过国外美学论著，宗白华、马采、蒋孔阳、李泽厚有些翻译，但极为有限。如果从数量上进行比较，他们根本无法与朱光潜相比。

实事求是地说，朱光潜凭一己之力翻译了西方美学（尤其是古代和近代部分）中大部分重要、基本的文献，这些资料是学习包括马克思主义美学在内的西方美学、文论的基本文献，堪称美学翻译工作的"劳模"。而且，他辛劳耕耘、锲而不舍，完成了数量庞大、繁难艰巨的翻译工程，其成就可见一斑。同时，这项译介工作也是朱光潜美学研究的独特之处，其工作和贡献不可替代、无可匹敌。究其原委，这种选择有其必然性，即朱光潜具有明确的学科意识、研究的自觉、翻译的修养与习惯，面对当时国内极为薄弱的美学研究（西方美学尤甚）状况——研究资料匮乏、整体研究水平低，他深知自己必须有所担当、作为。而且，他深知基本文献资料对于研究的重要性，西方美学资料的翻译又是奠基性的工作，他西学修养深厚，又养成了长期翻译的习惯，有意愿也有能力从事美学翻译工作。当然，他的选择也有偶然性。美学大讨论即将结束时，北大哲学系准备开设美学专业课，朱光潜在1961年培训青年教师时就着手翻译西方美学资料，编写讲义。后来，国家文科教材编写办公室任命他独立编撰高校通用教材《西方美学史》，他还要为另一部国家统编教材《美学原理》（也就是后来出版的王朝闻主编的《美学概论》）搜集、选编、翻译西方美学研究的资料。因此，翻译不仅是其爱好，还是他必须完成的工作任务。实际上，他在1949年后一直从事西方美学文献的翻译工作，在《文艺报》《世界文学》《译文》和《古典文艺理论译丛》等刊物发表了关于西方美学、文论的很多译文，积累了丰富的翻译经验。从主客两个方面看，他都具备顺利完成这项任务的条件。

客观地讲，在中国当代美学研究的诸大家中，朱光潜西方美学的修养最深厚，他做了大量的译介工作，还以此为基础进行研究，为中国的西方美学研究奠定了基础。难能可贵的是，他还发表了大量研究西方美学的论文，出版了开拓性的、奠基性的著作《西方美学史》，惠及几代学人，为普及美学知识、培养美学研究人才做出了不可磨灭的贡献。而且，他还以其翻译和研究西方美学的成果为资源，探索美学理论、建构学科体系，走出了翻译和研究相互结合、相互促进的学术道路。这样，翻译夯实了其研究的学理基础，保障了其研究的学术性、规范性，也帮助他达到了视野开阔、资料翔实、论证严谨的境界。他也由此成为当代中国最讲学术规范、独具个性、不可替代的美学理论家，而不像那些崇尚空谈、坐而论道、华而不实的研究者，热衷于制造概念、演绎命题、建构体系，构造一些大而不当、抽象空洞、没有根基的理论大厦。洪毅然高度评价了朱光潜对美学大讨论的引领、带动作用："何况五十——六十年代原本起自对其（指朱光潜——引者注）过去美学思想之'批判'的那场全国性美学大讨论，终于因其"笔战群儒"，结果反而恰恰成为、实际正是他在客观上，起着带动大家不断前进之作用，从而大大促进了美学研究空前普遍地蓬勃发展。"① 我们认为，朱光潜的作用主要体现在两个方面：一方面，他学习并吸收了马克思主义美学、苏联美学、西方美学的研究成果后，对美的本质等问题进行了研究；另一方面，他翻译的一些西方美学资料，尤其是美学大讨论期间翻译的诸如考德威尔的《论美——对资产阶级美学的研究》等资料，极大地拓展了讨论者的眼界，启发了讨论，甚至普及了美学的基本知识，减少了讨论的盲目性，提高了讨论的水平、效果。新时期以后，朱光潜摆脱了各种束缚、教条，顺应、引领了美学界思想解放的潮流。他在翻译上投入了更大的精力，出版了几部重要的译著，极大地影响了当时的"美学热"和美学研究。他的美学研究更是如此，他借鉴了结构主义等西学前沿知识、西方美学和维柯《新科学》的成果，热情投入关于形象思维、文艺与上层建筑的关系、人性与人道主义等问题的讨论，不但深化了对这些问题的研究，还新意迭出，以其新颖的思路和翻译材料提升了研究的整体水平。

总之，朱光潜极为重视美学资料的翻译，促进了翻译、研究的共同发展。长期以来，他的研究呈现出开放、创新、进取之势，毫无保守僵化、抱残守缺、故步自封之嫌，这得益于他善于学习、借鉴新的理论和知识，与其丰富的翻译实践更是密不可分。

二　哲学美学研究

朱光潜积极适应政治形势和美学研究的变化，以美学大讨论为契机，主要研究理论型的哲学美学，基本放弃了对经验型的心理美学的研究。

1956年，朱光潜在克罗齐《美学原理》的"修正版译者序"中介绍了西方美学界对立的两种研究方法，一种是形而上的哲学美学，即把美学作为哲学的分支学科或下属学科，用哲学的方法研究美学，重视对概念、命题、观念的分析和演绎，反对用心理学的方法研究美学，康德、克罗齐的美学就是哲学美学的典型形态；一种是形而下的经验美学，主要借鉴心理学的方法进行研究，重视审美经验、实证。他据此反思了自己的研究："我在'文艺心理学'里，一方面依据了克罗齐纯粹从哲学出发所建立的理论，一方面又掺杂

---

① 洪毅然：《悼朱老》，《朱光潜纪念集》，安徽教育出版社1987年版，第68页。

了一些心理学派的学说。"①尽管他坦言自己是二者兼取，但就其主要方法来说，他更倾向于后一种方法，实际上也主要是运用心理学的方法研究美学的。事实上，他在1949年前曾经深入、系统地研究过心理学，出版过现代心理学研究专著《变态心理学派别》《变态心理学》。此后，他继续借鉴心理学的研究方法和成果研究美学，即以心理学介入美学研究："它丢开一切哲学的成见，把文艺的创造和欣赏当作心理的事实去研究，从事实中归纳得一些可适用于文艺批评的原理。它的对象是文艺的创造和欣赏，它的观点大致是当作心理学的……"②他的美学名著《文艺心理学》《悲剧心理学》正是运用这种方法取得的成果。他的著作《谈美》《诗论》《谈文学》也都更加重视审美经验，习惯于根据审美创造、欣赏的经验总结美学理论，并以中西方审美的心理、经验论证其美学理论。可以说，他在1949年前的美学研究走的主要是经验、归纳、实证的研究道路，用的基本上是心理学的方法，属于经验型的心理美学或文艺心理学。

1949年后，在各种主客观因素的影响下，朱光潜的研究明显地转向了哲学美学（或曰理论美学）。美学大讨论直接催生了这种转变。首先，美学大讨论的直接目的是清理、批判朱光潜的唯心主义美学思想及其影响，他需要自我批判，尤其需要从哲学角度检讨其美学观的错误、缺陷并寻找根源。具体而言，就是要检讨、批判其作为美学思想基础的唯心主义的错误，论证其唯物主义因素，反驳对手强加于他的唯心主义的"指控"。因此，他只有求助于哲学才能解决这些问题，既有学术上的必要，又是政治上的要求。其次，美学讨论的目标是在美学领域贯彻马克思主义，确立其指导地位，以期在整个文化和学术领域宣传、普及马克思主义。这样，客观的政治、学术的形势都要求他学习马克思主义，而且，他主观上也有这样的动机、愿望、能力。实际上，他正是在学习的过程中找到了其美学理论的哲学基础，并在马克思主义具体理论的支撑下形成了美是主客观统一的基本观点。再次，他需要通过辩驳回应对手的挑战，其主要对手蔡仪、李泽厚的美学都属于哲学美学（前

---

① ［意］克罗齐：《美学原理 美学纲要》，外国文学出版社1983年版，第4页。
② 朱光潜：《〈文艺心理学〉作者自白》，《朱光潜全集》第1卷，安徽教育出版社1987年版，第197页。

者属于认识论美学，后者从认识论美学过渡到实践论美学），他们都具有马克思主义哲学的知识背景，只是蔡氏重视马克思主义认识论，李氏更为重视马克思主义的实践论。这样，就促使他通过学习从哲学（尤其是马克思主义哲学）中寻求论辩的工具、武器。显然，主要依靠他原来所倚重的心理学已很难与对手进行有效的论辩、对话，既然心理学的优势不再，就只能转而依靠哲学了。而且，从整体上看，美学大讨论主要关注理论问题，其成果主要涉及美的本质、美感的性质等哲学美学的议题，处于同一个学术场域的朱光潜也很难置身事外。最后，在转向哲学美学的过程中，他只有找到适当的哲学理论基础，才能建立起与自己知识结构相适应的基本的美学观、理论和体系。为此，他只能依靠哲学，而马克思主义哲学又适逢其时成为其建构美学理论的主要资源和思想根基。综上所述，正是在个人选择与时代变迁、主观与客观、偶然因素与必然因素的共同作用下，朱光潜的美学研究才转向了哲学美学。其中，时代、客观因素的作用更大些，他的转型也具有必然性。

朱光潜具有异常丰富的文艺鉴赏经验、心理学知识，他极为重视审美经验，并不以理论的抽象、演绎、思辨见长。实际上，他是一个治学严谨、扎实的学者，注重经验、事实、实证，善于把丰富的审美经验归纳、总结、提升为美学理论，再运用理论解释复杂的审美现象。他把理论和实践结合起来，使理论既能够说理通透、有的放矢，又能够深入浅出、通俗易懂，这种研究的特点、风格充分表现在其论著中。而且，他长期从事心理美学研究，其气质、志趣、知识结构非常适合经验型美学的研究，学术的积累和根基主要集中于此，其研究也取得了很大的成就。与此相比，他并不怎么擅长哲学美学的研究。但是，时代变迁、社会转折极大地影响了他学术的选择，把他推向了哲学美学的研究道路，导致了他在1949年前后学术研究的巨大差异。从尊重学术规律的角度讲，这种选择确实有悖于他的秉性、志趣、特长，是我们至今仍然引以为憾的。毋庸置疑，如果他继续走心理美学的研究道路，他的成果肯定会更多更精，在这个领域对中国当代美学的贡献将会更大。而且，他的转向也确实产生了"后遗症"，诸如存在理论拼凑现象，理论缺乏贯通性，表现出一定的过渡性、不彻底性，进而影响到其理论体系的严密性、自洽性、完备性。与蔡仪美学相比，这种对比相当明显。但是，历史就是这样发展过来的，个人自由选择的空间相当有限，不能超越客观条件自由地选择，更不能改变历史发展的轨迹，我们也不能以假设替代实际发生的历史。对此，我们应该秉持"同情与理解"的宽容："随着这种研究方法的转变，朱光潜先生已无法集中精力发展他此前的心理美学成果，而只能在哲学美学、认识论美学的框架下通过坚持美感活动中主体一方，用他的话来说，即主体的意识形态一方的能动作用，以坚持美的意识形态性质来保证美感在美学基础理论研究中的应有地位，而无力去发展一门真正的心理美学了。这是朱先生对20世纪后期中国美学的特殊贡献，也是他难言的无奈。"[①]

尽管我们对朱光潜的转向不无遗憾，但还是应该实事求是地看待、评价这种现象。首先，要历史地看待这种转变，将其放在当时的历史语境中。从当时的大环境看，朱光潜转向哲学美学研究，是国家、社会、文化、个人等主客观因素共同作用的结果，在政权更替、社会巨变、文化转轨的背景下，其转向有一定的历史必然性、合理性。其次，他的哲学美学研究确实取得了重要的成绩。就个人而言，他开辟了一个新的研究领域，扩大了研究的对象、范围，有助于从理论的角度研究审美经验，为其心理美学提供理论支持，深化了其经验美学的研究，同时，也克服、超越了诸如严密论证不足等此前的局限。就当代美学而言，他深入地研究了美的本质、美感、美学的学科属性等基本问题和一些具体问题，成为美学讨论中的重要一派，为中国当代美学奠定了基础。换言之，尽管他的转变异常艰难，但他继续以积极的心态、认真的态度、高度的专业精神勉力前行，充分发挥潜能，仍然为哲学美学的发展做出了独特的贡献。最后，要相对、辩证地看待他的转向。事实上，心理美学、哲学美学只是美学的两个有机组成部分，各有其存在的合理性、必要性，没有绝对的轻重、优劣之分。朱光潜发挥自己的优势，为发展心理美学做出了开拓性的贡献。他后来转向哲学美学研究，虽然遗憾地没能继续发挥其所长，但也以其努力弥补弱点、超越自我，深入研究了美学的理论问题，为发展哲学美学做出了不可替代的贡献。而且，两者相互印证、相互补充、相得益彰。因此，我们不能机械地割裂他前后期的研究，甚至有意制造"两

---

① 薛富兴：《分化与突围：中国美学1949—2000》，首都师范大学出版社2006年版，第138页。

个朱光潜",而应该从变化中寻找不变,发现其一以贯之的东西。同样,要辩证地看待其前后期的研究成果,不能故意夸大其前后期研究的对立,即以他的心理美学研究否定哲学美学研究,或者以其哲学美学研究否定心理美学研究,两者都不可取。

三 马克思主义美学与文论研究

新中国成立以后,马克思主义成为国家的意识形态和学术研究的指导思想。朱光潜顺应形势变化,一方面努力检讨、清除资产阶级对自己的消极影响,清理、批判包括美学在内的西方资产阶级文化;另一方面则积极地学习、翻译、研究、运用马克思主义理论,致力于建设有中国特色的马克思主义美学、文论。

首先,朱光潜积极、认真地学习马列主义。北平刚解放,他就开始阅读诸如《共产党宣言》等马克思主义论著。为了更好地理解马列主义原著,他不顾年事已高,通过自学、参加"速成班"等方式学习俄语,达到了能够阅读、翻译的水平。即使在1966—1976年,朱光潜仍然认真学习《哥达纲领批判》《国家与革命》《反杜林论》《资本论》《费尔巴哈和德国古典哲学的终结》等论著。而且,他发挥了掌握多种语言的优势,依托中文版本,比较德语、英语、俄语版本,准确地理解原著。不仅如此,他还记录了中译本应该纠正的错误、修改的地方,并把修改的意见、建议反映给中共中央马列著作编译局。为了深入地、有针对性地研究马克思主义美学和文论,他认真钻研《1844年经济学哲学手稿》《费尔巴哈论纲》《德意志意识形态》《政治经济学批判》、恩格斯的《劳动在从猿到人过程中的作用》、列宁的《唯物主义与经验批判主义》等经典论著,还阅读了大量国外的马克思主义美学、文论资料的选本和研究成果,并将这些思想资源用于学术研究。

其次,朱光潜发挥语言优势,主动翻译马克思主义哲学、美学论著。1951年,上海的新文艺出版社出版了朱光潜在1949年前就着手翻译的马克思主义文艺理论著作《艺术的社会根源》,他由此接触到马克思主义文论,并体会到其巨大的阐释力。1958年,他翻译、发表了英国马克思主义美学家考德威尔的论文《论美——对资产阶级美学的研究》,促进了自己的研究和当时的美学大讨论。新时期以后，他重新翻译了《费尔巴哈论纲》《1844年经济学哲学手稿》中的"异化的劳动"和"私有财产和共产主义"两部分，撰写了文章《对〈关于费尔巴哈的提纲〉译文的商榷》[①]，在论文《马克思的〈经济学—哲学手稿〉中的美学问题》中以"附录"的形式就《1844年经济学哲学手稿》重新翻译的部分做了大量的注释[②]。他发表了关于《共产党宣言》中译本的"建议校改译文""新译片断"，纠正了中译本的错误，还在《〈共产党宣言〉译文校对的小结》一文中系统地阐述了中译本的翻译问题，并提出了修改的意见、建议。在马克思主义美学、文论方面，他翻译、发表了《马克思和恩格斯论典型的五封信》（《外国研究》1978年第2期）。他针对国内外马克思主义经典作家论文艺这类书籍的编选、翻译问题，仔细辨析了国外几种流行选本的优劣，特别批评了《马克思恩格斯论文学和艺术》（俄文四卷本）舍本逐末、忽视马克思主义的精神实质、缺乏系统性、选文比例失调、误导读者等编选问题，提出了改进的意见和建议。同时，他还指出、纠正了该书中译本的错误。[③]

朱光潜在翻译马克思主义著作的过程中，深受其影响。哈拉普关于马克思主义、马克思主义文艺理论的理解及运用，深刻地影响了他的研究。第一，他借鉴马克思主义深入地研究了柏拉图的美学思想，他为柏拉图的《文艺对话集》撰写的"题解""引论"和"译后记"都注意从古希腊的社会政治背景分析柏拉图的美学思想及其来源，尤其关注其唯心主义与唯物主义、"进步方面"与"反动方面"的性质之别。当然，他主要还是借鉴了哈拉普的观点、分析方法，是通过哈拉普这个中介来理解、运用马克思主义文论的。第二，他从柏拉图美学的研究开始逐渐发展出一种新的研究模式，即注重从经济基础、社会存在出发研究作为意识形态的美学和文论，实际上借鉴了马克思主义的历史唯物主义的分析方法。他把这种分析模式运用于对西方的美学家、

---

① 朱光潜：《对〈关于费尔巴哈的提纲〉译文的商榷》，《美学拾穗集》，百花文艺出版社1980年版，第62—76页。
② 朱光潜：《〈经济学—哲学手稿〉新译片断》，《美学拾穗集》，百花文艺出版社1980年版，第122—126页。
③ 朱光潜：《对"马克思恩格斯论文学和艺术"编译的意见》，《武汉大学学报》（哲学社会科学版）1980年第5期。

美学观念、美学现象的研究过程，也成为其研究西方美学史的基本方法、写作模式。第三，他还用这种分析模式研究其他美学、文论、文艺和文化现象。他对莱辛、黑格尔、歌德、维柯的思想（尤其是美学、文论思想）的分析和评价，对其思想的社会基础、文化背景的分析，都是这种分析模式的出色应用。例如，他在分析黑格尔的《美学》的基本矛盾、局限时，强调应该从其历史背景、时代精神、社会现实中寻找原因。① 他认为，莱辛的美学具有唯物主义、现实主义性质，也比较辩证，但都不彻底，这源于其唯物主义的自然观与唯心主义的社会历史观的矛盾。② 此外，朱光潜在翻译英国马克思主义美学家考德威尔的美学论文《论美——对资产阶级美学的研究》时也深受其影响，他充分肯定了考德威尔研究美"的基本出发点是人在劳动实践中认识现实、改变现实，从而也改变自己这一个马克思主义的基本原则"③。其中，考德威尔关于人与环境、主体与客体、主观与客观的关系的分析，对他的影响更大，这些思想深刻地影响了他对马克思主义实践论的理解，他对美的本质的研究，以及当时正在进行的美学大讨论。

再次，朱光潜全面、深入地研究马克思主义。他深入研究了马克思主义的很多具体问题，有的属于基本理论，有的属于美学、文论，有的属于马克思主义所继承、扬弃的思想资源，涉及西方的哲学、美学、文论、文艺、文化、文明等问题。这些问题非常丰富，大都是当时学术界关注的重要理论问题、热点和前沿问题，诸如意识形态理论及其对研究美的本质的借鉴价值，列宁的反映论以及中国学者的曲解，马克思主义的实践论（包括艺术生产、艺术掌握世界方式等问题）及其对美学研究的革命性意义，马克思吸收黑格尔思想所形成的"劳动异化"理论，唯物史观对黑格尔的唯心史观的批判、继承，马克思对黑格尔的"手足倒置"的辩证法的扬弃，"典型环境中的典型人物"对黑格尔思想的继承，歌德的人的有机整体性、黑格尔的人全面发展、马克思的整体人的全面发展三者之间的联系，恩格斯对歌德人格、思想矛盾

---

① 朱光潜：《黑格尔〈美学〉译后记》，《美学拾穗集》，百花文艺出版社1980年版，第35—37页。
② 朱光潜：《莱辛〈拉奥孔〉译后记》，《朱光潜美学文集》第5卷，上海文艺出版社1989年版，第236页。
③ 朱光潜：《关于考德威尔的〈论美〉》，《朱光潜全集》第14集，中华书局2013年版，第168页。

的洞见,维柯的历史发展学说、阶级斗争理论、"实践观点"对马克思主义的巨大影响,等等。他的研究成果扩大了学者的视野,深化了马克思主义及其美学、文论的研究,纠正了一些错误,也有助于朱光潜建构自己的美学理论。

最后,朱光潜活学活用,把马克思主义运用于其美学理论的建构中。他把马克思主义作为学术研究的指导原则、研究方法、研究对象,以马克思主义的思想资源来分析学术问题、构建美学理论、介入现实和文艺实践。在美学大讨论中,他提出了建立马克思主义美学的四个基本原则:"一、感觉反映客观现实,二、艺术是一种意识形态,三、艺术是一种生产,四、客观与主观的对立和统一。"① 他由此出发,综合吸收了马列主义的意识形态理论、反映论、实践论、艺术生产论,提出了美是客观与主观的统一的基本观点,并以此为基础建立了他的美学理论。他重视马克思主义对于发展美学学科的巨大意义,马克思主义不但能够成为美学研究的纲领、方法,还以其实践论直接影响了美学的发展、研究,尤其能够克服此前西方美学及其研究的弊端。② 他善于运用马克思主义分析具体问题,用马克思的文艺与社会物质基础不平衡的理论分析了德国文艺文化繁荣与政治经济落后的关系,还从意识形态的反作用、民族文化遗产的影响等多个角度深刻分析了歌德成长为世界性伟大诗人的原因。③ 新时期伊始,朱光潜从马克思主义关于人性的论述出发,勇闯"人性论""人道主义""人情味""共同美"的禁区,他论证并强烈呼吁:尊重人的自然本性、人的肉体和精神的本质力量,重视马克思主义的人道主义,正视、表现"共同美",文艺应该描绘"人情味"。④ 这样做,既是为了研究马克思主义,也是为了借助理论介入现实,解决现实中不尊重人、文艺实践漠视人性(尤其是人的自然属性)的问题,直指社会、文艺、学术研究的弊端和关键,具有振聋发聩的警示作用。

---

① 朱光潜:《论美是客观与主观的统一》,《朱光潜全集》第 14 集,中华书局 2013 年版,第 71 页。
② 朱光潜:《美学》,《百科知识》1980 年第 1 期。
③ 朱光潜:《〈歌德谈话录〉译后记》,《朱光潜美学文集》第 5 卷,上海文艺出版社 1989 年版,第 202—209 页。
④ 朱光潜:《关于人性、人道主义、人情味和共同美问题》,《文艺研究》1979 年第 3 期。

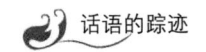

四　中西方文化、文明及其比较研究

在新时期思想解放潮流的鼓舞下，朱光潜老当益壮，重新焕发了学术的青春。他视野开阔，思维活跃，思考更加深入、系统、缜密。而且，他及时调整、延展了研究的方向和计划，扩大了研究的对象、领域，从专业性的美学研究转向宏大的文化、文明研究，尤其是中西方文化、文明的比较研究。这样，他研究的对象更加丰富，研究的问题更为宏大，主要关乎中西方文化、文明深层的根本问题。他在中西方文化、文明的纵深处开掘，敏锐地发现问题，自觉地运用比较的、跨学科的方法进行研究，尝试解决这些问题。

朱光潜晚年集中精力，全身心地翻译、研究维柯的《新科学》。他撰写了一系列的论文，例如《维柯的〈新科学〉简介》（《国外文学》1981年第4期）、《维柯的〈新科学〉的评价》（1982年，《朱光潜美学文集》第三卷，上海文艺出版社1983年版）、《关于维柯〈新科学〉:〈全书的结论〉的说明和译文》（《文艺理论研究》1983年第4期）、《略谈维柯对美学界的影响》（《文艺研究》1983年第5期）、《维柯的〈新科学〉译后记》（《群言》1985年第1期）等论文，还在香港中文大学举办的第五届"钱宾四先生学术文化讲座"（1983）中做了《维柯的〈新科学〉及其对中西美学的影响》的演讲，并在香港出版了同名专著。

朱光潜在赴港讲授维柯的《新科学》的时候已深受震动、启发，深入地认识到"中国文化的古老和伟大"，例如，中国的历史学最古老、最发达。同时，他还深切地体会到比较的研究方法的重要性，即这种方法能够加深对中外的认识、理解。实际上，维柯的视野、成果已经深刻地影响了他，他高度肯定了《新科学》之新在于"从历史发展看问题"，其基本问题"人类怎样从野蛮发展成为文明人，从无法到有法"的重要性，及其关于西方的自然科学、社会科学的深刻的洞见，即自然科学产生了社会科学，社会科学推动了自然科学的发展，等等。[①] 朱光潜潜心研究维柯的《新科学》，在这部巨著的

[①] 朱光潜：《〈新科学〉新在哪里？》，《朱光潜全集》第14集，中华书局2013年版，第328—329页。

影响下，他的学术研究开始转向，已经超越了美学、文论的专业性研究，直抵文明起源、文化比较等前沿领域。即使到了晚年，他仍然投入了大量的精力，制订了庞大的研究计划，设计了 15 个前沿的、有深度的基础性问题并计划进行深入研究。遗憾的是，他的年龄、体力已经不允许他进行如此大规模的研究，他的逝世搁浅了这项研究计划，致使其计划基本没有完成，我们也没能见到最终的成果。但是，我们还是能够从遗稿中看到他思考的问题，由此窥探出其学术旨趣的变化及其引发的研究转型。我们根据议题把这些问题为几类。一是中西方文化、文明的比较，例如："从中西历史时历的差异，研究哪一种文化较古老。""从中西历史文物的差异，研究哪一种文化较先进或者较落后。"二是中西文化的发展阶段问题。例如，中国文化发展的阶段是否和西方相同："中国文化是否也经过神、英雄和人的三个时期？中国何时才进入了'人的时期'？"三是中西方在看待文化遗产上的差异。应该研究中国人对待文化遗产的心理、态度，例如："维柯把中国长城列入'世界七大奇迹'，长城在中国文化上哪些方面具有重大意义？何以维柯以后的词典和百科全书的编纂者在'世界七大奇迹'项下竟抛开过去久已列入的中国长城？是怕人讥刺我们'闭关自守'吗？'毁我长城'对谁有利？"四是中西方宗教的差异。《新科学》涉及大量的宗教研究，就要关注这个问题。例如："从宗教的起源和传播的情况研究中西在这方面的异同。"尤其要研究中国儒家文化的独特现象："中国儒家特标'子不语怪力乱神'，原因何在？对中国文化发展的影响是好还是坏？您看中国古籍中有哪些是象荷马史诗那样专讲'怪力乱神'的？试举出您所知道的具体事例。"五是中西方法律的差异。《新科学》首先是一部法律著作，就要研究法律问题。例如："中国法制沿革和罗马法制沿革有什么异同？原因何在？"六是"阶级斗争"在中西方的差异。维柯的阶级斗争学说影响了马克思主义，马克思主义的阶级斗争理论深刻地影响了中国共产党领导的革命和理论研究，应该研究中国的阶级斗争的具体情况、阶级斗争与民族斗争的关系。例如："中国是否自古就有阶级斗争？如奴隶社会是否就已是封建社会？""中国古代各民族分布的沿革能否证实维柯关于民族斗争、吞并和迁徙的理论？地理和文化发展有什么关系？殷人、周人、楚人和秦人的异同何在？"七是从中国本土的文化资源研究形象思维与抽象思维的异同。

维柯深入研究了形象思维的特点,以及中国的情况有无特殊性,例如:"试从中国文艺、哲学和科学的发展看形象思维和抽象思维的差异和关系。"八是中国文字的特点。对比《新科学》的文字学研究成果,探讨中国文字的独特性何在。例如:"中国文字是今日世界各民族中仅存的象形文字,中国古代文物哪些可以算象形文字?您看它对古史和文字学的研究提供了哪些便利?在这方面还有哪些研究可做?"九是《新科学》在西方思想史上的意义。《新科学》的影响如此巨大,就应该追问其创新之处。例如:"《新科学》在哪些方面是对西方思想的重大革新?"十是中国现代工业技术的创新问题。例如:"结合《资本论》第三章马克思在脚注里提到维柯关于近代技术的见解来认识我国现代工业技术的革新,写篇短文来谈您自己的看法。"①

我们从这些问题可以发现,朱先生晚年的视野更加开阔,思维更为活跃,思考更为深刻。他仍然在自己开辟的学术新路上勉力前行,努力打破学科的藩篱,超越专业研究的局限,进入深层的文化、文明比较的领域。当然,他的比较研究还是为了更好地了解我们自己的文明、文化、文艺。这些研究工作开启不久,由于他年事已高、不幸辞世,致使研究未能深入展开,是我们至今仍然深感遗憾的。尽管如此,这些问题已经表明其研究开始转向,并展示了其大致清晰的轮廓,我们仍然为此震惊、感动。我们相信,假以时日,他的研究一定会大有作为、大放异彩,也能为中国当代美学研究增添华美的乐章。

在主客观因素的影响下,朱光潜在1949年后的美学研究发生了明显、重大的转变,大致呈现出这四种转向,这些转向在一定程度上反映了朱光潜后期美学研究乃至中国当代美学发展的轨迹、特点。因此,应该研究这些转向并评估其得失。当然,还需要具体分析这些复杂的原因,即社会与个人、客观与主观的原因,历史与现实的原因,外在与学术的原因,被动适应与主动选择的原因,等等。唯有如此,才能全面、客观、合理地评价他后半期的学术研究及其学术史意义。

原载《四川大学学报》(哲学社会科学版)2023年第5期,文字略有改动

---

① 朱光潜:《维柯〈新科学〉引发的一些研究思考题》,《朱光潜全集》第14集,中华书局2013年版,第330—331页。

朱光潜马克思主义理论和
美学的翻译研究活动

中国的指导思想是马列主义，马列主义对于国家的意识形态和学术研究的重要性不言而喻，作为其基础的马克思主义经典论著的翻译则尤为重要。如果中文理论文本质量不高，其宣传、传播、研究的基础就不牢固，更遑论其他？但不可否认的是，1949年以后（特别是新中国成立初期），中国的马列主义经典论著的翻译、研究确实存在不少问题，尽管当时基础薄弱，原因也很多，但当务之急仍然是正视问题、纠正错误、查漏补缺、迎头赶上。当然，国家也采取了不少措施，做了很多改进，但因为条件的限制，加上十年动乱的耽误，所以，直到20世纪80年代，这项工作的问题仍然很多，并严重影响到学术研究。朱光潜作为一名向往进步、追求真理、治学严谨的学者，其使命感、责任心促使他直面问题，力争有所作为。

朱光潜精通英语、德语、法语，又自学了俄语，懂意大利语，语言优势为他翻译、介绍、深入研究马列主义提供了得天独厚的条件。同时，他也善于利用这些优势，创造条件。为更好地学习马列主义，朱光潜从20世纪50年代初就自学俄语，参加了北大俄语系的"速成班"突击学习，进而能够阅读、翻译俄语书籍。据朱光潜的学生方敬回忆，他1952年在做亚洲及太平洋区域和平大会英文笔译的时候，见到担任会议顾问的朱光潜经常挤时间阅读俄语版的《唯物论与经验批判论》，听刚刚突击学习了俄语的朱光潜说，自己这样做能够同时学习俄语和列宁的经典著作，并使二者相互促进。[1] 朱光潜极为关注马克思主义论著中文翻译的准确性，为了提高准确性，他发挥外语的

---

[1] 方敬：《意气尚敢抗波涛——忆朱光潜先生》，《群言》1986年第10期。

特长，以原版著作为基础，参考英语、法语、俄语等译本，尽量吸收这些语种的选本、翻译的优点，克服其缺陷，纠正中译本的失当、错误之处，从而提高了翻译的准确性。

朱光潜有多年留学的经历，深入研究过西方文艺、文化、心理学、哲学，具有开阔的视野、广博的知识、深厚的理论修养，这些素养都奠定了其翻译、研究马克思主义著作的基础。他感受力敏锐，善于理论联系实际。同时，他还具有强烈的反思意识，善于总结自己学习、研究马列主义的经验教训，既教育了他人，也督促了自己。

一 马列主义论著的翻译、研究活动

中华人民共和国成立后，留在北京大学教书的朱光潜在组织的领导、同事们的影响下，开始阅读马克思主义著作，如《共产党宣言》《联共（布）党史》《毛泽东选集》等。之后，他又接触到更多的马列主义论著，并结合专业研究认真研读。朱光潜学习马列主义，既是政治形势、思想改造的要求，又是在新的环境下进行学术研究的要求，他逐渐把最初的外在的压力和被动性转化为内在的动力和主动性。当他认真阅读马列主义经典论著中译本的时候，发现这些论著存在不少翻译、理解方面的问题。他就迎难而上，不但自己认真学习，而且试图纠正错误，解决问题。

中华人民共和国成立前，朱光潜就开始翻译美籍学者路易·哈拉普（Louis Harap）的马克思主义文论著作《艺术的社会根源》，1951年上海的新文艺出版社就出版了这部译著。他充分肯定了作者用马列主义研究文艺的成绩："象读者自己可以看得出的，这部书是从马列主义观点出发，把文艺上一些活的问题提出，根据艺术史与社会发展史的具体事实，详加剖析，然后得出结论。他对马列主义掌握得很稳，对于各种艺术的历史发展又有很渊博的学识，所以能把理论和实际结合得很好。"[①] 通过翻译这部著作，他深入了解了马克思主义、马克思主义文论，也以此为契机介入马克思主义美学、文论

---

① 朱光潜：《〈艺术的社会根源〉译后记》，《朱光潜全集》第11卷，安徽教育出版社1989年版，第513页。

的译介和研究工作。

中华人民共和国成立后的17年间，朱光潜学术研究和翻译工作既重要又高产。这个时期，朱光潜认真而系统地阅读、钻研马列主义经典论著，在此基础上，一方面，他以马列主义指导美学和文论研究；另一方面，他吸收了诸如意识形态理论、反映论、实践论等马列主义理论，服务于其理论建构。他从1956年开始参加了旷日持久的美学大讨论，以马列主义为指导思想、理论资源，撰写了大量论辩性的论文，在美学论争中认真地辨别、分析、学习马列主义并运用于美学，极大地推动了中国当代美学、马克思主义美学的发展，1958年作家出版社把这些论文结集出版了《美学批判论文集》。在美学辩论的过程中，他学习了大量的马列主义中文文献，包括初步学习《1844年经济学哲学手稿》并运用其观点分析美学问题，由此注意到马列主义经典论著翻译的质量问题，并长期思考、关注这个问题。在此期间，他翻译、出版了《艺术的社会根源》、柏拉图的《文艺对话集》（1954）、黑格尔的《美学》第一卷（1958）的中译本，出版了专著《西方美学史》上卷（1963）、《西方美学史》下卷（1964），翻译了莱辛的《拉奥孔》（1965）、黑格尔的《美学》第二卷（没有彻底译完），还翻译发表了不少西方美学、马克思主义美学的重要文献。需要强调的是，1958年，朱光潜翻译、发表了英国马克思主义美学家考德威尔的论文《论美——对资产阶级美学的研究》（《译文》1958年第5期），同时发表了论文《关于考德威尔的〈论美〉》，考德威尔在分析人与环境（主体与客体）关系时所表现出的辩证思想及其对美、对资产阶级美学的看法，都深深地吸引、影响了他，这篇文章与《艺术的社会根源》《1844年经济学哲学手稿》、列宁的《唯物主义与经验批判主义》等论著对他产生了相当大的冲击，这种影响迥异于他此前长期接受的西方美学的影响，并逐渐发展、内化为一种自觉，促使他走上了一条探索马克思主义美学的道路。当然，他还有一条接近马克思主义美学的路径，即通过翻译西方美学论著和写作《西方美学史》，接触到马列主义或者与马列主义有联系的理论家的论著，直接或间接地促进了他对马列主义论著的翻译、理解、研究。不同理论资源的影响，使他能够在对各种思想遗产的比较中提高反思意识、批判意识，自觉选择，走向成熟。

话语的踪迹

  1966—1976年，朱光潜认真钻研当时要求必读的《共产党宣言》《哥达纲领批判》《国家与革命》《反杜林论》《费尔巴哈和德国古典哲学的终结》和《唯物主义与经验批判主义》等论著。当他读不懂汉语版本时，就对比德语、俄语、英语的版本反复阅读。而且，他只要发现中译本有需要纠正的错误、需要修改的地方，就冒着获得篡改马列主义之"罪名"的风险，克服困难，亲自重新翻译、纠正，并把校改的意见、建议逐条写到中译本上。后来，"他还不顾个人安危把写满意见、建议的六本马恩著作寄给了中共中央马列著作编译局，努力为准确地翻译、理解与传播马列主义发挥作用。"[①]

  新时期之后，朱光潜重新焕发青春，以更大的热情投入学术翻译、研究工作。一方面，他继续钻研美学理论，撰写了一些高质量的学术论文，深化了原来的理论研究成果，还出版了《谈美书简》等普及性的美学书籍和文章，为普及、提高全民的美学知识和审美感知做出了巨大的贡献；另一方面，他把更大的精力投入翻译事业，校改、出版了黑格尔的《美学》第二卷（1979）、莱辛的《拉奥孔》（1979），翻译、出版了黑格尔的《美学》第三卷（1981）、《歌德谈话录》（1978）、《新科学》（1986）。此外，他还深入研究了《1844年经济学哲学手稿》《关于费尔巴哈的提纲》《资本论》《自然辩证法》等经典论著，发掘马克思主义对美学的指导意义。可贵的是，朱光潜根据其理解、研究成果重新翻译了一些重要的文章或章节，并做了详细的注释、全面而准确的评介。例如，他不满意《关于费尔巴哈的提纲》的中译本，发表了《对〈关于费尔巴哈的提纲〉译文的商榷》一文，重新翻译了原文，他把题目译为《费尔巴哈论纲》，对中译本提出了不同的意见、建议，还提出了对马克思主义实践论的理解。他纠正了《1844年经济学哲学手稿》中译本翻译的错误，节译了重要的两章，发表了研究其美学思想的论文《马克思的〈经济学—哲学手稿〉中的美学问题》。他针对《共产党宣言》中译本的翻译问题，撰写了《〈共产党宣言〉译文校对的小结》，系统地阐述了对中译本的意见、建议，并附上"建议校改译文"或"新译片断"。他翻译、发表了

[①] 朱世嘉：《带着永恒的感念……》，《朱光潜纪念集》，安徽教育出版社1987年版，第256—257页。

《马克思和恩格斯论典型的五封信》(《外国文学研究》1978 年第 2 期)。这些工作加深了对马列主义经典论著的理解,促进了学界对异化、人道主义、实践论等问题的研究,具有重要的现实意义。据说,他晚年计划重新翻译《1844 年经济学哲学手稿》,甚至在译完《新科学》、身体严重透支的情况下,还试图在以前工作的基础上重新翻译《共产党宣言》。①

由此可见,马列主义、马列主义美学经典论著的翻译和研究,是新中国成立后朱光潜学术研究的重要内容、学术活动的重要组成部分,成为中国当代马列主义、马列主义美学与文论研究不可分割的一部分,理应引起我们的重视。

二 马列主义基本理论论著的翻译、研究活动

马列主义由历史唯物主义、辩证唯物主义和科学社会主义组成,是一个内容丰富、包含多学科的学术领域。尽管马列主义可以划分为哲学、社会学等多个学科,但最重要的还是其世界观、方法论。其次,才是马列主义关于其中各个问题的具体论述、结论。其中,马列主义美学、文论是马列主义重要的组成部分,是马列主义理论在审美、文艺领域的运用和延伸,深入研究马列主义美学、文论既是学科发展的要求,又有利于丰富、深化对马列主义的理解和研究。研究马列主义美学、文论,需要研究马列主义对文艺、审美问题的具体看法,也需要掌握马列主义世界观、方法论,离开了马列主义理论的指导,前者就成了无源之水、无本之木。朱光潜深谙此理,为了深入地研究美学、文论,他认真地钻研马列主义基本理论。在学习的过程中,他发现马列主义经典论著的中译本有不当或错误之处,就及时地指出并予以纠正。

(一)纠正马列主义经典著作书名翻译的错误

《费尔巴哈和德国古典哲学的终结》是马克思的重要著作,也是马克思主义的经典之作。但是,中译本的书名却翻译错了。《费尔巴哈和德国古典哲学的终结》的书名中"终结"这个词,马克思原著和德语"终结"原词都是

---

① 杨辛:《悼念朱光潜先生》,载《朱光潜纪念集》,安徽教育出版社 1987 年版,第 137 页。

"ausgang"，这个词有两个含义，一是"出路"或"结果"，二是"终结"或"终点"。其中，俄语、法语、英语的译本都把这个词译为 end，即"终结"或"终点"，中译本也译为"终结"。但是，东德的辞典以这部书为例把这个词解释为"一个时间段落"，美国纽约国际出版局《1844年经济学哲学手稿》的译本中把这个词译为 outcome，意为"结果"或"成果"。而且，从马克思主义自身来看，作为其核心的唯物辩证法和唯物史观建立在对黑格尔、费尔巴哈的批判继承之上。综合考虑，俄语、法语、英语、汉语译本都是错误的，应该译为"结果"，否则，就会错误理解、评价这部著。①

列宁名著《国家与革命》书名翻译也存在错误。"国家"是由俄语 Государство 翻译而来的，英语版译作 state，不是 country，也不是 nation；汉语版的翻译不妥，应该译为"政权"或"国家政权"。原因在于，"国家"的含义很丰富，包括通常的"政权"的含义，也有"疆土""民族""人口"的含义，列宁主要指的是"政权"；而且，根据马克思恩格斯的"国家消亡论"，共产主义实现后，"政权"就会消亡，但空间意义上的疆土及其居住民则不会消失。②

书名是理解一部著作的关键，如果书名翻译错了，不仅会影响对书名的理解，还会导致对全书基本理论、结论的错误理解。由此可以看出，朱光潜的纠错具有多么重要的意义。

（二）纠正具体的翻译的错误

朱光潜针对《关于费尔巴哈的提纲》中译本提出了修改意见、建议，附上"建议校改译文"。在他看来，中译本有很多错误。首先，标题的翻译不妥，根据原文和文章写作的实际情况，应该翻译为《费尔巴哈论纲》。其次，还存在多种类型的翻译错误。有的属于词语翻译不准确、错误，这种类型很多。例如，把"理论的活动中"中 theorie 翻译为"理论"是错误的，应当译为"认识"；"是否具有客观的真理性"中，把 zukomme 译为"具有"不当，

---

① 朱光潜：《黑格尔〈美学〉译后记》，《朱光潜美学文集》第5卷，上海文艺出版社1989年版，第274页。

② 朱光潜：《建议成立全国性机构，解决学术名词译名统一问题》，《出版工作》1979年第1期。

应该译为"是否能达到客观的真理";应该把 gesellschaftsform 译为"社会形态"而不是"社会形式"。有的是属于一词多义的翻译不当,例如,原文 der gegenstand 有"事物""对象""客体"的含义,应该根据具体语境选取准确的含义,为此,他建议一律译成"对象",而不能如中译本那样译为"事物""客体""客观"。有的属于理解所导致的句子的整体意义不妥或错误。"并不是单个人所固有的抽象物"的翻译不准确,应该译为"并不是某一个人生来固有的抽象的东西",其中,把 einzelnen 译为"单个人"不妥,孤立的"个人"(法译本)较准确,abstraktum 指抽象的属性而不是事物,不应该译为"抽象物";把"问题在于改变世界"中 es kommtdarauf an 翻译为"问题"是错误的,应当译为"关键";最后,应该从马克思主义思想发展史的宏观视野准确理解原文的主旨、翻译。翻译应该基于对马克思主义的整体理解,否则就容易出问题。对于《费尔巴哈论纲》原文中深奥的、全文关键性的第一条的翻译也应该这样。正因为缺乏整体性的观照和准确的理解,中译本就出现了一些不妥、错误的翻译,及其导致的晦涩难懂和理解上的问题。具体而言,《费尔巴哈论纲》写于《1844年经济学哲学手稿》之后、《德意志意识形态》之前,应该把这三部著作联系起来并结合其后的《政治经济学批判》的"导论"和"序言"、《资本论》、《费尔巴哈和德国古典哲学的终结》等著作进行理解、翻译,尤其要注意著作之间的联系和发展。根据这种理念、思路,他修改某些词、短语和句子的误译,重译了这一条,提供了比较贴近原文的、妥当的、准确的译文。①

(三)纠正基本概念、术语翻译的错误

人道主义、人文主义、人本主义,这几个术语的含义非常丰富且有区别,其语义也有一个演变的历史过程:这个词自文艺复兴时期开始流行,最初指区别于神学的人文学科;人文主义指文艺复兴运动,包含了对其反教会反封建的进步意义的肯定,其精神与人道主义相通,但这个词的使用很有限,把它用于文艺复兴运动之前、之后,均不恰当;人道主义强调了"人的尊严"的新兴资产阶级的理想,其政治内容是自由、平等、博爱,马克思不但继续

---

① 朱光潜:《对〈关于费尔巴哈的提纲〉译文的商榷》,《社会科学战线》1980年第3期。

使用这个概念,而且赋予它新的含义,即要充分地肯定、发展人特有的本质力量和能力。因此,应当根据人道主义的语义演变的不同含义,结合其使用的语境,准确地理解其含义再进行翻译。否则,就可能出现误解、误译的现象。常见的错误如:把"人文主义"错用于文艺复兴运动之外;混淆人文主义和人道主义的含义。他还总结出使用规律,即通常用"人道主义"即可,用"人文主义""人本主义"时要谨慎辨析语义和语境。① 而且,除了语义外,准确的翻译还必须依赖广博的知识。费尔巴哈和车尔尼雪夫斯基都使用过"anthropological principle",有人译为"人道主义原则""人本主义原则"。朱光潜认为,前者不恰当,后者是误译,准确的翻译是"人类学原则"。朱光潜对此从不同角度进行了辨析。首先,从语义上讲,anthropol 的含义是"灵长"或"类人猿"而不是"人",研究原始人的学科、学者分别是"人类学""人类学家",而不能是"人本主义"或"人道主义""人本主义者"或"人道主义者"。其次,维柯把文明人视为人类长期演变的结果,朱光潜认同这个看法并深信,"人本主义""人道主义"只能存在于文明人而不是此前的时代。再次,人类学是西方近代发展起来的一门重要的新学科,马克思也受到其经典著作《新科学》和摩尔根的《古代社会》的影响。最后,马克思、恩格斯批判地继承了费尔巴哈的"人类学原则",既有肯定,又有否定,假若把"人类学原则"译为"人本主义原则"或"人道主义原则",则无法理解马克思对费尔巴哈的批判了。因此,翻译必须综合地考虑各种因素,否则就会犯不当或误译的错误。②

朱光潜并不满足于一般性地阅读、接受马列主义经典论著的中译本,而是立足原著,认真学习,对照其他版本仔细甄别,发现错误,及时纠正。这种态度值得我们认真学习。

三 马列主义美学与文论的翻译、研究活动

朱光潜不但重视马列主义基本理论的学习、翻译,而且非常重视作为其

---

① 朱光潜:《谈一词多义的误译》,《中国翻译》1980 年第 2 期。
② 朱光潜:《略谈维柯对美学界的影响》,《文艺研究》1983 年第 5 期。

终生事业的马列主义美学、文艺理论论著的翻译、研究。在他钻研马列主义美学、文艺理论论著的过程中,一旦发现中译本的不当或错误,就立即指出,予以纠正。这些工作主要表现在三个方面。

一是纠正缺少基本的语言学常识所导致的错误。中西方很早就关注"想象",也都有丰富的论述。在西方,俄国的别林斯基和德国的费肖尔开始用"形象思维"来解释"想象",即"think in image"。但是,有人把这个短语错误地译为"在形象中思维",导致了对"形象思维""想象"的错误理解,留下了笑柄。实际上,这个短语应当译为"用形象来思维",它的意思是"Imagination",即中文的"想象"。① 由此可见,语言学及其常识之于翻译的重要性。

二是纠正缺少基本的专业知识所导致的错误。马克思在《政治经济学批判》第二章谈到了金银货币的"ästhetichen eigenschaften",有美学家把这个概念翻译为"美学属性"。朱光潜认为,这个翻译是错误的,正确的译文是"审美属性",虽然是一词之差,但抹杀了"审美"与"美学"的区别,前者指美学活动,后者指美学学科,进而歪曲了马克思的原意,即错误地认为,具有"审美属性"的东西也具有"美"的客观属性。就金银而言,金银有"审美属性",指金银可以起到审美的作用或引起美感,并非指金银必然是美的,或美是金银(事物)的必然属性,而且是不以人的意志为转移的客观属性,马克思对于这些都有具体的论证。详细地说,"审美"作为范畴,还有美与丑、雄伟与秀媚、喜剧性与悲剧性之分。②

三是纠正没能从马克思主义思想发展史和马克思主义的精神实质把握问题所导致的错误。《1844 年经济学哲学手稿》是马克思从人本主义向成熟的马克思主义过渡的一部重要著作,因其涉及大量的美学问题引发了哲学界和美学界的广泛关注、讨论。鉴于其现实意义及其对于美学发展的潜在意义和中译本的晦涩、错误,他重译了《1844 年经济学哲学手稿》中与美学有密切关联的"异化的劳动""私有制与共产主义"两个重要章节,发表了研究其

---

① 朱光潜:《谈美书简》,上海文艺出版社 1980 年版,第 97 页。
② 朱光潜:《我学美学的一点经验教训》,《美学拾穗集》,百花文艺出版社 1980 年版,第 189—191 页。

美学思想的论文《马克思的〈经济学—哲学手稿〉中的美学问题》。他深入分析了青年马克思关于劳动导致异化、艺术起源于劳动、美的规律、艺术与劳动的关系等问题，尤为系统地论述了与美学密切相关的实践论思想，从正面阐述了自己的看法。当时，国际学界关于《1844年经济学哲学手稿》有三种基本看法，即极端否定的"过时论"、过分夸大的"顶峰论"和介于前二者之间的"转折论"。朱光潜反对前者，因为《1844年经济学哲学手稿》的许多具体观点仍然正确、具有指导意义；他反对后者，因为马克思后期的不少思想是从《1844年经济学哲学手稿》发展出来的，而且，马克思主义思想仍然是会继续发展的。他基本持第三种看法，即《1844年经济学哲学手稿》是马克思思想的转折点，马克思澄清、抛弃了黑格尔和费尔巴哈的思想方式与表达方式，但仍然继承、发展了《1844年经济学哲学手稿》的一些基本观点，诸如，建立共产主义的前提是废除私有制，生产劳动是历史发展的动力，人与自然相互依赖、统一，人的全面发展是共产主义的理想，认识源于实践，等等。尽管马克思在《1844年经济学哲学手稿》之后很少使用"异化"概念，但一直承认、关注这个事实，反对异化也是其从事工人运动、无产阶级革命运动的动力。① 当时的朱光潜不顾年事已高，仍然冒着积雪从燕南园到西语系办公室坚持翻译，途中不幸摔跤受伤，但包扎后继续工作，他的认真、执着、责任感令人肃然起敬。②

朱光潜为准确、深入地理解《1844年经济学哲学手稿》做了大量艰苦的工作。首先，他在《马克思的〈经济学—哲学手稿〉中的美学问题》文章后面加了附录，即《〈经济学—哲学手稿〉新译片断》，重新翻译了《1844年经济学哲学手稿》中极为关键的、与美学关系非常密切的"异化的劳动"和"私有财产和共产主义"两部分。其次，他在注释中对"异化的劳动"等问题进行了详细的讲解，并且发表了自己的见解，虽然是注释，但考证、论述详细而严谨，类似于学术论文。最后，他认真、准确地纠正了中译本里不准确的、错误的翻译及其原因，表现了极其严肃、认真的学术态度。例如，在

---

① 朱光潜：《马克思的〈经济学—哲学手稿〉中的美学问题》，《美学》1980年第2期。
② 郝铭鉴：《我心中的美学老人》，《朱光潜纪念集》，安徽教育出版社1987年版，第203—204页。

"异化的劳动"部分,"从物质方面来说"中,把 physic 译为成"物质"是错误的,应该翻译成"肉体","物质"的外延更大;"在这样一个规定里"中的"规定"不准确,应该翻译为"定性";在"人在实践和理论两方面"中把"theorie"翻译成"理论"是错误的,应译成"认识"。在"私有财产和共产主义"部分,"就等于人文主义,作为完善化的人文主义"中"人文主义"的翻译是错误的,应译成"人道主义";"我的一般意识","一般意识"的翻译是错误的,与原意相距甚远,应译成"意识形态";"社会性的心(消费)",英译本中"mind(心)或 consumption(消费)"的翻译都不恰当,应该充分考虑到劳动的乐趣和文艺欣赏的特点而译成"享受或者乐趣"。诸如此类的例子还很多,朱光潜尽管只是翻译了这两章中最重要的部分,但在这些翻译中就加了 38 个注释,足见其认真、严谨。

实际上,这些成果并不仅是他在 1976 年之后取得的,还经历了漫长的过程,是朱光潜多年深思熟虑的结果。我们知道,在 20 世纪五六十年代的美学大讨论中,他开始学习《1844 年经济学哲学手稿》,并运用于其美学理论的建构,这些成果应该追溯到那时。其中,发表于 20 世纪 80 年代的节译部分的几处校改,他在 60 年代就明确校正过。例如,"异化的劳动"部分中"人是类的存在物",把 gattung 译为"类"不准确,应译成"物种"(与英文 species 对应);"私有财产和共产主义"部分中"感觉在自己的实践中成了理论家",也欠妥,"theoretiker"只能译为"认识者"或"认识器官";中译本的"因为苦恼是人用以感知自己的自我的手段之一"中,有意对"selbstgenuss"视而不见,没有忠实于原作。① 而且,难能可贵的是,朱光潜不仅认真校改,还详细说明了校改的原因。

朱光潜即使在晚年精力不济的时候,仍然认真钻研对马克思产生了巨大影响的意大利思想家维柯。他在研究维柯与马克思主义的关系时发现,当时的《资本论》第十三章的第 89 号脚注存在严重问题,而弄清这个注释的准确含义对于解决这个问题又极为关键。他特意翻译了国际出版局、美国国际出

---

① 丁枫:《长歌当哭——纪念朱光潜先生一周年》,《朱光潜纪念集》,安徽教育出版社 1987 年版,第 231 页。

版社的《资本论》的这个脚注,与国内的译文进行比较。结果,两个国外版本的译文比较接近,也较为准确,与国内译文的出入很大。他据此做出判断:"我们断定脚注的中译文(马恩编译局的版本)是粗制滥造的,错误百出的,读者细心核对,当不难看出,最严重的错误在没有抓住人类史是由人类自己创造的而自然史却不是自然界动植物自己创造的这一条马克思和维柯都着重的基本原则。"① 尤其是,"自然史不是我们自己创造的"的翻译是错误的,应该把"我们"改为"自然界"。他还指出了国内译本的三个严重疏忽,即没有提瓦特,没有说明动植物如何用器官作为生产工具,没有对维柯做必要的注解。②

朱光潜对这些问题的发现、纠正,很有针对性、借鉴意义,也值得我们认真对待。

四 呼吁加强马列主义论著的翻译、研究工作

朱光潜的写作长达六十余年,是我国现当代著名的大师级的美学家、文论家、外国文学研究家、翻译家、教育家,他成果卓著、论著丰富,在专业领域影响极大,也因其论著获得了巨大的社会声誉,还是当代中国极为罕见的具有国际影响力的学者之一。新时期以来,他担任全国政协常委、民盟中央委员、中国社科院学部委员、中华美学学会会长与名誉会长、中国作协顾问、中国文联委员等职,具有相当大的社会影响力。他利用其独特的社会地位、影响力,强烈呼吁提高马列主义经典论著中文翻译的质量,加强对马列主义的研究。

第一,正视马列主义经典论著中文翻译中所存在的问题,努力提高翻译质量,为马列主义的宣传和学术研究奠定牢固的基础。

我们应该承认、正视马列主义著作的中文翻译存在许多问题,有的还比较严重。当然,我们也应该实事求是地看待导致这些问题的原因,公正、客

---

① 朱光潜:《对马恩全集23卷〈资本论〉第十三章标明"89"号脚注的说明》,《朱光潜全集》第14集,中华书局2013年版,第319页。
② 朱光潜:《对马恩全集23卷〈资本论〉第十三章标明"89"号脚注的说明》,《朱光潜全集》第14集,中华书局2013年版,第319页。

观地评价其得失。第一，从客观方面看，翻译工作大都是在革命斗争的艰苦年代进行的，当时外部环境异常恶劣、艰难，缺乏最基本的物质保障、文化氛围、工作条件。第二，从翻译者的情况看，他们的外语水平、文化修养都有很大的局限，较多译者的外语不过关，进一步的深造也受到限制，影响到翻译的质量。其中，由于俄语水平高些，列宁著作翻译的质量好些。但是，马恩著作的中文翻译堪忧，如果核对原著仔细校对，存在很多问题，需要纠正。第三，翻译工作者克服重重困难，翻译出版了全集，满足了宣传、革命斗争、学习的需要，为人民理解、掌握马列主义奠定了基础，他们已经尽了最大的努力，取得这些成果实属不易，理应感谢他们的辛勤工作。第四，由于主客观方面的原因，译文的不准确、错误在所难免，有的错误相当严重，这是事实，应该正视这些局限，积极寻求各种办法弥补不足、纠正错误、解决问题。① 而且，随着时代的发展，我们已经认识到以往理解马列主义的局限、错误，现在也理应比过去更准确地理解马列主义，但旧的译文的局限日渐凸显，为了满足时代发展的需要，应该有更为全面、准确的译文。第五，语言是不断变化、更新的，从开始翻译到现在，时间已经比较长了，时过境迁，应该根据语言的变化调整、改进译文。此外，"经典著作及其翻译往往是语言规范化的一个重要的动力"，应该认真、准确、规范地翻译马列经典，通过读者的阅读，为提高汉语规范化发挥作用。②

第二，建立科学、长效的翻译工作机制，促进马克思主义经典论著中文翻译工作的长远发展。

1979年，他专门就这个问题给商务印书馆外国哲学编辑室陈兆福编辑写信，并要求把这封信转交给国家出版事业管理局。这封信以《建议成立全国性机构，解决学术名词译法的统一问题》为标题发表在人民文学出版社的内部刊物上，很快，就公开发表在1979年1月国家出版局编的《出版工作》1979年第1期上，以实际行动推动了中国翻译工作的进步。他在信中提出，希望国家组织、成立一个全国性的常设机构，出版一部比较准确的译名词典，

---

① 朱光潜：《怎样学美学》，载全国高等院校美学研究会、北京师范大学哲学系编《美学讲演集》，北京师范大学出版社1981年版，第3页。
② 朱光潜：《关于马列原著译文问题的一封信》，《中国社会科学》1981年第3期。

以解决学界长期存在的学术名词译名缺乏规范性、统一性的问题，既能够节省翻译工作者、编者的精力，又能够减少、避免一些不必要的争论，提高翻译的效率、质量；为了从根本上提高我国的翻译水平，建议国家有意识地、集中力量培养翻译人才，即"集中现尚分散的编辑和翻译两方面的骨干人材，把培养新生力量当作头等大事来抓。抓的办法是翻译和科研结合"；建议恢复出版《翻译通报》之类的关于翻译问题的刊物，便于翻译界的争鸣、讨论、交流，以便翻译界自行解决一些问题。这封信就举例说明了马克思主义经典论著翻译中存在的问题。①

1981年，朱光潜就阅读张契尼同志新译的《〈黑格尔法哲学批判〉导言》的体会专门给《中国社会科学》编辑部写了一封信，更加深入、系统地思考了这个问题。他总结了翻译出现错误的原因："（1）对马克思主义本身的全面掌握不够；（2）对外文的掌握不够；（3）对中文的掌握不够。"② 在他看来，马克思主义经典论著翻译中出现的问题，与旧的翻译工作方式有很大关系，亟待调整、改进旧的工作方式，并采用新的工作方式："在动手翻译之前应有个学习和讨论阶段，最好有一个三人到五人小组来进行，把原文吃透了，才由一人动手译，由小组讨论定稿，印行后要不断地广泛征求校改意见。"③ 他针对问题提出了两个重要的忠告：第一，"任何一篇文章或一个论点都不能就它本身孤立地看，要找到它的来龙去脉"。第二，"经典著作的各种译文不一定都很正确，本例俄、法、英译文都不很正确，应深入研究，作出自己的判断。在研究中应特别注意到上下文乃至前后文相关联的意义（contextual meaning），也绝对不能孤立地看"④。而且，鉴于马列主义在中国的意识形态的指导地位，及其经典著作的普及性，力应认真、准确、高质量地翻译马列论著，借助大众阅读，提高汉语的规范性。为此，朱光潜深谋远虑地强调："我们就不应忽视译文对汉语规范化所必起的作用。"⑤ 同时，他在马列主义

---

① 朱光潜：《建议成立全国性机构，解决学术名词译名统一问题》，《出版工作》1979年第1期。
② 朱光潜：《关于马列原著译文问题的一封信》，《中国社会科学》1981年第3期。
③ 朱光潜：《关于马列原著译文问题的一封信》，《中国社会科学》1981年第3期。
④ 朱光潜：《关于马列原著译文问题的一封信》，《中国社会科学》1981年第3期。
⑤ 朱光潜：《关于马列原著译文问题的一封信》，《中国社会科学》1981年第3期。

经典论著统一译名的具体问题上，还提出了更为宏大、深远的设想，现在应该充分总结、借鉴历史上佛教经典翻译的经验，出版一种类似于翻译佛典的"翻译名义集"之类的著作，供翻译者参考。①

第三，重视马列主义经典论著的选本工作，提高选编、翻译的质量，充分发挥其独特的社会作用。

1977年，朱光潜结合自己研究马克思主义美学、文论的成果，对照德语、法语版本认真校改了《马克思恩格斯论文学和艺术》中译本的错误。1980年，朱光潜在《武汉大学学报》发表《对"马克思恩格斯论文学和艺术"编译的意见》，全面、直率地说明了对这类选本及其中译本的意见。他明确认同"我们的理论基础是马克思主义"，同时强调落实更重要。同样，经典马克思主义作家的文艺思想对我们也非常重要，但目前国际学界的这类选本的问题较大，我国文论界通用的《马克思恩格斯论文学和艺术》（俄语原版及其中文版）也存在严重的问题，应该引起我们的重视。鉴于此，朱光潜提出了自己的意见和建议。首先，这类选本的总体情况是良莠不齐，有好的选本，如东德Lifschitz的选本（已有中译本）、苏联国家出版社编的《马克思恩格斯论文学》、Thorez撰写引论的法国共产党的选本；也有比较差的，最差的是俄语四卷本的选本（我国已经翻译，正在通用）。其次，这些选本存在的共同问题是，按照专题选文、解构全书，整篇整段地割裂马恩原著，盲目挑选、拼凑成专题，肢解了原著的整体性、有机性，破坏了前后顺序、内在关联性。其中，俄语四卷本的这种弊病更严重。俄语四卷本忽视马恩论文学的辩证唯物主义、历史唯物主义的指导思想和方法论（尤其是辩证唯物主义），用"艺术创作的一般问题"取代之，选取了过量的"革命悲剧""现实生活中悲剧和喜剧""黑格尔的美学"等内容，错误地把这些内容作为艺术的一般问题，而且，选目零碎、错乱，标题也有不少错误，选文缺乏系统性，漏选了不少重要篇目，根本无法看出马克思主义美学的体系。再次，编者不能准确理解马克思主义，导致了俄语四卷本对文论的错误理解，一定程度地表现在选本的序言中，进而误导读者。缺少辩证唯物主义的指导，贬低或否认马克思主义

---

① 朱光潜：《关于马列原著译文问题的一封信》，《中国社会科学》1981年第3期。

实践论，片面地理解人与自然、主体与对象、人性与阶级性、阶级性与共同美、文艺与政治、政治标准与艺术标准、人道主义与自然主义的关系，例如，把人道主义与无产阶级革命绝对对立起来，错误理解艺术的起源，否定《1844年经济学哲学手稿》的学术价值，等等。最后，俄语四卷本中译本的翻译也不准确，甚至有不少错误。例如，该书"艺术与马克思主义"部分的"劳动与游戏"（应该译为"论劳动"）中，源自《资本论》的这段文字不仅不应该放在这部分，而且，译者随意删除、颠倒原文，译文晦涩难懂。其中，德文原词spiel（英译play）有"游戏""发挥作用"的意思，但中译本却错误地理解、翻译为"游戏"，艺术起源于游戏是德国美学家席勒和英国经验主义者斯宾塞尔的观点，主张艺术起源于劳动的马克思是反对这种观点的，混淆了艺术起源于游戏、劳动的学说，导致中译本出现了张冠李戴的错误。[①] 总之，上述问题不但影响了国人准确地理解马克思主义及其文艺思想，还造成了马克思主义文论零散、琐碎、没有完整体系的印象。为此，朱光潜提出了合理的建议，即应该克服旧的认识和条条框框的束缚，纠正理解和翻译的错误，与时俱进地更新内容，增加新的部分，诸如学术热点、前沿问题；重要的问题，如马恩关于"异化"的论述；重要的篇章，如《费尔巴哈论纲》《1844年经济学哲学手稿》的"私有制与共产主义"部分中人道主义与自然主义结合的章节、《〈政治经济学批判〉导言》中关于掌握世界的方式的论述；《资本论》中"劳动过程"部分的关键语句；等等。[②] 而且，鉴于俄语四卷本的弊病和中译本翻译的错误，以及国内有些选本仅仅依赖马克思主义经典作家评论具体作家、作品的有限的信件的狭隘性，我们应该解放思想，积极吸收文论界的研究成果，重新编写选本，准确地翻译，反映并帮助读者系统、准确地掌握马克思主义的史论结合的完整的美学体系，有效地指导文艺创作、文艺史的编纂、文艺与文论研究，满足现实的需要。同时，也能够减少或避免以讹传讹，误导读者。应当说，他的意见有的放矢、切中时弊，建

[①] 朱光潜：《马克思的〈经济学—哲学手稿〉中的美学问题》，《美学》1980年第2期。
[②] 朱光潜：《对"马克思恩格斯论文学和艺术"编译的意见》，《武汉大学学报》（哲学社会科学版）1980年第5期。

议也是及时可行、意义非凡的。①

其实，文艺理论选本只是一个例子，马克思主义其他学科的选本、翻译也存在类似的问题。应该以此为戒，端正思想，钻研业务，提高编选、翻译的质量，推动教育和学术的发展。

第四，从根本上提高马克思主义的研究水平。

朱光潜在研究美学、马克思主义的过程中发现我国马克思主义研究存在的问题和落后状况，对此深感不安，多次表达过忧虑、担心和希望改变现状的决心，并付诸实际的行动。他在对照中译本重译马克思《1844年经济学哲学手稿》重要章节时发现了许多问题，真切地体会到，我国马克思主义经典著作的翻译工作"刻不容缓"，而且，"已有的表现和我们社会主义祖国的地位太不相称了"。② 1980年10月11日，他在全国高校美学进修班的演讲中严肃地指出："我们美学处于落后状况，是情有可原的。而马克思主义的研究也处于落后状况，则是说不过去的。"③ 甚至暮年的他在遇到错误频发的译文时还苦口婆心地劝勉译者端正态度："我们是马列主义的信徒，对马列主义的经典著作的翻译还应该持更严肃的态度，付出更大的努力，否则就会造成精神污染！我前已呼吁过三、四次了：'人之将死，其言也善，鸟之将死，其鸣也哀！'"④ 不仅如此，他还认真地分析了原因。一是马列著作的中文翻译出现了很多不当、错误，这些问题极为严重地妨碍了正确地理解、研究和掌握马列主义。二是错误地指认马克思主义美学缺乏完整的体系。一方面，这与一些缺乏义理、零碎、混乱的选本有非常大的关系，亟待科学、系统地反映马克思主义精神实质和真实全貌的选本；另一方面，马克思主义美学具有博大精深的潜体系，但是，研究者满足于做表面文章，浅尝辄止，没能深入研究、发掘出这个涉及文艺各个方面的完整的体系，反而局限于表面的、错误的观念而不能自拔："写过或没有写过美学专著，和有没有完整的美学体系并不是

---

① 朱光潜：《马克思的〈经济学—哲学手稿〉中的美学问题》，《美学》1980年第2期。
② 朱光潜：《马克思的〈经济学—哲学手稿〉中的美学问题》，《美学》1980年第2期。
③ 朱光潜：《怎样学美学》，载全国高等院校美学研究会、北京师范大学哲系编《美学讲演集》，北京师范大学出版社1981年版，第3页。
④ 朱光潜：《对马恩全集23卷〈资本论〉第十三章标明"89"号脚注的说明》，《朱光潜全集》第14集，中华书局2013年版，第319页。

一回事。马克思主义创始人没有写过美学专著,这是事实;说因此就没有一个完整的美学体系,这却不是事实。"① 而且,马克思主义美学还以其包容性、深刻性获得了巨大的阐释力,不但能够深刻地解释文艺现象及其来源、与社会的联系,而且能够分析其他美学理论(尤其是唯心主义美学理论)的局限。三是国内的整体研究水平确实不高、亟待提高。缺乏对国外学术前沿问题的关注、研究,如对国际学界关于《1844年经济学哲学手稿》的新的研究成果,马克思对异化问题的处理,对国外马克思主义学和新的马克思主义流派的研究。不能够及时回应、有效解决国内外学界的一些争议问题,诸如,两个马克思问题,马克思主义与异化的关系问题,马克思主义与人道主义的关系问题,等等。不能坚持马克思主义的大前提,即辩证唯物主义、历史唯物主义及其统一,在具体的美学研究中,难以贯彻马克思主义的精神实质和方法论的指导意义。缺乏对马克思主义的整体观照,忽视马克思主义理论之间、马克思主义与其他理论之间的有机联系,错误地把人性论、人道主义与马克思主义对立起来,斥之为资产阶级的专利,否认马克思主义对德国古典哲学的继承。具体理解、研究中尚存在不少错误。例如,否认马克思主义的实践观及其派生出的实践论美学,否定美是主客观的统一及其对自然美、现实美之间的关系的正确处理,等等。② 四是应开阔视野、解放思想,加强对与马列主义有关的其他学术思想的研究。他发自内心地说:"只学马克思主义而不学其它,也决学不通马克思主义。美学也是如此。"③ 这里所说的"其它",自然也包括对马克思主义思想来源的研究、马克思主义与其他思想、马克思主义与资产阶级思想家关系的研究。唯有如此,才能提高我们的研究水平。

朱光潜根据其仔细观察、亲身体会,准确地指出了当时我国马克思主义译介、研究中存在的问题,提出了改进的方案。可贵的是,他在年事已高、健康欠佳的情况下,不顾个人得失,利用其社会影响,以一己之力强烈呼吁

---

① 朱光潜:《谈美书简》,上海文艺出版社1980年版,第38页。
② 朱光潜:《怎样学美学》,载全国高等院校美学研究会、北京师范大学哲学系编《美学讲演集》,北京师范大学出版社1981年版,第3—8页。
③ 朱光潜:《谈美书简》,上海文艺出版社1980年版,第43页。

国家有关部门、个人正视问题，采取措施，解决问题，充分体现了知识分子的良知、报效国家的责任心。

朱光潜具有追求真理的勇气、扎实的专业素质、深厚的文化修养、丰富的翻译经验、认真传播和发展马克思主义的使命感，能够发自内心地尊重马列主义。这些因素使他能够认真地翻译、研究马列主义理论和马列主义美学文献，为当代马列主义的发展做出了不可替代的贡献，也走出了一条独特的翻译与研究相互结合、良性互动的道路。实际上，他的翻译是一种在讨论、比较、辨析中进行的特殊的研究，也具有重要的学术价值和普及意义。当然，他的翻译、结论并非完全正确，仍然需要进一步研究、甄别。值得肯定的是，在新时期及其之后的美学研究中，他的马列主义美学、文论的译介成果确实得到了学术界的重视，包括他自己在内的很多研究者都在研究中吸收了这些成果，这在《1844年经济学哲学手稿》的美学思想、实践论美学和其他马列主义美学思想的讨论中都有所反映。而且，随着学界对朱光潜的译介、研究认识的深化，这些成果将发挥越来越大的作用。但实事求是地说，他的翻译和研究成果确实没有得到学术界应有的重视，更缺乏必要的清理，尤其是他对于马列主义经典论著的翻译错误的纠正，至今仍然没能得到有关部门的认真对待，甚至缺乏最基本的回应。例如，仅就朱光潜提出的马列主义经典著作的书名、论文题目这些最基本的问题而言，现在通行的、新版的马列主义经典著作大都仍然沿用旧的译法，基本上没做修改，更谈不上吸收他的研究成果了。

当前，时代又一次提出了切实推进马克思主义发展的历史使命，在推动马克思主义中国化的背景下，我们理应及时而认真地清理他的马克思主义译介、研究的遗产，由此总结其得失，以促进马列主义、马列主义美学和马列主义文论的译介、研究，进而有效地指导、带动整个人文社会科学的发展，回应现实的理论需求和挑战。

原载《甘肃社会科学》2021年第6期

·第四编 钱中文文学理论研究·

钱中文文学理论研究述评

综观中国当代文学理论,特别是新时期以来的文学理论研究,钱中文先生的学术贡献,不仅体现在其丰硕的成果上,还体现在他引领了新时期(特别是20世纪90年代)以来文学理论的发展潮流,并努力营造一个有利于促进文学理论发展的学术环境。因此,总结钱先生的文论研究,有助于我们研究新时期以来的文论建设。

20世纪80年代,钱先生这代学人终于有机会开始了他们正常的学术研究了。20世纪80年代之于钱先生有特殊的意义:既是承前启后的时期,又是辛勤耕耘、创造、收获的时期。

钱先生在其单卷本文集序言中说明了自己的心路历程:他在20世纪70年代末,"一旦获得自由,首先的行动就是要反思自己、清算自己,告别过去的自我。所幸在80年代中期前,这种内心的自我清算,算是逐渐完成了,一旦告别了过去,就觉得人身独立了、自由了。同时这个过程,也是在学术上找回自我的过程,这主要是说话做文章,不说假话和不写那些满足某种需要的套话,而只说属于自己的意见,努力写下不同于过去的有些新意的见解。一旦在人格上、学术上找回了自己,我真有一种解脱之感,一种新生的喜悦"[1]。20世纪70年代末80年代初,钱先生参与了当时对文学理论中各种问题的清理。由于文学从属于政治的简单化、庸俗化的思想得到纠正,文学实际上由此获得了自己的身份,进而必然要探索自身的特征、灵魂以及是什么

---

[1] 钱中文:《自序》,《钱中文文集》,上海辞书出版社2005年版,第1—2页。

等问题。从这时期钱先生论著所涉及的问题来看,它们有艺术真实与艺术理想、文学中的共同人性与人道主义问题、创作中的感情形态问题、艺术直觉、现实主义与现代主义、审美反映与审美意识形态等问题。1980年,钱先生提出了"艺术真实并非现实生活的摹写""艺术真实具有'事物和生命的精神、灵魂和特征',是对生活的发现和开拓""艺术真实具有理想性"等观点,这些观点间接针对"十七年文艺"和某些现实主义文论"假、大、空"的虚假真实观,具有拨乱反正的意义,当时此文还被译成维吾尔语刊发。当然,今天看来,对艺术理想的论述似乎理想化一些。① 1981年,钱先生就文艺中的感情和思想的关系问题谈及他的看法,他以新时期的文艺创作为背景,肯定了一些作品在表现情感方面所取得的成绩,同时,及时地指出了某些作品、理论排斥思想的缺陷。他还结合文学史,从理论上探讨了文艺创作中的感情与思想的复杂关系、情感的复杂性和情感描写的表现形态等问题。② 此外,他还把他在"文革"前的灵感研究延伸到了对艺术直觉的研究,大力肯定艺术直觉非理性的特征及其多种表现形式,也肯定了其理性的隐性的积淀。③ 钱先生参与了文学中的人性、人道主义问题大讨论,就现实生活与文学描写中的人性共同形态,做了极有说服力的论证,回应了人只具阶级性的庸俗论。钱先生的《论艺术假定性的类型和文学的真实性形态》一文,是一篇值得关注的文章,它提出了"艺术的假定性是艺术存在的必要条件"的重要观点,并分析了现实主义文艺的假定性的类型和真实性的形态、现代主义文艺的假定性与真实性特征等问题,这些问题对于我们认识文艺的基本特点和现实主义、现代主义文艺具有重要的意义④,同时这也是这个时期钱先生对现代主义文艺研究的重要收获期。20世纪80年代初,中国文坛出现了一些具有现代主义倾向的文艺作品,理论界也就西方现代主义文艺、中国的"现代派"等问题展开了热烈的讨论。实际上,妥善地认识与处理西方的现代主义文艺及其与中

---

① 钱中文:《艺术真实和艺术理想》,《现实主义和现代主义》,人民文学出版社1987年版,第181—208页。
② 钱中文:《论文艺作品中感情和思想的关系》,《文学评论》1981年第5期。
③ 钱中文:《论艺术直觉》,《学术月刊》1982年第7期。
④ 钱中文:《论艺术假定性的类型和文学的真实性形态》,《文艺理论研究》1985年第4期。

国当代文艺的对接问题，确实面临着理论与实践上的严峻挑战。我们知道，西方学界对现代主义缺乏统一的看法，再加上当时否定现实主义的文化语境，这些因素都增加了处理这个问题的难度。而且，对于钱中文来说，他们那一代学者大都是在现实主义文艺的熏陶下成长起来的，其研究俄苏文学的背景都使他对现实主义始终获有一种难以割舍的情感。这样，现代主义之于钱中文，就成为理论、实践、学术、意识形态、传统、现实等因素纠结在一起的复杂问题。钱先生在《现实主义和现代主义的几个问题》中提出了他对中国接受现代主义的看法："现代主义文艺现象是相当复杂的，我以为既不要盲目崇拜，也不能盲目排斥。我们的方法应当是具体分析。那就是要把现代主义文学和一定的社会、哲学、文艺思潮联系起来加以考察。"①之后，他对现代主义文学、艺术的态度发生了重要的变化。他后来连续发表了《引进与同化》《文学的诗情——现代主义文学的现实性》《民族文化精神与文学发展——论中国当代文学与现代主义》等几篇有分量的文章，充分地肯定了现代主义的意义和价值："它们（指现代主义的优秀之作——引者注）愤世嫉俗，在揭示人的尴尬处境、存在的荒诞、人性的泯灭方面，笔锋犀利，振聋发聩。它们所描写的人的巨大压抑和痛苦，显示了生活的非理性之深，使人为之震栗。"②"在当代中国文学中，是必然要出现现代主义文学的，虽然开头是一种移植。这里有生活的土壤，也有思想的基地。"③后来，他将现代主义文学中的优秀之作称作"表现人的生存艰辛的悲怆交响曲"，并把它们与现实主义优秀之作一视同仁。没有这些研究的铺垫，就很难理解其以后的研究，但这些研究经常被忽视，因此这里有必要重提这段时期。

"审美反映论"与"审美意识形态论"，是钱先生在探讨文学中的真实性、思想感情、人性、创作动因、文学假定性及其类型、现实主义与现代主义审美原则的过程中先后探讨而提出的两个观念，它们的共同性就是文学的

---

① 钱中文：《现实主义和现代主义的几个问题》，《现实主义和现代主义》，人民文学出版社1987年版，第37页。

② 钱中文：《民族文化精神与文学发展——论中国当代文学与现代主义》，《钱中文文集》第1卷，中国社会科学出版社2021年版，第337页。

③ 钱中文：《民族文化精神与文学发展——论中国当代文学与现代主义》，《钱中文文集》第1卷，中国社会科学出版社2021年版，第338页。

审美特征问题，前者贯穿于创作过程，后者表现于文学本质。

从20世纪80年代初开始，过去的创作理论受到猛烈的批判，特别是认识论、反映论成了文艺界经久不衰的批判对象。钱先生以为，最为猛烈的批判者并未真正了解认识论特别是反映论的本义，而是像过去一样，先把反映论庸俗化一通，去掉了其能动性，当作僵死的反映，然后再次进行庸俗化的批判。在《论当前文学理论中的现代主义思潮——评〈崛起的诗群〉兼论现实主义创作原则》一文中，钱先生在涉及文学对象时提出了"审美反映"的观点。1984年，他把关于这个问题的系统思考写进了《文艺理论的发展和方法更新的迫切性》，并提出创作是"审美反映"过程。此时童庆炳教授也在他的《文学概论》中提出了"审美反映"说。钱先生写就于1984年秋天，发表于1986年的《最具体的和最主观的是最丰富的——审美反映的创造性本质》（《文艺理论研究》1986年第4期）长文，则专门阐释了"审美反映"。在他看来，审美不能涵盖一切，但审美却是文学的本质特性，抛弃审美特性，正是造成长期以来文学理论简单化、庸俗化的根本原因。所以文学创作如果与反映发生联系，那也不应是对一般反映论的搬用，而应是审美反映。"审美反映是一种灌满生气、千殊万类的生命体的艺术反映，它具有实在的容量，巨大的自由，它不仅曲折多变，而且可以使脱离现实的幻想反映，具有多样的具象形态，可以使主客观发生双向变化。"[①]他提出了审美反映的心理结构说，即审美反映总是心理层面的反映，是通过感性的认识获得深层意义的反映，是通过语言符号等形式层面的反映，是指向实践功能的反映，即心理、感性认识、语言形式、实践功能四个层面组成的统一体。审美反映中的主观创造力主要表现为对现实的改造，对作家来说，这里所说的现实指的是现实生活、心理现实与审美心理现实。在这个审美心理结构中，现实发生转化而呈现为两种表现形式：通过对事物、现象的描写而表现其内在精神；通过把全部客观特征全面主观化或把主观特征全面对象化的方式，形成审美反映中主体向主观的倾斜。他强调了审美反映中的转化与创造性，即改造现实主体的能动

[①] 钱中文：《最具体的和最主观的是最丰富的——审美反映的创造性本质》，《文艺理论研究》1986年第4期。

性。主体的审美心理定式是创作主体的感情、想象、认识的积累,而逐渐形成一触即发的内驱力,强烈要求主体获得实践的满足,并不断更新,它是审美反映的动力源。审美反映离不开表现,表现过程也是自我存在的反映。现实的丰富性和主观性的不断更新,决定了审美反映的无限多样性。审美反映主体的主观性的强烈程度决定了审美反映的成效,其最高要求是创作个性,创作个性也是创造的极致的表现。"审美反映论"是文艺理论界在拨乱反正中形成的一个重要理论成果,它突出了文学的审美特性,以及创作主体的能动性和创造性,推进了对文学本质的认识,同时这也是其"文学审美意识形态论"的基础。卢卡契《审美特征》专门就"审美反映"进行了详细论述,该书中译本出版于1986年年底,钱先生的具体论述与《审美特征》的阐释是不同的。因此,应该说,这个提法是钱先生与我国学者的共同创造,只不过与国外的理论家偶然契合罢了!但钱先生的阐释无疑具有创造性。

20世纪80年代是一个思想激荡、各种观念相互碰撞的时代,国外(特别是西方)理论的引进激发了本土的理论热情,并理所当然地成了理论建设的资源。国外(特别是西方)的文学观念、文学方法,及其激发的文学想象都成为当时文学研究的"集体无意识",这也是"审美意识形态论"产生的语境的一个维度。这时多种文学观念并存,不少学者都在进行着艰难的选择。对于文学界而言,我想大多是通过钱先生的文学观——文学是审美意识形态——初识、了解他的学术思想。文学审美意识形态论提出后,有着同样思想的童庆炳、王元骧教授做了自己的阐释,成了20世纪90年代以来被屡屡提及的命题。这是20世纪80年代后期钱先生文学基础理论研究方面最大的收获,从某种程度上讲,正是这个命题塑造了钱先生的文学理论家形象的,这也是我在此重点提及这个命题的原因。

马克思主义文艺思想传入我国后,文学是意识形态说就不断得到传播,也不断出现文学本质特征简单化、庸俗化倾向。钱先生在1982年发表的论文[①]中,就尝试性地提出,文学"是具有审美特性的意识形态",当然那时候他并不是很自觉。在1984年在论述现代主义文学理论思潮、文学方法论与对

---

① 钱中文:《论人性共同形态描写及其评价问题》,《文学评论》1982年第6期。

苏联学者文学观的评述中，他再次认为文学是审美意识形态，而在探讨过文学审美反映论之后，对文学本质观的阐释也水到渠成。1987年发表的《论文学观念的系统性特征》①和1988年发表的《论文学形式的发生》②，专门研究了审美意识形态问题。这一概念实际上是针对"文学是单纯的意识形态"和当时相当流行的"纯文学""审美主义"而提出来的。特别是后文从发生认识论出发，追溯了早期社会人类审美意识在人的长期劳动、生存实践中形成，积淀了生存的感受与感悟，形成了多种审美意识原型，出现了口头歌唱、语言叙事的前文学的审美意识形式；之后这种审美意识形式融入了具有符号象征意义的文字中，融入了具有独特节奏、韵律的诗性语言的文字结构，审美意识由此获得了书写、物化的形式，特别是在话语、文字多种结构的样式中，显示了审美与社会价值、意义、功能的复合性特征，及相应的张力与平衡性，并最终历史性地生成现代意义上的审美意识形态。文学审美意识形态既非单纯的审美，又非单纯的意识形态，而是审美意识的自然的历史生成。在确定和阐释了"审美反映"论与"审美意识形态"这两个基本观念之后，他以此为根基，建立起了对文学的系统的、成熟的理解，其成果便是《文学原理——发展论》。由此可见，从钱先生对这个问题的思考开始，到这个理论体系的建立，经历了六七年之久的探索。后来他才知道：俄国批评家沃罗夫斯基在1910年评论高尔基的文章中有过文学是"审美意识形态"的说法；1985年出版的苏联美学家布罗夫的著作《艺术的审美实质》也提到过艺术是"审美意识形态"，但都没有明确的界定和详细的阐释。最近，钱先生在深入思考的基础上，进一步阐发了文学"审美意识形态"论。他强调，审美意识是文学审美意识形态的逻辑起点，各种意识形态，可以在产生它们的基础之上，追溯它们产生的过程。这种文学观既有助于回归文学自身，又重视了文学与生俱来的复合性特征，从而使他在探讨文学本质特性和文学观念的形成、发展时获得了巨大的历史感，也比较符合文学发展的实际。

钱先生当时认同、运用了系统分析法，并以此来观照复杂的文学观，提

---

① 钱中文：《文学观念的系统性特征——论文学是审美意识形态》，《文艺研究》1987年第6期。
② 钱中文：《论文学形式的发生》，《文艺研究》1988年第4期。

出了文学本质特征的多层次说。即文学是一个大的系统，这个系统呈现出不同的层次结构和各个子系统。文学的第一层次本质特征（亦为文学的最高特征），是文学的审美意识形态性，这是文学研究首先要面对的。文学研究的第二层次本质特征是对文学本体特性的研究，文学本体主要阐明文学存在的形式，即语言结构的审美创造系统、主体的审美创造与审美价值创造系统、阅读接受的文学审美价值再创造系统。钱先生从作品的静态结构和动态发展、共时性与历时性、意义与价值创造等角度综合分析了文学本体系统。文学系统的第三层次是文学发展，主要探讨文学本体的发展。与文学本体的三个系统相对应，文学发展论主要研究文学体裁的流变及其规律；创作主体的个性、艺术风格（风格的生成结构与审美中介）与流派（它的深层结构）、思潮的关系，创作原则的选择等问题；文学在不同时期的接受历史，对不同时期的读者的影响，及其意义、价值的生成与再生成。这三个方面的影响就形成了作品的意义。文学系统的第四层次主要探讨文化系统的各个部分对文学的影响。在长期的历史发展过程中，特定的民族都会形成自己的"民族文化精神"。"民族文化精神"作为民族深层的心理结构，对文学艺术产生极为重要的影响；文学是民族文化精神的重要载体，对文学与众多文化因素之间关系展开的研究，就是文学的文化研究或文化诗学。第五层次是文学史研究。他提出了研究文学史的新方法：审美的历史社会学的方法，这种方法强调影响文学发展的内力与外力的结合、审美分析与历史社会分析的结合，以达到理论形态与历史形态的高度融合；同时重视研究多种方法的综合。针对当时流行的一种文学替代另一种文学的说法，钱先生指出，文学史的进化不是生物成长式的进化，在文学的发展过程中存在更迭与非更迭现象，替代的是流派与思潮，而非创作精神和原则，后者可以获得不断丰富，但是无法替代的；文学发展不仅是钟摆运动，而且是一种斜向前进式的钟摆运动。[①] 这些论述，既有创新性，又符合文学的历史演变规律。

20世纪80年代后期，钱先生出版了《文学原理——发展论》一书。此书将"审美反映论""审美意识形态论"贯彻其中，充分、系统地体现了他

---

① 钱中文：《文学原理——发展论》，社会科学文献出版社2007年版，第366—367页。

对文学的个人理解，即"文学作为审美的意识形态，以感情为中心，但它是感情和思想认识的结合；它是一种虚构，但又具有特殊形态的真实性；它是有目的，但又具有不以实利为目的的无目的性；它具有阶级性，但又是一种具有广泛的社会性以及全人类性的审美意识的形态"[①]。钱先生做出这样的概括，一方面明确了文学是以感情为中心的精神现象；另一方面，对于各种不同而又难以统一的概念，它们都是面对当时文学理论中的片面论述而发的，这些观点各有一定道理，却各执一端，各自放大，制造了它们之间的对立。所以，这里对于审美意识形态内涵的解释，具有强烈的针对性与学理性。

钱先生提出这个命题已有20多年的历史了，20多年中这个体系和命题不但经受住了检验，而且获得了相当广泛的认同。《文学原理——发展论》的特点是非常明显的。第一，具有强烈的时代感和学术性。特殊的条件导致文论对文艺的上层建筑与意识形态功能的过分强调，但是，新时期初期的拨乱反正和西方理论的影响，又使当时的文论过分强调文艺的审美性。《文学原理——发展论》克服了这两种偏颇，处理好了文艺的自律与他律的关系。而且，该著作始终强调文艺的民族文化背景和文化性，但又没有把文化"泛化"，而有别于西方的"文化研究"。这些因素都增加了其时代性和学术价值。第二，建立起了一个比较完整、严密、科学、自足的文学理论体系，注意了历史与逻辑的统一，理论能够解释许多文学现象，具有原理的穿透力、概括性。同时显示了理论的严整性，能够自圆其说，把自己的理论、方法贯彻到底。第三，善于甄别与梳理，注重概念链、知识谱系和知识增值，这些特点使其理论具有清晰性、连续性和完整感，通过对元概念、核心概念、基本命题的演绎，而使理论系统化。第四，从内容看，钱先生的著作具有极大的开放性和包容性，它吸纳他人之长，立足于自己的文学经验以及据其建立起来的文学思想，将其他理论观点统摄起来。即使借鉴他人理论的某些观点，它们也是被过滤了的，而作为一个个部件被融入了他构筑的理论体系，但整个理论本身绝无那些理论的片面和失误，而且与时下那种生吞活剥式的"借鉴"形成了鲜明的对照。第五，具有鲜明的理论个性，

---

① 钱中文：《文学观念的系统性特征——论文学是审美意识形态》，《文艺研究》1987年第6期。

表达着个性化的、独特的学术见解,该书出版已十多年了,即使今天读起来仍没有陈旧、过时的感受。笔者认为,这种建构理论的方式乃是其理论个性表现的根本原因吧!

  钱先生在文学理论研究中所坚持的鲜明的理论立场和学术个性,也表现为他在积极组织、介绍西方各种文学理论思想资源时,能够进行科学的分析,细致的甄别,批判性地吸收它们,保持了理论上的自觉,开放而不随波逐流。与此同时,他还提出"主导、多样、综合"与"主导、多样、鉴别、创新"的观点,这使钱先生在理论上具有定向性的方法论特征。《文学原理——发展论》于1989年出版之后,就以其内容翔实、持论公允、论证严密、具有较强的独创性与科学性等优点被文论界接受,受到读者的广泛好评。20世纪90年代初,就被不少高校中文系指定为研究生的必读参考书。著名的美学家、文学理论家蒋孔阳和黄世瑜等先生就说,可将该书译成外文,介绍出去。① 1993年,该书获中国社会科学院1978—1991年的优秀科研成果奖和该年度的国家图书奖提名,在社会科学文献出版社出版(1989年)后,又分别在经济科学出版社(1998年增订本)、韩国新星出版社(2005年精装本)与首尔出版社(2005年平装本)、高等教育出版社(2005年)、社会科学文献出版社(2007年修订本)、黑龙江教育出版社(2008年)出版。一本文学理论著作获得不断出版的机会,也是很独特的,可以说创造了个人性的文学基础理论类著作的出版纪录。《文学原理——发展论》是继蔡仪先生主编的《文学概论》和以群先生主编的《文学的基本原理》之后有重要影响的文学基本理论著作,但后两者都是国家统编教材,属于集体劳动的成果,因此,钱先生的《文学原理——发展论》可算是个人撰写的文学理论类著作中的精品了。

  综上所述,笔者认为,以文学"审美意识形态"说、"审美反映"说为核心的文学理论体系,是钱先生对中国文学理论的重要贡献,代表了当代中国文学理论解释文学时所达到的新高度。随着时代的发展,其价值会进一步彰显出来,并将汇入文学理论学科的知识谱系,成为文学理论建设的重要

---

① 文冲一整理:《〈文学原理〉——〈创作论〉、〈发展论〉评议会发言摘要》,《文艺争鸣》1992年第1期。

资源。

进入20世纪90年代以后,随着全球化进程的加快、中国社会的全面转型,全球化与本土化、经济与文化的矛盾迅速彰显。随之而来的商品拜物教的肆虐、人文精神的失落,反映了社会转型时期价值的无序、混乱和亟待重建的现实。90年代以来,钱先生的学术旨趣发生了微妙的变化,鉴于此,笔者愿拈出代表他90年代文学理论成果的新理性精神文学理论,重点地予以说明。

20世纪90年代的各种社会问题,引发了新的精神危机、道德危机。文学艺术中出现的热衷于表现物欲、性欲、隐私、精神空虚,有意迎合读者低级趣味等倾向,以及由此导致的追求粗俗、平庸和平面化的审美意识,首先引起了人文知识分子的关注,其爆发点便是"人文精神大讨论",多数讨论者都承认,当时的人文精神确实是失落了,应该进行人文精神的重建。但由于种种原因,讨论并没有深入进行。钱先生虽然没有介入那场讨论,但他于1995年发表了长文《文学艺术价值、精神的重建——新理性精神》,从文学理论的层面回应了自己对人文精神讨论的思考。他发出了振聋发聩的呐喊:"当今的文学艺术,要高扬人文精神。要使人所以为人的羞耻感,同情与怜悯,血性与良知,诚实与公正,不仅成为伦理学讨论的课题,同时也应成为文学艺术严重关注的方面。以审美的方式关心人的生存状态、人的发展,使人成为人,拯救人的灵魂,这也许是那些有着宽阔胸怀的作家艺术家忧虑的焦点与立足点。"[①] 在我的印象中,钱先生之前的文章中很少有这样的文字,也很少有这样的激情和对现实的直接介入,这篇文章预示了他将采用一种新的论述问题的方式——理论直接干预现实。钱先生把讨论的关注点由作为人文精神主要载体的文学艺术引向了文学理论,试图从文艺理论的层面解决文艺中人文精神缺失的问题,并把他提出的新理性精神作为克服精神涣散、颓丧的支撑,特别是以理性来克服文学、视觉艺术、感性文化中的表层化、低俗化的泛滥。笔者认为,钱先生提出新理性精神,主要是出于直接介入现实的考虑,针对文学创作而言。次年,该文英译版以头条形式刊于美国纽约圣约翰大学出版

---

① 钱中文:《文学艺术价值、精神的重建——新理性精神》,《文学评论》1995年第5期。

的《多元比较理论:界定与现实》论文集。但是当新理性精神以理论品格来衡量的时候,它需要回应一系列的挑战,并进一步赋予其理论的自身内涵。2000年,钱先生出版了《新理性精神文学论》论文集,首次把新理性精神观照下的文学主张命名为"新理性精神"文学论,其后又写了两篇专论,2004年在台湾地区出版了《文学新理性精神》,最终形成了比较完备的新理性文学思想,并成为新的理论生长点。

钱先生认为,社会现实生活的变迁、人文科学学风的反思,直接催生了这个命题。一百多年来的社会生活中发生的多次动荡,哲学思潮的转折与演变,科技发展与工具理性的非人性化,文学艺术价值的不断失落,旧的理性主义已经走向反面,反理性主义思潮接连不断制造社会灾难,现实生活的激变与迷茫,使得人文知识分子需要寻找一种新的立足点,这就是"新理性精神"。新理性精神必须依傍理论、历史、现实、文学艺术的资源,对一百多年来历史发展、人文科学与文学创作中不断发生、不断重复出现的,具有导向性与方法论意义的"现代性""新人文精神""交往对话精神"、感性与文化等关键问题进行探讨,以应对现实生活和文学艺术发展趋向。第一,一百多年来的各种人文、社会科学理论都指向现代化社会的建设,但由于其取向不同而表现了不同倾向的现代性而发生论争,"新理性精神"强调"把现代性本身看作一个矛盾体,应当看到它的两面性,以避免使其走向极端"[1]。现代性应该具有自我反思与自我批判的功能,在科学发展中使理论自身常新。现实生活中的灾祸、厄运的发生,正是理论自信、拒绝自我反思、自我批判的结果。"新理性精神主张现代性是在传统基础上建立起来的现代性,又是使传统获得不断发展、创新的现代性。"[2] 所以,现代性是个没有过时的未竟事业,我们不能跟着后现代主义彻底否定现代性。第二,针对社会物化倾向的泛滥,人的沦落现象日益严重,"新理性精神""要在大视野的历史唯物主义的观照下,弘扬人文精神,以新的人文精神充实人的精神";要"以新的人文精神来

---

[1] 钱中文:《新理性精神与文学理论研究》,《钱中文文集》,上海辞书出版社2005年版,第328页。
[2] 钱中文:《新理性精神与文学理论研究》,《钱中文文集》,上海辞书出版社2005年版,第329页。

对抗人的精神堕落与平庸";"新理性精神意在探讨人的生存与文化艺术的意义,在物的挤压中,在反文化、反艺术的氛围中,重建文化艺术的价值与精神,寻找人的精神家园"。① 为了达到这个目的,"必须发扬我国原有的人文精神的优秀传统,在此基础上,适度地汲取西方人文精神的合理因素,融合成既有利于个人自由进取,又使人际关系获得融洽发展的、两者相辅相成互为依存的新的精神"②。"新人文精神"追求的是人伦的道德底线的重建与人的全面而自由的发展,是对人的生存与命运的叩问与关怀,是人的生存与如何生存的问题,要在人与社会、人与自然、人与科技、人与人的多层次关系融和发展中,完善人的发展。第三,针对近百年来社会生活、学术研究中极端偏执、你错我对、你死我活、非此即彼的常态思维,新理性精神奉行"交往对话精神",确立人的生存是一种对话的生存,人的意识是一种独立的、自有价值的精神现象,人与人是一种平等的对话关系,并建立起各种理论范式、各种话语之间的交往关系。第四,在感性与文化的关系上,新理性精神反对旧理性、唯理性主义,及理性对人的感性、个性、创造性和人性的遏制。新理性精神崇尚感性和作为感性表现的生活,尊重人的感性需求、生理需求和更高层次的文化需求。新理性精神承认非理性乃至反理性的普遍存在及其合法性,特别是其思想的、现实的、特殊的创造力对文学艺术的重要意义,但它反对反理性主义,反对感性的低俗、恶俗的表现与追求。

  20世纪90年代中期以后,钱先生的文学理论研究进入全面收获时期,新理性精神文学理论显示了其影响向纵深处发展。在此期间,他还有选择地进行了文学理论的现代性研究和巴赫金研究,这些研究从不同的层面丰富了他的新理性精神文学理论。

  前者的成果主要体现在钱先生的论文《文学理论现代性问题——生成中的现代审美意识与文学理论》中,这也是他批判地接受国外现代性理论,并结合中国文艺理论实际得出的结论。欧美的现代性研究是后现代主义批判的理论热点,钱先生没有直接照搬国外的理论,而是通过与其对话,立足于我

---

① 钱中文:《文学艺术价值、精神的重建——新理性精神》,《文学评论》1995年第5期。
② 钱中文:《文学艺术价值、精神的重建——新理性精神》,《文学评论》1995年第5期。

国生成中的现代审美意识和走向自主的文学理论的现实,并从这种现实、文学观念与多元文化对传统的定位与选择、文学理论的人文精神等角度进行了梳理,探讨了现代性问题。我国文学理论的现代性,主要"表现在文学理论自身的科学化,使文学理论走向自身,走向自律,获得自主性;表现在文学理论走向开放、多元与对话;表现在促进文学的人文精神化,使文学理论适度地走向文化理论批评,获得新的改造"①,在自律与他律的平衡中获得发展。后者的成果就是他对巴赫金的对话思想的深入研究,它与现代性研究都为新理性精神提供了思想资源。钱先生是国内最早从事巴赫金研究和译介的学者之一,他在1983年召开的"第一届中美双边比较文学研讨会"上就提交了研究巴赫金的"复调理论"的论文《"复调小说"及其理论问题——巴赫金的叙述理论之一》,这篇论文的英文版后来发表于国际权威理论刊物《新文学史》(*New Literature History*),很受好评。随后,他又撰写了全面研究巴赫金思想的一系列论文,领风气之先;他还于20世纪90年代后期主持翻译并出版了6卷本的《巴赫金全集》,并撰写了长篇前言《交往对话主义的文学理论——论巴赫金的意义》,这些工作促进了巴赫金的学术思想在汉语文论界和思想界的传播,也引起了国际巴赫金研究界的瞩目。钱先生是带着对巴赫金的热爱、敬仰和感慨等复杂心情,进入巴赫金的理论世界的,他不但心仪巴赫金的对话理论,将其吸收进自己的新理性精神文学理论,而且把巴赫金的对话理论予以升华和发扬光大,使之成为人和社会存在的原则、人生的境界,适用于社会、人生、文化、学术等领域。

由此可见,钱先生从学术研究、文学创作中,引出一百多年来不断重复发生作用且最为常见的几个方面,探讨了新理性精神的内涵,它不但适合文艺研究,也可以理解为人文知识分子对待中外古今文化思想的一种学术立场,一种新的文化价值观。它融合了钱先生对人生、社会、历史、文化、学术和文艺等问题的体验、感悟与思考,具有多方面的价值。

世纪之交,随着欧美的"文化研究"潮流来临,"文化转向"被视为文艺学的发展趋势,新方法引发的激动掩盖了对它的反思,文化研究挑战了此

---

① 钱中文:《文学理论现代性问题》,《文学评论》1999年第2期。

前的文艺研究的知识要求,带来了新的发现,但研究中存在的盲目性和轻率性也是显而易见的。钱先生较早发现了欧美的"文化研究"与通常的文艺研究的不适应性,特别是它对审美因素的排斥,即"这种研究大多数情况下是政治、经济、社会、文学问题相互混合一起的,文学艺术在这种研究中的地位,大部分情况下只是被用来论证、说明其他学科思想的例子或工具,审美因素实际上被排除、榨干了"①。他还区分了总体的文化研究、欧美的"文化研究"和文化诗学研究,肯定了文化研究在扩大研究领域、丰富研究视野,及在文学理论研究方面的学科意义、方法论意义和思维方式上的意义,并指出了我国的文艺理论研究应有的选择:"文学理论批评有其自身范围的综合性研究,它可以从文化研究的方法中吸取教益。学者可以一身兼作几种研究,或以文化研究为主导,使文学艺术种种材料为我所用;或主要探讨文学艺术问题,兼用其他学科与方法。但是以文化研究的那种综合性研究来取代文学理论、批评研究,是很困难的;抹去文化研究与文学理论研究的界限,效果未必会是积极的。"②而且,他还指出了我国文学理论研究的发展方向:"在当今全球化的氛围中,它(指我国的文学理论研究——引者注)无疑应当面向现代性的诉求,面向创新,面向人文价值的追求,面向重构,面向建设,面向新的理性精神。它可以适当地吸取某些后现代性因素,如反对文化霸权主义、文化的唯中心论、僵死教条等等,但不是后现代式的满足于事态的描述、报告与消解。"③也就是说,文学理论研究应该吸收文化研究的成果,进行适当的调整,而不是彻底地抛弃文学研究,并代之以文化研究。这种积极、开放但又不盲从的选择是科学的、实事求是的,并因此具有了指导意义。

随着资本主义在全球的扩张,经济一体化、全球化的趋势加剧,全球化与人们的日常生活的关系日渐密切。在当今全球化的语境下,随着经济的全球化,部分地区的经济一体化了,于是就有了文化一体化之说,但这种说法存在的问题极多。为此,钱先生于21世纪之初撰写了长文《论民族文学与世界文学》,发表了他对全球化的看法。钱先生认为,所谓经济全球化不过是国

---

① 钱中文:《全球化语境与文学理论的前景》,《文学评论》2001年第3期。
② 钱中文:《全球化语境与文学理论的前景》,《文学评论》2001年第3期。
③ 钱中文:《全球化语境与文学理论的前景》,《文学评论》2001年第3期。

家与国家之间紧密联系的一种难以分割的关系，其中矛盾分歧、不平等现象极多，也不能笼统地谈论文化全球化，应该区分和对待浅层意义上的全球化和深层意义上的文化全球化："文化全球化、一体化是具有现实性的，因为已经存在这类现象，而且可能还会扩大着范围。但是深层意义上的文化全球化与一体化，又具有难以实现的不可能性。各国文化相互接近，取长补短，互为丰富与交融，实行更新与创造，这大概是不同的、多元的文化互为依存的和发展的方式。"① 因此，他肯定了多元文化共存的意义和重建民族文化的必要性，即必须保留我们民族文化传统独特性的异质，同时认为也不宜宣传"文化一体化"这类思想，让外国的强势文化、工业文化，来淹没我们的民族文化。同时，我国的文学也应积极寻求全球化与本土化、世界性与民族性之间的平衡。这些观点具有深刻的学理性与辩证精神，是一个饱经忧患的学者的真诚心态的表露，无疑具有重要的启发意义。

随着市场经济的发展、消费主义意识形态的蔓延，文学与文学研究受到严重影响，其中道德沦丧和身体写作就是其重要表现。由于受到资本逻辑的影响，文学艺术在市场和消费主义意识形态的作用下脱离了正常的发展轨道，以"美女写作""下半身写作"等为代表的"身体写作"就是其畸形的变异。这些作品倡导不受约束的纯粹的快感，排斥任何价值、理想，甚至本该为人们所共同遵守的道德底线也遭遇了嘲弄和撕裂。在这种情况下，钱先生指出了消费主义意识形态对文艺发展的消极影响，批判了某些作品的恶俗描写和刻意展览身体的庸俗性，呼唤文艺和文艺研究中的道德的回归，通过其反思、分析和批判，显示了他作为知识分子的良知和强烈的人文关怀。而且，他还提出了学术研究、文艺理论对待西方的消费主义理论的正确态度："引进西方的消费主义理论，是应该经过过滤和分析的，特别是对于消费主义所形成的消极方面，是应予拒斥和批判的！至于在文学理论中，搬用带有某些极端性的消费主义社会的文化理论，带给我们的文化文学艺术、文学理论树立新的标准，恐怕也要分析对待、谨慎而行的。"② 在《文学的乡愁——谈文学与人

---

① 钱中文：《论民族文学与世界文学》，《中国文化研究》2003 年第 1 期。
② 钱中文：《躯体的表现、描写与消费主义》，《钱中文文集》第 4 卷，黑龙江教育出版社 2008 年版，第 258 页。

的精神生态》一文中，钱先生从精神生态的角度研究了文学存在的合法性与趋势。随着图像艺术的迅速崛起、文学的衰落、文学性的弥漫和消费主义的甚嚣尘上，文学与文学研究再度边缘化，这既是精神生态危机的"表征"，又加剧了精神生态的不平衡和恶化。钱先生借助乡愁表现了他对文艺和良好的精神生态的期盼。①

综观20世纪90年代以来钱先生的文学理论研究，即使在这种多元化的研究格局中，他的文学理论研究也显得独树一帜。你会有三种感受。其一，他总是站在学术的前沿，把握着学科的总体发展，立足于文学理论的实践，重视从传统文学（文论）中开掘资源，从国外文学（文论）中吸收营养，材料和论断相互印证，文学实践和理论互相结合，纵横捭阖，开拓了理论研究的视野，因此，他的文章给人以一种高屋建瓴的"大气象"之感。其二，自觉的问题意识。学者的学术探索，取决于其问题意识，问题意识自然要从理论和现实两方面来看。他能够着眼于整个文化的背景，以时代精神的恢宏视野来审视文学和文学理论，以渊博而扎实的知识和高远的学术眼光，快捷、敏锐地感悟时代、现实，面对新问题，迅速地提出应对问题的设想，及时地上升到理论的高度，以深刻的理论形态回应时代对理论的呼唤。事实上，钱先生对新理性精神文学论、文学理论的现代性、文化研究、文学全球化、文学的民族性与世界性等问题的研究，都是从文学理论角度介入文学理论、文学实践、文化问题，既有现实的针对性，又有更高的价值重建的追求。例如，其新理性精神文学理论的立意在于重建文学艺术的价值，以引导人的精神向良性发展；理论上，他针对中外理论（特别是当代理论）无视人的积极、正面精神维度的倾向，试图从思维方式、概念、命题和体系各个层面介入理论的建构过程，以完整的理论形态回应了时代对理论的呼唤，把新理性精神扩大到其他学科领域和社会、人生等领域，并获得了方法论方面的收获。其问题意识还表现为借鉴国外（特别是西方）文学（文化）理论资源时的警觉性和"拿来主义"的借鉴态度。其三，强调经验、知识、反思和创新的统一。

---

① 钱中文：《文学的乡愁——谈文学与人的精神生态》，《钱中文文集》第3卷，黑龙江教育出版社2008年版，第415—428页。

他在经验和知识上，都具有自我反思与自我批判精神，因此无论是本国的还是外国的理论，都会被他这种精神所贯彻，而绝无盲目性。90年代，以后现代主义为代表的各种"后学"在学术界大行其道，但其语境、理论预设和目的都与中国的实际有较大的差距，理论的"时差"问题是学术界面临的重要问题。他能够实事求是地对待西方文论，并结合中国文论的实际与经验，从现实与理论层面予以清理，指出其价值和局限，有效地吸收其精华，使自身的论述获得新意而经得起时间的检验。实际上，他既能够及时地发现文学和文学理论发展中所出现的问题、症结，还能够及时地提出积极应对这些问题的新颖的、稳妥的方案，力争经得起时间的检验。他就当代文论建设所提出的一些论断，在文学理论研究的实践中得到印证，因而显示了理论的有效性而得到相当广泛的认可。原因在于，他能够以自己的经验去印证、检验理论的有效性，并结合历史的反思和现实的要求，仔细地辨析各种学术观点，并从纷繁复杂的观念中提出并坚持自己的看法。

如果我们将钱先生在20世纪80年代与90年代以来的文学理论研究的特点作比较，就可能从其学术研究的"变"与"不变"中获得一些更具本质性的认识。如果说90年代之前钱先生更为关注文学理论的概念、命题和体系这些专业研究领域，其影响主要体现在对专业领域的影响上，那么，90年代以来，钱先生的学术旨趣确实发生了微妙的变化：一方面他继续沿着80年代形成的专业型知识分子的道路前进，从多方面深化了文学理论研究；另一方面，他经常不自觉地"越界"，理论的触角向现实延伸，以文学理论的建构承担了知识分子的社会责任，甚至焕发出了传统士大夫"为万世开太平"的救世情怀，不但深刻地影响了专业的文艺理论研究，还对包括文艺研究在内的人文学科产生了广泛的影响，其新理性精神、对话主义和巴赫金研究都具有这样的影响。在许多学者看来，钱先生是知识型的知识分子，而不是意识形态型的知识分子。在我看来，这种概括反映了钱先生安于书斋、专心问学的书生本色。其实，专业型的知识分子或者文学理论专家都能概括钱先生的学术旨趣、志业和追求方向，甚至从整体上评价钱先生也是合适的。但我仍然觉得，钱先生的学术旨趣在20世纪90年代以来确实发生了微妙的变化。虽然不能说钱先生由专业型知识分子转向了公共知识分子，但可以肯定的是，他已经表现出了承担公共知识分子责任的强烈冲动,并在一定程度上承担了公共知识分子的责任,尽管他仍然以专业的形式承担这种责任,角色和研究风格的这种转变也增强了其90年代以来的文学理论研究的现实针对性。

  2009年适逢中国改革开放和新时期文艺理论建设30周年,钱先生参与、见证了这一历史巨变。从某种意义上讲,钱先生的研究是当代文学理论研究的最具典型性的个案,既浓缩了中国当代文学理论的艰难探索、成就和困境;又向世界展示了一个具有悠久传统的文学大国对文学的一种理解,这是钱先生作为学术研究者的意义。今天,我们回顾、总结钱中文的文论研究,既是为了了解这段历史,也是为了回顾当代文论研究发展的曲折历程,并促进、深化21世纪文艺理论的发展。在此,我祝愿钱先生能有更多、更丰厚的著作问世,为21世纪文艺理论的发展做出新的贡献。

原载《文学评论》2009年第2期

钱中文的"审美反映论"论析

在中国当代文论史上,"反映论"绝对称得上是一个关键词。这不仅因为它与文艺创作、文艺理论有着密切的关系,而且可以从它的历史变迁中得到证明。它曾经被定于一尊,盲目地受到信任、崇拜,又被新时期的某些极端者视为文艺发展的障碍欲处之而后快。但是,对于严谨、持重而稳健的理论工作者来说,它无疑是一个必须认真对待的理论问题,既要吸取历史的经验教训,又要面对创作和理论的实际,需要以科学的论证克服任何情绪化的轻率态度。实际上,新时期以来,许多文论家都曾经从不同的角度对反映论加以阐释和发展,他们在开放的对话中共同探索了文艺反映的复杂性和潜力,也可以说,因为有了中国当代文学理论研究者的集体智慧,才有了对反映论的科学阐释。其中,钱中文对反映论的独特阐释颇为引人注目。20世纪80年代中期以后,钱中文经过不断的反思和探索,提出了"审美反映"的理论范畴,这标志着他已逐步探求到了自己的理论创新之路,同时,这些成果也代表了当代学者对反映论的认识高度,并受到了学界的重视。鉴于此,在研究当代文论60年的历史时,有必要回顾他对反映论的探索。

一 反映论的两次被简单化、庸俗化

在中国当代文论史上,反映论经历了一段大起大落、对比悬殊的历史。在1949年后相当长的一段时期,反映论曾经受到过度的诠释。但是,新时期(特别是20世纪80年代)以来,反映论又不断受到批判、挞伐,一度威信扫地。这种落差反映了人们对它极度不满的情绪。鉴于特定时期反映论之于文论和文艺创作的不良后果,这是可以理解的,也是亟待反思的。但是,如果仅仅根据这些后果(有许多后果则是曲解或错误阐释所致)来判定其价值,并采取弃水泼婴的态度，显然是不科学的、不可取的。为此，需要还原其真实面貌。这样，也就应该正视反映论在当代文论中的两次被简单化、庸俗化的命运。

实际上，文艺中存在机械反映论、庸俗反映论或简单反映论，这种反映论曾经长期支配中国当代文学界。主流理论家们经常宣传哲学意义上的反映论，作为文艺创作的指导，片面地强调文学是生活的反映，同时动辄以生活事实为参照来裁判作品、评价作品。这种做法脱离生活的实际和文艺的实践，导致在一段时间内出现了假、大、空的作品。在理论上显然缺少对反映进行中介环节的分析，忽视反映过程中的主客观之间的复杂关系、主体的能动作用，忽视主体的情感、想象、无意识、灵感等重要因素，却一味强调主体的世界观、思想的改造等。在创作方面，有些刚刚涉足创作的作家在运用反映论创作时，则机械地、简单地、刻板地复写生活，既没有认真观察、选择、提炼生活，又没有调动主观能动性，投入创作的情感和想象，这样的作品自然缺乏生活实感，难以感动读者。

新时期以来，理论界开始清理"左"的文艺思想的不良影响，反思反映论也成为学界的共识。反思应该是科学的、理性的，但是，人们对反映论的极度不满导致了情绪化的态度，而文艺创作和外国各种新思潮的影响，又加剧了这种情绪性。在这种背景下，认识论、反映论的文学理论遭到了普遍的怀疑，甚至被抛弃，成了保守、过时的"代名词"，而且，许多文学理论的新命题都源于对它的直接反拨或替代。简单地、机械地对待"反映论"的倾向又出现了，这些倾向具体表现在以下方面：反映论是一个哲学原理，它不适用于文学创作；反映论是机械的、庸俗的、简单化的，应该抛弃；反映论排斥主体和主体创造，反映是被动的僵死的反映；唯有否定、抛弃，才能够超越反映论。在20世纪80年代，新思潮、新思想对于学界有着强烈的吸引力，主体论、象征论、本体论等文艺观被视为文艺观念的最新进展。这样，反映论又面临着新的危机：对认识论、反映论的批评几乎成为一种条件反射，认识论、反映论轻则被当作嘲讽、宣泄的对象，重则被作为靶子和文论发展的障碍而予以讨伐，甚至欲除之而后快。实际上，这种评价凭借的是一股否定的热情，它不辨原意，把反映论和认识论与文艺学中的简单化、庸俗化放在一起予以批判。结果，只是继续重复着线性的、非此即彼的思维方式，并以庸俗化的思想批判庸俗化。

在这种情况下，是简单地否定、抛弃，还是对此进行科学辨析，继续将其合理的因素为我所用，以提出具有阐释力的理论？这对于没有思想包袱的年轻学者来说，似乎不是什么问题，他们可以轻松地选择符合自己喜好的新学说。但是，对于钱中文这一代长期受到现实主义文学观念影响的学者而言，轻易地否定反映论是不可取的，既然如此，就应实事求是地面对它，并做出合理的、科学的解释，这的确是对耐心、勇气和理论修养等方面的严峻考验。在这种情况下，钱中文并不理会别人对反映论的曲解和批判，在正本清源式的清理中进行了冷静的还原、发掘、改造工作，既还原了反映论的本意，又阐发了其新意。实际上，钱中文面对的既有"文革"前对反映论的歪曲，又有新时期文论界的新的误读，正是在对新旧误读的辨析、纠正和反思中，他建立起了自己的"审美反映"说。

二　从反映论到审美反映

钱中文写就于1982年2月、发表于1983年年初的《审美的、历史的文艺批评》一文中，提出了艺术"审美地反映生活"；1984年他在一篇关于文学研究方法论更新的文章里提出了文学创作是"审美反映"。1984年，童庆炳在他的《文学概论》一书中也提出了"审美反映"说。1984年，钱中文开始写作《最具体的和最主观的是最丰富的——审美反映的创造性本质》的初稿，经反复修改后于1986年发表，其中对"审美反映"做了较为详细的阐发，得出了科学的、颇具新意的结论。

首先，他认为认识论和反映论有共同之处，但是又有区别。在新时期文论中，反映论或者与认识论一起受到批判，或者被当作认识论给以批判，这种含混式的理解妨碍了对反映论、认识论的正确认识，并使文艺反映论承受了不该有的批评。应当承认，认识论与反映论有相同之处，反映论中包含着认识论，认识论也往往是通过反映论来展开的。但是，两者的不同之处也是显而易见的，反映不仅仅在于认识，它要比认识宽泛得多、内容丰富得多，而且，反映中存在感性的、审美的因素，因此，不能把它们混为一谈。同时，应该客观地、科学地看待认识在文艺中的作用,尽管我们曾经过分地强调这种功能,但是,文艺存在认识的作用和功能,这是客观存在的,也是不能否认的。但是承认文学的认识作用,并不能说文艺就是认识,也不能说文艺创作要以认识作用为前提;应该把认识与审美联系起来,审美是文艺的根本性质,如果不具备审美特征,那么它的认识功能也是无从谈起的。

其次,要研究反映论的本意。钱中文追根溯源,研究了反映论的本意和发展变化。实际上,反映论经历了从简单的反映论、机械的反映论向马克思主义反映论的变化,前者是旧的直观、机械唯物主义的产物,与17、18世纪的科学思维方式关系密切;后者是辩证唯物主义的产物,是能动的、革命的、科学的反映论。但是,如果运用不当,就有可能沦为机械的反映论,并走向简单化、庸俗化。在钱中文看来,人的反映绝对不是"白板"式的接受,即使单纯的认识活动,也不是被动的、机械的,而是充满了创造性的积极因素。认识活动中思维的运动与转化就包含了反映的积极性,其幻想、理想、评价等因素更是如此,既体现了反映的积极性,又体现了反映的创造性。如果从这样的角度理解辩证唯物主义的"反映论",就可能获得丰富的解释。关于反映,马克思在《关于费尔巴哈的提纲》中曾经说过:"从前的一切唯物主义——包括费尔巴哈的唯物主义——的主要缺点是:对对象、现实、感性,只是从客体的或者直观的形式去理解,而不是把它们当作人的感性活动,当作实践去理解,不是从主体方面去理解。"① 列宁也说过:"智慧(人的)对待个别事物,对个别事物的复制(=概念),不是简单的、直接的、照镜子那样死板的行为,而是复杂的、二重化的、曲折的、有可能使幻想脱离生活的行为;不仅如此,它还有可能使抽象概念、观念向幻想……转变(而且是不知不觉的、人所意识不到的转变)。"② "世界不会满足人,人决心以自己的行动来改变世界。"③ 通过分析马克思主义经典作家对"反映"的论述,钱中文挖掘出了"反映"的本义:"一,辩证唯物反映论承认事物是一种客观存在,但是一旦进入实践,它们就进入了主体的把握之中,就不再成为纯客观的东

---

① 《马克思恩格斯选集》第1卷,人民出版社1995年版,第58页。
② 《列宁全集》第55卷,人民出版社1990年版,第317页。
③ 《列宁全集》第55卷,人民出版社1990年版,第183页。

西,纯客观的现实。二,在把握现象、事物过程中,人决不是一面僵死的镜子,他对事物的描述与认识,决不是僵死的反映,而是加入了主观因素的,所以是曲折的、二重化的反映。三,当主观因素进入反映过程时,主观因素中的十分突出的幻想,发生着积极的作用。这时主体使用的概念,会向幻想转变。四,反映是一种创造活动,创造新的现实的活动。"① 这样,如果我们从反映论的本意出发,就很难断定它是简单的、机械的。进一步讲,以反映论看待文艺,文艺就成为一种意识形态,有助于阐明文艺的某些本质。但值得指出的是,反映论归根结底是哲学原理,文艺在反映现实生活时,只是在总体上符合这个原理,如果以反映论来指导文艺创作,那么就需要结合文艺自身的特征,对反映论做出新的阐释。当然,我们还应该注意情况的复杂性:不可否认,有些生活经验丰富、艺术修养深厚的作家,虽然这类知识并不很多,却仍然能够调动生活资源,发挥主观能动性,创作出优秀的作品;有的作家对反映论的认识与运用,可能会出现一定的脱节或简单化的倾向;在创作时,有的作家可能受到阐述错误的反映论影响,或照搬哲学原理而导致创作的失败。凡此种种,应该具体分析,不可等量齐观、一概而论。但是,如果把简单化了的反映论与能动的反映论捆在一起批判,可能再次曲解了反映论,也就沦为一种新的庸俗社会学。

最后,在分析了反映论的本意并进行了扎实的概念辨析之后,钱中文提出了适合阐释文艺的"审美反映"概念。在他看来,如果文学创作与反映有关,那就是"审美反映"。在审美反映过程中,首先作家关注着某些生活现象、事物特征,它们被感受、感知。进而创作主体对于那些融入了感情体验和思想评价的审美对象,借助感性的、具象的审美形式,把这些体验和评价予以物化。在这个过程中,存在感知和认识、感情和思想、想象和意志、愉悦和评价,并都在渗透着感性因素的综合形式中出现,从而构成了审美的反映。审美反映具有强烈的感情色彩,它渗透于思想、抽象的观念之中,使它们成为具象的、感性的"艺术的思想"。同时在创作过程中,感性活动也不断

---

① 钱中文:《最具体的和最主观的是最丰富的——审美反映的创造性本质》,《文艺理论研究》1986年第4期。

涌现作家心理深层的无意识、非理性因素,它们与理性之间存在一种既矛盾又协调的关系。这样,"审美反映是一种感性活动,又是一种理性活动,是一种感性的具象活动,同时也渗透着理性的思考;是一种感情活动,感情的愉悦活动,也是显示着哲学、政治、道德观念生动形态的认识活动,意志活动,实践的功能性活动。这是一种上述各种活动的综合。当然,在以具象的、显形的感情形态为存在的语言形式的构架中,隐形的艺术思想,始终是它的血肉"①。

三 审美反映论的心理结构、三种现实、审美心理定式

钱中文吸收了当时介绍进来的外国心理学成果,对"审美反映"做了进一步的研究。他认为就创作主体来说,"审美反映"是一种有组织的心理结构,即审美反映心理结构。就与客体的关系来说,在这个结构中,现实发生了转化,表现为三个层面;同时审美心理的积淀,形成了审美心理定式,成为创作的动力源。在这种心理结构中,他认为情感、思想等因素构成了最为基础的心理层面,进而是感性的认识层面,接着是语言、符号、形式层面,最后是实践功能层面。第一,心理层面是审美反映的基本层面,这个层面主要涉及文艺创作与接受的心理,其主要成分为感受、感知、感情、想象,它们构成了反映的审美过滤层,创作中的各种因素经过这一层的过滤和相互融合,才能成为审美反映的对象。第二,通过感性的认识层面,审美反映才能够获得深层意义。认识是这个层面的主要成分,社会的、政治的、伦理的、哲学的因素都包括其中。这些因素并不是纯粹的认识,而是与感情结合在一起的或被感情化了的现象呈现的认识,这样的认识不同于科学的认识,而要比科学认识、概念、结论丰富得多。第三,审美反映借助语言、符号、形式才能够实现,这些载体能够表现审美反映的内容,并把这内容的各个层面联系起来,使审美反映能落到实处。第四,审美反映类似于对世界的一种精神把握和实践把握,也就是马克思所说的对世界的实践——精神的把握,这种把

---

① 钱中文:《最具体的和最主观的是最丰富的——审美反映的创造性本质》,《文艺理论研究》1986年第4期。

握中贯穿了感情与意志的评价,并指向实践。同时,这种把握并不要求把文艺的世界、文艺作品当作现实世界和实用的东西,就这方面来说,又具有无目的性。这种方式还决定了审美反映中感情和思想的融合,感性和理性的渗透,认识和评价的感受形式与语言、形式统一的审美本质特征。

钱中文认为:"平常把文学说成是现实生活的反映,实际上这是一种十分笼统的说法,它未能触及这种反映的真正特点;它只说明了审美反映的起点,强调了与其它意识形态的共同处,而忽视了艺术反映的审美特性,从而以一般反映论代替了审美反映。"[①] 为了克服这种弊病,钱中文把文艺视为对社会现实生活的审美反映,通过前面所说的审美心理结构,使得这里所说的现实已经具有了新的形态,这就是现实生活、心理现实与审美心理现实三种形态。作家首先接触的是现实生活,它也是审美反映的起点,它提供了审美反映的材料,是反映的源泉,是一种客观的存在。当主体深入现实的关系时,就要感受现实、用感情体验现实,这时的现实已经融入了诸多主观因素,这就是心理现实,这种心理现实也就是反映的对象,或是审美对象,它与理论思维中的反映源泉与对象不同。审美反映要求区别心理现实与作为反映源泉的生活现实,若混淆二者,就可能犯简单化的错误,这也是以往文论常犯的错误。当进入艺术构思、实践时,审美反映中作为审美反映对象的心理现实就开始转化,并内化为文艺的内容与形式的结合体,作家已经进一步赋予心理现实更深刻的感情、思想与评价,将内化了的内容与形式的结合体,外化而为一种言语体裁。这时的现实已经具有了新质,变成了一种审美的心理现实和主体审美把握了的新现实。清人郑板桥关于画竹的一段话,恰当地说明了审美反映中的三种现实形态转化:"江馆清秋,晨起看竹,烟光日影露气,皆浮动于疏枝密叶之间。胸中勃勃,遂有画意。其实胸中之竹,并不是眼中之竹也。因而磨墨展纸,落笔倏作变相,手中之竹,又不是胸中之竹也。总之,意在笔先者,定则也;趣在法外者,化机也。独画云乎哉。"[②] 郑板桥所说的眼中之竹,就是现实中的竹子;而其胸中之竹,就是竹的变体,一种心理现实。

---

① 钱中文:《最具体的和最主观的是最丰富的——审美反映的创造性本质》,《文艺理论研究》1986年第4期。

② 卞孝萱、卞岐编:《郑板桥全集(增补本)2》卷11《竹》,凤凰出版社2012年版,第333页。

现实生活经过审美主体的作用发生了两次转化，呈现出三种形态。那么原有的那些客观现实因素将以何种形式存在，抑或是消失了？实际上，这些经历主观作用的客观因素不会消失，而是以不同的方式继续存在，其存在方式有下面三种。第一，以情感把握的方式赋予事物、现象一种形式，这种形式显示出事物、现象的人们熟悉的原有形式的特征，这种方式以现实主义作品最为常见。第二，通过夸张、荒诞、象征等方式，反映出现实事物、现象的精神特征、内在的本质和灵魂，曲折地展现出经过主观因素折射后的客观特征，浪漫主义、象征主义等文艺作品常采用这种方式。第三，主体把全部客观特征都加以主观化，把主观特征全面对象化，结果造成了审美反映中主体向主观的全面倾斜，这是心理现实转化为心理积淀并逐渐转向主观所导致的结果。这种情况有两种特殊表现：一种是主体拥抱世界时仍然保留了较强的历史感，某些气势宏伟的浪漫主义作品就是如此；另一种是主体难以应对复杂的外部世界，以不安、迷惘、陌生、绝望的心态遁入内心世界，缺乏历史感，多数现代主义作家采取了这样的方式，但依然可以折射出时代的影子。尽管采取的方式不同，但是，现实事物、现象的客观特征仍然不同程度地存在。

四　审美反映的动力源、审美心理定式

在审美反映的过程中，社会现实生活经历了从现实生活到心理现实、审美心理现实的变化过程，导致这一变化的原因在于主体的创造力及其对客体的改造。但是，主体的创造精神又来自何处呢？这就涉及审美反映的动力源。在钱中文看来，审美反映"来源于主体对世界的具体感受、感知与感动，这是进入审美反映、艺术实践的真正出发点。审美反映必须以主体的表现为主导，才能构成自身"[1]。也就是说，审美反映需要主体对客体的感知及其表现，离开了这种审美反映的动力源，审美主体就无法改造客体或客观世界，素材也无法变成审美对象并进入作品，审美反映就无从谈起。应当说明的是，尽管审美主体有巨大的改造作用和创造性，但是，必须有客观事物、现象的特

---

[1] 钱中文：《最具体的和最主观的是最丰富的——审美反映的创造性本质》，《文艺理论研究》1986年第4期。

征，而且，它们能够引发主体的关注，并可能进行沟通和交流。

审美主体创造性的发挥离不开审美反映动力源，审美反映动力源则来自审美主体的审美心理定式。钱中文认为，"所谓审美心理定式，说的是主体的心理从来不是一块白板，在创作之前，早就形成了他特有的动力源。……就是创作主体所拥有的审美趣味、个人气质、观察才能、创作经验、艺术修养以及广泛的文化素养的混合物。它们不断地流动着、发酵着，其中最为活跃的因素是主体的感情、想象和认识"[①]。审美心理定式的各种因素（心理气质和个性特征最为重要）的长期积累共同形成了主体的动态的审美心理结构（格局），它们时常处于散乱的状态，又可能得到调整和充实；它们或者潜伏着，或者一触即发。作为审美心理定式因素的感情、想象、认识长期积累，一旦形成一触即发的内驱力，就会采取其相对固定的、预先存在的运行模式，强烈要求创作主体通过创作实践获得满足、不断更新，并表现为创造力的外化。需要说明的是，通常而言，作家的审美心理定式是固定的、相对稳定大致定型的，但是，这不是绝对的。主客观因素的积累，文化素养的提高，哲学、道德、政治、思想观念的改变，都可能促使它有所变化。尽管如此，个人因素、社会因素仍然起着主导的作用，它们直接影响着审美心理定式的强度和趋向，我们也应该从这些因素中寻找形成审美心理定式的原因，否则，就有可能把它神秘化。社会的自由和开放有助于审美心理定式的发展，相反，则会压抑作家的审美心理定式，但是，作家的审美心理定式不会彻底泯灭，如果遇到新的时机，它可能重新焕发生机。审美反映主体的主观性的强烈程度决定了审美反映的成效，其最高要求是创作个性，创作个性也是创造性的最高表现。创作过程中，主体的体验、感情、思想、认识、评价等审美心理定式中的种种因素，都可能渗透到作品中。这些因素体现在人物的行动、行为和场面的描写与评价中，是反映与自我表现的统一。

现实生活的丰富多样、不断发展变化，为审美反映提供了无限的可能和广阔的前景。同时，审美反映也有多样性，这主要取决于各个主体的主观性、

[①] 钱中文：《最具体的和最主观的是最丰富的——审美反映的创造性本质》，《文艺理论研究》1986年第4期。

能动性，以及主体创造性的发挥。而主观性是一种不断要求更新的动力，创作个性是其最高要求，主观性不强的审美反映可能是失败的。从本质上说，主体是自由的，但是，主体只有在不断接近、收获真理的过程中才能获得自由。而且，在审美反映的过程中，随着审美主体的主观性、创造性的增强，客观事物、现象便可能得到进一步的改造与创造。只有强调审美主体和审美反映的创造性本质，才能使审美反映获得新的意义："审美反映是一种灌满生气、千殊万类的生命体的艺术反映，它具有实在的容量，巨大的自由，它不仅曲折多变，而且可以使脱离现实的幻想反映，具有多样的具象形态，可以使主客观发生双向变化。"①

经历了多方面的阐释，钱中文终于形成了他对"审美反映"的独特解释。实际上，他所说的"审美反映"已经很难用原来的"反映"来规范了，它与审美表现或是审美创造则是相通的："审美反映论最基本的动机可以说是试图把现实主义从机械反映论的模式中解救出来的尝试，而在它的具体立论中，审美反映论实际超出了传统现实主义的界域，它最大可能地强调了主体能动性。"② 也正是在这种意义上，有的学者认为，他的"审美反映"已经超越了反映论，走向表现论了。"审美反映论"是文艺理论界在拨乱反正中形成的一个重要理论成果，它重视文学自身的特点，突出了文学反映的审美特质及其主体性、能动性和创造性，推进了对文学本质和规律的认识，也成为其"文学审美意识形态论"的基础。"审美反映"论提出后，得到不少学者的认同，阎国忠在《走出古典：中国当代美学论争述评》一书中说："钱中文之后，'审美反映'几乎成了美学与文艺学界的一个普遍用语，许多人将这一用语引入到自己的理论范畴中。"卢卡奇的《审美特性》专门探讨了"审美反映"，并从宏大的视野肯定了"审美反映"的作用："审美反映是以个体和个体命运的形式来表现人类。"③ 1987年年初，钱中文读到了《审美特性》第1卷中译

---

① 钱中文：《最具体的和最主观的是最丰富的——审美反映的创造性本质》，《文艺理论研究》1986年第4期。
② 陈晓明：《怀着知识的记忆创新——钱中文的学术思想评述》，《南方文坛》2001年第5期。
③ ［匈牙利］卢卡契：《审美特性》第1卷，徐恒醇译，中国社会科学出版社1986年版，第199页。

本，才知道他们的提法是不谋而合的，但他们的具体论述是不同的。同时，童庆炳此时也对"审美反映"进行了论述。后来"审美反映"不胫而走，无疑也与卢卡奇、童庆炳的著作在我国传播有关。

人不能割断历史，只能在历史的曲折前行中进行创造，只有立足于前人成果的创造才可能有所突破、成就。任何创造活动都是如此，学术活动更是如此。可是，在特殊的历史条件下，人们可能更容易被激情驱使，一厢情愿地进行这种缺少根基的创造而浑然不觉，无意中以创新的名义抛弃了前人的发现。鉴于此，学术研究的重要任务就是回到前人研究的起点，或是恢复这些概念或命题的实际，或是通过正本清源式的清理，以达到返本开新的目的。这样的情况在当代学术史中不乏其例。钱中文对"反映论"的学术清理、重新阐发就是如此。所幸的是，这个命题既避免了被抛弃的厄运，又恢复了其新的阐释力，焕发出了新的生机。

原载《北京科技大学学报》（社会科学版）2010年第2期

理性危机中的重建

——钱中文的"新理性精神文论"

20世纪90年代以后,随着全球化的迅猛发展及中国社会的全面转型,全球化与本土化、经济与文化的矛盾迅速彰显。一方面,社会以前所未有的速度迅速发展;另一方面,随之而来的问题也不断涌现,商品拜物教的肆虐、道德滑坡、人文精神失落都令人触目惊心,它们影响了人的精神的全面、正常发展,也不可避免地对文艺的发展提出挑战。为了实现文艺理论与社会之间的良性互动,现实关怀显得尤为重要和迫切,特别是价值多元的情况下,亟待文艺理论家承担社会批判的责任,以发挥其价值引导的作用。正是在这样的具体语境中,钱中文展开了其"新理性"的建构,落实到文学艺术上就是"新理性精神文论"。实际上,20世纪90年代中期以后钱中文的文艺理论研究进入了全面收获时期,这也是其影响向纵深处发展的时期,其主要标志和最重要的成就之一就是提出"新理性精神文论"。

一 "新理性精神文论"产生的背景

钱中文提出"新理性精神文论"这一理论有着中外的理论、现实背景,这样的境遇产生了独特的问题,他是以强烈的问题意识介入文艺的困境的。

(一)反理性的深刻危机——科学、人文理性的危机,社会生活、科学、哲学、文学艺术的理性反常

在西方思想史上,理性思想占据着举足轻重的地位,对社会、文化和人的精神世界产生了巨大的影响。其中,古希腊的理性思想奠定了西方整个理性思想大厦的基础:柏拉图把人区分为肉体与灵魂,理智与意志和情欲,由高到低形成了灵魂的三个等级,人只有克服低级的情欲、情绪和情感,才能

够获得精神的发展并达到永恒的境界，这样也才能培养适合于其"理想国"之理性的人。在这一点上，亚里士多德继承了柏拉图的思想，也强调了抑制和克服情感、培养理性的重要性。实际上，古希腊的理性思想极为丰富，它包括了理论理性和实践理性。

　　近代以来，笛卡儿、黑格尔和启蒙运动的思想家分别从各个方面探讨了理性思想，强调了其重大作用。而且，随着宗教的衰微，西方社会还出现了"理性化"的转变，"理性化"也是对宗教的"除魅"过程。马克斯·韦伯把社会行动划分为传统行动、情感行动、价值合理的行动和目的合理的行动四种类型，其中后两种类型的社会行动在西方社会发挥的作用更大。价值合理的行动类型的行动本身就体现了对终极意义和价值的追求，与行动者追求世界和人生意义的目的直接相关。目的合理的行动只是达到一个目的的工具、手段和中介，行动本身并不与终极关怀挂钩。价值合理的行动和目的合理的行动之间的冲突始终存在，但近代以来，二者之间的分裂、冲突和矛盾加剧，结果后者占据了主导地位。目的合理性也可以被称为工具合理性、工具理性，受"客观因果法则"的制约，具有客观标准；价值合理性是一种与主观密切相关的理性，缺乏客观的标准。这样，人们为了达到某一目的，就会想尽一切办法而不择手段，通过算计而实现其目的，并不必顾及信仰、价值、伦理、义务、责任、终极关怀、真实的情感等这些更为根本性的因素。工具理性与科技、管理结合起来，对西方社会产生了重要的影响。而且，工具理性、形式理性无节制地发展膨胀，结果成为一种压迫性的力量，导致了对价值理性和实质理性的挤压和排斥，并引发了西方现代社会的紧张，最终形成了韦伯所说的"理性的铁笼子"。此外，理性的极端发展还导致了对理性之外的其他东西的漠视、排斥或打压，这样，感性、偶然性、特殊性、情感都统统被放逐了。

　　但是，当理性极端发展、神圣化、受到顶礼膜拜的时候，它终将面临危机四伏的困境。自19世纪中叶以来，意志哲学、生命哲学等各种非理性主义与反理性主义思潮风起云涌，它们从各个方面质疑、反思、批判、否定理性主义及其种种存在方式，颠覆了理性主义的基础和权威性，揭示了其意识形态性、压迫性、独断性和片面性。这些思潮挖掘了被理性主义压抑的人的一面，揭示了人的另一方面的本质特征，极大地拓展和深化了人类对自身的认识。但是，它们抛弃理性后却纷纷乞灵于生命、本能、无意识、感性、意志、非理性、反理性，提倡并追求人的孤寂、迷茫、焦虑、绝望、死亡，结果，在否定理性的时候，人类的价值、主体的能动性与人的尊严，又迎来了新的危机。20世纪初，卢卡奇提出的"理性的毁灭"，形象地预示了理性的危机和非理性主义、反理性主义的泛滥。在20世纪，实证主义、分析哲学、语言哲学等科学主义哲学迅速发展，但人文精神却日益淡化，或被排除于其视野之外。解构主义、后现代主义的出现，一方面解放了人们的思想和思维方式，另一方面又试图消解价值与精神。作者之死、主体性之死、知识分子之死、人之死的呼声不绝于耳，人类自身的粗俗、卑琐、空虚、无聊、无奈被无限夸大，并得到了淋漓尽致的描绘。有赤裸裸的反理性主义，制造着社会灾祸；也有以理性为号召的反理性主义，同样制造了社会的灾祸与动乱。

　　20世纪的科学技术同样获得了日新月异的发展，它展示了人类的认识力量和创造力，但是，它所表现的非人性的消极面也不容忽视。人对自然环境的破坏，科技与政治结合所导致的战争和贫富悬殊的加剧，工具理性、算计的泛滥，都令人触目惊心。

　　除了这些危机外，钱中文还发现，当今理性的反常化还向其他领域蔓延。崇尚财富、时尚，诱发了人对物的欲望和对享受的狂热追求，导致了物对人的普遍挤压，使人与人的关系日渐淡漠，甚至使不少人丧失人性，人的精神日趋单一、空虚、平庸和丑陋。而且，随着形形色色的"钱权性"交易的肆虐，理想、价值和人文精神不仅严重缺失，而且沦为嘲弄、讽刺和解构的对象，甚至这些行为还成为一种时髦被追逐。

　　这样，在失去了精神的观照和引导的情况下，人们仅仅依靠自然本能行事，疯狂地追求感性享受和个人利益，在失去了任何禁忌之后，人的伦理、道德、精神在多元化的追求中走向低俗、平庸。人文理性的缺失还导致了作家的道义担当和社会责任感的缺失，为了追求销量，他们热衷于以平庸、粗劣、恶俗、腐朽的东西招徕读者，放弃了审美和提升读者精神境界的追求，结果导致了文学质量的急剧下滑。事实上，理性的危机只是一个表征，背后隐含着深刻的社会危机、道德危机、信仰危机和人文精神的危机，并亟待价

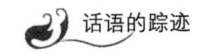

值的重建。

(二) 价值的全面失衡与人文精神的指向

理性的危机非西方所独有。实际上，无论中西方，文学艺术意义、价值的下滑，人文精神的淡化与贬抑，都相当普遍且严重。从某种程度上讲，人文精神在中国当代的危机甚至更为严重。

自20世纪80年代后期以来，中国逐渐走上了市场经济之路，也由于受到国外的哲学、文化、文艺思潮的影响，中国的大众文化迅速崛起，它片面地满足人们的文化消费欲望和感官享受，一些作品热衷于性的描写，从一个侧面反映了文学艺术的贬值、堕落。之后，这些现象又影响到一些精英文学艺术家的创作：神圣的价值、信仰、理想被嘲讽；生存的平庸、无奈和粗俗得到了充分的展示；极端地追求语言、叙事等形式方面的技巧；大肆地写作、渲染性主体。随着社会的转型，这些问题非但没有得到解决，反而愈演愈烈。这些社会问题及其引发的精神危机、道德危机首先引起了人文知识分子的关注，其爆发点便是"人文精神大讨论"。针对文学艺术中出现热衷于表现物欲、性欲、隐私、精神空虚，有意迎合读者低级趣味等倾向，以及由此导致的追求粗俗、平庸和平面化的审美意识，上海的学者王晓明、陈思和等首先发起了人文精神的讨论。其中，王晓明分析了20世纪90年代文艺的媚俗、自娱、宣泄和艺术想象力丧失等表征，以及由此反映出的理想主义缺失、价值虚无主义泛滥等深层危机，他尖锐地指出："今天的文学危机是一个触目的标志，不但标志了公众文化素养的普遍下降，更标志着整整几代人精神素质的持续恶化。文学的危机实际上暴露了当代中国人人文精神的危机，整个社会对文学的冷淡，正从一个侧面证实了，我们已经对发展自己的精神生活丧失了兴趣。"[①] 90年代的"人文精神大讨论"持续了若干年，虽然由于种种原因，讨论并没有获得预期的效果，但多数讨论者都承认，当时人文精神失落是一个不争的事实，而且也亟待进行人文精神的重建。

正是在这种情况下，人们需要寻找一个新的理解与阐释人的生存，以及

[①] 王晓明、张宏、徐麟等：《旷野上的废墟——文学和人文精神的危机》，《上海文学》1993年第6期。

文学艺术的意义和价值的立足点。在钱中文看来，这个新的立足点就是新的人文精神，就是新理性精神。钱中文并没有介入当时的那场讨论，但他于1995年发表了长文《文学艺术价值、精神的重建——新理性精神》，从文学理论的层面回应了自己对人文精神讨论的思考。

在我们的印象中，钱中文之前的文章中很少有这样的文字，也很少有这样的激情和对现实的直接介入，这篇文章预示了他的一种新的论述问题的方式——理论直接贴近现实，与其在20世纪80年代主要通过概念、命题和理论体系间接回答现实问题的论述方式拉开了距离。钱中文把讨论的重点由作为人文精神主要载体的文学艺术引向了文艺理论，试图从文艺理论的层面解决文艺中人文精神缺失的问题，并把新理性精神作为克服精神涣散的良药，来克服表层化的、低级的、粗俗的感官化的泛滥。实际上，新理性精神具有其特定的所指和一系列规定性。在钱中文看来，它首先从大视野的历史唯物主义出发来审视人的生存意义，特别要正视人所面临的困境，这包括有形的人的生存的困境和无形的、深层的精神生存的挫折感；物对人的挤压、精神的平庸化；道德的沦丧、公德的缺失；科技功利对人的精神与价值的排挤；理想的匮乏与信仰的失落而导致的精神扁平化；人的异化和人性的泯灭。新理性精神的提出立意高远："新理性精神意在探讨人的生存与文化艺术的意义，在物的挤压中，在反文化、反艺术的氛围中，重建文化艺术的价值与精神，寻找人的精神家园。"[1] 为了达到其目的，新理性精神坚信人要生存与发展，既要提高物质生活条件，又要建设、提高精神生活品质，与社会和谐发展，并对人文精神提出了相应的要求："所谓人文精神，就是在人与社会、人与自然、人与人之间、人与科技之间的相互关系中，一种对人的生存、命运的叩问与关怀，就是使人何以成为人，要成为什么样的人，确立哪种生存方式更符合人的需求的那种理想、关系和准则的探求，就是对民族、对人的生存意义、价值、精神的追求与确认，人文精神是人的精神家园支撑，最终追求人的全面自由与人的解放。"[2] 这样的人文精神，首先具有人的共同的普遍

---

[1] 钱中文：《文学艺术价值、精神的重建——新理性精神》，《文学评论》1995年第5期。
[2] 钱中文：《新理性精神与文学理论研究》，《钱中文文集》，上海辞书出版社2005年版，第332—333页。

性，它包括了同情、怜悯、血性、良知、诚实、公正、正义感等使人之所以成为人的精神需求，是现代人应该共同遵守的契约式的准则，这也是人文精神的最基本内容；其次，人文精神是一种社会的、历史性现象，在不同历史时期的内涵和强调的重点也不尽相同；最后，人文精神具有强烈的理想性，但是实现它需要立足于现实的基础。正因如此，新理性精神需要广泛地吸取众多的理论资源。

实际上，钱中文提出新理性精神的初衷，只是直接介入缺乏人文精神的现实，主要针对文学艺术而言，并没有作为一个完整、严密的理论命题来对待，有不自觉的因素。但是，当它产生以后，并以理论品格来衡量的时候，新理性精神就要回应一系列的挑战，如现代性、社会生活与学术研究中的对话性、感性、非理性、反理性和传统的关系，等等。可以说，社会现实生活的变迁、人文科学学风的反思，直接催生了这个命题。正是在这种力量的驱动下，钱中文开始了自觉地寻找、确立"立足点意识"的过程。理论的自觉又进一步丰富了新理性精神的现实性。2000年，钱中文在其新著《新理性精神文学论》中，首次把新理性精神观照下的文学主张命名为"新理性精神"文学论。在2001年召开的"新理性精神与文学研究方法论全国学术研讨会"之后，他吸取多方面的意见，使新理性精神的内涵更为明确："新理性精神是一种以现代性为指导，以新人文精神为内涵与核心，以交往对话精神确立人与人的相互关系，建立新的思维方式，包容了感性的理性精神。这是以我为主导的，一种对人类一切有价值的东西实行兼容并包的、开放的实践理性，是一种文化、文学艺术的价值观。"[①] 他经过深入研究后最终形成了新理性文学思想，具有了新的理论生长点，也代表着其文艺思想的哲学提升。

二 "新理性精神文学论"的构成

钱中文的"新理性精神"包括"现代性"、"新人文精神"、"交往对话精神"、感性与文化的关系，它们共同构成了"新理性精神"的内涵，而且，它

---

① 钱中文：《新理性精神与文学理论研究》，《钱中文文集》，上海辞书出版社2005年版，第335页。

们之间相互关联,既各有侧重,又相互补充。其原因在于,几百年来,在社会现代化的过程中,它们总是作为理论的旗帜、行动的号召、人与人之间的思维方式,"均衡重量,确定价值"的准则而出现的。"新理性精神"正是对这种状况的总结:"它综合了特别是20世纪以来在哲学思潮、社会实践、唯科学主义、科技霸权、人文科学、文学艺术中反复出现、不断重复、具有导向性、互有联系的几种规律性现象,给以综合阐释的一种理论观念。"① 钱中文把由此得来的"新理性精神"具体落实到文学艺术上,就有了"新理性精神文学论"。

(一) 文学理论现代性问题,分歧、定位及其内涵

钱中文的"新理性精神文论"把"现代性"作为建设文论的指导,把促进现代社会、文化、文学艺术发展的现代意识精神作为其组成部分。它强调了与其他现代性有别的新理性精神的现代性,即"所谓现代性,就是促进社会进入现代发展阶段,使社会不断走向科学、进步的一种理性精神、启蒙精神,就是高度发展的科学精神与人文精神,就是一种现代意识精神,表现为科学、人道、理性、民主、自由、平等、权利、法制的普遍原则"②。新理性精神的现代性具有特定的规定性。

首先,钱中文认为现代性既是一种现代意识精神,又是追求科学、发展、建设的思想:"现代性是一种建设的思想,对于我国文化、文学艺术的建设来说,我以为必须以现代性思想为指导原则。"③ 同时,现代性也是不断面向现代的、正在进行中的,是个未完成的事业,而非后现代性,虽然我们不能忽视后现代性的影响。其次,新理性精神把现代性本身看作一个矛盾的复合体,同时重视它的两面性,反对两种极端:或以唯理性主义排斥感性需求,或以非理性主义和反理性主义来阐释世界,特别要反对忽视人文需求的实用理论理性的横行。为此,应该正视、批判现代性自身的消极面。现代性的消极面,常常作为现代理性的正面形象,总以为自己是绝对真理的化身,不可动摇,

---

① 钱中文:《三十年间》,《文学评论》2009年第4期。
② 钱中文:《文学理论现代性问题》,《文学评论》1999年第2期。
③ 钱中文:《文化、文学中的现代性与后现代性问题》,《社会科学辑刊》2002年第1期。

永恒不变,结果给社会带来巨大的灾祸,并贯穿于20世纪的不同阶段。因此,新理性精神应该"把现代性的功能视为一种反思,一种文化批判,一种现代文化的批判力,也即一种思想前进的推力。需要坚持现代性的这一功能,使其自身处于清醒的现实主义状态,使其自身具有不断清理自身矛盾的能力"①。而且,新理性精神既要反对隐瞒事实、随意打扮历史与现实的实用主义的话语霸权,又要反对否定历史与现实的虚无主义与怀疑主义。再次,新理性精神重视传统及其与现代性的联系,现代性视野中的传统既有过去的优秀遗产,又有更新和创造。中国的现代性建设应该立足于中国现代文化传统的基础,并广泛地吸收中国古代和外国文化的传统,从而建立起适合中国国情的新的文化形态。这一问题在我国争论了一百多年,在社会实践中,始终未获真正解决。最后,从历史的角度看,现代性是一种包含了历史具体性的现代意识精神、一种具有历史性指向性的现代性。各个历史时期的现代性的内涵既存在相同的地方,又有差异,中国的现代性与外国的现代性的关系也是如此,不能以外国的现代性来要求、规范、替代中国的现代性。

文学理论现代性是现代性的有机组成部分,但又有其特殊性。研究文学理论的现代性问题,不能把它与现代性所要求的科学、人道、自由、民主、平等观念及其历史精神与指向等量齐观,但又不能脱离现代性而孤立地探讨文论的现代性。因此,研究文论的现代性,要根据现代性的普遍精神,结合中国文学、文论的实际情况与发展趋势,来确定中国文论现代性的内涵。在钱中文看来,就中国的现代性而言,在20世纪的中国,"全盘西化"式的现代性、彻底革命式的现代性都遭受了挫折,我们只有吸取历史的经验、教训,立足于本土,整合各种资源为我所用,才能走出中国自己的现代性之路。西方尚有"未完成的现代性"之说,在中国,体现了现代意识精神的现代性就更不会过时。而且,中国的现代性不但需要承担批判旧价值的功能,还需要承担起维护人的生存所需要的普遍价值原则与普遍精神的任务,以及重建遭受破坏的价值与精神的重任。同时,中国文学、文论面临的情况更为复杂。

---

① 钱中文:《新理性精神与文学理论研究》,《钱中文文集》,上海辞书出版社2005年版,第328—329页。

自20世纪50年代初到70年代末，在政治的干扰下，文艺完全处于被动的、从属地位，其主体性、自主性消失殆尽，文艺、文艺理论、批评也就成为政治杀伐的工具。70年代末80年代初，错误的文艺政策得到调整后，文艺、文艺理论与批评才走上了正常的轨道，开始了学理性的探讨。与此相伴的是审美意识所发生的求新、求变、更新思维方式等方面的变革；创作的政治群体意识削弱并向个体的、个性化的审美意识倾斜；注重感官、欲望的大众审美意识的勃兴，既体现了审美意识的自由与民主性，但也暴露出粗俗性与庸俗化的消极性。同时，有关文学本质的论述纷纷涌现，促成了文学观念多样化，文论的哲学基础也出现了认识论、反映论、价值论、本体论、人类学本体论、生命本体论共存的多元格局，文论的自主性明显加强，而体现了现代性的张力。最终，钱中文指出："当今文学理论的现代性的要求，主要表现在文学理论自身的科学化，使文学理论走向自身，走向自律，获得自主性；表现在文学理论走向开放、多元与对话；表现在促进文学的人文精神化，使文学理论适度地走向文化理论批评，获得新的改造。"①

（二）新人文精神，文艺与人的精神家园

钱中文指出，20世纪的哲学、社会思潮、文学艺术都强烈地表现着一个主题，它们都因现实中的人的物质和文化精神危机而叩问着人的生存与命运，现代性实际上表现了它们的取向与途径。文学艺术是人的精神的重要载体，其话语的表述具有强烈的人文因素，即文艺对人的价值、命运的关注，及其为生民立命的使命。因此，钱中文所谓的"新理性精神"把新的人文精神的建立，视为自己的内涵与核心。哲学、心理学对人的非理性领域的探索与深入，影响了文艺，但是理性遭受了弃水泼婴的命运，文艺中也掀起了一股非理性主义、反理性主义思潮。这些作品一方面拓展了人类对自身心理、思维的认识，促进了文艺的创造，更新了文艺思维和文艺观念；但是另一方面，它们又极端地排斥一切，着力渲染人的困境、绝望、焦虑、虚无、荒诞，并否定希望、进取、进步，使人文精神陷入困境。这样，人就沦为扁平化的、毫无意志和随波逐流的人，悲观成了世界的基本色调。为了激发人的生存勇

---

① 钱中文：《文学理论现代性问题》，《文学评论》1999年第2期。

气、自豪感和自信心,需要纠正非理性主义、反理性主义的偏颇,使文艺更好地营造人的精神家园。从这个角度来说,新理性精神把非理性与非理性主义、反理性主义予以区别,并实事求是地看待其各自的作用。新理性精神重视偶然性在历史、精神和文艺创造中的独特作用,但又反对用非理性绝对化所导致的非理性主义、反理性主义来解释人、人的生存和世界。同时,新理性精神也反对由理性主义而演化成的唯理性主义,甚至反理性主义,它们在绝对真理的幌子下,异化为实用主义的理论的工具理性、"绝对观念""绝对意志",为此曾经导致了无数的社会混乱、动荡、灾难,使人类多次陷入现实和精神的多重困境。有的文学创作与营造人的精神家园的目标越来越远,不仅缺失文学应有的基本道德荣辱感、羞耻感,甚至失去了人的良知与同情心的底线,充斥于作品的是欲望、享乐、利己和猥琐,这种情况在当代中西方文艺中大量存在。钱中文希望以新人文精神来对抗人的精神堕落与平庸,并发出了振聋发聩的呐喊:"新理性精神要在大视野的历史唯物主义、人道主义的观照下,弘扬人文精神,以新的人文精神充实人的精神,以批判的精神对抗人的生存的平庸与精神的堕落。"① "当今的文学艺术,要高扬人文精神。要使人所以为人的羞耻感,同情与怜悯,血性与良知,诚实与公正,不仅成为伦理学讨论的课题,同时也应成为文学艺术严重关注的方面。以审美的方式关心人的生存状态、人的发展,使人成为人,拯救人的灵魂,这也许是那些有着宽阔胸怀的作家艺术家忧虑的焦点和立足点。人文精神在当今社会还有别的要求。但是如果不能唤起使人所以为人的羞耻感,不能激起他的血性与良知,诚实与公正,在精神上使人成为人,其它要求再高、再好,也是枉然。"② 那么"新的人文精神"新在何处呢?在他看来,"必须发扬我国原有的人文精神的优秀传统,在此基础上,适度地汲取西方人文精神中的合理因素,融合成既有利于个人自由进取,又使人际关系获得融洽发展的、两者相辅相成互为依存的新的精神"③。他把这些要求视为人文精神的最基本形态,

---

① 钱中文:《新理性精神与文学理论研究》,《钱中文文集》,上海辞书出版社2005年版,第332页。
② 钱中文:《文学艺术价值、精神的重建——新理性精神》,《文学评论》1995年第5期。
③ 钱中文:《文学艺术价值、精神的重建——新理性精神》,《文学评论》1995年第5期。

实现这些要求，并向更高形态的人文精神发展。就文艺而言，新的人文精神影响着人的精神与价值的指向，并在一定程度上调整着现实生活的畸形与失衡。

一些文艺受到语言哲学、语言转向和形式主义的影响，一味地遁入语言游戏、叙事策略和形式的"陌生化"，结果表现形式是多样了，但审美被削弱了，而且不断放逐了作品的意义与价值，主动放弃了对人的精神的崇尚与坚守。同时，20世纪的科技和其他形式的霸权主义造就了无数渺小的、平庸的人。钱中文指出："面对人的扁型化、空虚感，人的大范围的丑陋化、平庸化，与自我感觉的渺小化，文学艺术应该揭起人文精神的这面旗帜，制止文学艺术自身意义、价值、精神的下滑。"① 现代主义文艺揭示了社会剧变中人焦虑、压抑、异化的悲剧命运，显示着深厚的人性关怀，但是，它的人物基本上是无能为力的，只能被不可知的力量所摆布、碾碎。"新小说"等后现代主义作品则强调以客观、零度感情去描绘世界、事物和人，此时人已沦为"物"。实际上，这些弊端也正是作家作为创作主体无奈与无力的表现，因此，需要强化人文精神的批判精神。钱中文强调，人文精神的委顿，忧患意识的缺失，对于人的生存处境的淡漠，难以使创作深入时代海洋的深层，走向博大与精深。需要在强化人文精神的批判性中，培植人的自信和崇高的感情。在文学艺术中，主体、作家并未死亡，他们不过是变换着方式说话，需要的是作家主体性的强化与弘扬。新理性精神正是把以人为中心的对人的命运的叩问与终极关怀，视为自己的理论核心。

（三）交往对话精神与总体上亦此亦彼的思维方式

新理性精神奉行"交往对话精神"。钱中文综合吸收了巴赫金的对话理论与哈贝马斯的社会交往理性的成果，强调人的意识的独立性、有价值性，把对话提升为人的生存的本质属性和人与人之间的基本关系，并把它作为新理性精神的有机组成部分。其目的在于改变近百年来习以为常的非此即彼的思维方式，促进理论形态的多元化，增加学术研究的自由度和独立性。

长期以来，由于受到政治和其他非学术因素的干扰，我国学术讨论中存

---

① 钱中文：《文学艺术价值、精神的重建——新理性精神》，《文学评论》1995年第5期。

在一个根本性的问题，即思维方式的二元对立，由此引发了诸多问题，在近年百年来有关人的思想理论、现代性的探索和讨论中尤其如此。这些问题有各种表现形式，如以政治前提决定对错，以政治身份来代替学术判断，谁代表革命阶级谁就代表了正确、代表了革命导师、代表了真理，而政治身份上的对手则必然是敌人，其学术研究也必然是错误的。在思想方法上受形而上学影响，问题事先就有了结论，不研究事物的实际情况和前因后果，而且对错分明，不容分辩，没有任何的中间地带和回旋余地。从学风上说，以真理自居，一副霸道相，用情绪化的语言给他人任意做出结论，否定别人，表现了价值判断的随意性，缺乏科学性与客观性；讨论问题一定要拼个你死我活、高低贵贱。这些问题使学术存在于政治和话语霸权的阴影下，又导致了学界的内耗，久而久之形成了一种思维惯性，并且至今犹存，积重难返。

在反思了这些症结之后，钱中文希望以交往对话主义来克服这一流弊。所以他提出要在人与人之间、个人的思想与思想之间，确立起一种新型的平等交往对话关系。"交往对话主义主张，要改变对于人是一种对立体的旧观点。首先，要确立一种人与人是相互独立、互为依存和互为交往的关系，我与他者是一种相互依附而又各自独立、平等的对话关系；人的生存是交往对话的生存，我的存在不可能没有他者——你的存在。你否定他者的存在，自以为压倒了他者，其实你只是孤立了自己，你被自己孤立于他者即人群之外。其次，至于人的思想，则是一种独立的、自有价值的思想意识，并非只有你的思想才有价值，才值得重视。人的思想的价值有大有小，品位有高有低，特别是学术思想，但是都是有价值的思想。人文科学的思想，是不能被任意否定的思想，需要否定的只是那些重复别人全无新意的东西。"① 一个时期里，学术研究为政治所替代，或受到政策和各种教条的束缚，必然缺乏独立性、个性和创新性而走向贫困。人文科学是讲究个性和创新性的学科，这样，在特定的时期里它也就难有成就。为了把对人的生存的叩问与关怀与现代性的阐释提到更高的层次，我们需要在思维方式上反对那种极端的绝对好或绝对坏的非此即彼的二分法。钱中文认为，这就是"要在历史现实、文化遗产的

---

① 钱中文：《新理性精神和交往对话主义》，《学术月刊》2003年第4期。

评价中，提倡一种可以去蔽的、历史的整体性观念，一种走向宽容、对话、综合、创新的包含了必要的非此即彼、一定的价值判断、总体上亦此亦彼的思维，这种思维对于振兴我国学术思想，是会有积极意义的"①。文艺理论需要走向交往与对话，容许误差，给以激活而融化，也即在发问、诘难、应答与比较中走向新的境界。同样，文化的发展也是如此，要在传统与现代、本土文化与外来文化的对话中取长补短，进行创新和发展。

（四）感性与文化

正是在社会转型期中，针对文学中的感性日益受到鼓吹以至走向泛滥、低俗的情况，钱中文的"新理性精神"论提出了"感性与文化"的问题，试图起到调节的作用。新理性精神批判旧理性、唯理性主义和极端的工具理性，反对压制人的感性、个性、人性、创造性。新理性精神认为社会生活就是以感性的形态表现出来的，所以需要关注人的感性需求、生理需求和更高层次的文化需求；新理性精神承认非理性乃至反理性的普遍存在及其合法性，特别是其思想、现实中的特殊的创造力对文艺的重要意义。这样，在文艺创作中，通过感性与理性的整合，建立起新的理性精神。

可以说，感性和理性的发展道路同样曲折。感性的起源和存在远远早于理性，它在人类早期的生活中发挥了重要的作用。后来，理性才逐渐产生和发展起来。理性在认识与改造自然、促进社会发展、提高人的认识和精神方面发挥了巨大作用。但是，在其发展过程中，理性被绝对化、神化了，它的作用被极端地夸大。一方面发展出了理性主义、唯理性主义的意识形态，并与科学一起，被认为是万能的东西；另一方面它又忽视、排斥、压制人的感性需求，借助盲目的政治迷信或宗教信仰，扼杀人性、人的个性和人的创造力。可以说，凡是存在迷信的地方，必然存在对感性的压制与理性的盲目膨胀。理性的过度张扬导致了非理性主义、反理性主义思潮的出现，它们不遗余力地攻击理性，并以感性中的无序现象来对抗理性。钱中文认为，作为人的心理、精神和生命的有机组成部分，非理性、反理性是客观而普遍存在的，

---

① 钱中文：《新理性精神与文学理论研究》，《钱中文文集》，上海辞书出版社2005年版，第334页。

它们有助于全面地认识人、把握人的心理和精神世界，它们在促进思想和现实的发展中发挥着不可替代的创造性作用，对文艺产生着巨大的影响。而且，非理性主义、反理性主义对旧理性、理性主义、唯理性主义的抨击，也正是这些被抨击的方面需要反思之处。但不可否认的是，非理性主义、反理性主义以绝对的、极端的方式反对理性，排斥理性，甚至否认理性存在的合法性。同时，它们经常与悲观主义、虚无主义联系在一起。现代主义、后现代主义文艺吸收并运用了非理性主义、反理性主义的许多观点，有的作品描写得极为感人，它们审美地反映了生活、人际关系中的非理性之深；有的则表现得支离破碎，不堪卒读，制造了大量的视觉垃圾。

钱中文认为，新理性精神正视感性、理性的发展中所经历的曲折，需要客观、科学地看待它们及其各种变体的积极作用与消极影响。如前所述，生活本身就是以感性的形式表现出来的，就人的存在方式而言，人具有感性的生理需求、生物性需求，这是人的最为基本的需求，它们应该得到充分的满足。但是感性的需求是多层次的。人的生物性需求与动物的生物性需求又是不同的，否则人就与动物无异了。人的感性生活的需求，具有强烈的文化性，它必然要受到作为社会存在的人的生活底线的制约，而体现出一定的社会性。作为更高形态的人的生活的感性需求，应该与人的文化需求相一致。我们在承认、尊重这些感性需求的同时，更应重视那些融合了以文化精神为主的人的感性生活的需求。这里会发生两种情况，一种情况是人的最基本的感性需求，会受到理性的压制而引起反抗；另一种情况是文学使感性变成性感，形成性欲、性描写的泛滥，而冲击理性的规范。人的感性生活的审美反映，其中包含了人的理性的认知、认识。我们自然应当重视感性的积极作用，但也需要有意识地引导文艺表现健康的感性，纠正极端的感情宣泄与满足感官享乐的肆意写作。

新理性精神承认非理性、反理性在人的感性生活中的普遍存在与存在的合法性，并吸纳它们的合理之处和积极方面来丰富自己。但是，如前所述，新理性精神反对以反理性主义和反理性的方式解释历史与社会现实生活，也反对文艺以反理性主义的方式描写历史与社会现实、盲目地渲染非理性主义。这些现象，在今天的文艺创作中极为常见。反理性、反理性主义与无序的感性相结合，经常冲破社会规范和伦理道德底线，极端地张扬人的感性、欲望、情绪等心理因素，特别是性情绪之类的、及时行乐的生理享乐的本能，导致生物性描写的泛滥。它们压制了正常的理性，丧失了叩问人的命运的精神追求的能力，放逐了对人的终极关怀和更高形态的人文需求，并在放纵性欲的狂欢描绘中消解、糟蹋了感性本身的合法性。现在，许多大众文艺和某些所谓的"精英文艺"为了实现其市场价值，与媒体共谋，把性、暴力、欲望、隐私作为写作主题，把感官享乐绝对化，堕入了与人文精神背道而驰的歧路。当然，这些现象可以回归现实生活，那些隐秘的社会角落，其实正是丧失诚信，充斥着无耻、堕落、萎靡、谎言的现实。为此，钱中文强调，新理性精神倡导生活与文艺应该理顺感性与理性的关系，重新整合它们的力量，以达到重振人文精神和营造适合于人生存的精神家园的目的。

三 "新理性精神文论"与人文科学方法论

钱中文非常关注人文科学的方法论问题，他在对巴赫金的研究中曾经深入探讨过巴氏研究的方法论意义，在新理性文学论中，他又把新理性精神与人文科学的方法论联系起来，进一步探讨了人文科学的方法论问题。新理性精神所涵盖的几个方面，特别是现代性、新人文精神与交往对话精神，不仅是现代各个时期文学理论中反复出现的议题，也是人文科学中不断重复的问题；它们不仅是理论自身，而且具有方法论意义。钱中文认为，一百多年来，我国人文科学在各个时期的现代性的推动下，提出了有关人的栖居的各种社会理想，进行了相应的各种理论阐释，使用了多种不同的方法。马克思主义理论的输入，根本性地改变了我国的人文社会科学的发展方向，20世纪50年代后，已成为我国人文社会科学的主导，获得了极大的发展，但是庸俗化的马克思主义的阐释也随之而生。阶级斗争片面化的强调与实现，使得这一理论替代了各种人文社会科学的研究，并使它们在"文化大革命"中遭到毁灭性的打击。由于人文社会科学制造了一场人所共知的社会灾祸，所以80年代人文社会科学的威信丧失殆尽，爆发了一场社会文化危机，而其核心则是信仰危机。人们几十年来被灌输的信仰一旦溃灭，他们就失去了精神的依附，而只能踯躅于思想的荒原。

那么，发展到今天，人文科学的主要问题在哪里呢？就在于人文科学不断地被自然科学的机制、体制所改造。钱中文说："当人文社会科学不具真理品格，一时难以提供社会行为、规划生活的准则，或是不能均衡重量、确定价值，以形成社会行为结构的秩序，丧失人文评估系统，这自然就会陷入不被信任的境地。正是在这种万般无奈的情况下，科学理性自上而下被激活了起来，与权力结合了起来，而且得心应手，驾轻就熟，这是那时必然的选择，也可能是别无选择的唯一选择，因为生活不能停滞不前。于是从20世纪80年代开始，科学理性一路凯歌行进。"① 以自然科学的体制与机能作为社会的理想与指导，造成科学理性对于人文理性的统制，其根本原因在于，自然科学是讲究实际的科学，它的理论准确与否，可以通过实验而获得实证。至于一些应用科学，与生活实践紧密结合，运用起来立见成效，可以变废为宝，赓续国计民生。它们是看得到、摸得着的东西。自然科学长期形成的量化统计手段，是一种最为简单、最为雄辩的实证方式，因此不仅普及于自然科学领域，而且在80年代后进入国家社会组织管理体系，并越位进入人文社会科学领域。擅长量化统计的自然科学方法，一旦进入人文科学领域，就促使人们定期去完成规定的任务，追求选题数量，而忽视质量与创造，并且促使人文科学成为成绩考核、评价成就、衡量价值、体现公平的基本手段。一些人文科学方面的所谓著作，以导师的名义牵头，利用老师在项目评议组的权力，设个提纲，定下观点，找些从根本上说还需要学习的学生参加，就可以进行战斗、批判了。这使得科学理性一变而为一种讲究功利的实用主义的工具理性，一种报表思维，以自然科学的价值评估准则来替代人文科学的价值、精神的衡量，最终使人文科学逐渐失去自己的创造性特性而走向平面化、平庸化。

20世纪与21世纪，不时有人欢呼人文社会科学与自然科学的合流，这当然可以在特定的范围里进行试验。但是钱中文认为，就目前来说，这两种科学的合流虽然可能已出现于一些领域，但是全面的合流还难有可能。人文科学与自然科学之间在对象上的深刻差异依然存在；同时两者的思维方式虽有

---

① 钱中文：《人文学科方法论问题刍议》，《南京大学学报》（哲学·人文科学·社会科学版）2009年第3期。

同一，但又迥然有别。所以，使用自然科学的准则来套用人文科学的成果，只能使人文科学趋向量的追求，而逐渐地失去质的创新。人文科学不同于自然科学甚至社会科学。自然科学必须客观地研究自己的对象即事物与自然，其文本是解释性的，解释者只是一个主体、一个意识，实际上是一种独白。而且，自然科学的判断主要建立在实验与归纳的基础上，其结论是客观的，准确与谬误易于辨明。社会科学也存在客观性，其中体现着主体性的意图，其正确与谬误的区别准则也较为明显。但是，人文科学的对象是主客体的结合，其思维方式主要是结合着解释的理解，其文本是主体的表述，主体的表述指向他人的思想、意识和意义，这里存在两个意识的对话与交锋，其中包含着主体对客观对象的认知和主体的意识色彩，必然表现了个人性、独特性、意向性、对话性、应答性。判断人文科学的价值，难以用自然科学实证的方法去检验其有用、准确与否，或以量化的方法去评定其价值。人文科学是积累性的，具有极强的继承性，是积累的科学。评价人文科学有其自身的"准确性"，那就是在与前人、他人对话与比较的基础上，提出了哪些创新之点，并要在实践与时间中接受检验。这里用得上哈贝马斯所说的对话人使用的话语，应当具有交往性规则资质，即话语的真实性、正确性、适当性与真诚性。[①] 否则只会导致简单化的批判与否定。从这种意义上讲，新理性精神的介入有助于促进人文科学方法论的建设。

　　钱中文强调，新理性精神以不断发展着的现代性为指导，但是，它又反对把亦此亦彼的思维方式绝对化，因为这种思维方式可能导致绝对的相对主义和排斥价值的判断，进而排斥真正的对话，最终取消正误对错，甚至以草率的判决代替科学的研究。这样，总体上的亦此亦彼应该包含一定的非此即彼，在对话中进行有效的价值判断。这种思维方式和对话行为也正是新理性精神的体现。

　　综上所述，钱中文的新理性精神文论具有丰富的意义和价值：它提出新人文精神问题，这是新理性精神的主旨，涉及人的生存、如何生存以及人的自身

---

① 钱中文：《理解的欣悦——论巴赫金的阐释学思想》，《钱中文文集》，上海辞书出版社2005年版，第502页。

完善。它主张应以现代意识精神为指导，反对把一种观念、理论视为绝对权威、终极真理，这是一种具有不断自我反思与自我批判功能的现代性，一种要求具有继承性的现代性。新理性精神针对我国文艺发展的实际，希望通过感性与文化相互平衡与制约等策略，促进文艺的良性发展。同时，为了达到上述目的，钱中文还希望建立一种健康的思维方式，提醒人们警惕工具理性主义的扩张，要在人与人之间、学术探讨之中确立一种交往对话的关系，反对我们头脑中根深蒂固的非此即彼、截然对立的思维方式，以促进人与人之间的平等，并建立起各种理论范式、各种话语之间的交往关系。新理想精神不但适合文艺研究，也可以理解为人文知识分子对待文化遗产和外国文化思想的立足点，一种学术立场，一种新的文化价值观。新理性精神融合了钱中文对人生、社会、历史、文化、学术和文艺等问题的体验、思考与感悟。

四　结语

"新理性精神"一经提出，就在学界产生了很大的影响。据笔者所知，1999年在钱中文的《文学理论：走向交往对话的时代》出版座谈会上，学界曾集中讨论过"新理性精神"。2001年10月，中国中外文艺理论学会与厦门大学联合举办了"新理性精神与文学研究方法论全国学术研讨会"，对这个问题进行了专题研讨。2003年，在《文汇读书周报》与《学术月刊》联合评选的"2003年度中国十大学术热点"中，"新理性精神和审美现代性问题的讨论"名列第九，这也是该年度唯一的文学议题。[①]

钱中文的"新理性精神文学论"自提出到完善、成熟，已逾十年，它引发了广泛的讨论，也经受了检验，并得到了广泛的认同和高度的评价。王元骧高度肯定了其现实意义："在这种情况下重新认识和估计人文的、道德的、实践的理性在整个理性结构中的地位，并使其按照今天的时代要求来与知识理性、理论理性实现新的综合，从而使之对人们在物欲横流、道德滑坡、文化失范、信仰泯灭的社会大潮中保持自己的人格尊严和独立；对在日趋商品

---

① 《本刊与〈文汇读书周报〉联合评出2003年度中国十大学术热点》，《学术月刊》2004年第1期。

化、浅俗化、粗鄙化的创作倾向中，维护文学艺术的理想性和超越性的品格，起着一种理论规范导向的作用，无疑是很有意义的。"① 许明揭示了它之于中国思想界的意义："框架地看，我们所说的新理性有两个基本立场：一，在文化思想中，继承80年代以来的以'人的解放'为主题的人文意识。二，新理性的建设是对19世纪与20世纪思想成果的合理内核的综合汲取。这个立场对中国思想界来讲，特别重要，特别迫切。"② 徐岱指出了其理论价值："但如果说它（指新理性精神——引者注）能够逐渐显山露水引人注目，在于其思想内涵基本覆盖、整合了新时期以来中国文论界主流学者们殊途同归的思想立场与理论走向，那么它所具有的突出的理论意义，则主要还在于这一思想范式在客观上契入了全球化语境里对于理性思想的批判与重建。"③ 张艺声则阐释了其创新意义："对前历史唯物主义的大拓展，对除反理性以外的各类理性主义的大包容与对当下物欲横流的大反思"④。而且，"新理性精神"还促进了钱中文理论、思想的转型："经历过这次过度的理论抽象，钱中文的理论思想又面临再度开启，20世纪90年代中期以后，钱中文的思想显示出前所未有的开放，它几乎是站在当代思想的前沿，回应当代最尖锐、最前沿、最时尚的理论难题。"⑤

如今，理性的危机更为严重，感性的泛滥非但没有被遏制，反而有愈演愈烈之势。在此语境中，"新理性精神文论"仍然不会过时，理应有更大的启发性和建设意义。

原载《艺术百家》2011年第4期

---

① 王元骧：《新理性精神之我见》，载金元浦编《多元对话时代的文艺学建设——新理性精神与钱中文文艺理论研究》，军事谊文出版社2002年版，第31—32页。
② 许明：《当代中国的人文理性》，载金元浦编《多元对话时代的文艺学建设——新理性精神与钱中文文艺理论研究》，军事谊文出版社2002年版，第69页。
③ 徐岱：《从唯理性主义到新理性精神——走向后形而上学批评理论》，载金元浦编《多元对话时代的文艺学建设——新理性精神与钱中文文艺理论研究》，军事谊文出版社2002年版，第54页。
④ 张艺声：《比照解读：新理性精神》，《社会科学战线》2004年第3期。
⑤ 陈晓明：《怀着知识的记忆创新——钱中文的学术思想评述》，《南方文坛》2001年第5期。

· 第五编　西方现代性研究·

从全球化、现代性到全球现代性

——阿里夫·德里克的"全球现代性"理论

阿里夫·德里克（Arif Dirlik，1940—2017）是当今活跃在欧美学界的重要的文化理论家、文化批评家和史学家。近年来，他致力于现代性、全球化研究，提出了"全球现代性"（Global Modernity）理论，并根据世界形势的变化赋予了其丰富的含义，具有较高的理论价值和现实意义。本文尝试全面地把握其现代性理论，希望以此推进中国的现代性研究。

一　全球现代性的概念链

全球化、现代化、后现代主义、现代性、欧洲资本主义现代性、殖民现代性等概念具有家族相似性，相互间有一定的联系，分别揭示了当代资本主义的一些特点。德里克逐一分析了这些概念的优劣，综合了它们的积极因素，提出了"全球现代性"（或"全球化的现代性"）的概念。

（一）全球化

全球化现象早已有之，20世纪下半叶，随着通信技术的发展，世界各地的联系和相互依赖性空前增强，全球化浪潮再次引人瞩目，与此同时，还出现了与一体化对立的本土化或"全球本土化"［罗兰·罗伯森（Roland Robertson）语］。实际上，它们共同构成了全球化不可分割的两种运动："整合与瓜分、全球化与地方化，是两大相辅相成的过程。更确切地说，它们是同一过程——即世界性的主权、权力和活动自由的重新分配——的两个方面。……合成与耗散、整合与分解的共存和交织,绝不是偶然的,更不是可纠正的。"① 各种全球化话语的意识形态性也是明显的:为了取得全球的统一性、一致性而压制差别、不同;用整体、必然、全球压制局部、偶然、地方。在德里克看来,全球化强调欧美模式的重要性和示范性,甚至有意隐瞒殖民主义扩张的作用,具有欧洲中心主义倾向。全球化话语也是一种目的论,全球近 500 年曲折而丰富的历史被简化为自觉地向全球化目的发展,不但漠视了全球化的众多可能性,也忽视了形塑全球化力量的权力关系,把它们作为偶然的、地方的现象弃之不顾,根本不愿考虑它们在当时所起的作用。但是,全球现代性可以纠正此偏颇:"全球现代性的证据指向了保留殖民主义中心性的重要性,这不仅仅是在理解过去的全球化力量方面,更在于理解殖民的过去在建构现状中所起的根本性的重要作用。"②

(二)现代化

现代化是 20 世纪 50 年代帕森斯(Parsons)等学者的发明,它无视现代社会的复杂性,抹杀了现代国家的实际国情,乐观地把发达国家的现代化进程作为世界各国的发展目标和模式,希望以模仿、复制的方式促使各个国家与地区迅速进入现代社会。现代化理论具有强烈的殖民主义色彩和欧洲中心主义倾向,它无视其他社会的现代因素和现代化道路的独特性,没有处理好普遍性和特殊性的关系;它不但没有质疑欧美现代化的霸权,反而续写、强化了这种霸权;它还是一种目的论,强调复制就能够获得发展和美好的前途,就能够走向现代社会,这种乐观主义有意无意地回避了现代化的弊端和阴暗面,其希望也是注定要落空的。为此,在思考现代性问题时,应该警惕现代化意识的干扰。

(三)后现代主义

后现代主义反对中心,提倡多元、差异,它作为"变得自觉和自我批判

---

① [英]齐格蒙特·鲍曼:《全球化——人类的后果》,郭国良、徐建华译,商务印书馆 2001 年版,第 66 页。

② [美]阿里夫·德里克、陈静、王斌:《对"全球现代性:全球资本主义时代的现代性"的进一步反思》,《马克思主义美学研究》第 13 卷第 2 期,中央编译出版社 2010 年版,第 219 页。

的现代性",有助于挑战欧美现代性的霸权、批判现代性的局限,但它却无视发达国家现代性的殖民性。因此,应该重视后现代主义对欧美现代性的质疑,但也要承认它对现代性的批判是有限的,而且,作为晚期资本主义的文化逻辑,它与全球资本主义扩张的共谋也不容忽视。

(四) 现代性

现代化理论及其实践存在种种问题,对它们的反思成为催生现代性理论的动力之一。而且,现代性不仅是一个时间的概念,还是一个关系性的概念,它涉及了全球空间和权力关系的变化。也就是说,现代性概念出现于这样的时刻:"只有在非西方社会的权力资源不断增加,可以回过头来向西方发出声音并得到聆听的时候,一系列的范畴才会显露出来,而对它们的建构和利用就必然会引致权力关系的出现。后现代与后殖民的理论就是指出这种权力平衡发生变动的征兆。把它们当做实体化的时间或空间的范畴(比如后现代性)而加以排斥,就会忽视此过程中这个非常重要的文化维度。"① 当然,后现代主义也促进了现代性话语的产生。这样,就出现了诸多的现代性话语。它们都是从各自方面对当代社会的把握,各有侧重、偏颇,也都需要反思和修正。

(五) 欧洲资本主义现代性

欧洲资本主义现代性(或者欧美现代性)是当今世界最具影响力的一种现代性,它已经成为全球生存方式的重要的组成部分和条件:"对现代性既作为物质状况又作为意识形态状况的意识仍是我们生存的一部分,并且形成了我们对未来和过去的看法。"② 这样,欧洲或欧美的现代性甚至已经成为讨论一切现代性的前提。实际上,它最初只是欧洲的现代性之一,但它压制了欧洲的其他现代性,后来,它借助殖民主义和民族主义的力量,压制了其他社会的现代性,并最终取得了世界的霸权。一方面,欧洲资本主义现代性在形成现代世界、现代社会的过程中发挥了不可替代的作用;另一方面,它的黑

---

① [英] 迈克·费瑟斯通:《消解文化——全球化、后现代主义与认同》,杨渝东译,北京大学出版社2009年版,第203—204页。
② [美] 阿里夫·德里克、吕增奎、王宁:《当代视野中的现代性批判》,《南京大学学报》(哲学·人文科学·社会科学版) 2007年第6期。

暗面、霸权性、压迫性和殖民性有着极强的破坏力，同样需要引起我们的警惕。因此，既要肯定欧洲现代性的历史作用，又要承认其殖民主义性和欧洲中心主义倾向，不能绝对地扬此抑彼；要承认欧美现代性的物质和意识形态后果在全球范围内的影响，也要挑战其霸权地位，发掘其替代性方案；同时，在批判其欧洲中心主义和殖民主义倾向时，也应该关注现实问题，防止走向另一种极端："过多关注欧洲中心主义或殖民主义也掩盖了当代现代性的根本问题。"①

（六）殖民现代性

殖民主义促进了欧洲中心现代性在全球的扩张，并形成了它的世界霸权，影响巨大，甚至现在也无法回避它的存在。尽管如此，随着后现代主义和后殖民理论的兴起，它的合法性、霸权地位、影响都受到了挑战，迫使我们正视其起源、发展中存在的问题。通常人们认为，欧洲现代性是自主的，是欧洲历史发展中必然出现的现象，它的优越性和示范性足以诱使其他社会进行效仿。实际上，这种现代性只是欧洲资本主义发展中的一种特殊情况，它压制了现代性的其他可能性，在资本主义、民族主义的推动下，甚至以武力相威胁，通过殖民主义的侵略、扩张，最终在全球推广开来。

全球化、现代化、现代性等理论都是对当代世界的把握，但它们存在的诸多问题亟待反思。这样，就需要一种现代性理论，它既要放弃欧洲中心主义，又要放弃资本主义发展目的论，尽可能地包容现代性发展中不同的历史轨迹和各种可能性，即包括了欧美支配的现代性和其他地区的现代性，以区别于现代化。德里克提出的全球现代性就是应对这些挑战的产物，它灵活地穿梭于这些概念之间，吸收了这些概念的优点，克服了它们的缺陷。同时，它还质疑了全球化概念和早期的现代性概念。因此，它就具有了巨大的理论价值和现实意义："把现代性重新界定为全球化的现代性允许人们承认现代性在其全球化过程中的辩证法。在其方案中全球化的现代性与欧洲起源的印记有关系。另一方面，它又比诸如后现代性或全球化这类概念较少受到欧洲起

---

① ［美］阿瑞夫·德里克、沈小波：《全球化的现代性、文化及普世主义的问题》，《厦门大学学报》（哲学社会科学版）2006年第1期。

源的束缚。它既表明了当代现代性的统一，又表明了当代现代性的分裂，在当代现代性中，欧美支配的现代性的遗产是非常明显的，但是又受新的压力的约束。最重要的是，全球化的现代性，作为当代的条件，不是以现代性的瓦解为标志，而是以其围绕一个全球性中心的重构为标志，尽管必然是一个缺席的中心。"①

二 现代性研究的思路和方法

现代性的复杂性吸引了许多学科的介入，也决定了其研究思路、方法的多样性。在德里克看来，有两种基本的研究方法：第一种方法着眼于社会的内部特征，首先制订一套现代社会的标准，然后以此为根据，判断具体的社会是不是现代的。第二种方法是结构的方法，它深受"世界体系论"方法的影响，把现代性界定为资本主义的现代性，资本主义世界体系中的国家、地区和被强行拖入资本主义世界体系中的国家、地区都是现代的，落后或先进取决于在这个体系中的位置，但很难对它们进行内部、外部的区分。② 就德里克的研究而言，他是倾向于后者的，并把以下方面贯穿于其研究之中。

首先，反对本质主义的思维方式和本质观，从关系角度理解现代性。现代性不是实体，也没有固定的、单一的本质与发展模式，不能以本质主义的方式理解现代性。相反，现代性是多种力量相互作用的结果，作为这些力量角逐的"力场"或"场域"，应该从关系的角度理解它。因此，需要引入资本主义世界体系的视角，也就是说，在现代性场域的各种因素作用下进入这个体系的国家或地区都是现代的，或者说，与这个体系发生关联并成为其组成部分的国家或地区都是现代的，并据此来研究各种现代性现象。这样，就应该从全球的视野、全球的时空关系来看待形塑现代性的力量和现代性的后果，以理解现代性的复杂性。例如，蒙古人的入侵加强了欧亚大陆的交流，这样的密集交流引发并刺激了全球性的变革，并具有全球的意义，同样，欧洲入侵美洲也具有了类似的意义，这些活动客观上都加强了全球的交流。从

---

① ［美］阿瑞夫·德里克、沈小波：《全球化的现代性、文化及普世主义的问题》，《厦门大学学报》（哲学社会科学版）2006年第1期。

② 谢少波、王逢振编：《文化研究访谈录》，中国社会科学出版社2003年版，第38—39页。

全球的角度看，这些交流是促进世界结构变化的动力，也是其结果，参与形塑现代性的力量、现代性的后果都已经成为全球性的现象。其中，亚洲与欧洲的交流、欧洲与美洲的交流都离不开欧洲，它的中介作用非常重要，对现代性的发展也至关重要。因此，如果缺乏了关系的视角，就无法理解现代性的无中心性和多极性。

其次，根据一些基本的价值观和实践来把握现代性。现代性不是抽象的，它具体地存在于政治、社会关系、日常生活的某些基本价值观和实践中，诸如科学、资本主义、发展主义等，只有把握了它们，才能够真正地理解现代性。这些价值观和实践并不具有普遍意义，而是与欧美现代性相伴的特殊现象，通常只有根据西方的现代观念才能理解它们。究其实质，"现代观念本身是欧洲人的发明。欧洲人把他们的价值观和实践视为现代性的普遍特征，并且通过对全世界的奴役和殖民化来继续证明这一点。通过扩张、征服和殖民主义，这种特殊版本的现代性从18世纪起开始变成全球性的，消除了现代性的其他可能性，而这些可能性则是由一些产生出欧洲现代性的相同力量所产生出的"①。这样，通过把它的价值观和实践普遍化，欧美现代性也随之具有了普遍的意义，再通过压制、消除现代性的其他可能性，最终把特殊的、地方的欧美现代性转变为普遍性的全球现象。实际上，欧美现代性与其社会的某些价值观、实践彼此需要，相互支持。因此，需要根据后者把握现代性。如今，欧美现代性所产生的物质和意识形态的后果，是任何人都无法回避的，已经成为我们生活中不能离开的重要部分。因此，应当承认欧洲现代性的重要作用，无论欧洲在现代性的形成与发展过程中所起的作用是积极的还是消极的，它的变革作用都是现代性发展史中不可或缺的因素。

再次，要历史地把握现代性，把现代性及其话语历史化。欧洲中心主义（或欧美）现代性最初是一种偶然的、地方性的特殊现象，它出现以后，在资本主义和民族主义的共同作用下，凭借其武力，进行了全球范围的侵略、扩张和殖民统治，通过压制自己过去发展的可能性、其他地区发展的可能性，

---

① ［美］阿里夫·德里克、吕增奎、王宁：《当代视野中的现代性批判》，《南京大学学报》（哲学·人文科学·社会科学版）2007年第6期。

最终成为具有全球霸权的现代性。现代性话语为这种实践提供了价值、理论方面的支持,并成为其意识形态的表征。因此,必须把现代性及其话语历史化,反对抹杀其历史并把它完全合法化、永久化。

德里克认为,历史地研究现代性,必须考虑三个因素:资本主义的兴起、世界的重组和研究对象在重组中的位置。其中,位置包含了时间、空间两个方面,需要涉及研究对象在资本主义兴起过程中,在欧亚大陆以及全球中的位置。具体到欧洲资本主义现代性,欧亚大陆是其不可或缺的环境:"单一的资本主义世界体系脱胎于横贯欧亚大陆的多元世界体系,而欧洲最终从18世纪开始成为欧亚大陆的中心,此时全球也被带入到这种世界体系的范围之内。"① 其中,蒙古人的入侵使欧亚大陆的交流具有了不同于此前的重大意义,使欧亚大陆成为我们所了解的样子,而且,也只有在这个事件以后,我们才可能判定现代语境中欧洲和中国的形成期。欧洲对美洲的侵略也是相当重要的,同样需要我们的注意。

这样的交流产生了一个新的亚欧世界体系,它内部的交流导致了不同的结果。欧洲社会出现了西欧资本主义和欧洲资本主义现代性,之后,它才向其他地区扩张并取得了世界的霸权。在东亚,各种措施强化了其帝国的地位,明清王朝的"中国"也形成了。在经历了"郑和下西洋"短暂的开放后,虽然明朝采取了严格的"闭关"政策,但并没能阻止东亚世界体系内的交流,明清也较为重视与包括俄罗斯在内的中亚地区的交流。所谓晚明的"资本主义经济萌芽"也是资本主义世界体系影响的结果。此时的世界体系也得以扩大,包括了欧亚大陆和以菲律宾为纽带联系起来的美洲。同时,非洲、亚欧大陆和其他地方之间的交流也日益增强,产生了诸如地主、商人和劳动者等类型的独立创业者。全球的现代性大致呈现出这样的历史轨迹,其历史性是我们研究现代性问题的基础,脱离了这个基础,研究就可能失去根基,走向虚空。

而且,我们在关注现代性的历史及其对现实的影响时,也要有现实的问

---

① [美]阿里夫·德里克、吕增奎、王宁:《当代视野中的现代性批判》,《南京大学学报》(哲学·人文科学·社会科学版)2007年第6期。

题意识，重视研究当前现代性所面临的实际问题，防止以历史研究代替或削弱对现实问题的研究。

再次，要辩证地看待和处理现代性的悖论。在欧洲资本主义现代性发展的过程中，出现了种种悖论，它们妨碍了我们有效地把握现代性，正确地处理它们的关系也成为我们必须面对的问题。这些悖论主要有：诸多因素挑战了欧洲中心主义，加速了它的衰落、溃败，但是，这些结果不但没能动摇资本主义的基础，相反却导致了资本主义在全球变本加厉的扩张和胜利；与资本主义现代性的全球扩张相伴，资本的全球化也势如破竹，但是，与此相反，世界并没有同质化，却出现了多元化、文化多元主义和本土化等复杂局面；欧美资本主义现代性是在反对宗教、传统的过程中建立和发展起来的，它的基本内容与宗教、传统是对立的，但是，现代性的全球扩张却促成了宗教、传统的复活或复兴，它们甚至还被用作重建现代性的资源。欧美资本主义现代性是一种复杂的社会、政治、经济、文化问题，可能它的悖论还不止这些，这种现象实际上反映了现代性的真实状态和复杂性。

鉴于此，我们在认识和处理现代性问题时，一定要考虑到这种复杂性，并由此确立我们的问题意识和解决问题的方式。为此，我们应该全面地对待它，既要注意哪些问题属于欧美资本主义现代性自身的问题、哪些问题属于欧美资本主义现代性传播中出现的问题、哪些问题属于其他国家借鉴欧美现代性时出现的问题；又要关注欧美现代性的悖论，辩证地看待悖论的两个方面，据此研究现代性的发展态势，并确立问题意识和解决问题之道。

三 现代性建设中的传统问题

随着全球化的发展和资本主义的扩张，一方面，世界各地的联系和一致性空前加剧；另一方面，与此相反的地方化和传统却迅速复兴。传统问题再次凸显出来，成为许多领域无法回避的问题。以往，传统是落后、退步的标志，现代性是在否定传统、追求新的过程中建立和发展起来的。但具有讽刺意味的是，当今的许多现代性理论却异常青睐传统和传统话语，人们对传统的热情也空前高涨。这样，传统与现代性之间的关系变得极为复杂，处理传统与现代性的关系问题就显得尤为迫切，也成为现代性研究中需要面对和解决的问题。

第一，现代性和传统的悖论。一般来说，现代性在基本方面、根本方面是反传统的，二者的紧张、冲突是很难调和的，但是，新近的现代性研究重新抬出了传统，尝试把传统作为重建现代性的文化资源，以从中重新挖掘、发挥其作用，希望借助传统克服现代性的困境。但是，这样做首先就面临着现代性和传统的悖论：现代性基本上是反传统的，如今却要把其反对的对象及其动力转化为可利用的资源。其面临的危机可能是传统成功转化消解了现代性，或者不得不抛弃旧的资源，以换取现代性的继续发展。此外，现代性在不遗余力地追求创新、进步的过程中建立了发展主义的意识形态，传统注重对过去东西的维护、继承、发扬，传统和传统话语注定会从根本上质疑、否定和反对过度的发展，离开了发展主义，现代性的大厦就会动摇、坍塌。如果接受了发展主义，传统就难以为继了。面对这样的悖论，实在难以把二者兼顾起来。

第二，许多现代性对传统的利用颇为可疑。现代性与传统的价值取向迥异，现代化是把传统作为障碍来反对、扫除的，所表现出的破坏性、绝对性和彻底性都是罕见的，这种矫枉过正的做法暴露了其十足的霸权。为此，传统和传统话语有必要反对现代性的霸权和偏激，质疑其发展主义的基础，也应该提供有别于现代生活的可能，这也许就是传统之于现代性的意义。但是，传统并没有任何作为，"具有讽刺意味的是，传统并没有质疑发展的目的或模式，只是被译为差异的象征性表征，并被抽空了任何实质性的内容"[①]。也就是说，传统既没有质疑现代性的基本方面和阴暗面，又难以提供克服现代性危机的可能，而是仅仅满足于提供抽象的差异或维持差异，它们没有任何实质性的内容，徒具象征意义和空洞的符号价值而已。而且，这也与其替代欧洲资本主义现代性的初衷相距甚远。

第三，有的现代性挪用、改造了传统，使其成为生产和消费的对象，服务于资本的增值和扩张。随着资本主义现代性的发展，资本和商品化逻辑逐

---

① ［美］阿里夫·德里克、陈静、王斌：《对"全球现代性：全球资本主义时代的现代性"的进一步反思》，《马克思主义美学研究》第13卷第2期，中央编译出版社2010年版，第217页。

渐向各个领域渗透、扩张，包括文化遗产在内的传统也难以幸免，它们被赋予了商品的属性，以其差异性成为生产和消费的符号，并在日常生活与审美中大行其道，成为资本主义再生产的有机组成部分。随着资本的全球扩张，出现了跨国资本、跨国公司、跨国资本主义和"跨国资本主义阶层"等现象，与此相伴，产生了如何管理差异、如何影响新的消费等问题，多元文化主义应运而生。虽然它标榜自己反对资本主义的文化霸权，致力于建设多元、平等的文化，但它却是跨国公司为了寻找新的管理技巧、控制新的消费的创造，实际上维护了资本扩张，巩固了全球资本主义统治，而起不到抵制或替代资本主义全球统治的作用。

第四，现代性应该把传统作为积极的资源来吸收，而不是保守主义式地复原传统、回到过去。实际上，不但没有实体的、固定不变的传统，而且也不可能完全地复原传统、回归传统。同样，当今欧美社会面对的传统，也只能是经历了一个多世纪的变化、发展后被重新阐释了的传统。因此，应该在反对本质主义传统观的基础上，把传统作为重建现代性可资借鉴的资源，发挥其独特的作用，而不至于在复古或复兴传统的歧途中迷失其真正的目的和方向。事实上，现代性也要求传统适应现代社会，积极参与现代性的建设，而不是代替自己，传统的取向也由此发生了转变，即指向未来："它们并不指向过去，而是从过去中迂回出来，走向另一种未来。"①

四　全球现代性的主旨

全球现代性的含义丰富而复杂，其主旨可以大致归纳为以下几点。

首先，德里克是在单数的意义上使用"全球现代性"概念的，它类似于詹姆逊说的"单数的现代性"（Singular Modernity）。换言之，全球现代性是单一的，主要指欧洲（或欧美）资本主义现代性。这种界定"源于一种对那些支持全球化的主张以及全球共同性所暗示的确定性的认识。同时，作为概念的全球现代性有意去克服一种目的论（和意识形态）的偏见，这种偏见已

---

① ［美］阿瑞夫·德里克：《全球现代性的再思考》，楼巍译，《厦门大学学报》（哲学社会科学版）2011年第4期。

经渗入那些用于描述全球共同性和同质性的全球化术语中"①。德里克的这个概念既要吸收全球化概念的成果，又要克服其目的论和意识形态的偏颇。全球现代性承认欧美资本主义现代性在全球传播时导致的相似或相同的结果，也客观地强调，尽管欧美资本主义现代性已经成为全球现实的重要组成部分，但全球现代性并不必然地向它发展，而且，它还存在发展主义等意识形态，这些意识形态又是亟待克服的。这样，与全球化相似，全球现代性概念包含了双重内容，不但指向对现代性（包括欧美资本主义现代性）的全球扩张和实现的期待（消除某些地方的边界），也指向对某些霸权的现代性的反对，甚至期待在现代性全球扩张的境遇中为某些地方确立新的边界。

其次，全球现代性与殖民现代性呈现出一种相互支持、对抗的状态："它（全球现代性——引者注）既否定又同时实现了殖民现代性，因为文化身份无可避免地和推动全球化的资本主义之经济体制环环相扣，以至于整个世界似乎被不同的利益共同体所瓜分。"② 当代的全球现代性是欧洲中心论受到挑战或后欧洲中心秩序的产物，它已经取代了欧洲中心主义的现代性，但仍然受到其不同程度的影响，因此，也可以说，全球现代性是殖民现代性的最后实现。但是，全球现代性与殖民现代性的关系是复杂的，具有对抗性和共谋关系："在一定层面上，全球现代性呈现为殖民主义的终结，一种能够冲击现代性的去殖民化的产物，同时也是对之前那个被殖民的殖民现代性的替代性选择。另一方面，全球现代性也可以被认为是殖民主义在全球社会的内在化中的普遍化和深化，这些社会具有与殖民主义纠葛在一起的资本主义现代性的前提，对它来说现在没有可行的替代性选择。"③ 也就是说，全球现代性反对殖民主义，是对殖民现代性的替代，但它又使殖民主义在全球更加普遍了，甚至深化了殖民主义的逻辑，它参与形成了资本主义现代性的前提，已经成为我们建构新的现代性所无法回避的境况和起点。这种不确定性反而开辟了

---

① ［美］阿里夫·德里克：《对"全球现代性：全球资本主义时代的现代性"的进一步反思》，《马克思主义美学研究》第13卷第2期，中央编译出版社2010年版，第220页。
② ［美］阿里夫·德里克：《时间空间、社会空间和中国文化问题》，载刘东主编《中国学术》第27期，商务印书馆2010年版，第76页。
③ ［美］阿里夫·德里克、陈静、王斌：《对"全球现代性：全球资本主义时代的现代性"的进一步反思》，《马克思主义美学研究》第13卷第2期，中央编译出版社2010年版，第225页。

一种可能：导致了资本的全球运动、人的移动和文化冲突等新现象，这些正在发生的现象，与其说是去殖民化的表现，倒不如说是殖民主义对全球化了的资本进行重组的结果。这样就强制性地使它介入了对全球管理极为重要的新国家的运作中，并为由此造就的阶级代言，而这些阶级则负责为它提供管理员。这样看来，如果仅仅解构早期的殖民体制或去领土化，而没有终结殖民主义，就仍然起着强化殖民冲突（表现为全球性的冲突）的作用。实际上，早期殖民的权力构架并没有绝迹，至今仍然存在于全球地缘政治中。

再次，殖民主义已经转变为构建现代性的因素。这种转变有其必然性，这与发生于国族之内或国族之间的全球力量的变化有关。国族内或国族间的全球力量的变化，对作为殖民主义产物的群体和阶层是有益的，他们已经感受到殖民历史为其带来的好处，这样，殖民历史不但不会妨碍现代性，而且有助于建立自身的现代性模式，促进其选择的现代性的发展。殖民历史的转变之所以可能，还与当代世界与过去的断裂有关，虽然当今世界的许多国族都反对殖民主义和殖民历史，但是，当代世界毕竟脱胎于殖民现代性，已经深深地打上了它的烙印。殖民现代性与全球现代性关系密切，前者的实现是后者的条件，殖民现代性的视野至少有助于解释涉及当下与过去的关系时经常存在的矛盾心理，诸如全球化与帝国主义、当今世界的霸权等。此外，殖民现代性还有利于解释存在于当代全球现代性中的法西斯主义。

五 全球现代性的特征

全球现代性不同于全球化，也不同于其他现代性，甚至也与现代性的早期阶段相距甚远，它具有以下特征。

第一，全球现代性是全球化的栖身之地和发展结果。迈克尔·哈特（Michael Hardt）和安东尼奥·奈格里（Antonio Negri）所说的"帝国"就是说明全球现代性现象的一个恰当例子。随着冷战的结束和东欧社会主义国家的瓦解，美国成为一个拥有超级军事霸权的帝国，一种超越民族国家的新的主权形式在全球化过程中应运而生，它没有中心而又无处不在，美国能够根据其意志宣布全球主权，无视或否定别国的国家主权。实际上，帝国面临着诸多矛盾，需要独特的空间才能维持其统治，但在这些空间中存在帝国的众多挑战者，有的靠民主、正义、自由、人权等典型的现代观念取得了合法性；有的通过复兴过去的遗产赋予了其合法性；有的是过去的残余；有的则是现代性的遗产。它们包含了可选择的现代性的主张，相互之间也存在冲突。虽然这些主张和冲突是划分它们的依据，但它们都源自一个共同的领域，而这个领域已经被全球化资本主义限定了。

第二，全球现代性重视传统，又重视现代性的新变化。20世纪80年代，东亚把传统的儒家资源与资本主义现代化结合起来，经济发展了，国力增强了。它们一改过去的看法，把儒家作为推动现代化的积极因素，这种观念在欧洲和北美也有一定的市场。1979年的伊斯兰革命产生了伊斯兰现代性的主张。此后，类似的现代性相继出现，它们都宣称自己的传统能够促进现代性，并把传统作为构建其现代性的有益资源。目前，不同的民族、文化、文明之间仍然存在先进与落后之别，不过更多是由其人民内部的差异决定的，其中结构性差异（有的选择了资本主义，有的则没有）也起着决定性作用。

全球现代性同样关注全球化引发的现代性新现象。现代性与民族、国家密不可分，或者说，民族、国家是现代性的重要标志。但是，一种普遍的看法是，全球化挑战了民族国家的权威，使其权力锐减，危言耸听的说法是："民族国家的物质基础被摧毁了，主权和独立被剥夺了，政治阶级被消除了，它也就成了那些大公司的一个普普通通的保安部门……"[①] 但事实并非如此绝对、严重，甚至也存在特例。全球现代性仍然承认民族国家的重要性及其力量增强的趋势，并能够及时正视、接纳这些新的变化："全球现代性绝不是意味着呈现出民族—国家或者民族主义的'死亡'。相反，近几年我们见证了民族主义的激增，国家力量相对于人口的增强。"[②] 这样，国家放弃了对民众应尽的大部分责任，转而把注意力从表面的民族转向了对全球趋势——全力追逐发展——的迎合。

第三，全球现代性从特定角度揭示了全球关系的变化和复杂性。"冷战"

[①] 转引自 [英] 齐格蒙特·鲍曼《全球化——人类的后果》，郭国良、徐建华译，商务印书馆2001年版，第63页。

[②] [美] 阿里夫·德里克、陈静、王斌：《对"全球现代性：全球资本主义时代的现代性"的进一步反思》，《马克思主义美学研究》第13卷第2期，中央编译出版社2010年版，第223页。

形成的三个世界的空间已经在现代化语境中被内在化、合法化了。随着第二世界中社会主义力量的锐减和肇始于20世纪60年代的资本新中心的出现,对第二世界纯粹地理空间的争夺也结束了,在此过程中,也出现了关于国族能否作为一个独立发展的政治、经济、文化单元的问题。现实情况是,全球化包括了不同范围、层次的多种运动,它的运动路径从全球到地区再到国家,最后才到国家内部和地方。三个世界的空间与全球化构建的空间并置、交错,殖民空间与本土空间相互重叠,出现了第一世界中的第三世界空间(新奥尔良等)和第三世界中的第一世界空间(上海等)的复杂现象。资本主义把全球的城市作为其结点,以网络化的方式向全球发展。受此影响,全球的经济活动呈现出网络般的发展态势,资本及其相关组织以网状向前发展,处于网络上的组织就能够占尽先机、迅速发展;不在网络上或位于网络经济外的组织,就可能跌入深谷的缝隙,或者不能自拔而被淘汰,或者借助全球经济对它们的诱导、帮助,使其勉强发展。世界大多数的地方和人口没有处于全球资本主义网络的链条上,它们很难享受到全球化的成果和机遇,将不可避免地被抛弃、被边缘化。

第四,全球现代性面向跨越国界的人类群体,揭示了阶级结构向全球蔓延的新现象。在全球现代性的视野中,全球范围的经济交流已经打破了一切空间的封闭性,全球化的意识形态所宣称的完整空间也不复存在。而且,随着全球化的发展,跨国资本、跨国公司迅速扩张,产生了一个"跨国资本家阶级"的新群体,能够在不同空间中比较的阶级、性别、种族也出现了,阶级结构大规模地向全球扩散,甚至已经遍及全球。与此相对应,政治、经济、文化的构成也出现了跨越国界和跨越地区的变化。在这样的情况下,如果继续把民族、文明视为整体,就不合适了。阶级结构的扩散和非政府组织、跨国公司和职业组织等新组织的出现,都加剧了社会和文化的复杂性,也增加了判断社会、文化性质的难度,更不要说预测其未来了。从这种意义上说,全球现代性试图把握的是历史的剩余,而不是未来。

第五,全球现代性具有矛盾性——反对但又依赖殖民现代性。这种矛盾性增加了它处理殖民主义的难度。此前,殖民主义概念不但是欧洲中心主义的现代化话语,还作为一种激进的现代化话语,批判了殖民主义者的驱动力。

但是，在目前的状况下，这种驱动力变得更为复杂了，这削弱了殖民主义概念的价值和批判力量，也使人们更难把握全球现代性与殖民现代性的关系了。这也是理解全球现代性与殖民现代性的关系时应该考虑的问题。

六　全球现代性的意义

全球现代性具有一定的现实意义和历史意义，它有助于我们宏观地认识整个世界、全球资本主义、现代性的发展状况与态势，也能够帮助我们洞察现代性的起源与发展轨迹，破除笼罩在现代性之上的种种光环、迷雾，并启发我们选择自己的发展道路与策略。其意义具体表现在以下几个方面。

其一，全球现代性有助于破除发展主义的意识形态，科学地评价现代性的得失。毫无疑问，我们应该强调发展的重要性，但是，现代性视发展为唯一目的，极端、盲目地崇拜发展，以丧失幸福、未来、和谐的环境为代价换取发展，甚至不遗余力、不择手段地追逐发展，并最终形成了发展的意识形态（或发展主义）。发展主义——现代性的基础——决定了资本主义现代性的基本选择，也塑造了社会主义对现代性的态度，甚至构成了现代性最具破坏性的力量。它由欧美传输到其他地方，并在被全球共享的过程中产生了巨大的诱惑力和影响力。为此，我们不但要正视其殖民性，还要质疑其合法性："由积累和控制资源而引发的激烈竞争所推动的开发/发展主义（developmentalism）。"① 而且，发展主义还强化了欧美资本主义发展模式和欧洲中心主义的合法性，并引发了对它的崇拜。同时，我们还应该看到，发展主义也客观地促进了其他发展模式的成功，这些成功既引发了对文化差异的肯定，又导致了对欧美资本主义现代性模式的质疑，并有效地削弱了欧洲中心主义的影响。

其二，全球现代性有助于从现实层面理解近代世界格局的变化，这也与乔万尼·阿里基（Giovanni Arrighi）近期的观点有关。他提出，随着美国的衰落，资本主义世界体系的中心已经向东亚（尤其是中国）转移。目前，

---

① ［美］阿里夫·德里克、陈静、王斌：《对"全球现代性：全球资本主义时代的现代性"的进一步反思》，《马克思主义美学研究》第13卷第2期，中央编译出版社2010年版，第217页。

美国经济衰退，其世界影响力也大大减弱，遭受了金融危机等的打击后，其对世界的主导可能快结束了。但不可否认的是，霸权的普遍主义对全球的作用犹在，制定了其规则的欧美仍然竭力坚持。与此同时，中国的经济、国力都取得了长足的发展，已经成为世界重要的经济体之一。但是，中国也面临着很多挑战，诸如社会分化、过度开发、环境保护等。尽管"中国模式"有很大的吸引力，但能否适用于其他发展中国家，还要靠实践的检验。全球现代性有助于我们从世界局势的变化理解资本主义现代性的全球扩张和变化。

其三，全球现代性具有历史意义，能够启发我们关注现代性的起源问题。欧洲中心主义的现代性把现代性视为欧洲历史自主发展的必然产物，认为其起源于古希腊，但这种观念遭到了诸多的挑战。首先，它忽视或有意遮蔽了欧洲自己对这个观念的重构，或者说，从某种程度上讲，这种观念是现代欧洲自己的建构或杜撰。其次，它无视形塑欧洲中心主义现代性的多重力量的作用，甚至隐藏了奴役、掠夺美洲的殖民主义行为。究其历史，欧洲中心主义现代性的实际发展情况可能是这样的："这种现代性是从欧亚地区的某一个部分产生，得到了资本主义（其独有的产物）的授权，它以自己的名字赋予现代性，不论好坏，都是用其自身的价值来构成的。当代全球现代性附带着在欧洲人占据主导地位之前的历史的回音，因为这个世界随后就被欧洲霸权和统治所重构。霸权的消散使得我们不仅可以看到当前，还可以看到被欧洲中心现代性所设定的界限之外的过去。"① 这样做不是为了故意否认欧洲现代性的合法性，也不是要否定欧洲在形成和发展世界现代史中所发挥的作用，而是为了纠正以前被遮蔽的盲点，把它置于其起源、发展的具体时空中，历史地看待它的发展过程、客观地评判其得失，挖掘现代性的多种资源，以服务于现代性的重建。

其四，全球现代性发现并揭示了传统在新的语境中的变化。现代性的全球化深刻地影响了传统，并引发了其价值取向的转变。这样，传统就背弃了

---

① ［美］阿里夫·德里克、陈静、王斌：《对"全球现代性：全球资本主义时代的现代性"的进一步反思》，《马克思主义美学研究》第13卷第2期，中央编译出版社2010年版，第226页。

过去的与现代对立的立场（现代化话语曾经如此）；放弃了向后看的保守主义立场；利用传统，以达到积极地面向未来、拓展未来的目的。可选择的现代性正是利用了这一点，把传统转化为其可资借鉴的资源。而且，它还由此挑战资本主义现代性的合法性，反抗其压迫性和对其他现代性话语的压制，启发人们寻找适合自己的现代性，为现代性开启了不同的未来和可能性，这也与社会主义的奋斗目标不谋而合。

原载《国外社会科学》2014年第2期，《中国人民大学复印报刊资料·文化研究》2014年第7期转载

伯曼论西方现代性的分期

——基于体验的角度

马歇尔·伯曼（Marshall Berman，1940—2013）是纽约市立大学的社会学教授，有《真实性的政治：激进的个人主义》《一切坚固的东西都烟消云散了——现代性体验》等著作。伯曼的论著一改多数社会学著作单调、艰涩、抽象的文风，思想深刻、文字优美、行文流畅、引人入胜，具有无法抵御的魅力。其中，《一切坚固的东西都烟消云散了》把现象描述、个人感受、理论分析表达得淋漓尽致，并恰到好处地结合起来，其开阔的视野、非凡的见地、高度的概括力无不令人击节称道。伯曼的现代性研究也是如此，由于篇幅所限，本文主要研究他对现代性的分期。

一 "现代性"概念的含义

伯曼的"现代性"是一个颇有现象学意味的社会学概念，他赋予现代体验一种本体论的意义，并把现代性等同于对现代的体验。现代、现代化、现代性、现代体验、现代主义共同构成了"家族相似"式的概念链条，他从这些概念的区分中揭示了现代性的含义。

伯曼首先界定并区分了现代生活、现代化、现代主义、现代性。现代生活是一个充满悖论和矛盾的巨大旋涡，现代人为了成为它的一部分而投身其中，受其挟裹并与其一起沉浮、存亡，人类在一定程度上改变了世界，达到了其目标，同时也改变了自己，遭遇了各种变故，经历了种种情感上的体验，诸如：科学发现及其引发的观念与生活的变革、技术的应用、工业革命、人口的激增与迁移、大规模的都市化运动、生活节奏的加快、新社会分层的产生、权力形式的变化、大众传媒的繁荣、民族国家的建立及其力量的增强、民众反对统治压迫的各种运动的爆发、资本主义市场的急剧扩张等，在这些社会变化的过程中产生了现代生活。现代化就是产生现代生活并促使它变化的社会过程。现代主义则意味着"现代的男男女女试图成为现代化的客体与主体、试图掌握现代世界并把它改造为自己的家的一切尝试"①。现代性"就是发现我们自己身处一种环境之中，这种环境允许我们去历险，去获得权力、快乐和成长，去改变我们自己和世界，但与此同时它又威胁要摧毁我们拥有的一切，摧毁我们所知的一切，摧毁我们表现出来的一切。现代的环境和经验直接跨越了一切地理的和民族的、阶级的和国籍的、宗教的和意识形态的界限；在这个意义上，可以说现代性把全人类都统一到了一起。但这是一个含有悖论的统一，一个不统一的统一：它将我们所有的人都倒进了一个不断崩溃与更新、斗争与冲突、模棱两可与痛苦的大漩涡"②。

在伯曼看来，现代性与现代化、现代主义有关联，但不是它们中的任何一个，而是介于二者之间的一种体验，这种体验就是关于现代人融入现代生活、现代世界并成为其组成部分的体验，它主要涉及了现代人对时间、空间、社会生活、他人、自我的体验。伯曼致力于揭示现代化与现代性之间的复杂性，尤其是二者之间的辩证关系。在此基础上，伯曼提出了他对西方现代性的分期。

二　现代性的分期

伯曼引入了时间的概念，他以现代体验为线索，以现代体验的内容为根据，把现代性依次分为三个历史时期。

第一个时期，从16世纪初到18世纪末，这个时期是现代感受的形成期。在这个时期，人们开始接触到现代生活，已经朦胧地感受到生活发生的某些改变、新的异质性东西的刺激，并试图努力把握这些变化，但没能真正地理解它们、把握它们，对初露端倪的现代公民社会的感受也比较肤浅。作为

---

① ［美］马歇尔·伯曼：《一切坚固的东西都烟消云散了——现代性体验》，徐大建、张辑译，商务印书馆2003年版，第1页。
② ［美］马歇尔·伯曼：《一切坚固的东西都烟消云散了——现代性体验》，徐大建、张辑译，商务印书馆2003年版，第15页。

"现代声音"原型的卢梭的声音就出现在这个时期,其异质性、新颖性非常值得关注:卢梭首次以现代方式使用"现代主义"概念;他缅怀已经逝去的岁月,沉溺于对过去的幻想,习惯于对自己进行精神分析式的自我探索,构想了参与式的民主形式,就此而言,一些重要的现代传统都可以从他那里找到来源、根据;他率先敏锐而深刻地感受到了欧洲大陆刚刚来临和即将到来的社会巨变,革命风暴来临之前的那种巨大的矛盾冲突和令人压抑、窒息的社会氛围,反抗社会束缚、追求个人自由的行为,日常生活的无序、动荡、混乱,人们对现代社会的惴惴不安、不适应,个体努力追求生活的丰富性,自我经历的痛苦创伤与眩晕。卢梭的伤感、苦闷、怀疑、焦虑、紧张、流浪、茫然、忧郁,及其在湍急的生活之流中追求确定性、明晰、方向感的努力,都典型地体现了萌芽中的现代性体验。事实上,现代人的感受力正是来源于卢梭式的体验:"正是从这样的感受——焦虑和骚动,心理的眩晕和昏乱,各种经验可能性的扩展及道德界限与个人约束的破坏,自我放大和自我混乱,大街上及灵魂中的幻象等等——之中,诞生出了现代的感受能力。"①

第二个时期,从18世纪80年代的大革命风暴到19世纪末期,这个时期是现代性的发展期。具有里程碑意义的法国大革命开启的新时期,深刻地影响了这个时期的时代精神、价值取向、存在状况。在法国大革命及其引发的精神氛围中,现代公众突然出现并真切地感受到革命时代的独特之处,政治、社会、文化等各个社会领域,以及个体生活的各个方面都积累力量、蓄势待发,随时随地都可能引爆天翻地覆的革命性变化。也可以说,社会正面临着物质、精神两方面空前的巨变,甚至可以说,变革已经如地火一样悄悄地开始燃烧了。这个时期的新生事物层出不穷:科技的巨大发展推动了能源产业、交通运输业、工业的革命性变革;城市化进程加剧,人口流动的规模、速度前所未有,城市大量涌现,大都市开始出现并迅速发展,城乡对比明显;社会财富激增,阶级剥削、压迫更为严重,社会各阶级分层明显,贫富悬殊增大,阶级矛盾尖锐;与社会的迅速发展相伴,大众传媒应运而生并得到了空

---

① [美]马歇尔·伯曼:《一切坚固的东西都烟消云散了——现代性体验》,徐大建、张辑译,商务印书馆2003年版,第19页。

前的发展，信息交流、传播频繁，信息的重要性日渐显露；民族国家纷纷出现，积蓄势力，随着其力量、矛盾的急剧增强，开始对抗，甚至出现激烈的战争；社会矛盾凸显，对抗性的政治运动、大众的社会抗议运动频繁发生；随着经济活动的频繁、经济交往的深入，世界市场开始形成并急剧扩张，一方面刺激、促进了各地经济的发展和交流，另一方面，其潜在的破坏性也有所显露。现代公众已经置身于这样一个生机勃勃、充满机遇、革故鼎新的大变革的时代，但是，他们仍然无法彻底摆脱那个守旧拒新、崇尚道德、尊崇权威、排斥变革、重视亲情、注重血缘联系、生活节奏缓慢的传统世界，还由此保留了对前现代社会的深情体验、美好想象、温馨回忆和无尽留恋，并发展成为批判现实残酷、过度发展，甚至对抗现代变革的一种潜在的精神资源或思想武器。现代人在两个反差极大甚至迥异的世界中生活，体验着对比强烈的两种物质文明、精神文明，并由此发展出相应的现代性观念。这个时期伟大而敏感的现代主义者都植根于现实，在现代世界中奋斗、挣扎、抗争、追求、沉浮、享受、发泄，他们虽然以批判现实著称，但对现代世界的态度却是矛盾的，既否定它，又肯定它；既谴责它的暴虐、残酷、无情，又欢呼它的解放、自由、享乐；既猛烈地抨击它的罪恶甚至致力于毁灭它，又乐于享受它的种种成果；既严肃认真地对待它，又玩世不恭地以游戏的态度嘲弄、讽刺它。我们能够从尼采、马克思等大师的论著中获得对这个时代的复杂性的感受和体认。从表面上看，尼采不遗余力地宣告"上帝死了""重估一切价值"，但他实际上揭示了欧洲社会面临的主导价值缺席、价值混乱、虚无主义长驱直入的窘境和现代世界的反讽性、含混性，由此导致的诸如思想混乱、价值虚无、不确定性、无方向感、传统标准的失效、无限的可能性、选择的丰富性等直接后果，其虽然为现代人提供了更大的自由、更广阔的空间，但无疑也增加了选择、行动的难度。马克思直接而深刻地揭示了现代社会（尤其是资本主义社会）的残酷、矛盾。总之，这个时期的声音是嘲弄的和矛盾的，是多音调的和辩证的。其中，矛盾显得格外突出，挑战与危机同在，希望与绝望共生，乐观与自我怀疑并存，自我发现与自我嘲讽相伴。尽管现代人面临着巨大的挑战，体验着空前的失落与痛苦，但他们仍然能够坦然地面对困境，对生活充满了希望，并对自己克服困难、化解困境的能力深信不疑。

现代世界的民众获得了空前的解放,能够自由或较为自由地选择其生活方式,或者不遗余力地追求自由、个性解放、无限可能的精彩生活;或者在机械的、功利的、单调的现代精神的片面影响下,平庸地生存,沦为刻板的、没有生气的"庸众";或者沉溺于历史,模仿传统、古代的生活方式,过着一种缺乏现代感或对抗现代的生活;或者在各种因素的共同作用下,过着一种既现代又保守的分裂、无奈的生活。

第三个时期主要指20世纪,是现代性的深化期。从作者的思路和写作时间看,也应该包括21世纪。在这个时期,现代化已经波及全球,并以前所未有的速度急剧扩张,没有人能够摆脱其影响。这时的现代性出现了两种明显不同的发展结果:"发展中世界"的现代主义的思想、文化、文艺等方面迅速发展,与其经济状况相比,更显得成就斐然;随着"发达世界"现代公众生活的机械化、零散化、片面化,缺乏通约性的私人语言逐渐占据了主导地位,人们也以碎片、断裂、偶然的方式来建构现代性观念。这样,20世纪西方现代社会的矛盾性就显得格外突出:或者被视为丧失了活力、有机性、自主性的刻板而平庸的"铁笼子";或者被指认为能够带来全面的自由、享受和福祉的美好的新时代。尽管这两个判断大相径庭,但其立论的根据和所犯的错误却是相同的:"两派的共同点在于都简单地用技术来辨析现代性——完全排除了创造现代性与被现代性创造的人们。"① 由于这个时期的现代性观念失去了它与社会现实、生活之间广泛而深刻的联系,它的功能、作用、力量、影响也急剧衰退,很难继续有效地组织人的生活,赋予生命和生活以丰富而具有超越性的意义,并由此丧失了它与其根源之间的深刻联系。因此,20世纪现代性的矛盾就显得尤为明显:一方面,它获得了巨大的发展,其成果之多、繁荣程度之高和创造性之强都是史无前例的;另一方面,它的浮躁、肤浅、零碎、片面、平庸的局限也不容忽视。同时,在20世纪,人们对现代生活的态度出现了严重的分歧。其一,是以未来主义为代表的坚决拥护现代生活的肯定派。他们彻底地反对传统,热情地投入、拥抱现代生活,狂热地肯定现

---

① [英]佩里·安德森:《交锋地带》,郭英剑、郝素玲等译,中国社会科学出版社2008年版,第34页。

代科技、新生事物和人的创造力，并希望它们能够带来一个崭新的世界、全新的生活、美好的未来。事实上，这种"技术—田园牧歌"式的现代主义思想贯穿了整个20世纪，它充斥于各个领域，其各种变体也不断涌现。虽然未来主义者热情的态度、生机勃勃的形象和美好的期望都给人们留下了深刻的印象，但是，其肤浅、盲目的乐观主义也非常明显，其教训尤其值得人们警惕。全身心地投入换来的是毁灭，几个才华出众的未来主义者为法西斯主义、帝国主义摇旗呐喊，甚至最终沦为战争机器的牺牲品；狂热的技术崇拜导致了对人的正常情感的漠视、压抑，甚至计划把人变成能够被完全操控的机器或木偶，作为欲望、情绪、感受、意志的综合体的人就彻底地消失了，从而否定了人的精神性、全面性，甚至否定了人自身，走向了人的对立面。其二，坚决否定、拒斥现代生活的否定派。马克斯·韦伯开启了这种思想并成为其最重要的代表，斯宾格勒、T. S. 艾略特、何塞·奥尔特加·伊·加塞特等思想家紧随其后，米歇尔·福柯将这种思想发挥到了极致。在韦伯的眼中，现代社会是一个压抑人、窒息人的"铁笼子"，在工具理性的肆意扩张下，社会中充斥着"没有灵魂的专家、没有心肝的纵欲者"，现代人的情感、生命、生活、命运完全受制于科技、科层组织和庞大的国家机器，每个人都难以逃脱其影响。这种看法流传广泛，影响甚大，还经常与"世纪末情绪"等对现代社会的绝望感混合在一起。实际上，这样的处境并非20世纪所独有，19世纪也存在过。但是，韦伯及其追随者被这样的境遇彻底压垮了，过于悲观地看待人类的处境，随波逐流、无所作为、听从于命运。这样，现代人就沦为失去了主动性与行动力的麻木的"庸众"，既听任环境、命运的摆布，又以其数量庞大的绝对优势压制了精英的声音，甚至形成了"多数人的暴政"。与韦伯对现代的冷漠相比，其后继者更是有过之而无不及，以马尔库塞为代表的"新左派"批判了现代社会对人的全方位的塑造和操控，把现代人概括为"单面人"或"机器人"。他对现代人处境的描绘甚至夸张到令人吃惊的地步：人的欲望、本能需求已经被消费资本主义社会全面地接管和改造，个人隐秘的心理层面亦被彻底改造、清洗；现代人只能苟活于社会的汪洋大海之中，无可逃遁；社会的变革、人的解放、理性的社会蓝图都显得前景暗淡、虚无缥缈。福柯眼中的现代社会则是一个与自由绝缘、毫无生机的"大监狱"，他彻底地否定了现代人对自由的追求：现代人已经完全被各种现代权力、技术、话语牢牢地控制了，他们不但没有任何自由，而且任何追求自由的行为都变得毫无意义，即便是对自由的设想、想象也都是徒劳的，因为现代社会已经布下了天罗地网，通往自由的一切通道都被堵死了。究其实质，仍然是对现代生活、现代人的漠视与否定，而且，其程度更深。其三，是避免对现代生活进行价值判断、随波逐流的回避派。不同的生活态度必然导致不同的选择、行动，颇有代表性的 20 世纪 60 年代的现代主义急剧分化，并呈现为与这三种生活态度相对应的三种主要倾向，它们分别从不同的侧面反映了现代主义的实质。第一，肯定现实生活的后现代主义式的现代主义。为了克服此前现代主义的封闭、狭隘，它抛弃了艺术自治、自律的观念，试图弥合精英艺术与大众艺术的裂痕，肯定现代生活及其作为艺术来源的地位，并开放性地打破了艺术与社会、生活的界限，以复制、拼贴、平面化、通俗化、媚俗等方法满足人们的审美需求，甚至激进地把现实直接照搬到艺术之中。它开放、富有同情心，反对精英艺术的自我封闭、形式崇拜和曲高和寡的审美趣味，反对等级秩序、追求艺术的民主，以游戏的态度对待世事和艺术，但批判意识、超越性严重缺失，甘愿放弃应有的立场，随波逐流，完全认同现实。这样，它在试图超越旧的现代主义的局限的时候，也就失去了反思、批判现实弊端的能力。第二，否定现代生活的现代主义。这种现代主义反思、否定现实生活，以批判的、超越的姿态介入生活，不遗余力地反对习俗以及既定的价值观，以追求绝对自由和彻底反对异化为己任，习惯于永不停歇的革命，甚至激烈地反对现代的传统、经验，给人留下了只破坏不建设的破坏者形象。但是，这种看法并不客观，有意无意地忽视了这种现代主义的建设性，并在一定程度上削弱了其意义。具体而言，颠覆只是其表象，它仍然致力于一种新的创造，并体现出一种伟大的浪漫精神和超越性。而且，尽管它对现代生活失望至极，但它仍然没有丧失生活的信心和勇气，并没有放弃其底线，而是肯定了积极的、闪光的、正面的力量。有人以其颠覆性、破坏性、叛逆性为借口，意欲彻底地否定、清除它，希望摆脱各种各样的危险和麻烦，建立起一个理想的现代社会。由此，这种现代主义还成为丹尼尔·贝尔（Daniel Bell）的新保守主义的一个诱因。第三，极力逃避现代生活的现代主义。罗兰·巴特的文学观和克莱门特·格林伯格（Clement Greenberg）在视觉艺术中的探索都典型地诠释了这种现代主义。巴特要求文学只关注审美对象自身，反对社会对文学的干预、干扰，极端地强调文学的自律、自治，力戒文学与历史、社会、现实生活发生关联，甚至提倡泯灭作者主动性、存在感的"零度写作"。格林伯格强调艺术仅仅应该关注艺术本身、艺术形式和信息的传达，应该追求艺术对象和表达的纯粹性，甚至断言"现代艺术与现代社会生活的正当关系就是根本没有关系"①，这种理论及其指导的实践必然导致现代主义艺术努力地斩断艺术与现代生活的联系，当然，这也只能是一厢情愿。这种现代主义以丧失文艺的社会性为代价来追求文艺的自律和纯粹性，不但无法达到其标榜的目标，而且必然会放逐社会现实生活，破坏审美与社会之间的有机联系，以致损害到文艺自身，它也仅仅能够提供虚幻的自由和满足。这样看来，尽管20世纪60年代的三种现代主义都试图重建现实与过去、未来的关系，也使自己与现实具有了微弱的联系，但它们与现实的分裂是显而易见的，其局限性又对20世纪70年代的现代主义产生了消极的影响。

谈论20世纪的现代主义，除了关注60年代，同样不能忽视70年代。虽然这个时期因缺乏从整体上理解、把握时代的热情与能力而乏善可陈，但作为60年代的余波，它尚有一点亮色。总体而言，这个时期的现代主义文化与社会之间的鸿沟加大，其局限性更为突出：结构主义席卷知识界，学界满足于一孔之见而扬扬自得，严重回避了社会、历史和现实问题；对诸如注重游戏、微观叙事、偶然性等后现代主义观念的顶礼膜拜；社会科学家缺乏从整体上把握社会的热情与能力，把社会切割为不同的、孤立的部分或层面进行研究，热衷于专业化的、局部的、实证的微观研究，也无力进行整体性、跨学科的综合研究。这样，社会的公共空间遭到了破坏，各种利益集团绑架了社会空间，加剧了社会的碎片化程度。因此，这个时期的现代主义文化与社会之间的联系更弱，其批判性、反思性也随之减弱。但是，福柯又为20世纪70年代增添了一点点的亮色。福柯揭示了20世纪70年代人的实际处境，真

---

① ［美］马歇尔·伯曼：《一切坚固的东西都烟消云散了——现代性体验》，徐大建、张辑译，商务印书馆2003年版，第36页。

实地反映了他们无所事事、随波逐流的生存状态和无助感:"试图反抗现代生活的压迫和不公正没有任何意义,因为即便是我们对于自由的梦想也仅仅是在我们的链条上增添更多的环节;不过,一旦我们抓住了它的彻底的无效,至少我们能够放松一下。"① 他一方面揭示了现代的体制、政治权力、科技、知识等各种形式的权力对人的束缚和控制,另一方面试图为处于困境中的现代人提供生存的合法性、理由和慰藉。这样,福柯就获得了一定的洞见、反思和批判的深刻性,但这些洞察仍然被其浓厚的虚无主义抵消了,理想、行动方面的无力感是显而易见的。这样看来,20世纪70年代的现代主义过多地把注意力转向回忆、冥想、结果,它遗忘了理应关注的现代社会与现代生活,并导致了令人遗憾的缺陷:"但是当当代现代主义者不再触及并且否定了他们自己的现代性时,他们便仅仅是在重复统治阶级的自我欺骗,即它已经克服了过去的麻烦和危险,与此同时,他们也就割断了他们自己以及我们与他们自己力量的一个基本源泉的联系。"②

综观20世纪发达国家或地区的现代性,由于它丧失了与现代社会的深刻联系,因此,它缺乏坚实的社会基础和丰厚的生活来源。同时,它还片面地发展了与社会的某种联系,过多地专注于社会的消极面。这些因素都导致了其局限。相比而言,19世纪的现代主义则是深刻的、辩证的现代主义,它与孕育它的社会现实之间存在广泛、密切、深刻的联系,既反映了当时的社会现实生活,又具有批判、反思、纠正、干预现实的能力。但是,20世纪的现代主义部分地削弱、丧失了这种优良传统,变得模糊、含混。为此,有必要纠正那些忽视这种传统的做法,继续发扬这种传统,重建文化、艺术与社会之间的深刻而密切的联系。由此看来,传统的现代精神遗产不是一种可有可无的摆设,而是一种能够帮助我们认清、应对现实困境的精神资源:"发掘一些过去的被埋葬了的现代精神,试图说明他们的经验与我们自己的经验之间的一种辩证法,希望帮助我这个时代的人们创造一种未来的现代性,它要比

---

① [美]马歇尔·伯曼:《一切坚固的东西都烟消云散了——现代性体验》,徐大建、张辑译,商务印书馆2003年版,第43页。
② [美]马歇尔·伯曼:《一切坚固的东西都烟消云散了——现代性体验》,徐大建、张辑译,商务印书馆2003年版,第462页。

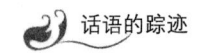

我们迄今为止所知道的所有现代生活都更充分更自由。"①

三　安德森的质疑

在伯曼勾勒的现代性线条中，我们可以发现，他借助宏大叙事，把丰富、复杂的现代体验简化为泾渭分明、线索清晰、依次发展并呈现出来的三个阶段。但不可否认的是，他构筑的这个宏大叙事却不无瑕疵，甚至还存在漏洞。其中，英国马克思主义文化理论家佩里·安德森（Perry Anderson）对伯曼的质疑颇具代表性。

安德森充分地肯定了伯曼的研究成果，也深刻而细腻地洞察到伯曼的局限。伯曼对现代体验的概括过于抽象、整齐，无视、抹杀了现代体验的丰富性与复杂性，也忽视了许多例外情况。伯曼基本上是把对发展的体验（或以对发展的体验为核心）作为现代性来对待的，这可能导致其关注的现代体验、现代性的泛化。而且，更棘手的问题在于，伯曼的现代性概念在时间上起点模糊，也没有终点、没有结束。安德森借助哈桑的疑问表达了他的质疑。其实，在这一点上，伯曼也是没有底气的，他借助哈桑的疑问表达了他自己的困惑、困境："现代时期要在什么时候结束呢？有哪一个时期等了这么长的时间呢？文艺复兴时期？巴洛克时期？古典时期？浪漫主义时期？维多利亚时期？也许只有黑暗的中世纪。现代主义要在什么时候终止而随后到来的又是什么呢？"② 与此关联，伯曼还不恰当地评价了后现代主义，否定了这个概念存在的合法性，甚至把它视为当代的现代主义，并试图复兴古典现代主义。这样一来，伯曼的现代就成为一个起点模糊、没有终点的时期，可以无限制地延伸，他的分期也就显得无足轻重。但是，作为一种参照，一定的分期是必需的，这也是安德森批判伯曼的重要原因。③ 而且，安德森还进一步把伯曼的局限归结为其现代性概念，即伯曼的现代性概念"指的既不是经济的过程也不

---

① ［美］马歇尔·伯曼：《一切坚固的东西都烟消云散了——现代性体验》，徐大建、张辑译，商务印书馆2003年版，第461页。

② 转引自［美］马歇尔·伯曼《一切坚固的东西都烟消云散了——现代性体验》，徐大建、张辑译，商务印书馆2003年版，第463页。

③ Perry Anderson, "Modernity and Revolution", *New Left Review*, March/April, 1984.

是文化的视野,而是调和后介于两者之间的历史体验"①。

此外,安德森还洞察到,伯曼对现代性各个时期的描述也存在矛盾或窘迫之处。伯曼对第一个时期的描述极为简略,原因是,缺乏流行的、贴切的词汇表达这个时期的体验。但与此相反,他对第二个阶段则大书特书,并反复强调其重要性,他之所以如此,主要是基于这样的考虑:世界上绝大多数社会都或多或少地经历了类似的体验,当代现代主义的文化自我意识的形式广泛存在。

四 结论

伯曼敏锐地捕捉到现代人体验的微妙变化,并以其内容为根据对现代性进行了分期。应当说,他的基本观点有相当大的现实基础,也是比较真实、可靠的,为我们理解现代性、丰富而复杂的现代体验提供了一条有益的路径。具体来说,伯曼研究的重要意义体现在以下方面。第一,伯曼开创了从体验研究现代性的思路,并以专著的形式出版了厚重的研究成果,这在西方浩如烟海的现代性研究中显得非常独特且重要。英籍波兰裔学者齐格蒙特·鲍曼提出过从时期、体验、特征的角度研究西方现代性的思路②,但根据这个思路研究的系统成果却不多,而且,远没有伯曼研究得深入。第二,伯曼立足体验研究现代性的分期,他把现代性定为16世纪初期至今,这个结论也具有很大的价值。尽管存在异见,但他仍不乏同道。例如,在现代性的起点上,伯曼与黑格尔、道格拉斯·诺思、罗伯斯·托马斯的观点比较接近;他把现代性分期的下限设定在当前,基本不承认后现代主义,认为后现代主义只是现代性的一个阶段,与现代性没有性质上的根本不同,西方著名社会学家吉登斯也持这种看法。可以说,他们从不同的角度出发,得出了相近的结论,这是有价值的。从这种意义上讲,安德森指责伯曼的现代性没有起点,确实是误读。第三,伯曼选取"发展"作为体验的主要内容来研究现代性,角度独特,也有一定的价值。原因是,西方现代性与发展、创新、传统密不可分,

---

① Perry Anderson, "Modernity and Revolution", *New Left Review*, March/April, 1984.
② 鲍曼只是在其专著《现代性与矛盾性》(邵迎生译,商务印书馆2003年版)中简单地提及这个思路,基本没有阐发,更没有具体、详细的分析。

围绕发展及其体验，确实能够在一定程度上把握西方社会的变化、现代人精神世界和情感结构的变化，不失为一种有效的研究视角。当然，伯曼所理解的"发展"确实与马克思基于历史唯物主义意义上的发展有一定的距离，因此，安德森的批评也不无道理。

但不可否认的是，伯曼研究的主观性也是显而易见的，这正是导致其局限的重要原因。一方面，伯曼主要关注现代体验，却缺乏对引发体验的历史现象、社会语境、具体问题的必要分析；另一方面，他对现代体验的描述和概括在很大程度上都基于他自己的阅读经验的间接体验、亲身经验和判断，这些都具有很强的主观性。这些因素都加大了其研究的主观性、随意性与片面性，也削弱了其研究的科学性，我们应该实事求是地正视这些局限。当然，他的研究中还存在对马克思主义的误读、误用，例如，他的发展观与马克思主义的发展观存在一定的差距，他的分析也缺乏马克思主义阶级分析的视角，这是我们必须正视的。需要指出的是，伯曼经常以马克思的当代传人自居，这似乎有点名不副实。在这种意义上讲，安德森的批评自有其启发意义。

原载《求索》2020年第5期

现代性的类型

——以体验为视角

现代化的出现、发展引发了社会的变革,身处其中的现代人必然要经历、体验、回应这些变革,进而产生对现代社会的种种反应。英国学者齐格蒙特·鲍曼曾经从时期、特征、体验三个视角提出了对现代性的看法。实际上,对现代变革的体验及其表现理应成为现代性的重要内容。就这些体验而言,其内容丰富、种类繁多、形态各异。如果我们聚焦于体验意义上的现代性,可以把其内容区分为13个方面,然后从这些方面分析西方世界从传统向现代的转变。本文根据鲍曼的思路,并结合西方现代性的实际,试图阐释西方现代性的具体内容及其成因。

一 对宇宙、自然的世俗体验

在传统社会中,宇宙、自然不仅是一种客观的存在,还代表着至高无上的地位和等级的秩序,深刻地影响了人类、社会的结构。而且,它们还是意义、价值的重要载体与来源,高于、优于人类的地位——作为一种"伟大的存在之链"——能够引导人们潜移默化地追求崇高、神圣、超越性的东西。体验它们就可能获得一种敬畏感、神圣感,宇宙、自然的未知性和神秘性则加深了这些体验。但是,现代社会彻底颠覆了这些观念:人类中心主义代替了宇宙中心主义,人被作为宇宙的中心、所有事物的主人,其他一切都低于人,人类已经成为赋予事物意义、价值的源泉;现代科技大大提高了人类的自信心、能力和欲望,现代人以实用、功利的态度看待宇宙和自然,视之为征服、开发、利用的资源,以实现其应用价值、赚取利润。随着宇宙、自然在人类心目中地位的下降,现代人对宇宙、自然应持的尊重,或淡化,或不复存在，并把关注的重心转移到了个人的生存、生活和利益上，追求一种平庸、肤浅的生活，同时，也逐渐疏离、排斥对精神生活的超越性和英雄主义的追求。这样，人类就开始从超越、神圣、敬畏、崇高转向世俗、平庸、自大、渺小。因此，现实生活中获得的主要体验是平庸、浅薄、乏味、感官享乐、刺激，而不是敬畏、神圣感、崇高感、超越性，以至后者逐渐弱化甚至消失于琐碎的日常生活之中。

二 自信、乐观、对新世界的憧憬和雄心勃勃的征服欲

摆脱了宗教的束缚，加之科技迸发出的巨大力量，具有高度主体性的人应运而生，人的主动性、能动性空前高涨。以文艺复兴、启蒙运动时期最为典型，深信历史是不断进化发展并通往美好未来的、进步的、目的论的历史观逐渐为人们广泛接受，人们能够乐观地看待世界、进行实践活动；相信人能够选择、决定、掌握自己的命运，并努力付诸行动；崇尚奋斗、勇于进取、不畏艰难困苦的现代人出现了。人类面对一个充满未知的、有待开发的新奇世界，对自己的力量深信不疑，又对未来满怀憧憬的人类自然有一种自豪感："人是多么了不起的一件作品！理性是多么高贵！力量是多么无穷！仪表和举止是多么端整，多么出色！论行动，多么象天使！论了解，多么象天神！宇宙之华！万物之灵！"① 这是人的发现、人的精神的高扬，与之相伴的则是一种强烈的求知冲动，渴望获得力量的期待，拥有力量的自豪感，希望在宇宙和全世界扩张欲望与行动以征服自然。

三 新鲜、新颖、新奇感

狂热地迷恋、追求"新"的体验，把"绝对的新"作为主要的价值判断标准和追求目标，甚至导致了"为新而新"的意识形态。自启蒙运动以来，西方人的思维已经把兴奋点放在了"新"的上面："它怀着去发现新事物的愉快心情和勇气走向世界，期待着天天都有新的发现。"② 这种追求的对立面是

---

① [英]莎士比亚：《莎士比亚悲剧四种》，卞之琳译，人民文学出版社1988年版，第65页。
② [德] E.卡西尔：《启蒙哲学》，顾伟铭等译，山东人民出版社2007年版，第3页。

陈旧、过时、失效、落伍，前者的价值确定无疑优越于后者，它习惯于喜新厌旧、追新弃旧。实际上，它以二元对立的思维方式看待新与旧之间的关系，二者就成了一种你死我活、不破不立、只有质变而没有过渡与中间地带的关系。并且，对新的追逐，还赋予了未来以无可辩驳的力量："取代了上帝而成为那些不属于这个世界的有德和启蒙了的人们的裁判者和拥护者。"① 由此获得的体验是新异、新奇、刺激、惊险。这种体验在大都市和消费社会中更加明显，时尚的介入和引领，把这种体验推向了疯狂、极端。但是，这种体验缺乏根基，容易流于肤浅、平庸，导致体验的疲劳、乏味，同时，人们也容易无意地夸大新的价值、幻化这种体验。

四 新的时空体验

人们通常把时间、空间视为一种能够用数量测算的客观的物质现象，它们是组织人类经验的重要范畴，也是人们认识世界、改造世界和日常生活的不可或缺的工具。传统社会尊崇古老的价值，人们重视与时间有关的圣人、老人、权威，过分地关注过去、历史，就会在一定程度上忽视或淡化现在、未来；人们缅怀历史、追慕远古，他们的体验常常是怀旧、伤感、时光的流逝、时间的不可逆转与不可再生，这种情感有时会与对现实的怨恨、不满掺杂起来，产生一种复杂的情感。但是，现代变革引发了时间和空间的新的变化，重新组织了人们的感知、经验，也颠覆了传统的时空观，并导致了全新的体验。其一，客观时间与主观（或心理）时间的区分与强烈对比。前者是按照过去、现在和未来的顺序依次展开的客观现象，具有不可逆转性，也能够计量；后者经过了主体经验的过滤、塑造和重构，有很强的主观性，可以随意在过去、现在和未来时间之链中跳跃，但无法计量。而且，主观时间对人类精神的意义更为重要。其二，在依次展开的时间链条上，现代人过分地突出、重视未来和现在，压抑、淡忘或遗忘过去。现代人或者热衷于追求"当下"，通过把它永恒化，以永久地占有它，甚至通过压制、忘却过去来

---

① ［美］卡尔·贝克尔：《启蒙时代哲学家的天城》，何兆武译，江苏教育出版社 2005 年版，第 119 页。

"制造"现在,这样,过去就变得可有可无,变化、发展和目标的重要性则日渐显示出来;或者关注未来、寄希望于未来,既然"当下"注定会很快成为过去,未来也会很快变成"现在",关注现在也意味着关注未来,那么就有必要把关注的重心转移到未来,把赌注投在即将成为现在的未来。因此,压制历史、遗忘过去、与过去决裂、突然出现、闪耀的瞬间、稍纵即逝、偶然、永恒、对未来满怀希望和憧憬、未来的突然降临就构成了现代体验的主要内容。这样,一方面削弱了历史意识、历史感、历史的深度、历史的体验,也减少或丧失了从历史中寻找意义、价值的可能,使现代人在一定程度上丧失了精神之根,沦为缺乏(并非完全丧失)过去、历史的平面人,结果,只能够依靠占有当下、拥有瞬间来获取意义,导致了现代人精神的空虚、肤浅、平庸,甚至沦为托马斯·艾略特所说的"空心人"或"稻草人",也使虚无主义甚嚣尘上;另一方面,过分地关注现在、透支未来,有意无意地夸大或幻化了"当下"、未来的意义,把现在或未来作为实在和追逐的基本,丧失了历史的根基和广阔的视野,在瞬间、断裂、偶然构成的世界中狂欢,以至陷于这样的幻象而不能自拔。当然,现代人历史意识的削弱并不意味着历史意识彻底地淡出了人们的视野和精神领域,现代体验关注永恒,追求深度,反对日常生活的平庸、空虚,有时也会以过去的经验作为参照。其三,现代不同时期的关注点不同,前期较为关注空间,后期更为重视时间。与沉重的现代性(或早期现代性)相联系的是"时间的惯例化常规化"(Routinization)和"被征服、控制的空间",也就是说,占据更多、更优质的空间,才能获得更大的发展,这样,小至个人大到民族国家、共同体无不重视空间,有的国家或政治集团为此不惜攻城略地、武力相向。实际上,二者的逻辑相同,征服了空间也就驾驭了时间:"当空间被控制着,空间才真正是被占有着,而且对空间的控制,首先即意味着对时间的驾驭,并使它内在的推动力变得无效:简而言之,即是时间的一致性和协同性。"① 但是,与软件时代轻灵的现代性(或后期现代性)相联系的是"瞬间"和"贬值的空间":前者意味着"直接

---

① [英]齐格蒙特·鲍曼:《流动的现代性》,欧阳景根译,上海三联书店2002年版,第180—181页。

的、立即的'当场'实现和完成",即时间的起点和终点之间距离的锐减、最小化,但是,其重要性则激增;后者意味着空间的贬值、其作用几近丧失。① 这样,在时间与空间的较量中,必将以时间的胜利而告终:"通过时间消灭空间"(大卫·哈维语)。时间具有压倒空间的绝对优越性:时间代表着先锋,充满了生机,是一种发展的、丰富的、革命性的力量;空间意味着僵化、刻板。对它们的体验也完全不同:体验前者获得的感受是变化、力量的冲击、活力、进步、生机勃勃、憧憬;对后者的体验则是停滞、单调、保守、倒退、堕落。

五 与传统的断裂感

现代社会削弱了传统的影响,旧的思维方式、习俗、生活方式、习惯与现实格格不入,逐渐失去了市场,传统被视为现代化的障碍,人们欲除之而后快,颠覆传统、彻底地反传统几乎成为现代人的共识和无意识的行为;现代化引发了社会的巨大变革,旧的社会结构、人际关系面临着重构,新的事物、现象层出不穷,各种思想、价值观念纷纷涌现;科技的发现、发明更是日新月异,既带来了生产力的巨大发展,又推动了日常生活的变革;在各种变革的刺激下,现代人的感官、欲望、情绪、情感也都变幻不定。这些变化给现代人带来了空前的解放、自由、兴奋,但也令人目不暇接、难以适应,人们自然会产生一种无所适从的眩晕感,以及与稳定性、安全感的丧失相伴的危机感、焦虑和无奈。其中,与传统的文明、文化的断裂,与现实的隔离显得尤为强烈。尽管科技带来的进步及其想象与这种感觉掺杂在一起,并在一定程度上冲淡了危机感、焦虑,但这些巨变引发的断裂感受仍会持久地存在、发酵,并成为现代人的基本体验。

六 危机感、幻灭感、绝望感

第一次世界大战是西方文明史乃至人类文明史上的一次浩劫,这次战争作为重要因素之一,直接引发了对西方文明、文化、价值观的怀疑和转变,

---

① [英]齐格蒙特·鲍曼:《流动的现代性》,欧阳景根译,上海三联书店2002年版,第186页。

成为一个关键的转折点。之后，西方世界对自身文明和价值的怀疑、失望、反思逐渐成为潮流，"二战"和其他社会灾难更是推波助澜。随着资本主义的深层矛盾的出现，各种社会矛盾加深，社会的危机也与日俱增，西方社会面临着越来越大的物质文明和精神文明的双重危机：基督教是西方信仰的支柱，但各种因素的交互作用使其难逃厄运；作为西方文明根基的理性及理性主义遭到了重创，尼采率先举起了反理性的旗帜，海德格尔等先哲紧随其后，共同推倒了形而上学的大厦；反理性主义、非理性主义的出现，加剧了现代人精神的危机。与之相伴的是一种与日俱增的危机感、幻灭感和绝望感。斯宾格勒的《西方的没落》典型地反映了西方自信心的削弱、重挫，文明遭遇重击后的危机及其引发的悲观情绪。尼采在"上帝死了"的呐喊中，宣布了基督教价值观的失效，并希望通过"重估一切价值"的努力为西方文明开辟新的出路。这种悲观心态与"世纪末"情绪合流，弥漫于西方世界，成为现代体验的重要组成部分，不但被敏感的现代文艺家所体验、表现，也构成了普通民众的重要体验。实际上，这些情绪不乏激进的、极端的、虚无的倾向，其极端表现者则打上了浓厚的虚无主义、否定主义、无政府主义的色彩。20世纪后半叶，风险社会的来临，进一步加重了这种感受，面对难以预测、防不胜防、发生率极高的风险，现代人不知道它将在何时、何地，以何种方式发生，更是如履薄冰、如临深渊，这种风险意识、忧患意识与稳定感、安全感的丧失结合在一起，无疑加剧了悲观情绪，使这种体验深入骨髓，甚至变得像幽灵一样无处不在。

七 闯荡社会时的挣扎感、沉浮感

现代社会为个体提供了更大、更多的自由，个体只有依靠才能、发挥聪明才智才能获得其社会地位。这样，个体就会主动或被动地去成长、冒险、应对社会的挑战与机遇，自然就要经历社会的磨砺、接受社会的考验，必然会对进步与落后、自由与专制、平等与压迫、解放与束缚、人道与非人、变革与守成、混乱与秩序、顺境与逆境、成功与失败、得与失等主题有所体验。在现代社会，诸如世界大战、国家间的战争、民族冲突、政权交替、社会巨变等重大历史事件的数量都大为增加，个体被迫承担更多的责任，社会对个体的影响就更大了。而且，这些体验必然与个体的喜好、思维惯性、行为模式、家庭变故、个人遭际混合起来，获得诸如自由、新鲜、刺激、机会来临时的幸运感、奋斗的快乐、事业成功时的欣喜若狂、情欲的满足、婚姻的美满、家庭的幸福、人生的志得意满、压抑、孤独、寂寞、悲哀、失望、无奈、怨恨、命运多舛、人生无常、挫折感、失败感、宿命感、绝望感、虚无感等情感体验。当然，传统社会也存在类似的体验，只是，体验的广度、深度极为有限。但是，这种体验是一种深刻的、空前的、全新的现代体验，现代社会的普通民众大都要经历这样的体验，其广度、深度、强烈程度都是传统社会无法比拟的。

八　对疏离的、敌对的他人的体验

在传统社会中，传统、道德、习俗、家族、家庭的影响相当大，人们工作、生活的范围有限，人们之间彼此需要、相互依赖，人际关系相对简单、融洽，也容易从他人那里体验到质朴、纯洁、善意、温暖、爱、和谐。但是，传统、家庭、宗教的衰落，削弱了维系人际关系的纽带。而且，现代经济飞速发展，现代社会的流动性、竞争性空前提高，人的生活也变得极为封闭。在这样的背景下，人们之间的关系开始疏远，充满了竞争、紧张、冲突、矛盾。最为残酷的是，资本和资本主义彻底地改变了传统的人际关系，剥去了笼罩于人际关系上的种种假象、脉脉温情，还原了人际关系的冷酷一面：人已经被纳入资本主义的发展轨道，沦为资本增值的工具，受此影响，人际关系也带上了浓厚的金钱、利益交换、相互利用、工具化的色彩。资本主义的原始积累真实地反映了人际关系的这种变化。当然，也存在质朴、纯粹的人际关系，只是太少了。但是，随着现代社会的继续发展，个体越来越封闭，人与人之间的交流和沟通变得越来越困难，"不与陌生人说话"已经成为人们的基本心态、共识和选择，人们已经习惯于消极看待人际关系。这样，人与人之间不仅不能交流、沟通，还要彼此防备、恶性竞争、对抗甚至厮杀，人注定逃脱不了冷漠的、孤独的、相互警惕的命运。尽管如此，人与人之间仍然有可以沟通的余地。人们由此得到的体验是人情淡薄冷漠、金钱的侵蚀力强大、利益至上、资本残酷、人性扭曲、精神脆弱。随着社会的继续发展,人与人的关系变得越来越敌对,甚至到了你死我活的地步,"他人就是地狱"的论断形象地概括了这种畸形的人际关系。萨特的《禁闭》入木三分地刻画了这种困境,令人不寒而栗。

九 两性关系转变引发的体验

两性情感、性、婚姻经历了从稳定向开放、自由的重大转变。传统社会中的婚姻以包办婚姻为主,双方都比较被动,相对来说,自由、自主性较弱,爱情的因素可能少些。当然,其恋爱和婚姻中也有欲望等因素,但更多的是亲情,而且还时常受到家庭、家族、共同体、社会等因素的影响,有时甚至融入了不少血缘的因素;与等级制的传统社会结构具有同构性,传统的爱情、婚姻也具有等级性,比较重视门当户对,甚至有不少婚姻是政治婚姻、经济婚姻。因此,这样的情感和婚姻具有较大的稳固性,持续的时间也较长。但是,现代社会改变了这种情况。在现代社会早期,随着社会转型的开始,传统与现代交织,自由与束缚并举,现代社会虽然开阔了普通民众的视野,为其打开了通往自由的窗户、带来了更多选择的机会,但人们仍然基本上处于半自由的状态,受到的约束还比较多,只能在一定程度上决定自己的命运。后来,随着现代社会的进一步发展,传统逐渐式微,社会更为开放,思想更为自由,人的独立性、自主性也增大了,社会、家庭、传统习俗、血缘等因素对个体婚恋的束缚越来越小,婚恋的现代因素逐渐增多,自我选择的可能性和机会进一步增多。而且,现代都市的发展、个体流动性的加大也有助于增强其自由度,地域因素对婚恋的影响也大为减弱。这样,个体的独立性、彼此爱恋的情感成分随之增强,甚至成为爱情、婚姻的决定因素。这样的婚恋更为注重双方之间的情感,强化了精神因素的作用,物质、社会方面的因素所起的作用则随之减弱。随着资产阶级的核心家庭的出现,浪漫的爱情开始大量涌现,爱情的严肃性倍受重视,空前地强调了爱、情感、信任、自由、和谐的重要性,并有助于双方的彼此发现、提升:"性爱关系包含着逐渐相互发现的路径,其中施爱者所经历的自我承认,同日益增进的与被爱者的亲密关系一样,也是这种相互发现的一部分。"① 而且,爱情、婚姻更多地体现了人们的乐观、自信、希望、憧憬。但是,随着现代化的深入发展,文明、社会对个人情感的影响越来越大,自然型的爱情和婚姻遭遇了更多、更大的挑战,人们逐渐发现其深层问题,对它们的怀疑、质询、反思纷纷涌现,与之相伴,随遇而安、无奈、失望、绝望的体验就出现了,悲观的体验也占据了主导地位。现代主义文艺诸流派深刻而细腻地展示了这一切,T. S. 艾略特、D. H. 劳伦斯、阿瑟·米勒等作家的作品对此有着淋漓尽致的描述。随着消费社会的来临,身体、情感、爱情都受制于资本增值的逻辑,甚至被纳入产业发展的轨道,被打上了强烈的消费印记,恋爱的双方经常把对方作为消费、欲望、游戏的对象;享乐主义思想甚嚣尘上,时尚、欲望的满足、性泛滥对爱情的侵蚀越来越大,随着它们对爱情的渗透,爱情的稳固性、严肃性受到挑战,代之以消费性、即时性、短暂性和游戏性。情感的淡化动摇了爱情、婚姻的基础,并使其变得极为脆弱:"不是物质基础和爱情,而是对孤独的恐惧,使婚姻和家庭得以保持。"② 这样,现代人寄希望于婚姻带来的安全感,甚至把婚姻作为逃避社会责任,排遣孤独寂寞的港湾,以这种自恋性的防卫来应对外部世界的威胁、变动,而不是把它作为目的,作为充满温暖、亲情、快乐的家园,两性关系自然难以为继。

十 自我、主体的异化感

在传统社会中,社会对个人的影响非常大,自我基本上是缺失的,个人天然地隶属于社会、家族、家庭和其他共同体,不仅没有独立性,还面临着被挤压甚至丧失的危险,更遑论主体性了。这样,个体要么委屈或泯灭自我去适应社会、随波逐流;要么义无反顾地追求自我、独立,并势必会与社会发生冲突、矛盾。在传统社会巨大的压力和包围中,个体往往势单力薄,追求自我面临着几种可能的结果:或者在抗争失败后不得不低头,向社会妥协,

---

① [英] 安东尼·吉登斯:《现代性的后果》,田禾译,译林出版社2000年版,第107页。
② [德] 乌尔里希·贝克:《风险社会》,何博闻译,译林出版社2003年版,第139页。

重归原点；或者争得了独立，但又难以为继，最终被迫选择妥协或毁灭；或者争取到了独立和独立的发展空间，最终获得了胜利，但这样的结局少之又少。进入现代社会后，社会越来越开放，为个体追求自由、自我、主体性提供了可能和条件，个性、自我逐渐成为衡量现代人的重要标准，追求自我之风日盛，并成为社会的普遍现象，这在人文社会科学作品和文艺作品中都有所反映。此外，现代心理学等学科推动了人们对自我的认识和追求，诸如弗洛伊德的精神分析学对自我、本我的区分，荣格的心理学对个人无意识、集体无意识的区分，都发挥了重要的作用。但是，随着社会分工的日益细化和资本的恶性发展，人为物役的现象触目惊心：一方面，自我沦为官僚机构、科层制、资本、工厂流水线、机器部件等现代事物的附属品和功能的延伸，自我的功能性、工具性逐渐增强；另一方面，自我精神层面的丰富、充盈也被扼杀殆尽，畸形、干瘪、变态的情感和行为随处可见。在消费资本主义或消费社会中，自我的异化更为全面、深刻。从表面上看，自我更为自由、独立了，但面对资本增值的逻辑、意识形态的牢笼、消费主义潮流的甚嚣尘上、商品对无意识领域的肆意侵蚀与占领，追求自我的限制就更多、更大、更隐蔽，维护自我的独立性及其空间也越来越困难，并必然削弱主体性、能动性。这样，现代人的自我追求就成了悖论：一方面，社会的物质水平空前提高，个体获得了坚实的物质基础、充裕的时间、宽松的社会与舆论环境、前所未有的自由，似乎为自我的发展提供了更大的空间；另一方面，自我却被各种有意"制造"的时尚、消费观念、意识形态所绑架，导致了更严重的雷同、标准化、模式化："解放了的个体变得依赖于劳动市场，而且因为这样，它们依赖于教育、消费、福利国家的管理和支持、交通规划、消费供应以及医学、心理学和教育学咨询和照料的种种可能性和风气。这都指向个体境况的依赖制度的控制结构。个体化成为依赖于市场、法律和教育的社会化的最先进模式。"① 而且，社会越来越抛开公民自行运转，个体越来越脱离社会遁入其狭小的天地，导致了现代人精神的更大封闭。结果，个体获得的自我、自由、

---

① ［德］乌尔里希·贝克：《风险社会》，何博闻译，译林出版社2003年版，第160页。

独立都被打了折扣,变得狭隘、虚假、虚幻、面目全非,与真正的自我、独立和发自真心的自由相距甚远。现代社会的迅速发展迫使自我应对、适应、追逐外部世界的变化,其关注的重心就被迫从内心世界转到了外部世界,并有意无意地忽略了内心的真正需求,在无形中动摇了自我的基础和稳定性,自我也随之开始分裂、零散化、随波逐流、随遇而安,并由此削弱了主体性。消费社会不但削弱了自我的独立性、压缩了其独立空间,而且使自我向阴暗、异化、时尚化、消费化、标准化的方向发展。由此引发的个体的体验则更为具体、深切。

十一 与共同体和社会的疏离感

通常而言,在传统社会中,个人与集体、社会和其他共同体之间存在良好的互动:一方面,集体、社会和其他共同体能够为个体提供意义、价值、行为的依据与规范,也能够在许多方面提供切实的帮助、保护个体;另一方面,个人极为依赖集体、社会和其他共同体,能够从中获得实际的帮助和精神寄托,也努力融入其中并积极参与其各种活动。这样,二者就形成了一种非常密切的、相互依赖的关系,信任、依赖、和谐或对和谐的追求就成了其关系的主调。由此可能获得一种信任、安全、温暖、依赖的情感体验。但是,现代社会发展迅速,容易激化各种矛盾,在无形中疏远了个体与集体、社会和其他共同体之间的关系,甚至加剧了它们之间的矛盾、破坏了其和谐性;个体的自由和流动性空前增强,加上传统、道德、社会对个体约束的减弱,个人主义盛行,甚至还出现了作为其变异形态的极端个人主义、自恋主义,这样的个体容易把自己置于集体、社会的对立面,至少以不合作的面目出现。他们可能逃避社会、放弃社会责任与义务,对公共事务、社会、集体漠不关心,任其自行发展,甚至对暴政、专制也置若罔闻,从而放弃公民身份、丧失公民意识,不仅不能融入集体,更谈不上对强大的国家机器产生影响了。结果,只能陷于个人、自我的狭小天地而不能自拔:有的消极遁世、营造自我的狭小天地;有的不思进取、随波逐流、任其自行堕落;有的玩世不恭,把社会视为荒诞的并以荒诞的方式进行反抗;极端者则盲目地反对所有的集体、社会和共同体,甚至不惜与之决裂,其短视、盲目性和破坏性都构成了现代性的阴暗面。在这种背景下产生了一种新的情感体验：冷酷、漠然、孤单、渺小、无能为力、无奈、与世无争、消极遁世、随波逐流、随心所欲、荒诞、苦中作乐。

十二 对裂变的认同的体验

前现代社会中个体的身份相对简单一些。个体出生以后，社会已经基本上划定了其社会位置，并要求个体必须具备其所在位置应有的能力，这样，只要遵循社会和其他共同体提供的规范、准则、要求来思考和行动，就能够实现其社会功能。其中，传统、血缘、家族影响力较大，对认同的形成发挥着重要的作用："当时，人们只对自己血统出身给予认同，并以广泛的形式加以维护，施加强有力的影响，以期实现人生的目标。如果一个人有效地实现了这些目标，并成为大家效仿的楷模，那么人们认为其人生是成功并有价值的。"[1] 其集体身份主要是由此建立起来的。个体的私人身份主要是通过其私生活建立起来的，私生活则主要局限于个人交际、家庭、日常生活，传统对家族、家庭的要求极为严格，也为个体的私生活提供了相应的规范、准则和具体要求，个体的选择极为有限，因此，个体只要依照这些准则行事，就可以建立其私人身份。当然，也存在与此不同的私人身份类型，但确立这些身份需要挑战传统的观念、习俗、规范、准则，也需要一种特立独行的性格、卓尔不群的人格、坚持己见的勇气，还要有敢于逆势而行的叛逆性、不计后果的果断和强大的行动力，但建构这样的身份在现实生活中是非常困难的，大多只能出现在人们的精神创造中。总体而言，在传统社会中，个体的身份尽管也存在变化、转换，但基本上是确定的、单一的、连续的、稳定的、统一的、清晰的，由此获得的体验主要是安全感、稳定感、单调感、被动性、盲目性、从众性。如果果断地追求独立的自我和身份，获得的体验就可能是孤独、寂寞、曲高和寡、压抑、挣扎、痛苦、艰辛等。但是，在现代社会中，追求自由不仅是个人主动的选择，开放的社会还为此提供

---

[1] ［加］查尔斯·泰勒、陶庆：《现代认同：在自我中寻找人的本性》，《求是学刊》2005年第5期。

了条件和法律、制度方面的保障。这样,现代身份必然要发生一定程度的改变:社会对个体有多方面的要求,个体在满足其不同要求时,就获得了多重的身份;社会的快速发展导致了身份的不确定、不稳定;传统、道德的危机导致了身份的连续性、一致性、统一性的丧失;生活的零散化导致了身份的片段化、分裂。当然,在现代变革的前后一段时期内,这样的转变刚刚开始,还不强烈。与身份的转变相适应,这个时期的体验具有过渡性、混合性和矛盾性:一方面,个体能够体验到传统及其影响,感受到一定程度的安全、稳定、和谐及其潜藏的危机;另一方面,个体也能体验到现代变革即将来临时的风暴:传统的道德、习俗、感情的岌岌可危,平衡性、确定性、稳定性的日渐消逝,自由、变革带来的巨大挑战,以及个人面临的"解放"和深渊。与社会现代化的快速发展相伴,身份的基础也发生了动摇,加上社会的多元化和个体选择机会的增多,社会对身份的影响越来越大,身份的建构性越来越突出,身份的变化越来越大。这样,固定的身份遭到了强有力的挑战,逐渐呈现出"快餐化"的趋势,并逐渐丧失了稳定性、统一性、连贯性,呈现出变动不居、多面、分裂、断裂、零散、碎片、模糊、偶然的特点。换言之,本质主义的、固定的身份和身份观已经很难存在,反本质主义和非本质主义的身份观越来越有市场。这时,人们的认同必然要变化:"它们(身份——引者注)决不是永恒地固定在某一本质化的过去,而是屈从于历史、文化和权力的不断'嬉戏'。"① 受此影响,个体可能获得一种强烈的变化感、命运无常感、渺小感、无力感、幻灭感、被社会抛弃的不适应感等体验。

十三 追寻精神家园的怀旧、思乡体验

现代人克服了种种物质与精神上的束缚,终于得到了梦寐以求的自由和发展,但是,也为此付出了沉重的代价。但是,现实的一切未必如愿,矛盾丛生、新的问题层出不穷。现代化引发的这些问题仍然困扰着现代人:随着

---

① [英]斯图亚特·霍尔:《文化身份与族裔散居》,载罗钢、刘象愚主编《文化研究读本》,中国社会科学出版社 2000 年版,第 211 页。

宇宙的神秘性的减少、价值的削弱，敬畏感、神圣感、超越性、崇高感也逐渐消失；过度开发自然导致自然的工具化、环境的恶化；物质丰富但人为物役，片面追求物质利益而丧失了形而上的精神追求、人生的真正目标；价值缺失、精神失去根基、无所依傍、随波逐流、精神空虚、无聊已成常态，片面的刺激导致了更大的空虚；全面异化使现代人沦为机器的部件，生活失去了情趣和真正目的，变得刻板、单调、乏味、缺乏激情。在当代社会中，无意义感变得更为强烈："在晚期现代性的背景下，个人的无意义感，即那种觉得生活没有提供任何有价值的东西的感受，成为根本性的心理问题。我们应该依据对日常生活所提出的道德问题的压制来理解这种现象，但它拒绝任何答案。"[1] 出于对现实的不满，也为了克服这些困境、追寻精神家园和精神之根，与追新逐奇不同的怀乡、怀旧、返家的冲动开始出现：缅怀已经逝去的传统、文明、文化、古老的生活方式；试图通过对话激发传统的活力，并为当下提供可资借鉴的营养；展示宇宙的神圣性、不可知性、启示性，以恢复现代人失却的崇高感、敬畏感；提倡抛弃征服的、急功近利的心态，真诚地与自然交流，倾听自然的倾诉，由此重建人与自然的有机联系、亲近感，使现代人找到心灵的归宿，并"诗意地栖居"；重建科技伦理，反对科技代表的工具理性的肆意扩张和越位，反对科学主义意识形态的霸权，建设人文精神，从科技返回到本属于人的精神领域。于是，浪漫主义之后的许多文化思潮高举怀旧、返乡的旗帜。当前，这种冲动同与全球化运动相反的本土化、传统的复归结合起来，仍然不绝如缕。凡此种种，都反映了现代人对精神满足的渴望。实际上，怀旧、怀乡还与现代人期待拥有世界的形而上冲动有关，"思乡病是由这样一种意识所引发的一种忧郁情感：生命太过短暂，以至于人无法熟悉它，就连理解一个人都不行"[2]。尽管如此，不可否认的是，现代化及其问题正是引发这种体验的主要原因。

西方现代性依托于西方世界的波澜壮阔、脱胎换骨的巨大社会变革，既指涉了大至世界、民族国家的风云变幻，又囊括了小至个人情感的微妙波澜，

---

[1] ［英］安东尼·吉登斯：《现代性与自我认同》，赵旭东、方文译，生活·读书·新知三联书店1998年版，第9页。

[2] ［匈］阿格尼丝·赫勒：《现代性理论》，李瑞华译，商务印书馆2005年版，第270页。

其内容异常丰富、复杂，堪称观察、认识西方现代世界的绝佳标本。而且，它分别具有积极、消极的倾向，正面、负面的价值。本文着眼于西方现代性的基本方面，进行了宏观的分析、描述，但很难面面俱到，权当抛砖引玉，期待方家更精妙的论述。

原载《甘肃社会科学》2017 年第 5 期

现代性与人的精神世界

——阿格尼丝·赫勒视野中现代人的精神状况

匈牙利裔的阿格尼丝·赫勒（Agnes Heller，1929—2019）是当今欧美学界的杰出女性学者之一，也是公认的布达佩斯学派的代表性理论家。迄今为止，赫勒已经出版了40余部著作（包括合著），主要有《文艺复兴时期的人》《日常生活》《历史理论》《现代性能够幸存吗?》《现代性理论》等，这些论著丰富、深刻、细腻、敏锐。自1981年她获得了德国的"莱辛奖"之后，还陆续获得了"汉娜·阿伦特政治哲学奖"、"松宁奖"（Sonning Prize）。这些成就奠定了她在学术界的地位，也使她的研究引人注目。她本人经历丰富、坎坷，经历了多次政治运动，辗转迁徙了匈牙利、澳大利亚、美国等国家，工作单位经常改变，这些因素深刻地影响了其学术研究。她的研究跨越了哲学、政治哲学、美学、社会学等学科，尤其是她的现代性研究受到了学界的高度重视。作为卢卡奇的助手，她经历了严格的哲学研究的训练，她的研究注重抽象、反思、论辩，具有浓厚的哲学色彩，但也反对纯理论的抽象演绎；重视社会现实对于理论的参照意义和建构作用，并使二者相得益彰；能够立足于个人的经验，把普遍经验、特殊群体的经验和自己的人生经历与感悟结合起来，并把它们融合于理论探索之中，使其论著具备了宏大的历史背景、厚重的历史感、强烈的现实针对性、深刻的反思，也由此形成了她特有的细腻和敏感的著述风格。赫勒的论著立足于现代社会的背景下，以现代性为基本议题，始终关注人在现代社会中的沉浮。她致力于展示现代人生存的轨迹，揭示其精神的变化、困境，并积极寻找克服困境的途径。本文主要研究她对现代社会中人的精神世界的探索。

一 现代人的时空体验与归属感

人存在、生活于特定的时间与空间之中,时空体验是人最基本的体验之一,它对于现代人的重要性就更大了。现代化引发了社会的巨大变革,使现代人的生存方式、体验方式也随之改变,进而深刻地影响了其精神世界。其中,现代人的时空体验与归属感,都深深地打上了时代变革的烙印。

在传统社会中,人们的生存、生活相对简单一些,流动性较小,与自然的联系比较直接、紧密,也主要依据自然时间生活、工作。因此,人们的时空体验就显得较为单一。但是,进入现代社会后,人们的生存环境、生存方式都随之发生了很大的变化,生存活动的范围扩大,流动性空前加剧,其体验与情感也日渐变得丰富、复杂。一方面,生存的复杂性丰富了人们的情感和体验方式,人们对时空的体验也同样变得细腻、多样、丰富;另一方面,随着生活领域与工作领域分离的加剧,人们的活动空间被切割为多重空间,时空体验被分化为不同的领域,这些体验有一致性,但差异、抵触、矛盾之处甚多。与传统社会相比,现代社会的时空已经发生了很大的变化,其中,生活时间与世界时间的区分的出现、空间的时间化,是两个重要的标志和特点。

在传统社会中,人们的生活主要依靠自然时间。但是,在现代社会中,随着生活空间与工作空间的分离,体验时间的方式也发生了变化,其中,时间类型的区分、生活时间的出现就是其具体表现。时间类型大致可以分为客观时间、主观时间:前者有客观的、世界一致的计量标准和计量方式,主要指钟表时间、日历时间,它是客观的、技术性的、能够被测量的时间,主要包括计量时间、机械时间、世界时间;后者与个体的体验有关,是一种主要依靠主观感受的时间,没有公认的、同一的计量标准和计量方式,它包括生活时间、历史时间(包括史前时间和历史时间)等,其结果也因人而异。

赫勒尤为重视这种区别:"我把世界时间与生活时间、客观时间与主观时间、度量化时间与作为历史性的时间性之间的区别作为我的出发点。"[①] 实际

[①] [匈]阿格尼丝·赫勒:《现代性理论》,李瑞华译,商务印书馆2005年版,第254页。

上，对时间进行的这些区分，是典型的"现代"事件，它出现于"一战"前。在这些区分中，主观、客观时间的区分比较重要，主观时间与客观时间的对立、区别主要表现在以下方面：第一，比较而言，主观时间与个人的生活、精神的关系较为密切，但个人的工作主要依靠客观时间，这样，客观时间与个人生活、精神的关系则较为疏离。第二，主观时间主要取决于个人的体验、经验，它是或者可以是真实的，但客观时间或者因为与个人体验不相符合而显得不真实，或者因为完全脱离了个人的体验而显得与个人没有多大关联。事实上，生活时间是主观时间的一种，它主要涉及日常生活中的时间经验，具有主观性、独特性、短暂性和偶然性，但对于它有无目的，学界尚存在不同的看法。赫勒认为，就西方而言，生活时间的发现最早可以追溯到克尔凯郭尔，福楼拜的《情感教育》最早以文学的形式表现过它。对于现代人的基本时间体验而言，现代人生活于"绝对的现在时"（由现在的过去和现在的将来组成）之中，生活时间主要是一种关于先和后的经验，依靠对失去的时间的回忆，以因果关系或目的论将过去、现在和将来连贯起来，许多神话、童话、故事中都包含这种经验，其中的生活时间与个人的日常生活、精神较为密切；而作为客观时间的世界时间则主要与工作或需要计量时间的领域发生关联。现代人还经常把先后的时间体验与范畴转化为在先、在后的空间范畴，转化中也把时间经验同质化、定量化了。因此，现代人的时间体验往往离不开空间，现代人的空间体验也离不开时间。而且，现代人的时间体验和空间体验常常混杂在一起。

全球联系的增强拉近了世界各地的距离，世界变得越来越现代化、共时化了，人们要求共同拥有"现时代"，并希望由它填补现代性的理想与现实之间的鸿沟。但是，在时间、空间的体验上，了解世界和掌控世界的距离正在逐渐加大。尽管如此，距离仍然能够引发想象，把过去和其他的空间转化为虚拟的此时此地，当然，想象中也包含了日常生活中的真实形象，并以一定的真实性发挥其作用。换言之，虽然这个世界是虚构的，但我们仍然能够以体验的方式拥有它，也能够获得一定的真实性，从而在一定程度上填补现代性的理想与现实之间的鸿沟。在这个过程中，历史想象帮助我们穿越时光的隧道而拥有了过去，技术文明克服了沟通不同空间的困难，拉近了其他空间与当下的距离。此外,还有一种实现现代性理想的方法,就是把现在绝对化、永恒化,永远地生活在由现在的过去与现在的将来组成的"现在时"。这样做的依据在于,现在的将来近在咫尺,是能够接近的,只要我们真正地生活在现在、此时此地,就可能拥有未来,从而也可以在一定程度上实现现代性的理想。

人的空间体验包括对外在距离的体验和对内在距离的体验:前者侧重于体验实际的距离,后者主要是一种心理距离、内在经验。实际上,二者是相互渗透的。作为存在者,个人具有历史性,是其肉身在特定时间、空间中的存在,其身体、物质的存在总是短暂的,能够克服这种局限并在一定程度上延伸其存在的恰恰就是心灵所渴望的永恒。因此,人的身体与心灵之间就存在一定的联系、差别及要求的冲突。在传统社会中,某些习俗、宗教可以缓解或在一定程度上解决这些问题。但是,现代人只得依靠自己了。现代人的内在经验、心灵、内部存在同样是其外在经验、身体、外部存在的延伸,它们也由此建立起了一种相互联系、相互依赖但又相互冲突的关系。而且,还应该关注现代人对延伸的内在精神的体验。作为一种过渡的状态,延伸同时适合于内部、外部,例如,情绪既可以是身体的某种反映,又可以是一种内在的、精神性的经验。这样,对其联系的探寻可以被转化为身心问题、空间问题或延伸的问题。许多传统都区分了身体、心灵,并致力于反抗身体对心灵的限制、禁锢。但是,到了现代,却出现了福柯所说的"心灵囚禁了身体"的现象,这种现象说明了现代人在感知内外关系时所发生的变化。如果从内、外的位置考量,"身体囚禁了心灵"所表述的身体与心灵的关系是,身体是外,心灵是内。反之,它们的关系则会发生逆转,身体变成内,心灵变为外。福柯所说的这种变化意味着,一方面,传统对内与外、内在与外在的区分只有相对意义,它在现代仍然可能发生变化,并使身体与心灵的关系更为密切,变得很难或无法区分;另一方面,现代人过分地追逐物质的善,他们注重身体的享乐,从身体消费及感官满足中寻找价值,不遗余力地追求金钱、物质、名利等世俗的幸福,从而放逐了精神的善,缺乏追求神圣、高尚、超越、形而上的热情与行动。20世纪有一个共同的信念:"在形而上学和宗教的传统中,人类的苦难是由外部和内部的恶引起的。但如果除了苦难本身内部没有恶，苦难就要么是由疾病引起的，要么是由外部的权力引起的。"① 在赫勒看来，弗洛伊德引发了一次革命，借助"心灵的肉身化"，把"内部的恶"转化为"外部的病"，尼采视之为"上帝死了"引发的精神症候。之后，内部与外部的平衡便不复存在。现代人只有两种选择："被打破的平衡要么通过内部空间（有恶在内）的重新精神化来加以恢复，要么通过身体、事物（只有疾病，没有恶）、外部的理性化来加以恢复。"②虽然希望以这样的方式——"后悔"地对待内部（受到技术想象的抵制），"全部理性化"地对待外部（受到历史想象的抵制）——恢复身心的平衡，但是，由于技术想象、历史想象的介入，仍然无法实现二者的平衡。

二 归属感

现代大都市和都市化是影响人精神世界的重要因素，对现代人的情感体验的影响极大，这主要表现在以下方面：第一，现代人的流动性很大，他们四处流浪、迁徙，彼此成了陌生人，甚至离开了熟悉的地方之后，还能够继续自由地活动，并因此缺乏对家园的归属感。第二，现代人的身份变化性强。与传统社会相比，现代人的身份变得极为复杂：自我的非中心化导致了多重身份，个体边缘化导致了集体身份与个人身份的博弈。这些变化导致了个体身份的暧昧、不确定、偶然性、碎片化。第三，文化多元主义的出现。世界具有多个中心，但又没有支配性的中心，文化多元主义就应运而生，它扩大了现代人的视野，增加了他们的选择机会，但也加剧了他们身份的不确定性，并削弱了其归属感。

传统社会基本上是农业社会，其文明也是农业文明。人与乡村、传统有着天然的联系，它们不但是人类存在、生活的环境，而且能够为人类提供一种认同感、心理依赖感和归属感。传统社会中存在家的中心，人们从心理上、情感上都依赖它，与它有着一种与生俱来的亲近感，这也成为联系共同体的纽带。这种需求是隐性的、无意识的、自然而然的，平时很少被作为一个问

---

① ［匈］阿格尼丝·赫勒：《现代性理论》，李瑞华译，商务印书馆2005年版，第276页。
② ［匈］阿格尼丝·赫勒：《现代性理论》，李瑞华译，商务印书馆2005年版，第276页。

题提出并引发关注。只有在遭遇了其他传统、族群或"事件"的威胁时,人们对"家"的需求和依赖才成为问题,变得突出。在现代社会中,大城市、大都市纷纷涌现,在城市化、都市化进程的影响下,现代人被迫离开原来活动的地方,迁徙到陌生的环境中生存,现代生活方式导致人们逐渐远离传统、乡村、大地。现代文化、文明也随之改变,城市文化、城市文明逐渐占据了主导地位,并极大地削弱了传统与传统文化的力量。在这个虚拟与真实相互交织的世界中,现代人失去与传统的联系,缺乏根基、传统和历史想象,也丧失了对家的依赖感和归属感。海德格尔曾经深刻地揭示了"家园""大地"之于现代人的价值与意义:"'家园'意指这样一个空间,它赋予人一个处所,人唯在其中才能有'在家'之感,因而才能在其命运的本己要素中存在。这一空间乃由完好无损的大地所赠予。大地为民众设置了他们的历史空间。大地朗照着'家园'。如此这般朗照着的大地,乃是第一个'家园'天使。"① 相应地,现代人也要为痛失"家园""大地"付出巨大的代价。随着历史想象作用的削弱,现代人只能主要依靠技术想象、贫乏的意识形态的引导生活了。结果是,现代人不管身处何地,都会普遍地患上"思乡病"。从最基本的方面看,"思乡病(homesickness)意味着一个人渴望回家。但它也可以意味着一个人在家待出了病。"② 它主要表现为以下方面:第一,现代人渴望温暖、家、回归、认同,但也反对束缚,渴望自由,希望逃离家的限制,因此,对家的体验和情感也是悖论性的、矛盾性的。第二,家代表着中心、权威和归属,现代人对中心的体验也像对家的体验一样具有悖论性,既受到它的吸引,又在一定程度上排斥它,这样,他们就在自由与束缚、独立与归属、个人与集体之间徘徊,先追求一方,舍弃一方,然后再相反地行动,从而呈现出一种钟摆式的运动,而不会仅仅向单一的某个方向运动,这种现象广泛地存在于现代人的生活和文化中。第三,现代人对超越性的体验充满了矛盾。随着以"上帝"为代表的超验价值的失效,现代人从彼岸的束缚中获得了解脱,开始体验、享受世俗的快乐,打破这些禁区,为现代人带来了前所未有的自

---

① [德]海德格尔:《荷尔德林诗的阐释》,孙周兴译,《海德格尔文集》第4卷,商务印书馆2014年版,第15页。
② [匈]阿格尼丝·赫勒:《现代性理论》,李瑞华译,商务印书馆2005年版,第267页。

由和自由的体验，这些体验足以使他们快乐、兴奋，但随之而来的是空虚、焦虑和失落，他们又渴望回归绝对、权威、确定性和超验的信仰，并且经常摆动于二者之间。

从情感上讲，思乡病是一种忧郁的情感，它指向这样的体验："或者意味着她住在远离家的地方，或者意味着在遥远的、不熟悉、未经探索的地方存在幸福和快乐的希望。"① 也就是说，当现代人的生活失去了中心、重要的东西时，就可能感到与幸福越来越远，并可能感到空虚、绝望。处于这样的氛围中，无论如何，现代人都很难感受到快乐，即使偶尔体验到幸福、快乐，忧郁与沮丧也仍然如潜伏的幽灵时隐时现，使其希望化为乌有，他们最终也难以弥合与幸福的鸿沟，结果，思乡之情变成了一种忧伤、压抑、挫折的体验。当然，思乡病也与现代人的境遇密切相关。我们知道，现代人很容易意识到其出生、生活的偶然性，以及生命的短暂，同时，以速度著称的现代世界也充满了流动、变化。这样的现实境遇导致了人们之间的疏离、隔阂、陌生，大家只能无可奈何地接受其流动者或者匆匆过客的角色。其实，导致思乡病的主要原因是，现代人不能真正地拥有其了解的世界："就乡思而言，生命因为距离而短暂；生命太过短暂，一个人不能把他所知道的世界变成他所拥有的世界。只要我觉得自己是一个外人，一个陌生人，只要我不能理解与我最亲近的人，我就没有家可以依靠。"② 也就是说，现代人渴望拥有一个其了解的、感到亲近的、能够提供依赖与归属感的世界，但是，瞬息万变的世界、流动、变化打破了现代人的希望。现代人虽然成了世界的陌生者，却更加渴望了解、把握这个世界，这样，短暂感、绝望感就会主导他们的精神世界，并成为其情感的主调。他们不但根本无法拥有这样的世界，而且，也无法真正地把握一个人，甚至连自己最为亲近、熟悉的人和家也是如此，即使知己、亲人、家也无法为他们提供精神上的依赖和归宿，它们仅仅具有形式的意义。这样，忧郁的情感也就自然而然地产生了。既然这个世界再也不是以前的世界，家也不是从前的家，现代人就再也不可能回到从前，也不能像

---

① ［匈］阿格尼丝·赫勒：《现代性理论》，李瑞华译，商务印书馆2005年版，第268页。
② ［匈］阿格尼丝·赫勒：《现代性理论》，李瑞华译，商务印书馆2005年版，第270页。

从前那样拥有一个世界、一个家，更不能体验到确定性、稳定感和皈依感，他们被迫与世界保持一定的距离，甚至感到离社会、集体、他人越来越远，并遭受情感的折磨。究其根源，"思乡病是由这样一种意识所引发的一种忧郁情感：生命太过短暂，以至于人无法熟悉它，就连理解一个人都不行"①。可以说，思乡病已经成为现代人无法逃避的宿命，人们已经别无选择。而且，更严重的是，思乡病已经根植于现代人的情感世界，发展为一种普遍的、典型的情感，甚至可以毫不夸张地说，这种情感经验超越了单纯的"思乡"的范畴，广泛地存在于现代人的体验之中，并成为其基本的情感模式："同生活中心点（在地点上）的这种情感关系，既有吸引力也有排斥力，是不断出现的现代生活的悖论经验之一，就像对自由的恐惧和对不自由的恐惧，独立的欲望和归属的欲望，个人主义和社群主义。而且，不存在单独朝一个方向发展的趋势；相反，存在一种钟摆运动。当然，不是在每一个人的生活中——因为在这里很大程度上要取决于心理或道德性格——而是在各种文化中，在这些文化中，两个极端有节奏的重现是经常的事。"② 为此，必须寻找拯救之路。海德格尔寄希望于始源，开出了返乡的方案："诗人的天职是返乡，唯通过返乡，故乡才作为达乎本源的切近国度而得到准备。守护那达乎极乐的有所隐匿的切近之神秘，并且在守护之际把这个展开出来，这乃是返乡的忧心。"③ 与此方案不同，赫勒立足于当下、现实，希望通过人格的重建来克服现代人精神的困境。

三 建构幸福、完美与本真性统一的人格

传统意义上"完美"的概念注重伦理道德，主要指作为善与美的结合的对象，体现了完满、完美。但在康德之后，伦理意义的完美只是它的一部分，完美的含义扩大、丰富了。与"完美"的概念的变化相似，"幸福"的含义也发生了很大的变化。传统的"幸福"概念有一定的客观标准，诸如拥有一

---

① ［匈］阿格尼丝·赫勒：《现代性理论》，李瑞华译，商务印书馆2005年版，第270页。
② ［匈］阿格尼丝·赫勒：《现代性理论》，李瑞华译，商务印书馆2005年版，第267—268页。
③ ［德］海德格尔：《荷尔德林诗的阐释》，孙周兴译，《海德格尔文集》第4卷，商务印书馆2014年版，第31页。

定的财富、权势、地位、力量等，这样，就比较容易判定自己或别人的生活是否幸福。现代的"幸福"概念开始与道德剥离，与主体的体验息息相关，变得越来越主观化、经验化、情感化："幸福已经变成了主观的（一种情感），没有客观的标准来确定某个人是否过着幸福的生活。主观的标准，主要是个人的本性、气质倾向或情感特性，使得个人的生活幸福或不幸。"[①] 因此，现代人的精神生活、内心情感就成为决定其幸福的主要因素。假设某人内心情感贫乏、精神生活单调，他（她）就会根据时尚或别人提供的标准来体验、获取幸福，但由此得到的幸福与发自内心的幸福仍然存在很大的距离，二者可能发生抵牾、冲突，甚至能够引发某种挫折感、危机感或人格分裂。而且，随着各种幸福观的涌现，幸福感变得更为主观，对幸福的判断更加困难，又加剧了二者的冲突。同时可以发现，性格对幸福的影响也越来越大。综合这些变化看，在现代社会中，"完美"在经历了一个非道德化、非价值化的过程后，开始趋于多元：伦理/道德的完美并不能涵盖所有的完美，它变成了完美的一部分；完美的多元化割裂了完美与幸福的直接联系，幸福与否很难根据完美进行判断；幸福的主观化割裂了善与幸福的直接联系，导致了道德与幸福的剥离，很难判定善良的人是否幸福，从而也切断了幸福与伦理/道德的直接联系。

现代人的人格（自我）是通过自由选择获得的，他（她）们首先自由地、能动地对自己进行选择，之后，再在其选择的引导下思考、行动，以接近或成为其选择的自我，这样也就同时选择了其命运，这是一种目的论的人格建构模式。现代人不遗余力地要求、追求成为自己，这个过程也是获得自我、建构人格的过程，关键是要真正地遵从自己内心的召唤、遵从其心甘情愿的选择，这样才能最大限度地获得其本真性。因此，现代人总是努力地追求自由、独立、天性、本真性，并由此建立了其自我和人格。但是，这样的人格通常未必是完美的、合乎伦理/道德（体面、善良、好）的，因为其选择会经常与其爱好、擅长冲突，当然也有例外，只不过这样的人特别少、特别幸运罢了。实际上，现代的体面人（好人）是主动选择、使自己变得体面的人，其选择完全发自内心，也绝对地遵从其意愿，其他因素可能在不同程度

---

① ［匈］阿格尼丝·赫勒：《现代性理论》，李瑞华译，商务印书馆2005年版，第310页。

上影响其选择，但很难从根本上改变其选择的基本倾向，这样，其数量也是比较稳定的。

在前现代社会中，信仰（Pistis）在前，逻各斯在后，其基础是，许多重要的信仰、观念、事物都是不证自明的，信仰已经告诉了人们好与坏、对与错、真实与虚假、真理与谬误的标准与答案，只要接受信仰就能够获得相应的知识，人们也不需要为接受这些信仰或观念承担责任。只是，当个人怀疑并运用理性论证它们时，他（她）就必须与拥有信仰、知识、善恶裁判权的权威进行论争，并需要为此承担巨大的责任、后果或代价。但是，在现代社会中，受现代性的动力的驱使，信仰和逻各斯的关系被颠倒了，结果，逻各斯在前，信仰在后。现代人需要论证行动、话语的实践，需要辨析对与错、好与坏、真实与虚假，需要通过论证来确认自己的判断，这也是现代精神所要求的。否则，如果他们放弃了论证实践、话语的实践，就等于摈弃了现代性的动力，现代性自身也将难以为继。原因是，现代社会（现代性的动力）要求现代人运用理性进行论证，而且，这种情况已经习以为常，并成为现代社会的基本要求。对现代人而言，重要的是符合这样的程序的要求，即接受的目的必须经过理性的论证、争论，至于其结果的对错，则是另外一回事，人们对此只需负很少的责任，或者说，基本上不需要对此负责。否则，如果违背了这样的程序，没有论证、争论就借助某种信仰接受了某种目的，就必须对此负责，而且是很大的责任。究其原因，从根本上看，违背了这样的程序，就难以保障目的上的不荒谬和道德上的不荒谬：前者指通过努力就可以达到目的；后者指道德上是可能的，也就是说，既达到了既定的目的，又没有把别人当作纯粹的工具或手段来利用。这样看来，现代人需要对其信仰负责，需要运用理性进行论证，并保障其行为目的的不荒谬。实际上，理性、信仰都不能决定最终的对错，但是，"在善/恶、对/错这类问题上人之所以必须承担巨大责任，恰恰是因为在这里不存在确定性，因为在这里人跃入其自身的确定性（真理）之中——他对这种确定性（真理）负有完全的责任"[①]。也就是说，虽然善与恶、对与错都缺乏确定性，但我们需要确立并按照确定

---

① ［匈］阿格尼丝·赫勒：《现代性理论》，李瑞华译，商务印书馆2005年版，第322页。

性（或真理）行动，正因如此，现代人需要对自己的选择及其后果承担巨大的责任。

现代人所负的责任主要包括有回溯性（Restrospective）责任和前瞻性（Prospective）责任：前者要求个人对其过去的所作所为负责；后者要求管理某事的个人在以后的岁月中对此事负责。实际上，现代人面对的责任很多、很复杂，由此提出的问题更多，也需要以后逐步回答、解决。但是，在赫勒看来，对于现代人来说，较理想的选择是，能够保障道德上的不荒谬，并以信念关注这样的目的；更理想的选择是，能够保障目的的不荒谬，并把信念投注到现在看来更有实际效果的目的上。

赫勒逐一面对并分析了现代人的时空体验、归属感、自我和人格问题，事实上，这些精神世界的变化正是现代社会、文化、文明、价值共同作用的结果，也是现代性的表征。现代社会给人带来了空前的解放和自由，但是，也引发了现代人精神的困境、危机，并威胁着现代人的生存。现代人必须经历这种快乐和痛苦并存的体验。与传统社会相比，现代人注重世俗的幸福，重视物质、欲望的满足和感官享受，却轻视精神的追求，缺乏追求神圣、超越性、形而上的热情与行动。由此，现代人将无法承受这种生命之轻，被迫经受新的考验。只有努力寻找克服精神困境的道路，获得拯救，经受住这种考验，现代人才可能适应社会的转型并获得新生。

原载《艺术百家》2013 年第 5 期

· 第六编　西方现代性批判 ·

詹姆逊现代性理论批判

——以意识形态为视角

意识形态分析是包括新马克思主义在内的当代西方学术界尤为重视的一种研究方法，它也深得詹姆逊的青睐。在詹姆逊看来，统治阶级除了依靠暴力外，还需要依靠其社会动员、宣传和广泛的认同来维持其地位。与此相反，与之对立的意识形态必然会挑战占支配地位的意识形态，通过揭穿其虚假、伪善，以动摇其地位、取代其霸权。存在各种意识形态及其不平衡的斗争，而我们又身陷其中，这样，我们就需要意识形态的分析方法："意识形态批判必须也同时具有自我分析、自我意识和自我批判的形式。"[①] 不仅如此，对于詹姆逊而言，现代性研究中的意识形态分析还发挥着极为独特的作用："我们不能解决这些矛盾，但我们能够意识到它们。这就要求我们发明一种新的意识形态分析。在这种分析中，我们既要看到作为实在的事物本身，又要看到概念，透过这种概念，我们得以看到实在。我们还要做的是，识别这些概念在公共论辩中所起的作用。"[②] 应该强调的是，其意识形态概念的含义较为宽泛、灵活，指错误意识、有意或无意的歪曲、想象性的建构等。詹姆逊把意识形态分析运用于现代性理论运作的各个环节，彰显了其意识形态性，使其研究具有了鲜明的特色。

[①] ［美］杰姆逊：《后现代主义与文化理论》，唐小兵译，北京大学出版社1997年版，第255页。

[②] ［美］詹明信等：《回归"当前事件的哲学"》，《读书》2002年第12期。

一 从断代看现代性理论的意识形态性

在詹姆逊看来，现代性是一种叙事，并不是说，它就是随心所欲的，不需要说明事实和真相。相反，它的叙事基于一种断代，我们只有根据现代性的情境，才能对其叙事进行说明和判断。通常而言，各种现代性理论为了论证和叙事的方便，一般都要先确定一个绝对新的开端，然后就这些新的特征展开其论述。其中，许多现代性理论都把笛卡儿所说的时代视为现代性的开始，并把他提出的自我意识、自我反观（"我思故我在"）或反观性作为现代性的主要特征。这些普遍情况告诉我们，任何现代性理论都必须肯定断裂和新颖，以及使这一切成为可能的语境。与此同时，这也意味着，现代性理论首先要进行断代，否则，就无法进行其言说。

出于建构理论的需要，现代性理论必须通过断代来肯定断裂的绝对性、新颖，及其语境，也是通过这种方式建立起了它自己的合法性。通过现代性理论对断裂的解释，我们可以发现断代叙事中的意识形态。各种现代性理论都设置了一个因绝对断裂而导致的新的开端，但其根据是什么呢？尽管答案不同，但大都承认历史的断裂。其中，以福柯为代表的许多现代性理论都反对历史的连续性，并把这个问题转化为新旧体制之间的关系，换言之，新体制与旧体制之间的关系是绝对的断裂。但是，他们都难以令人信服地说明体制之间是如何过渡、转换的，这使其叙事具有了神秘性。而且，断代还是一种叙事，通过调动叙事的力量，可以增强其说服力。也就是说，"是连续还是断裂的判断，有点像历史编纂学的一个绝对性的开端，这个开端不可能通过材料和证据得到公正的解释，因为它首先要对材料和证据进行整理"①。因此，在整理材料和证据的过程中，特别是在阐发支撑其因果逻辑关联的时候，对现代性的叙事、对现代性开端的设定都发挥了重要的作用。同时，我们也应该看到，只有拒绝和压制其他叙事，现代性叙事才能达到其目的。为此，现代性叙事就会在论证中想方设法地掩饰其所得到的利益。但这样做时，它必然会以其叙事反证其反叙事的立场，并必然导致被压制的叙事的回归。鉴于

---

① Fredric Jameson, *A Singular Modernity*, London: Verso, 2002, p. 23.

此，我们就应该承认、揭示蕴含于现代性叙事中的意识形态："从所有似乎是非叙事的概念中，找出暗中起作用的意识形态叙事，尤其是它们被直接用作反对叙事本身的时候。"①

从历史编纂学的角度看，现代性是通过叙事来展现历史或历史事件的。尽管现代性话语不是历史或历史事件本身，但它们是对这些历史或历史事件的叙述和阐释，是对历史事件或历史事实进行的排列、组合和加工的结果。现代性话语还通过分析建立起了历史材料之间的因果关系或逻辑关联，从而使这些阐释显得真实、可信、有说服力。但是，我们无法证明现代性叙事的真伪，其原因是"它试图把个别事件作为观察点（但这样的观察点又是任何个人所无法把握的），然后再分别从纵向和横向把现实的事件联系起来，但至少可以说，现实事物之间的互相关系是我们不能触及和验证的"②。鉴于此，如果我们认识到现代性理论的叙事特点，认识到因果关系的获取有可能以牺牲历史的客观性为代价，而不是把它视为客观存在的研究对象，就可能有助于我们排除一些错误观念和虚假问题，以客观、正确地认识现代性理论。同样，现代性理论的断代也是一种叙事，它以一定的视角统摄、加工了历史材料，并建立起了这些材料之间逻辑联系，使其叙事显得合情合理、可信，但其真实性则是无法被证实的。

从修辞学的角度看，现代性是一种转义、一种独特的修辞效果、一种具有意识形态性的重写行为。也就是说，现代性具有自我指涉性："某种程度上它可以被视为指涉其存在的痕迹，指涉它自己的能指，其形式正是它的内容。"③ 现代性的转义导致了其内容和主题的修辞性："在我们谈及的所有那些作者中被视作现代性理论的东西，差不多就是它的修辞结构在其涉及的主题和内容上的投射：现代性理论基本上就是其投射的转义。"④ 从现代性的叙事效果看，现代性转义又是一种时间结构，与我们对未来的预想有关："它似乎在现在的一个时段内集中于一个承诺，并立刻在现在的另一个时段内提供

---

① Fredric Jameson, *A Singular Modernity*, London: Verso, 2002, p. 6.
② Fredric Jameson, *A Singular Modernity*, London: Verso, 2002, p. 28.
③ Fredric Jameson, *A Singular Modernity*, London: Verso, 2002, p. 34.
④ Fredric Jameson, *A Singular Modernity*, London: Verso, 2002, p. 34.

了把握未来的一种方法。"① 因此，现代性转义就具有了力必多功能，它类似于提供了与未来相关的乌托邦，但又不是乌托邦。而且，现代性转义与顺时的、历史化的"第一次"这样的叙事关系密切，它以集体的方式和线性的时间重新组织了我们的感知，并宣告了与过去断裂的新时代的来临。这样，现代性转义既以不同的方式"有力地置换了以前的叙事范畴"，又作为中介具有消除功能的作用，即以其转义起到了掩盖、压制、歪曲或夸大某些历史事实的作用。从这种意义上讲，对现代性主题的强调，对诸如"自我意识""反观性"等现代性特征的强调，就成为现代性转义进行重写的借口："这并非说，这些特征或主题是虚构或不真实的；它只是为了明确这样的观点，重写的行为本身比宣称的对历史的洞察具有优先性。"② 重写的行为导致了对现代性主题和特征的重构，这种重构行为的意识形态性是不言而喻的，它不仅对已有的说法或叙事进行改写，还指向、夸大其喜欢的事物，抑制自己反对的东西，并对现在和未来产生了影响。

重视笛卡儿及其提出的自我意识、自我反观（"我思故我在"）或反观性等现代性特征，是西方很多现代性理论的共性，其中所使用的断代方法也很有普遍性。詹姆逊以此为例，分析了断代的具体运作及其表现出来的叙事性、修辞性等特点，特别是断代行为、改写行为的意识形态性，使我们对断代有了深入的理解。他实际上以此否定了绝对开端的叙事，他的研究能够纠正我们把断代视为历史事实或历史本身的错误观念，从而有助于客观而科学地认识各种现代性理论。而且，从断代方面看，可以发现现代性话语的断代各不相同：有的把笛卡儿时代视为现代性的开端；道格拉斯·凯纳尔（Douglas Kellner）与斯蒂文·贝斯特（Steven Best）把中世纪或封建主义之后的那个时代视为现代性的开端；柯什勒克（Neuzeit）把 15 世纪视为欧洲现代性的形成期；马歇尔·伯曼（Marshall Berman）把 16 世纪视为现代性的开端；齐格蒙特·鲍曼（Zygmunt Bauman）把 17 世纪视为西欧现代性的开端。凡此种种，

---

① Fredric Jameson, *A Singular Modernity*, London: Verso, 2002, pp. 34–35.
② Fredric Jameson, *A Singular Modernity*, London: Verso, 2002, p. 36.

不一而足，我们还可以继续罗列下去。① 不仅如此，这些现代性理论对现代性的分期也有很大的差异。尽管这些行为导致了许多不同的结论，但在这些结论背后却存在非常相似的断代方式，也印证了詹姆逊的许多结论。因此，詹姆逊的断代研究以他对现代性话语的分析为基础，是一种高度的抽象和概括，其结论也很有普遍意义，能够使我们更清楚地认识到现代性理论断代时的意识形态性。

二 从再现看现代性理论的意识形态性

随着现代的出现，在断代成为可能的条件下，现代性才可能出现。但现代性是如何出现的或者如何被展现出来的？这个问题涉及现代性的主体，以及主体的再现，而且，也关系到现代性能否存在的根本问题。在研究现代性的再现时，詹姆逊借鉴了海德格尔的"再现"概念，展示了现代性的再现机制和西方现代主体的生成，并以此揭示了建造现代性理论中的意识形态。

康德认为，主体是本体而不是现象，是不能够被再现的。詹姆逊据此认为，意识与主体相似，意识作为本体也是不能够被再现的。这里需要特别指出的是，詹姆逊并没有否认自我和个人身份被再现的可能。

西方许多现代性理论大多把笛卡儿及其"我思"设定为现代性的绝对的开端，如果我们循着笛卡儿的思路，就能够看到西方主体、现代主体或现代性的主体的出现。詹姆逊发现"我思"并不是着眼于主体性，而是主、客体的分裂："'我思故我在'这一思想的现代之处不是主体性，而是一种扩张；如果寻找绝对开端的行为在根本上存在因果关系的话，那就是客体，它形成了主体对自己的反抗，以及主体与客体的距离（著名的主体与客体的分裂）。但是，客体无论如何总是一个特殊历史过程的结果（它是与普遍的生产相似空间的结果）。"② 现代性总要确定一个绝对的开端，绝对的开端与主体、客体的分裂密切相关，它是一种叙事，现代性也据此成为神话。詹姆逊由此揭示了现代性神话的诞生："现代性的绝对开端的说法也是一个叙事，我也不愿

---

① 李世涛：《时期视角：从西方现代性到西方审美现代性》，《深圳大学学报》（人文社会科学版）2007 年第 4 期。
② Fredric Jameson, *A Singular Modernity*, London：Verso, 2002, pp. 44 – 45.

意依靠那个令人怀疑的、无生产性的公式，这个公式只是一个神话。"①

海德格尔的现代性理论很有影响，并且典型地体现了现代性理论的运作。因此，詹姆逊要分析海德格尔的"再现"、视角等概念及其现代性理论，并由此揭示现代性的出现及其再现过程中的意识形态。按照海氏的思路，表现离不开主体和客体，在通过分离进行假设、通过假设进行分离的行为中，主体和客体都通过自我生成而产生对方，也很难确定它们孰轻孰重。在德语中，"再现"的意思是"它的结合起来的各部分传达出这样的含义，即把某种东西放到我们面前，再把假定的客体放在被感知的状态下予以重新组织起来"②。对于海德格尔来说，"再现"的具体含义可以表述为"再现就是主体/客体的分裂，只是'再现'这个词强调了这对立两极的相互作用，然而，另一个公式能够通过对双方的命名将它们分开，例如，一方是主体而另一方是客体"③。也就是说，主体把一个客体放在自我面前，并对它进行观察、直觉性地感知、思考、想象、认识，或以某种特定的方式来建构客体。"再现"同样离不开视角，正是视角把客体建构成了看得见、能够被概念化的客体，也是视角赋予了再现的意识形态。需要说明的是，视角建构的客体有虚构，也有主体对它的生产或投射，但视角也为客体的建构提供了某些真实的东西。视角建构的目的是得到肯定性，对于笛卡儿的"我思"来说，就是要确立"怀疑"的绝对地位，即怀疑是不可动摇的基础，通过它可以消除不真实、虚假的东西，从而"历史性地展现正确的真理概念"。与此相似，现代性也是这样被展现的，也可以被视为一种再现。实际上，正是特殊的语境保障了笛卡儿的"我思"的现代性，该语境以笛卡儿的时刻与中世纪的学术、神学的绝对断裂为前提，并由此肯定了"我思"这个行为本身的解放性。

在詹姆逊看来，海德格尔重视现代性的再现功能，并提出了两种现代性的叙事模式：第一种叙事是把具体功能从其语境中抽离出来，使它在新的系统中发挥不同的功能，这种模式经过发展后，在福柯和阿尔都塞那里表现为对生产模式的过渡与改变的解释；第二种叙事是旧体制的残余成分能够长期

---

① Fredric Jameson, *A Singular Modernity*, London: Verso, 2002, p. 45.
② Fredric Jameson, *A Singular Modernity*, London: Verso, 2002, p. 46.
③ Fredric Jameson, *A Singular Modernity*, London: Verso, 2002, p. 52.

地存在。通过这两种叙事，海德格尔建立起了其现代性理论。从再现的角度，可以了解他的现代性理论的实质："主体与客体在特定的知识关系（甚至是支配关系）中重新安排时形成了（现代性）这个词：客体成了仅仅是知道或被展示出来的东西，主体则成为展现（客体）的处所和的媒介。"① 詹姆逊认为，海氏的现代性理论克服了人文主义视角的局限，也优越于任何一种人文主义式的叙事。同样，借助海氏的再现、视角理论，我们可以分析作为现代性的重要叙事之一的"自我创造"。由于主、客体可以相互生产对方，因此，"自我创造"也属于一种叙事，也是一种意识形态的建构。

在构建西方现代主体的过程中，自由、个人主义和自我意识这三种因素是不可或缺的。其中，自由在建构西方现代主体、现代性的过程中发挥着重要的作用，甚至可以说，现代性与某种特殊的西方自由是联系在一起的。但是，这个观点的成立依赖于一种特殊的假定或叙事，即前现代的人是不自由的、顺从的、被奴役的，现代性促成了个体的真正自由，自由也成了资产阶级的重要标志。詹姆逊认为，这个假定不能成立，或者说这是一种叙事，是意识形态的建构。个人主义思想也是建构西方现代主体的重要因素，它与自由相联系，并为个体的自主提供了保障。但矛盾的是，这种思想的假定——现代人是自由的，而其他人不自由——自身便是武断的，它既缺乏个人主义，更是对自由思想的否定。这样看来，个人主义也同样充满了意识形态性："它宣称自己把握了被解放的个人的内在变化，也把握了他与自身的存在、自身的死亡、其他人之间的关系。"② 建构西方现代主体所离不开的第三个因素是自我意识或自我反省性。自我意识或自我反省性是一个哲学概念，实际上，正是在这个概念的引导下，现代性才得以讨论自由和个人主义，并建构了自己的叙事。同时，也正是依靠它，现代性才能够被展现。然而，自我意识和意识一样，都是本体，都是不能够被再现的，而且，我们也难以确定其他人是否具有自我意识。这样，自由、个人主义和自我意识都具有强烈的意识形态性，现代性对它们的论证也都存在神秘之处。既然如此，西方现代主体也

---

① Fredric Jameson, *A Singular Modernity*, London: Verso, 2002, p.52.
② Fredric Jameson, *A Singular Modernity*, London: Verso, 2002, p.54.

就成了"沙滩上的大厦",迟早面临着倾倒的危险。

既然再现是建构的产物,既然西方现代主体存在的基础不复存在,既然主体、主体的真实经验、意识和自我意识都不能够被再现,詹姆逊就有充分的理由断言:"不能根据各种主体性的分类来组织现代性叙事(意识和主体性都是不能够被再现的)。"① 这样看来,任何根据意识转变和主体性建构起来的现代性理论都面临着失败的命运,也都是无法使人接受的,其原因就是再现的意识形态在起作用。

三 从视角看现代性理论的意识形态性

从现代性理论自身来看,它们主要是从断裂(或连续)与分化两个视角对现代进行建构的,这也是理解现代性理论的关键。但是,这两个视角在建构现代性理论时都存在意识形态的运作。

历史是断裂的还是连续的?这个问题是建构现代性理论的重要视角和关键。实际上,这个问题还关系到传统与现代的划分、现代性的开端、新体制与旧体制之间的关系、历史的质变与量变之间的关系、历史分期等问题。当然,各种现代性理论都倾向于承认历史的断裂。其中,福柯就很有代表性。他反对历史主义、进步论和历史的连续性,认为新体制产生于旧体制的废墟之上,二者之间发生了根本性的断裂,既没有连续性,也没有因果关系,但已经崩溃的旧体制为新体制提供了框架。这与埃提纳·巴里巴(Etienne Balibar)的观点不谋而合,巴里巴把历史的连续或断裂的问题还原为新、旧生产方式的体制的变化。他认为,生产方式的旧体制与新体制一直是共存的,并不存在旧体制逐渐进入新体制的问题,而是两种体制内的不同因素(生产工具、生产力和财产分类等)所占的地位不同,这也是导致两种体制不同的根本原因。实际上,福柯、巴里巴与列维－斯特劳斯对体制的理解都有契合之处,即体制一直都是共同出现的,并且都已经形成,应该把它们视为共时现象。但是,他们的叙事都有其神秘性,即他们虽然都宣告了旧体制的崩溃与新体制的建立,但并不能说明体制之间是如何过渡的。这些现象说明:"分期

---

① Fredric Jameson, *A Singular Modernity*, London: Verso, 2002, p. 55.

不是按照自己的口味和倾向所做的随意性的选择,而是叙事过程自身的基本特征。"①

分化(以及与之相联系的分离、自治)则是理解和建构现代性理论的另一个重要视角。许多西方现代性理论都涉及了分化,但对分化的理解却不尽相同,而且分化在其理论中的地位也有差异。其中,卡尔·马克思、马克斯·韦伯、卢卡奇、哈贝马斯、福柯与尼克拉斯·鲁曼(Niklas Luhmann, 1927—1998)等学者的现代性理论都涉及分化,并对其进行了不同的解释。马克思是用分离来描述资本主义现代性及其导致的工人的变化的:随着封建社会的衰落和资本主义原始积累的来临,工人阶级逐渐从原来的生活方式中解放出来,被迫与土地、劳动工具分离,并被作为商品抛向了市场。马克斯·韦伯则是从丧失整体意义的角度来解释分离的,而且分离与其核心概念"合理化"关系密切,即提高效率导致了劳动和管理的分离、工人的完整的劳动活动与过程的丧失、脑力劳动与体力劳动的分化,这些分化还导致了价值理性与工具理性的分裂,以及更为严重的个体生活意义与西方精神文明的危机。卢卡奇与韦伯的看法比较接近,其"物化"概念强调了"商品拜物教"对个人的精神、价值的削弱和吞噬,他还进一步发挥了韦伯的理论,把完整的意义感的丧失扩大到宏观的资本主义的社会层面,即"商品拜物教"不仅威胁到具体的个体对意义的追求,而且是一种社会发展的趋势,可能影响到全球的每一个个体。但是,他提出了唯一的例外,即工人阶级能够依靠马克思主义的力量,促成自身阶级意识的觉醒与提高,并具有从结构上完整地认识和把握资本主义社会的潜能。哈贝马斯承认,随着近代以来西方的宗教与形而上学的分离,科学、道德和艺术领域也逐渐独立出来。强调现代性断裂的福柯也从分离的视角来看待现代性的分化,正是分离形成了自治性的生活、劳动和语言这三个领域。在当代社会理论中,鲁曼对分离的研究最有成效,也最有影响,他把早期现代性的经验转化为描述现代性历史的抽象理论,提出了现代性发展中分离、自治的一整套完整的理论。在他看来,随着社会领域之间的分离,也开始了社会的分化,并逐渐形成了各个领域独特的规律和

---

① Fredric Jameson, *A Singular Modernity*, London: Verso, 2002, p. 81.

运作机制，在分离、分化的过程中，现代性才得以形成和发展。譬如市场与国家的分离、经济学与政治学的分离、司法领域与司法制度的形成，离开了这些分离，就不可能产生社会各领域的分化、自治和现代性。在詹姆逊看来，鲁曼通过分离、自治等理论上的运作，把后现代性纳入了其现代性理论，旨在夸大福利国家和社会主义的危机，显示出了维护自由市场经济的意识形态性。也就是说，现实发生了变化，我们已经面临着后现代性及其变体的情景，这时理应根据这些变化进行相应的理论上的调整，但他仍然固守其陈旧的现代性理论，这恰好反映了其作为"现代性意识形态理论家"的身份。

历史的断裂与分化是描述西方现代性的两种主要视角，不同的侧重点导致了所关注的问题与处理问题方式的不同，并形成了各具特色的现代性理论。但应该指出的是，这些现代性理论并不仅仅是为了阐释西方社会发展的过程，表明自己对这些历史问题的认识，相反，这些理论往往隐含着对现在的评判和对未来的规划，隐含着对现在和未来的消极影响，并因此具有了强烈的意识形态指向。同时，现代性理论特别强调创新、变革和发展，但这些现代性理论倾向于对所发生的事情进行描述，并从特定的角度抵制和否定变化。这样，这些现代性理论就很难为社会发展提供有益的精神资源和动力支持。正是在这种意义上，詹姆逊认为，"在各种现代性理论（人们为了达到规范的效果而经常地调整对它们的描述）中，现代基本上是一种倒退性的概念，由于其阻力和惰性，它不能够应对任何可以想象的系统性的变化：现代性只能描述那些在既定的体系内、既定的历史时刻内所发生的事情，因此，我们不能依赖它对其所否定的东西进行可靠的分析"[①]。

四 现代性理论及其策略的意识形态性

现代性的意识形态不仅表现在以上分析的现代性理论的运作中，而且也表现在现代性话语的叙事性、现代性研究的现实策略和现代性研究的复兴中。

在现代性研究中，詹姆逊强调意识形态分析的独特作用："我们不能解决这些矛盾，但我们能够意识到它们。这就要求我们发明一种新的意识形态分

---

① Fredric Jameson, *A Singular Modernity*, London: Verso, 2002, p. 91.

析。在这种分析中,我们既要看到作为实在的事物本身,又要看到概念,透过这种概念,我们得以看到实在。我们还要做的是,识别这些概念在公共论辩中所起的作用。"① 具体而言,知识的功能主要是促进我们接近现实、真实,以更好地认识和把握我们的实际状况。但是,应该承认,现代性既提供了一些有益的参照,又歪曲了现实、遮蔽了真实,其负面作用也是非常明显的。

现代性的负面作用主要表现在现代性话语的叙事方面。对于詹姆逊来说,现代性就是一种叙事:"现代性不是一个概念,不是哲学概念或其他概念,而是一种叙事类型。在这种前提下,我们不但希望放弃陈述现代性概念的无为尝试,而且,发现我们自己可能想知道:也许现代性的影响是否仅仅局限于对过去时刻的改写,或者说,是对过去已经存在的观念或叙事的改写。在分析现在时避开使用各种现代性,更不用说我们在预测未来的时候了,这样做注定能够为颠覆相当多的现代性(意识形态)叙事提供一种有效的方法。但是还有达到这个目的的其他一些方法。"② 具体而言,现代性的诸种叙事为我们树立了一个光明的、充满坦途的"现代性神话":它崇拜创造、创新、革新、变革,并深信其结局的完美;它坚信社会向民主、进步、繁荣、平等的方向前进;确定了自由、人性、人的主体性的不可怀疑性;片面地夸大了现代性的种种进步、成就。但是,这些叙事却无视现代性承诺的实际效果;有意无意地忽视现代社会的种种问题、危机、矛盾;为了达到其目的,不惜动用其宣传工具,甚至歪曲、篡改事实,进行一些虚假、虚伪和欺骗的宣传;现代社会对传统、永恒、神圣性的摧毁;理性化、工具理性、市场逻辑的畸形发展及其对人的操控;现代性对人类精神和人的全面发展的摧残;现代性假借进步、创新对一些正确的行为观念进行压制、打击、围剿。这些意识形态的表现、危害都是我们应该认真对待的,也是需要我们运用意识形态分析的方法来揭示的。

现代性意识形态的存在,使现代性概念的产生成为可能,也使发达国家具有了合法性、权威性和话语霸权,并可以据此操纵那些发展中的国家与地

---

① [美]詹明信等:《回归"当前事件的哲学"》,《读书》2002 年第 12 期。
② Fredric Jameson, *A Singular Modernity*, London: Verso, 2002, pp. 40–41.

区，甚至可以对它们指手画脚："现代性的口号在我看来是个错误的口号。我认为它产生于某种意识形态的境遇，其中资产阶级关于进步、现代化、工业发展以及诸如此类事物的看法，最终一无所获，而且社会主义的观念也从中消失。在这种境遇里，全球资本主义为其卫星国提供的一切，只不过是那种旧的现代性的概念，仿佛所有那些国家长期以来一直都不是现代的，而在这种轻蔑的意义上成为现代国家好像会带来什么附加的利益。"① 此外，现代性在其政治和策略方面也存在明显的意识形态目的："在当前的语境中，'现代性'这一个令人困惑的术语，恰恰是作为对于某种缺失的遮盖而被运用着，这种缺失指的是在社会主义丧失了人们的信任之后，不存在任何伟大的集体性的社会理想或目的。因为资本主义本身是没有任何社会目的的。宣扬'现代性'一词，以取代资本主义，使政客、政府与政治科学家们得以混淆是非，面对如此可怕的缺失而依然可以蒙混过关。"② 也就是说，新的现代性话语的目的是掩盖集体理想的"缺席"，从根本上否定集体性变革，还包含种种意识形态策略的考虑，即从政治上否定社会主义的合法性，否认西方发达国家的后现代处境，企图掩盖资本主义获得胜利并进行第三次全球扩张的事实。

既然新的现代性研究并没有提供多少有实质价值的东西，那么各种现代性理论为什么能大行其道，现代性研究为什么还能够如火如荼地继续进行呢？这些现象耐人寻味，值得深入探究，这也是詹姆逊的现代性研究的任务。他要研究现代性复兴掩盖了什么、其目的等问题，通过分析这次现代性研究复兴的症候以揭示其意识形态。我们知道，在20世纪50年代，西方（主要是美国）曾经出现过一次现代化研究的高潮，60年代末70年代初后现代主义研究兴起，之后才出现了现代性研究。实际上，现代性研究是伴随着伦理学、政治学、美学等学科的复兴而出现的，但它的话题主要是宪政、公民权、代议制和责任等，仍然非常陈旧，也没有提出有实质意义的新东西，这些症候值得我们重视和研究。

詹姆逊还强调，不能把现代性研究的复兴仅仅视为一个单纯的学术事件，

---

① 谢少波、王逢振编：《文化研究访谈录》，中国社会科学出版社2003年版，第103页。
② ［美］詹姆逊：《全球化与政治策略》，载复旦大学当代国外马克思主义研究中心编《当代国外马克思主义评论》第2辑，复旦大学出版社2001年版，第285—286页。

它有着复杂的背景和社会、政治等方面的原因。究其根源，存在以下两个方面的原因：第一，从知识社会学方面讲，现代性与现代化、科技的进步密切相关，并由此建立了其进步的意识形态叙事，现代性强调进步、变革、创新，可由此设计吸引人的政治方案，特别是在现代化的弊端已经暴露、其前景倍受怀疑的情况下，西方国家既可以凭借其科技方面的绝对优势继续维持其世界霸主的地位，又可以利用其掌控的阐释现代性的话语权对发展中国家或地区指手画脚，甚至还可以为这种行为找出冠冕堂皇的理由；现代性理论家既要区分自由市场的现代性与旧式现代性，又要避开后现代性。为此，他们发明了具有"交替性""选择性"的多元现代性的说法，强调了各种现代性之间的区别、可选择性、独特性和主观性，其结果可能会忽视现代性的客观力量和全球性资本主义自身的扩张。第二，从现代性与社会学的关系看，西方社会学的产生和发展基本是与西方现代性同步的，现代性也是西方社会学的主要研究对象，现代性研究的复兴从某种程度上改变了人文学科给人的随意、主观、缺乏科学性等不良印象，可以由此获得知识上的尊重；现代性研究的复兴并不意味这些研究真正地对过去感兴趣，而是以其新颖的概念、命题重新叙述了过去，借助学术时尚以重新占据知识的生产与倾销的制高点："对现代的再造，对它的重新包装，它的大批量的生产，都是为了能够在知识市场上恢复其销售，从社会学领域的最知名的学者到各式各样的讨论（也包括一些艺术领域）。"[①] 因此，现代性研究的复兴就大有深意，绝不仅仅是一个学术问题，而是具有浓厚意识形态性和政治策略方面的考量。

这样看来，现代性理论及其研究中都存在大量的意识形态，正是这些意识形态妨碍了我们对西方现代社会真实情况的认识与把握，这也是值得我们警惕和认真对待的。

五　破除意识形态束缚，正确对待现代性理论

由于现代性理论及其研究中都存在大量的意识形态，这些意识形态又妨碍了我们对真实的现实的认识。因此，我们应该分析、揭示围绕现代性主题

---

① Fredric Jameson, *A Singular Modernity*, London: Verso, 2002, p. 7.

所产生的一系列意识形态，并积极寻找应对的办法。詹姆逊借鉴了马克思主义的意识形态分析方法，通过诊断现代性理论的症结，试图打破各种现代性理论的自足性，帮助我们放弃幻想、正确地认识和对待现代性。

詹姆逊继承了马克思主义意识形态批判的遗产，并把它直接运用到现代性研究中。但应该看到，在现代性的意识形态批判中，詹姆逊与经典马克思主义存在根本的不同。一方面，詹姆逊与经典马克思主义的意识形态概念不尽相同：经典马克思主义的意识形态主要指统治阶级用于欺骗目的的虚假性、错误意识；詹姆逊所使用的意识形态则比较宽泛，可以指错误的意识或观念、有意或无意的歪曲、想象性的建构、"真实"的幻象等，具体到现代性来说，既可以指叙事时的虚构，又可以指对真实现实的无意识的遮蔽与有意识的歪曲和误导；既可以指建构现代性理论过程中的具体运作，又可以指现代性理论的一些概念、命题或观念。另一方面，詹姆逊与经典马克思主义对现代性的理解和处理方式也不同：马克思直接把现代性视为资本主义，希望社会主义彻底埋葬资本主义、资产阶级和现代性；但詹姆逊认为，现代性是现代化的产物，既包括了资本主义国家，又包括了社会主义国家；既包括了发达的国家和地区，又包括了发展中的国家和地区。由于其现代性研究的主要对象和语境是西方，也可以说，在西方语境中，现代性主要指资本主义，它包括了自由竞争的资本主义、垄断的资本主义和跨国资本主义，他希望通过乌托邦和社会主义所激发出来的集体力量来抵制资本主义（特别是金融资本）的全球扩张。此外，经典马克思主义是对革命实践的理论总结与升华；詹姆逊的研究是学院知识分子的书斋型的研究。尽管詹姆逊与经典马克思主义的现代性研究存在这些区别，这也是需要我们正视的，但是，其现代性研究也存在明显的共性。他们都强调现代性研究的意识形态分析，也重视对现代性进行历史维度的研究。其中，经典马克思主义重视具体观念与社会之间的关系，詹姆逊重视现代性话语的具体情境："我们只能依据现代性的情境获得一种既定的现代性叙事。"[①]

通过发掘各种现代性理论的意识形态，詹姆逊至少从以下几个方面告诉

---

① Fredric Jameson, *A Singular Modernity*, London: Verso, 2002, p. 57.

了我们应该如何正确地对待现代性。第一，放弃总结、发明和使用现代性概念的努力。他认为，现代性不是哲学的、社会学的概念，而是一种叙事、一种讲故事的方式，它不是对现实的客观描述，也无法验证。鉴于此，我们只能实事求是地把它作为叙事范畴，而不能完全地相信它，并对它抱什么幻想。第二，要揭示现代性的意识形态，以现时本体论的态度来对待现代性。现代性压制、歪曲或掩盖了现实的真实状况或事物的真相，也削弱了它影响现实的力量。因此，詹姆逊力图拒绝任何理论上的预设，也反对仅仅依靠分析现代性这个概念解决问题，他所进行的是现代性的意识形态分析，并力图避免透过玻璃窗看物体时的那种困扰："你一定会同时地肯定该物体的存在，然而却拒不承认它与表明那种存在的观念有关。"① 这样，我们就可能立足于现实，并从现实中寻找解决问题的途径，而不至于被各种现代性理论束缚或误导。第三，用乌托邦的力量来解决现代性的困境。现代性是自我指涉的投射，这决定了其局限性：不能依靠自身的力量从根本上摆脱其困境。为此，需要激发集体的力量："在被'现代'这个词统治的范围内，激进的选择、系统的变革都不可能进行理论的阐述，甚至也不可能得以想象。这可能也是资本主义观念所面临的问题。但是，如果我提出在所有现代性出现的语境中用资本主义代替现代性的一种实验方法，那么这是一种治疗性的而不是教条的提议，它的目的在于驱逐旧的问题（也提出新的、更有意义的问题）。我们真正需要的是用被称为乌托邦的欲望来全面地替代现代性的主题。"②

西方的现代性问题颇为复杂，加上现代性理论的多变、流派众多和彼此关联、抵触，西方的现代性研究呈现出"剪不断，理还乱"的局面，也急需极具穿透力的理论对此进行阐释。詹姆逊立足于意识形态分析，揭示了现代性理论的暧昧和诸多可疑之处，有助于我们破除对现代性理论的迷信，也为我们理解光怪陆离的西方现代性理论提供了便捷的、很有参考价值的路径。当然，特定的视角既能带来洞见，又可能导致盲视。詹姆逊的现代性研究也是如此，他不仅夸大了现代性理论的意识形态性，而且，极为怀疑现代性的

---

① Fredric Jameson, *A Singular Moderity*, London: Verso, 2002, p. 13.
② Fredric Jameson, *A Singular Moderity*, London: Verso, 2002, p. 251.

真实性和真实之处，并对此缺乏比较扎实的研究。这需要引起我们的重视，也是我们应该进一步深思的问题。只有这样，才能全面地认识西方的现代性和现代性理论，检讨我国现代性的发展历程，并为我国的现代性建设提供有益的思想资源。

原载《东岳论丛》2018年第2期，《中国人民大学复印报刊资料·文艺理论》2018年第6期转载

浮士德的幽灵

——发展主义意识形态的批判

作为享誉世界的现代性思想家,马歇尔·伯曼(Marshall Berman)的影响早已超越了社会学领域的界限,辐射到人文社会科学领域。伯曼感觉敏锐、才华横溢、富有激情,其论著克服了社会学著作惯有的枯燥、晦涩,以其深邃的思想、优美的文字产生了难以抗拒的吸引力。伯曼的思想丰富、深刻,其现代性研究独树一帜,本文主要研究他对发展主义的意识形态批判。

"发展"是一个很容易引起人们无穷遐想的令人激动的字眼,无论是发达的国家和地区,还是在发展中的国家和地区,无不如此,前者依靠它取得了世人羡慕的成就,后者更想依靠它取得跨越式的进步。而且,后者比前者更渴望得到发展。在人们的印象中,发展毫无疑问是一个褒义词,总是与积极、强大、进步、富强、美好的前途联系在一起,似乎反思发展就是保守、落后,更遑论谁敢反对发展,那简直是罪莫大焉。正因如此,人们总是有意无意地夸大发展的好处,也容易产生发展主义的意识形态,甚至不容置疑、反思其合法性,这类思想意识根深蒂固。所谓发展主义的意识形态,是指一切发展皆好,发展没有任何的局限,无须进行任何反思和质疑,发展是最高、最终和唯一的目标,也是衡量事物好坏和行为对错的最高标准。人们即使面对如此偏执、错误的意识观念,也无动于衷、执迷不悟。对这种状况,当然应该予以清理、反思。伯曼就是从批判发展主义的意识形态入手来反思现代性的。

一 浮士德的人生追求中呈现的发展

浮士德博士的故事来自民间传说,德国伟大诗人歌德在民间传说和以往文学作品的基础上创作了不朽的诗剧《浮士德》，成为世界文学的经典之作。其中，浮士德的形象因其高度的概括力、典型性获得了永恒。浮士德穷其一生追求发展，他的一生可以用"发展"一词来概括，他放弃了单调的书斋生活，追逐激动的爱情体验，满怀抱负地投身政治活动，全身心地追求古典美，最终奋发建立功业。浮士德的人生轨迹，反映了德国乃至整个欧洲的资产阶级从文艺复兴开始的追求，有人甚至视之为人类形象的浓缩和升华，这种追求也比较符合伯曼所界定的现代性。而且，作为一个追逐发展的原型和典型，浮士德的形象集中体现了人们的梦想，既展示了发展的力量、辉煌，又展示了发展的阴暗、残酷。歌德使浮士德置身于一个广阔的现代化的历史背景下，充分地揭示了发展的诸多悖论。正因如此，伯曼以歌德笔下深入人心的浮士德的文学形象为对象，集中地剖析、反思、批判了发展主义及其意识形态。

在伯曼看来，浮士德的发展首先表现在，他是一个追求成功的自我实现者。人到中年的他，在学术研究中已经成就卓著，事业的成功使他获得了社会的承认和尊重。但是，作为一个永不满足的追求者，浮士德在完成了自我发展之后，渴望克服自己的片面发展、异化。不仅如此，他还重拾久违的情感生活，追求爱情、性爱的满足，以种种努力重建与生活的联系，试图由此提升、发展自己。后来，他勇敢地跨出了以追逐感官享受为乐的私人生活的狭小天地，感受到他与别人、社会的相互需求，并继续寻求社会、事业方面的更广阔的发展空间。他把"小我"融入世界性的经济、政治、社会的发展洪流，以坚强的意志、强烈的欲望、强有力的实践开始征服自然、社会。他充分挖掘自己的潜能，探索各种可能性，既改变了自己的生活轨迹、超越了自己，又改变了其他人的生活，并通过对旧世界的破坏来创造一个新世界。也就是说，浮士德参与创造了一种生机勃勃的文化，他有远大的理想和抱负、过人的智慧和强大的实践能力，在发展的欲望的推动下，显得生机勃勃、斗志昂扬。这种追求与自身的发展结合起来，展示了发展的复杂性、典型性、积极性，并获得了相当大的超越性和启示意义："它包含着每一种形式的人类经验，既包括快乐也包括悲苦，并且将把这些人类经验都融合为他自我的无止境的发展；即便是自我的毁灭也将是它的发展的一个组成部分。"① 作为现代人的"心灵史",浮士德的意识、思想和行为典型地体现了现代人的自我意识及其对现代社会、现代生活、自我、发展的探索,这种探索浓缩了西方几代人的追求。其中,浮士德对发展主题的探索意义非凡,它所揭示的发展的悖论性尤为深刻:发展是一种善恶相伴、美好与罪恶相生、创造与破坏相济、光明与黑暗交织、积极与消极共存的悖论。

浮士德经过不懈的探索,终于发现,"现代人转变自身的惟一途径就是,根本转变他生活于其中的整个物质的、社会的和道德的世界。"② 为此,他要在改造社会的同时改变自己、发展自己,也由此开始了他的发展之旅。他心地善良,怀抱美好的愿望和远大的抱负,但是,他的行动并不能完全取决于自己的意愿,行动的后果更不以他的意志为转移。发展也由此显示出种种矛盾:首先,发展的良好初衷、发展者的善良愿望并不能保障好的结果,有时可能导致罪恶、破坏。可怕的是,远大的抱负、辉煌的成就往往遮蔽了发展的阴暗面,影响了人们对发展的客观认识,甚至成为实施罪恶的借口。其次,发展往往离不开恶的因素的推动,恶的破坏性有时甚至还能成为善的创造者,也可以成为发展的主要推动力。而且,更为吊诡的是,破坏的作用与发展密切相关:"为了给进一步的创造铺平道路,必须摧毁迄今为止已创造出来的一切乃至他在将来有可能创造出来的一切,否则他就无法创造任何东西。"③ 事实上,有时破坏是无意的,有时破坏是必须的代价,有时破坏则根本没有必要。这种"破坏性的创造"已经成为现代人的生活和推动现代社会发展的辩证法,甚至在现代世界、现代生活中比比皆是。而且,浮士德的人生经历体现了现代人的自我认识和人生追求,也体现了发展的悲剧。在他以后,发展逐渐获得了巨大的共识和毋庸置疑的合法性,并一路凯歌、勇往直前,直至演变为"创造性的破坏",其魔力至今仍然不减,对此应该保持十二

---

① [美]马歇尔·伯曼:《一切坚固的东西都烟消云散了——现代性体验》,徐大建、张辑译,商务印书馆2003年版,第50页。
② [美]马歇尔·伯曼:《一切坚固的东西都烟消云散了——现代性体验》,徐大建、张辑译,商务印书馆2003年版,第50页。
③ [美]马歇尔·伯曼:《一切坚固的东西都烟消云散了——现代性体验》,徐大建、张辑译,商务印书馆2003年版,第60页。

分的警惕。最后，发展需要一定的代价，甚至需要巨大的牺牲。就主体而言，外在的发展并不必然导致内在精神世界的发展，有时不但不能丰富、滋养、提升心灵的境界，反而会导致它的贫乏、枯竭、片面发展、异化，甚至可能丧失内心深处的美好、纯真和希望；就客体而言，发展可能会削弱我们对客观世界、客观事物的全面认识和科学把握，可能会为了某些特定的发展目标而牺牲整体的和谐、局部的利益，诸如自然生态环境的恶化、精神的畸变、人为物役、某些基础行业的萎缩等问题都源于此。令人苦恼的是，这些矛盾与发展如影随形、无法割裂。歌德深刻地洞察到浮士德的悲剧："浮士德展望并且努力去创造一个既能够实现个人的成长和社会的进步、同时又无需付出重大人类代价的世界。然而矛盾的是，他的悲剧恰恰发源于他想要消除生活中的悲剧。"① 实际上，他的悲剧典型地体现了发展的悲剧，外部世界的发展与内部心灵世界的发展具有冲突和不平衡性："即便发展的过程将一块荒漠转变成了一个欣欣向荣的物质的和社会的空间，但它同时却在发展者自身内部再创了一块荒漠。"②

二 发展主义意识形态的恶果

伯曼通过浮士德的形象揭示了发展主义意识形态的不良影响。

第一，发展导致了发展主义的意识形态，它把发展作为最高价值，不惜一切代价地发展，为发展而发展，甚至为发展而不惜毁灭自身。事实上，误把发展作为最终的、最根本的、最高的目的极为普遍。"在世界各地，人类和各个国家都确切无误地依照尼采的形而上学行事：力量的目标无须加以规定，因为它就是它自己的目标，在追求它的过程里，即便停止甚至减速片刻都会落伍，都会跟不上别人。"③ 实际上，发展是达到人类幸福的工具、必要的途径和阶段，它应该服务、服从于作为其最高目标和价值的人类的幸福。但是，

---

① ［美］马歇尔·伯曼：《一切坚固的东西都烟消云散了——现代性体验》，徐大建、张辑译，商务印书馆2003年版，第85页。
② ［美］马歇尔·伯曼：《一切坚固的东西都烟消云散了——现代性体验》，徐大建、张辑译，商务印书馆2003年版，第87页。
③ ［美］威廉·巴雷特：《非理性的人——存在主义哲学研究》，段德智译，上海译文出版社1995年版，第213页。

受发展主义意识形态的影响，人类迷失了方向，错误地把发展作为人类的目的、方向，把工具变成了目的。如今，在发展主义意识形态的笼罩下，加上科技主义意识形态、传媒的巨大推动力，发展已经畅通无阻地成了人们的共识，发展主义的意识形态已经深入人心，盲目追求GDP、形象工程、面子工程、政绩工程、数据工程越来越普遍，为了促进发展，不惜代价压缩人们基本的生活需求、使人们捂紧口袋过日子，甚至牺牲个人利益来换取集体、社会的畸形发展，结果，生活质量严重下降，牺牲了民众真实的、实在的幸福生活，严重降低了人们的幸福指数；过度开发自然资源、透支性地使用自然资源成为常态，随着自然环境的恶化，各种自然灾害频繁发生，诸如全球气候变暖、温室效应等恶果已经成为高悬于人类头顶的达摩克利斯之剑，前景令人恐惧，生存环境的破坏导致各种生态危机频频出现，社会的风险系数明显增大，突发的风险事件增多，风险社会提前来临，各种危机已经初露端倪，人类越来越缺乏安全感，甚至已经严重地威胁到人类正常的生存、生活，人类正在为此或即将为此付出巨大而沉重的代价；发展主义的观念也渗透到日常生活的方方面面，受此观念影响，不少人也把发展作为主导价值、目标，处心积虑地追求所谓的光鲜亮丽的外在形象、事业的发展、财富的积累、个人的地位和名誉、成功的社会形象，甚至不惜牺牲身体的健康和幸福的生活，为名利等身外之物所累，丧失了高层次的精神追求、身体的健康；有的人片面追求感官享乐，沉迷于欲望而不能自拔，丧失了深层次的身心和谐、全面发展。近年来，有的人虽然为各种外在光环所笼罩，但不堪重负而出现了精神问题、心理问题乃至以极端的自杀方式了却生命，这些现象无不彰显了发展主义的意识形态的消极影响。人类的短视、狭隘、急功近利、盲目、自高自大等局限，也在发展主义的意识形态中得到了集中的体现。随着其消极影响的逐渐暴露，其恶果尤其值得深思和警惕，也亟待我们反思发展主义的意识形态。

第二，歌德总结的"浮士德式的发展模式"的局限性、破坏性值得警惕。这种模式注重生产力的不断发展，力图克服局部的、零碎的竞争的局限，把个人的、集体的竞争力量整合起来，集恶果、掠夺、剥削、宏大的构思、发达的科技、高超的组织与管理能力、对民众真实的愿望与需求的关注于一身，它还利用物质和精神力量,并把它们作为元素融入新的社会生活结构。而且,这种模式还由于与现代人不断追求发展的欲望相吻合,从而获得了公众的广泛支持。应该说,这种发展是真实的、实在的,其积极的意义、价值不容置疑,它也是现代社会、个人的宿命。但是,可能正因如此,它的破坏性、阴暗面、局限性被有意无意地遮蔽了,公众竟然对其浑然不觉,还无意识地认可、企盼其结果,尽管这种阴暗面、破坏性是发展的必要代价与必然伴生现象。鉴于此,应该警惕、直面这种发展的阴暗面和消极后果,并努力把发展的负面作用降至最低。同时,更应该正视、警惕发展背后潜藏的虚无主义:"作为追求更大力量的力量,不可避免地要沉没在力量本身以外的虚空里。力量意志招致虚无主义问题。……为了力量而力量,不管这力量扩展到什么程度,它始终都还留有对更远处的虚空的恐惧。试图直面这一虚空,正是虚无主义的问题。"① 而且,就个体而言,也要转换传统"浮士德式的角色",把他的角色由创造历史、改变社会向享受生活倾斜,或者说,要努力实现两种角色的结合、平衡,以克服这种模式的局限。

第三,发展导致了"伪浮士德式的发展模式"。这是发展的一种畸形的变种,它经常存在于发展中的国家和地区。由于生产力发展水平较低,生产、生活过于落后,这些地方的经济不但需要发展,而且需要快速的、超常规的发展。同时,经济发展并非纯粹的经济问题,它承担了超出它自身的功能与任务,具有附加性的政治、社会的象征意义。为了达到这样的目的,部分国家往往制订严格的计划,以强制与自愿相结合的方式动员、组织民众广泛参与发展进程。实际上,为了保障其目的的实现,必然要对民众进行一定程度的限制。这种模式主要通过三种方式得以实现。第一种方式是最大限度地迫使民众生产、建立生产力,严格地限制消费,最大限度地积累财富,并用这些财富进行经济上的再投资,不遗余力地发展生产力。第二种方式是自断后路、没有退路地强行发展,它借助"无必要的毁灭行动",有意地压缩宽松的空间,迫使民众参与发展,其目的是达到象征的社会意义,而并非创造物质

---

① [美]威廉·巴雷特:《非理性的人——存在主义哲学研究》,段德智译,上海译文出版社1995年版,第214—215页。

财富、发展生产力，其结果可能是毁灭和灾难。发展中国家时常会采用这种方式，有的国家和地区甚至极端地使用过这种方式。第三种方式是前两种方式的奇特组合，因其效果明显而被广泛地采用。实际上，这种发展模式并不关心真实的发展，也不关心民众的真正要求，为了达到政治、社会的特定目的而有意识地利用发展，甚至经常动用国家与政府的权威、组织力，其严重的恶果势必引发民众的反对、反抗，甚至酿成悲剧，对此一定要保持足够的警觉，并力图避免此类悲剧的重演。

三 摆脱发展主义意识形态的影响

发展是现代化的基本主题，也是不同意识形态的现代化的共同选择。浮士德式的发展更具有浓厚的发达资本主义国家的色彩，同时，这些国家和地区的发展也因其超前性、问题突出而更具警示意义。事实上，有论者已经发现这种模式的悲剧性，并把它视为西方文明的潜在威胁："尼采的命运可以很好地预示我们自己的命运，因为如果我们的浮士德式文明不能从某个方面减缓它的狂暴动力，那就很有可能患精神病。"[1] 尽管如此，这种特殊的发展模式同样具有共性，它的积极性、消极性、问题、矛盾、困惑能够超越一定的地域，也能够超越其时代，并因此具有普遍的意义和启示。

当今，不同国家、地区、社会、集团、个人之间的竞争日趋激烈，竞争成为常态，在这种情势下，反思浮士德式发展模式的得失显得尤为重要。否则，有可能忽视潜在的真正的危机，走向深渊却浑然不觉。对此，伯曼认为，发展注定具有悲剧性，浮士德的悲剧典型地体现了发展的悲剧，现代社会、个人仍然会继续上演这样的悲剧。为此，必须构想并实施新的现代性模式，彻底地放弃"为发展而发展"的本末倒置的观念与实践，纠正把发展作为唯一目的、目标的错误做法，回归常态化发展、理性地发展、可持续地发展，并把它作为工具有效地服务于社会和谐、人生幸福的真正目的。而且，不但发达的国家和地区应该警惕发展主义的意识形态，发展中的国家和地区也有

---

[1] [美]威廉·巴雷特：《非理性的人——存在主义哲学研究》，段德智译，上海译文出版社1995年版，第216页。

必要未雨绸缪，预防发展主义意识形态的侵蚀。

就我国而言，我国的现代化建设取得了丰硕的成果和举世瞩目的成就，这应该归功于发展。而且，在今后相当长的时期内，发展仍然是我国的基本主题。这些都是毋庸置疑的。在我国现代化建设中，我们要自觉地防范"发展主义"，警惕其消极性的蔓延，坚持以人民为中心的发展观。从某种意义上讲，我们是幸运的，因为我们显然属于后发的现代化国家，发达资本主义国家的经验，我们可以积极吸收，它们所走过的弯路已经展示在我们的面前，也可以为我们所借鉴，以求得不走或少走弯路。而且，我们力倡和平发展、理性发展、内涵式发展、常态化发展，已经很前瞻地制定并积极实施了可持续发展、科学发展、绿色生态文明的政策。所以，我们有理由相信，我们未来能够对发展主义的意识形态保持足够的警觉，同时，也能够冷静地反思、批判其局限和潜在的风险。在这种意义上讲，伯曼关于发展主义的意识形态的批判对于我们不但不是奢侈的，而且是非常必要的、及时的。

总之，发展主义意识形态具有深刻的、严重的影响，而且它在全球的现代化建设中是普遍存在的，甚至可以说，发展主义已经内在于现代性的逻辑之中。鉴于此，全球都必须警惕发展主义意识形态的蔓延，同样，我们也应该如此。

原载《天水师范学院学报》2019 年第 4 期

消费社会的认同危机及其重建

随着消费资本主义的出现,当代资本主义出现了认同的危机,对个人及社会产生了相当大的影响,并导致了一系列的问题。加拿大哲学家查尔斯·泰勒(Charles Taylor,1931—)基于对当代资本主义的细致观察,对这一问题进行了独特的探索,并给出了自己的答案。

一 从现代认同看现代社会的运行

在泰勒看来,现代社会也是按照现代认同的理念运行的。首先,已经有两种生活模式融入了现代社会。第一种生活模式强调"行为自主(自觉)、人之本性和社会功效",只是在"社会功效"方面重视理性对欲望、生产、消费的控制。现代消费社会或者实现了第一种模式的目标,或者仍然在为争取实现该目标而努力。就目前的状况而言,现代社会正在为第一种生活模式强调的东西而努力:促成公民独立的个人生活,促进公民的自觉自主,倡导理性地生活与生产,为自我实现创造可能。同时,我们也能从现代生活中发现第二种生活模式的影子,现代社会已经考虑到发展要能够满足人的本质需求,即理想的、美满的、幸福的生活。甚至可以说,第二种生活模式在现代社会中随处可见:"某种程度上,我们是私人生活中的浪漫主义者,并在相互了解的进程中过上充满爱意的生活,从业务、爱好和消遣娱乐中寻求满足,生活其中的经济、法律和政治的社会结构也体现了社会公正。"①

其次,立足于现代认同的这两种生活模式之间存在矛盾、冲突。第一种

---

① [加]查尔斯·泰勒、陶庆:《现代认同:在自我中寻找人的本性》,南京大学马克思主义社会理论研究中心,https://ptext.nju.edu.cn/ba/4b/c12217a244299/page.htm,访问时间2020年3月2日。

模式较多地肯定了现代消费社会，它更普遍，影响也较大，基本上主导了现代人的生活；第二种模式为现代人设定了更高、更理想、更合乎人性的标准和奋斗方向，同时还更普遍地体现在对现代社会所进行的全面的质疑、批判和反思之中。

最后，这两种生活模式必然会共同作用于现代人和现代社会，并增加后者的复杂性。它们分别代表了不同的生活方式、生活态度和价值取向，它们之间有冲突有协调，有同有异，关注点各有侧重，纵横交织，全面而深刻地影响了现代社会。因此，我们唯有选取两者的平衡，并利用好这种平衡，方能过上一种既适应现代社会又能够保持自我、充满活力的现代生活。具体来说，第一种模式有助于物质财富的积累，无疑顺应了现代社会的发展，适宜操作，具有现实性。但是这种满足主要局限于人们物质的、表面的需求，无法或很难解决社会深层的、根本性的问题，更难以解决现代人的人生意义、价值和目标问题，甚至还可能引发现代社会自身的危机："这种注重财富积累的生活模式在本质上是脆弱的，现在却不断地作为对自由和效率的肯定形式呈现于世。人们视之为陷入自我任性而沉迷物欲的堕落，社会运行中的善之美德由此受到非难，那么社会就会面临可怕的信任危机，即不可避免地演变为道德危机，一旦人们都来责难善之美德，那么我们对于社会的忠诚就受到了威胁，社会自身也不可能幸免于难。"① 而且，在这些问题与批判力量的共同夹击下，必然会加重社会的危机，一旦社会出现灾难的迹象或者证实了灾难，必然危及社会的正常运行，甚至导致严重的社会恐慌或混乱。这种潜在的隐患和担忧绝不是空穴来风，需要第二种模式的介入、纠正。同样，第二种生活模式以其批判性、理想性和道德感见长，这些优势正是由它与社会之间的距离促成的，而也导致了它缺乏现实性和操作性，于是找到它发挥作用的切入点则至为关键。因此，有必要充分发挥这两种模式各自的优势并找到其契合点，在二者的平衡中实现优势互补，这也是时代的必然要求。

---

① ［加］查尔斯·泰勒、陶庆：《现代认同：在自我中寻找人的本性》，南京大学马克思主义社会理论研究中心，https://ptext.nju.edu.cn/ba/4b/c12217a244299/page.htm，访问时间 2020 年 3 月 2 日。

二 消费社会的认同危机

随着晚期资本主义社会、消费资本主义社会、消费社会的来临，现代人的认同发生了变化，出现了一些新的特点和发展趋势。消费社会遵循市场的逻辑、消费的逻辑，把所有的东西都变成供人消费的商品，情感、个人隐私、身体、私密关系都受到这种逻辑的支配，并引发了认同的相应变化。第一，工作领域与生活领域的分裂。工作领域刻板、单调、机械、缺乏意义，充满了异化和等级的区分，公民难以从工作中获得愉悦，更无法获得自我实现的价值满足；生活领域能够在一定程度上弥补工作领域的不足，消费主体可能获得一定的平等感、成功感，个人在私人生活领域也可能获得一些自由的满足，并由此达到某种程度的自我实现。相对而言，消费资本主义社会比较富裕，管理也比较灵活，但会减弱劳动者对其体制与处境的困境或根本性局限的反思、反抗，从而消极地适应、顺应社会现实及其变化。第二，消费的目的化、时尚化。消费社会中的消费是一种集物质需要和欲望、身份、符号的消费于一体的消费，它以消费为目的，鼓励无节制的消费行为，引导公众狂热地追逐消费品，把消费的程度、拥有消费品的多寡作为衡量自我实现和自我价值的标准，还把时尚与消费结合起来，通过消费行为来寻求、建构身份及身份认同，从而丧失了根本性的对人生意义和幸福的追求。第三，消费社会面临着巨大的隐患。消费有效地带动、刺激了资本主义社会的持续发展，但是在消费社会表面的成功、丰富、繁荣的背后则存在巨大的隐患："消费增长的极大成功导致了消费社会准则的丧失，自我实现的膨胀发展导致了曾被视为神圣领地的家庭的破裂，而社会集中的加剧则反使民众远离了政府。尽管消费社会准则失信于民，家庭和社会紧张现象严重，自我和社会认同危机加剧，但更严重的是，所有这些痛苦也日益模糊了社会运行中有助于形成社会认同的对自我社会地位的意识。"[1] 结果无形中降低了人们对公民身份的信心，害怕、躲避权力，开始怀疑社会能否正常运行，甚至也开始怀疑整个社

---

[1] ［加］查尔斯·泰勒、陶庆：《现代认同：在自我中寻找人的本性》，南京大学马克思主义社会理论研究中心，https://ptext.nju.edu.cn/ba/4b/c12217a244299/page.htm，访问时间2020年3月2日。

会的功效，由此导致失望、失落、沮丧等消极性的体验。

在泰勒看来，西方社会的现代认同与其社会实践之间存在同心、离心的双重关系：认同与社会实践相互影响、相互依赖，而与认同相联系的道德观念又可能批判社会现实，两者相互制约、平衡。但是，人类又需要善的理念、追求善的行动，社会也需要由此建立起来的忠诚："人们生活在一个都蕴含人之善这一认同理念的社会中，这是人类自身的本质特征；否则，人们就不可能对社会产生忠诚，就必然与社会产生隔阂。现在，人们在相当大程度上依赖于人之善的理念以维持社会认同的意识。"[1] 由此在认同与社会实践的互动中，认同需要社会实践的确认，一旦社会实践出现隐患、不能实现通往认同的承诺，就必然会危及人们对人之善理念的信心，进一步削弱现代认同的力量，并使人们对社会的信任、信念和忠诚产生消极的影响。因此，"信念的危机才是真正威胁一个社会的疾患，它说明维持社会的核心价值出了问题，它可能通过经济的膨胀、社会秩序的动乱表现出来。而要重获社会的稳定，需要重新建立共识，需要人们分享一系列的核心价值"[2]。信任危机和认同危机导致了现代人强烈的无力感："在这种利弊混杂不清的效果里，人们逐渐对于善之生活的理念失去了信心，慢慢地对政府管理机构产生了隔阂甚至强烈不满，对我们处于其中的社会关系甚至家庭生活日益感到焦虑、紧张和不安。结果，作为现代认同中的庞大群体，孤立无援的感觉正弥漫心头。"[3] 这种集体的无力感可能成为引发消费资本主义社会危机的重要因素："这个社会（现代资本主义社会——引者注）存在一种会逐步摧毁自己合法化基础的致命危险倾向。表达和确立现代认同（通过其本身连续不断的警告性语言描述出来，如处于自由主义政治倾向的资本主义工业经济等）的社会制度和社会准则同样削弱了对这种认同或者作为认同之载体的一些社会机构或者两者兼而有之的参与信心。……当我们想要根据人之本性即善的意志来真正理解社会时，

---

[1] ［加］查尔斯·泰勒、陶庆：《现代认同：在自我中寻找人的本性》，南京大学马克思主义社会理论研究中心，https://ptext.nju.edu.cn/ba/4b/c12217a244299/page.htm，访问时间 2020 年 3 月 2 日。

[2] 张容南：《一种解释学的现代性话语——查尔斯·泰勒论现代性》，上海人民出版社 2011 年版，第 183 页。

[3] ［加］查尔斯·泰勒、陶庆：《现代认同：在自我中寻找人的本性》，南京大学马克思主义社会理论研究中心，https://ptext.nju.edu.cn/ba/4b/c12217a244299/page.htm，访问时间 2020 年 3 月 2 日。

善是须以我一直称之为的现代认同为先决条件而存在并不断地向人们灌输的理念,那么,危害深重的社会危机就会出现。"①

在消费资本主义社会危机的背景下,认同变得更为复杂。从某种意义上讲,消费资本主义社会与此前的现代社会存在诸多的差异,这些差异是消费社会的认同必须面对的语境,也构成了其存在和发展的起点。譬如,现代社会的早期和消费社会对"自由"的认同就充满了差异:前者可能更多地来源于个体的内心、本性,也更自愿、愉悦;后者实际上可能更多地受外部世界的舆论、时尚或媒体的操纵,以及深层的、更隐蔽的商品逻辑和消费逻辑的控制。尽管民众内心也非常渴望自由,但通过消费获得的自由却大打折扣,或者说,内心对自由的渴望被现实中对自由的"虚假需求"绑架、置换了。购物也可能获得自由的快感,但它是短暂的、有限度的,在强度和深度上都不能与通过社会实践或精神追求获得的自由相提并论。消费社会中对"平等"的追求也与此相似,虽然所有消费者在选择消费品、购买消费品和消费的权利都是平等而自由的,但这只是表面的现象,实质上,他们拥有、支配的财富和获取财富的手段并不是平等的,表面的平等掩盖、遮蔽了背后的等级区别和不平等。因此,一方面,消费社会的认同继承了此前的传统,沿袭其开辟的道路继续追求"自由""本性""平等""效率";另一方面,与早期现代社会相比,实现认同的目标变得更加困难,为此,消费社会的认同必须在秉承现代认同基本理念的前提下,通过一定程度的变通,才能适应变化了的环境,进而达到其目的。

事实上,现代认同的背后存在多种价值理想,它们共同作用、影响了认同的发展。其中,最主要的两种分别是启蒙运动形成的理性(主要是工具理性)的价值理想和浪漫主义、表现主义的价值理想,两者彼此对抗、牵制、互补。这种现象同样存在于消费社会,只是随着环境的改变,二者之间的力量对比已经发生了很大的改变:前者几乎支配了认同;后者的影响已经相当微弱且仍在继续衰弱。消费社会空前地提高了物质产品的丰富性,但对人的精

---

① [加]查尔斯·泰勒、陶庆:《现代认同:在自我中寻找人的本性》,南京大学马克思主义社会理论研究中心,https://ptext.nju.edu.cn/ba/4b/c12217a244299/page.htm,访问时间2020年3月2日。

神生活、终极关怀、超越性的挤压和削弱也是史无前例的。需要警惕的是，消费社会把消费夸大为人生的目的和成功的标志，承诺消费能够提供、满足人生所需要的一切，这种"消费神话"或消费主义的意识形态产生了大量的新的异化现象，也成为导致众多社会畸变、问题的重要原因。更为致命的是，这种意识形态甚至把消费作为实现价值理想的唯一途径，以消费代替人生的精神追求、价值探寻、终极关怀和认同。结果，使消费承担了过多的责任和任务，作为一种普通的日常行为，它不但无法实现这些承诺，反而助长了这种意识形态的泛滥，它的推波助澜又导致了人的物质、精神生活的更大更多的混乱，由此获得的自由、平等等认同都被大打折扣。实际上，效率对商品的生产、管理、流通、消费诸环节的作用都很大，这大大地增强了工具理性的力量，削弱了本来就处于弱势的浪漫主义、表现主义对价值理想的影响，也由此加剧了工具理性对消费、价值理想的支配和影响，不可避免地扭曲了价值理想。结果，不但挑战了消费社会的合法性，也对人们的认同产生了不良的影响。

  那么，在消费资本主义社会中，面对物对人的挤压、消费对价值理想的削弱，现代人是否已经沦为毫无作为、任人摆布的傀儡呢？在泰勒看来，答案显然是否定的。人类可以改造消费行为并赋予其特定的价值理想，我们可以借鉴个人主义、生态主义的理念，将其与消费行为结合起来，有意识地消费那些充满个性的、对环境危害较小（或有利于环境）的商品，以实现我们的认同。但不可否认的是，消费社会向我们灌输的个性观念、追求个性的方式却隐藏着雷同、标准化和从众的陷阱，如果消费者都按照社会提供的个性标准消费，必然导致相似或相同的结果，哪里还能体现出真正的个性？事实上，在消费社会，商品注定会严重地削弱、威胁到个体的自主性："消费者文化、表现主义与相互展示的空间，在我们的世界里联系在一起，创造出它们自身的协同作用。商品成为个人表现的工具，甚至是身份认同的自我定义。但不管它在意识形态上被如何表述，它并不是对真正的个人自主性的声明。"[①]而且我们只能购买社会提供的有限的消费品（尽管消费品也很丰富），但这种选择实际上仍然被局限于一定的范围和程度，是一种经过了倾向性过滤的限

[①]　［加］查尔斯·泰勒：《世俗时代》，张容南等译，上海三联书店2016年版，第547页。

制（被各种消费的意识形态所影响）的选择，或者说，在我们的消费行为发生之前，我们已经被提前限制了选择或消费，这就会导致我们的消费不可能是完全自由的、超越的。因此，这样的消费注定不能产生我们所期待的那么大的自由、超越，与我们的认同也许有相当大的距离。

现代认同同时受到两种价值理想的支撑和引导，我们可以在社会实践中利用二者的对抗、牵制，促进其良性发展，并以此纠正认同的偏颇。同时应该看到，在现实中，工具理性已经以绝对的力量优势压倒了价值理性以及浪漫主义、表现主义的价值理想。鉴于此，我们应该继续培育、发展、壮大后者，尤其要发挥其对前者的纠偏、校正作用，以保障认同的健康发展。

实际上，支撑认同的价值理想远不止于前述的两种。晚近以来，随着女性主义、生态主义、社群主义、种族平等主义和视野更为开阔的反理性中心主义、反人类中心主义、反西方中心主义等理念的兴起，它们共同影响、作用了认同，参与了认同的建构。而且这些理念也必将最终影响到现代性的建构，使现代性变得更为复杂、多样。例如，现代性有民主政治等多种形式，对它们的丰富和发展又产生了新的形式，如生态主义的现代性等；有的现代性实践通过对此前现代性的局限的批判与纠正，又有了新的发展。事实上，这些实践之间有相似性、一致性、互补性，也存在对立和冲突，我们无疑应该清醒地认识到这种现状，使其相互制衡，进而促使其发展。与此同时，这些理念也为发展新的现代性提供了更大的可能和广阔的前景，因此，应该对价值理想进行合理的归位和平衡，充分发挥其引领作用，促使现代性尽其所能地克服其"隐忧"，向健康的、有利于个体生存并能够促进个人与社会和谐相处的方向发展，从而探索出一条适应时代变化的现代性的发展之路。

事实上，消费社会引发的认同危机不仅存在于消费资本主义社会，还不同程度地存在于一些社会主义社会。一些社会主义国家在借鉴、仿效资本主义国家的现代性之道，有的甚至大规模地复制发达资本主义国家的刺激消费、消费至上等做法，并不同程度地具备了消费社会的一些特征。由此看来，我们不仅应该正视消费资本主义社会的认同危机，还应该警惕全球范围内的消费社会的认同危机。

三 "本真性理想":重建现代认同的关键

面对资本主义社会(尤其是消费资本主义社会)的认同危机的困境,泰勒寄希望于"本真性理想",期待借助本真性理想的药方克服当代资本主义社会的认同危机。

按照泰勒的解释,道德理想和"真实性"的含义比较接近,但各有侧重。道德理想主要指"一个关于什么是较好的或较高的生活模式的概念,在这里,'较好的'和'较高的',不是依照我们碰巧所欲或所需来定义的,而是提供了一个关于我们应该欲求什么的标准"[①]。真实性则比较重视差异,其主要关涉评价和选择生活模式时的要求,它强调的是每个人的生活模式应该适应其独特性、真实的想法和真正的需求,而不应盲目地效法别人或由其他人代为选择,从而达到自我实现的目标,它比较重视差异。而且真实性还包括自由、平等的价值理想:前者强调每个人应该自行选择、确定其有价值的生活;后者强调应该尊重、平等地对待和保护每个人选择生活的权利及其对生活意义、价值的追求。综合这两个概念的含义,泰勒创造了"本真性理想"的概念,并用它把启蒙的理性主义价值和浪漫主义价值融合起来:"它滥觞于18世纪末,以个人主义的早期形式为基础,例如,笛卡儿首创的不受约束的理性观点(disengaged rationality)的个人主义,它要求每个人自负其责地为他或她自己思考,或洛克的政治个人主义,它试图使人及其意志先于社会责任。但是,真实性也在某些方面与这些早期形式相冲突。它是浪漫主义时期的一个产物,对不受约束的理性观点和不承认共同体纽带的个人利益至上主义持批判态度。"[②] 也就是说,泰特认为"本真性理想"应该高举理想的旗帜,从精神和现实两个维度促进人们追求高尚的生活模式、实现自我的价值,同时,它还必须能够提供一套有效的标准,以区分、选择其欲望和生活模式。

与宇宙中心论时期、上帝中心论时期对本真性的理解不同,现代版的本真性理想把道德根源引入了人的内部世界即内心。这样,本真性就发生了向

---

① [加]查尔斯·泰勒:《现代性之隐忧》,程炼译,中央编译出版社2001年版,第18—19页。
② [加]查尔斯·泰勒:《现代性之隐忧》,程炼译,中央编译出版社2001年版,第29页。

内转,从自我适应外在社会转变为现代自我对真实性的追寻。卢梭、赫尔德都推动了对现代本真性理想的理解并产生了深远的影响。卢梭发挥的作用最大:"卢梭频频地将道德问题表述为我们遵从自身本性之声的问题。……我们的道德解救来自恢复与自身的真实的道德接触。"① 卢梭的自决自由的观念影响很大,它强调要摆脱社会的、外部的束缚,并自行选择、决定自己的倾向与行为,这样才能获得自己的自由。赫尔德更为重视个体的差异并赋予了其道德意义,具体说就是,每个个体都有其独特的生活方式、做人的方式,这也是其行动的依据,而不应该被外部世界或他人所左右。为此,每一个自我都应该重视自身的独特性,遵从内心的召唤。事实上,只有自我才能够发现、揭示其独特性,这个过程也是理解自我、定义自我的过程,依据独特性进行生活,生活实践也是自我实现的过程。实际上,卢梭、赫尔德以道德为纽带,已经把自我与个人独特的内在天性联系了起来。但是,他们之后的本真性理想却遭遇了相对主义的危机,开始走向自恋主义文化和后现代主义的某种"高雅"的文化。自恋主义文化强调自我选择、自我行动的绝对独立性,为了彻底地实现个人的理想,试图摆脱所有的外在约束,这样极易导致绝对的自我中心主义、自我的随心所欲、背弃任何担当,工具理性对自恋主义文化也负有不可推卸的责任。后现代主义受浪漫主义的影响又把它推向极端:浪漫主义强调用道德来沟通自我与个体的内在天性,后现代主义却肆意夸大自我的重要性,甚至不惜割断它与外在的所有联系,结果孤立、膨胀了"自我",放逐了道德。也就是说,虽然后现代主义高扬本真性理想、反对工具理性,但仍然不能为自我提供有效的标准和价值的支持,最终导致了意义的困乏或丧失。

尽管"本真性理想"处境艰难,但它又是现代社会不可或缺的。为了克服"本真性理想"面临的困境,泰勒试图挽救其颓势:"我们从事的是挽救性的工作,我们辨别和阐述多少有些低级的实践背后的更高的理想,然后以其自身的动因性理想的观点批评这些实践。换句话讲,我们不全盘抛弃这种文化,也不只是原封不动地同意它,我们应该试图通过使其参与者更明了他们

---

① [加]查尔斯·泰勒:《现代性之隐忧》,程炼译,中央编译出版社2001年版,第31页。

所赞同的伦理涉及到什么,来提高这种文化的实践。"① 挽救工作应该有的放矢,泰特首先界定了"本真性理想"的两方面的含义,第一,"真实性(A)涉及(ⅰ)创造、构造以及发现,(ⅱ)原创性,以及频繁地(ⅲ)反对社会规则,甚至潜在地反对我们当作道德的东西"②。第二,"真实性(B)也要求(ⅰ)对重要有意义视野的开发(因为否则的话,创造就失去了使其免于无意义的背景),和(ⅱ)对话中的自我定义"③。实际上,这两者之间具有张力,但不能因此进行非此即彼的选择,也不能优先考虑一方而忽视另一方。其实,作为后现代主义基础的"解构论"的缺陷就在于没能处理好两者的关系:它极为重视(A.ⅰ)——语言的创造性和(A.ⅲ)——创造性的非道德主义,却抛弃了(B.ⅰ)、忽视了(B.ⅱ)——不同个体和群体间的对话语境,导致了两者的失衡。这样,就应该寻求两者之间的平衡进而纠正其偏颇。④ 其次,泰勒找到了导致"本真性理想"困境的三个原因:以相对主义的态度对待"本真性理想",就抹杀了不同生活形式的高低、优劣之别,同时要求政府遵从民众自己的选择;道德主观主义的道德立场,即民众基于每个个体的特殊性而不是理性或事物的属性确立其道德立场,加重了立场的主观性和分歧;常规的社会科学的解释模式,它无视道德理想的存在、作用,把人类行为的原因简单地归结为所谓的社会"事实",由此刺激了自恋主义文化的发展。此外,工具理性的推波助澜,也加大了主观的个人领域和客观的公共领域之间的裂痕,使个人领域的自我实现沦为无限制的自由、放纵,即"自由允许你为所欲为,而工具主义理性的更大范围适赋予你更多你更想要的东西,无论那是什么"⑤。最后,泰特进行了有的放矢的挽救工作。泰勒认为,"本真性理想"的实现需要满足两个条件:人类生活的不可逃避的视野和人类的认同需要。前者指生活的意义的背景,它决定了我们对生活的基本态度,也决定了不同事物之于我们的价值及其高低之别,并影响到我们选择的依据

---

① [加]查尔斯·泰勒:《现代性之隐忧》,程炼译,中央编译出版社2001年版,第82页。
② [加]查尔斯·泰勒:《现代性之隐忧》,程炼译,中央编译出版社2001年版,第76页。
③ [加]查尔斯·泰勒:《现代性之隐忧》,程炼译,中央编译出版社2001年版,第76页。
④ [加]查尔斯·泰勒:《现代性之隐忧》,程炼译,中央编译出版社2001年版,第76页。
⑤ [加]查尔斯·泰勒:《现代性之隐忧》,程炼译,中央编译出版社2001年版,第25页。

和选择，它决定着对"本真性理想"的获取。后者也是人类获得本真性理想所不可缺少的条件。为此，泰勒把社群主义作为其论述的立场，着重处理了真实性、自我和外部世界的关系："真实性显然是自我指示的：这必须是我的取向。但是，这并不意味着，在另一个层次上，内容必须是自我指示的：我的目标必须以某个在这些之外的东西为背景，来表达或满足我的欲望和希求。我可以在上帝那里、在一项政治事业里或在对地球的爱护中找到满足"①。也就是说，本真性与自我关系密切，但自我不能孤立起来，必须建立起本真性、自我和外部世界之间的深刻而有机的关联。同时，他也希望社群能够为个体提供广阔的视野和更多的选择机会，但又不能越俎代庖地代替或压制个体的选择。这样，也就可以理解泰勒的挽救性工作的目的了："这个工作就是重新奠定本真性理想的基础，恢复使其有意义的价值背景，并且通过人类对话达到差异主体之间的相互承认，从而既能支持多样性的个人选择，又能保证这种选择的深度，以及它的社会承认度。"②

综上所述，泰勒的"本真性理想"既克服了工具主义的负面影响，又反击了后现代主义的随心所欲，致力于恢复"本真性理想"在后现代语境中的位置与作用，以挽救其当下的颓势。尽管现代社会在一定程度上威胁到"本真性理想"，但它仍然存在于社会运动、日常生活、时尚、各种共同体和社会的想象之中。而且，肯定"本真性理想"，虽然存在可能导致相对主义、自恋主义的危险，但也有可能从它那里生发出更好的现代性："真实性给我们指引了一个更自我负责的生活形式。它让我们去（潜在地）过一种更充分和更有区别性的生活，因为这种生活更充分地专属于我们自己。危险存在——我们一直在探索着其中的一些。当我们屈服于这些危险时，我们可能在某些方面还不如这种文化从来没有发展出来时我们可能的状态。但是，如果处在其最好的状态，真实性容许一个更丰富的存在方式。"③

---

① [加] 查尔斯·泰勒：《现代性之隐忧》，程炼译，中央编译出版社2001年版，第94页。
② 张容南：《一种解释学的现代性话语——查尔斯·泰勒论现代性》，上海人民出版社2011年版，第119页。
③ [加] 查尔斯·泰勒：《现代性之隐忧》，程炼译，中央编译出版社2001年版，第84—85页。

四 结语

泰勒通过对现代社会的运行和当代消费资本主义的观察，发现、分析了资本主义消费社会中出现的认同危机，并提出"本真性理想"来克服认同的危机。泰勒对当代资本主义症候的揭示是准确的，他希望用融合了道德因素的"本真性理想"来克服现代认同危机和消费资本主义的困境，并由此丰富、更新现代性建设。应当指出，他提出的方案确实有一定的针对性，但其最终的效果仍然有待于实践的检验。他的探索对于我们认识现代认同及当代资本主义都有非常重要的意义。同时，对于认识我国的现代性建设、认同问题、消费现象也有重要的参考价值。

原载《学习与探索》2020 年第 6 期，《社会科学文摘》2020 年第 7 期转载

后　记

本书距拙著《在中西文论与文化之间》的出版已经七年有余了，在这个科研成果高产的年代，显得很不合时宜。究其原因，自然是我的懒散。当然，也与我离开科研机构到大学工作的经历有关，走出象牙塔，被迫在应付各种指令、表格中生存，原来纯粹、自由、悠闲的书斋生活成了奢侈品，投入科研的时间、精力自然减少。好在终于完成了书稿，也想借此机会交代下本书的写作情况。

本书收录了我在1995—2022年发表的部分论文。近年来，我在中西方现代性、审美现代性、中国当代文论和美学研究中投入了不少精力。我曾在上本书的后记中放言，条件允许的话，我计划用三四本书把研究成果呈现出来。说来惭愧，当初的计划不时被各种临时性事务打断，至今仍然"在路上"。尽管如此，我还是勉力继续了这些领域的探索，本书大致反映了这方面的研究情况。我在对接中国当代美学的研究中对朱光潜有了新的认识，顺势写了一组文章。还有几篇论文源于我撰写的《钱中文评传》，钱先生2022年九十大寿，我在文学所为他的五卷本新著举办的线上研讨会上见到了先生，也祝愿先生安康、高寿。需要说明的是，本书得到了下述课题的支持：我独立完成的国家社科基金艺术学项目"现代性视域中的西方艺术思潮""新时期以来中国艺术思潮的现代性研究"、中国艺术研究院招标项目"西方马克思主义艺术理论研究"，我参与的国家社科基金委托项目"中华文艺思想通史"、艺术学重点项目"二十世纪中国艺术理论主题史"。感谢课题立项单位及评审、结项专家的支持，以及邀我参加课题的党圣元先生、李心峰先生。

理应感谢发表、转载这些论文的诸位编辑，没有其辛苦付出，这些文章将会是另一种命运。他们是，北京的王秀臣、祝伟伟、马涛、李琳、寿静心、马胜利先生，上海的梁昕照女士，黑龙江的张磊、修磊女士，甘肃的胡政平、艾小刚先生，四川的庞礴女士，湖南的卓今女士、张利文先生，江苏的楚小庆先生，河南的姬建敏女士，山东的王源女士，内蒙古的张伟先生。虽然他们中的大多数我至今没能谋面，但有限的文字交往已使我体会到了无私、敬业、责任感，其职业操守令我尊敬、感动。

本书的大部分内容完成于我在中国艺术研究院任职时期，对研究院各位领导、同事全方位的支持深表谢忱。感谢我供职的北京外国语大学各级领导、同事的支持，尤其是在困境中帮助过我的诸位领导。本书受惠于北外"双一流"科研基金的资助，感谢苏老师、侯老师周到而耐心的帮助。中国社会科学院文学所杜书瀛先生是我素所敬仰的前辈学者，交往二十多年来，他给予我很多帮助，现在更感激他百忙中赐序。杜先生不顾高龄，在"阳康"不久后就慷慨应允为拙著写序。不久前，我向先生请教一个注释，听说他读了大部分书稿，给我提了两个问题，还承诺读完书稿后很快就投入写作。念及这些，我都深深为先生的古道热肠、认真严谨感动，衷心祝愿先生青春永驻、永葆学术活力。中国社会科学出版社接纳了我的两部书稿，感激之情难以言表，特别感谢责任编辑杨康老师的辛勤付出，她的耐心、认真、宽容、专业精神大大提高了本书的编校质量，而且，她也是杜先生大作的责任编辑，巧遇即缘分，于我甚幸。感谢家人的宽容、支持、帮助，使我有充裕的时间完成本书。我的研究生张彤、王辰竹、张亚雪、阎媛媛、李申、张羽、金熙睿、李宁馨核对了部分文字，在此一并致谢，也纪念这段师生之谊。

对于我来说，翻检、校阅旧文，仿佛时光倒流，这些文字见证并引导我回忆起流逝的生命、日常的瞬间、生活的光影，包括疫情中的困顿、无奈，也依旧散发着温度，充满了活力。父母给予了我生命，在有生之年含辛茹苦地养育、庇护着子女，并施以无尽的仁慈、无私的大爱。遗憾的是，如今父母已离我远去，再也无法报答养育之恩。每每想起这些，自然黯然伤神、悲从中来，清明时节尤为强烈，愿以本书作心香一瓣，告慰至亲的在天之灵。我还有幸得到了众多师友真诚的帮助,这些温情曾经并将永远成为我生活的动力、支撑。"逝者如斯夫!不舍昼夜",生活悲喜交加,日子总要继续。我感激生命中的每一次美好的相遇、每一份纯真的友谊,且行且珍惜!

李世涛

2023 年 4 月初于北京